郭鹰 著

中国出版集团　现代出版社

图书在版编目（CIP）数据

笔锋 / 郭鹰著. -- 北京：现代出版社，2017.10

ISBN 978-7-5143-5840-7

Ⅰ．①笔… Ⅱ．①郭… Ⅲ．①长篇小说－中国－当代
Ⅳ．①I247.5

中国版本图书馆CIP数据核字（2017）第263449号

笔锋

作　者	郭　鹰
责任编辑	李　鹏
出版发行	现代出版社
地　址	北京市安定门外安华里504号
邮政编码	100011
电　话	010-64267325 010-64245264（兼传真）
网　址	www.1980xd.com
电子邮箱	xiandai@vip.sina.com
印　刷	北京佳信达欣艺术印刷有限公司
开　本	710×1000　1/16
印　张	23
字　数	346千
版　次	2017年10月第1版　2020年1月第2次印刷
书　号	ISBN 978-7-5143-5840-7
定　价	79.80元

目录
CONTNETS

一、辞职

三年前的今天，唐治平意气风发走进侨育大学时，整个校园鸟语花香，姹紫嫣红。三年后的今天，春，如期而至。但，裹挟着沉闷潮湿盐咸味道的海风，不时出现的尖溜溜的长叫：吱呃呃呃……然后，"砰"的一声落地，那是日军的流弹飞过的声音，将淡蓝的天幕扯成一条一条，在风中簌簌飘动，四处弥漫着浑浊腥臭黏糊的不祥气息。

这种气息由来已久。它们随着卢沟桥的一声枪响，与出没于厦门港口的日本巡洋舰、驱逐舰一起，野鬼般游荡在巷厝之间。但这毕竟还只是气息而已，唐治平眼下必须去面对一个比炮火更为迫近的现实：到食堂退饭票，去图书馆还书，往财务室报销一叠发票……然后，滚出侨育大学。

想到这里，唐治平就觉有些悲哀。

"这不是唐博士吗？你还没走哇？"一个闷雷般的声音，在唐治平耳边炸响。

唐治平一个激灵，猛一抬头，只见两条高跷般的细腿，横亘在眼前。在它外头，罩着一件皱成一团的，散发着酸臭味的藏青色长衫。那长衫因为肮脏到极点，有一点奇异的柔软，依稀散发出一蓬一蓬热气，就像那不祥的气息。长衫太短，吊在膝盖上，仰脖一望，一张长勺似的马脸，像一条弯弯曲曲的被雨水打湿的乡间小道，泥泞肮脏，沟壑间黏着似红似黄的颜色，像凋零成泥的落花，那嘴角一抹冷峻的嘲笑，将"落花"挤兑得逼仄凄厉，林疏草稀的脑壳，迎着日头冒光，不是何作宾教授又是谁？

"不是说此处不留爷，自有留爷处吗？唐博士，这是要到哪里走动呢？我劝你别白忙活，侨育大学再不济也是堂堂学府，育人育德为先，绝不会用一个来路不明的'博士'。唐博士，你还是另寻高就吧！"

何作宾高大威猛，声如洪钟，话锋如剔骨刀般尖锐，令唐治平有腹背受敌之感。更要命的是，他的大嗓门瞬间吸引来很多老师学生。

今天唐治平没有像以往那样对这个侨育大学的"定海神针"敬而远之，而是迎着唾沫星子，直直盯着何作宾说："尊敬的何教授，我没时间与您闲聊。现在我要去还书！劳驾您挪动贵体，让道！"

唐治平答得谦和，但四周围拢来的师生都能感受到他的绵里藏针。有人一脸惋惜，有人满心不平，有人幸灾乐祸，有人则暗暗兴奋。

何作宾有点意外，在侨育大学，还没有谁敢用这样的语气和他说话。他上下打量唐治平一眼，说："我当然会让道的，不过，年轻人，你的路还长着呢。我奉劝你一句：以后不管你到哪里，做什么事，首先要学会做人，知道吗？"

"哈——哈——！"唐治平捋一下头发，仰头怪笑："何教授说得对！我的学历没有造假，是屈四眼在造谣，是他们造假！"

"你——你——朽木不可雕也！"何作宾指着唐治平，气得浑身发抖，满脸褶子挤成一团。

唐治平笑了笑："朽与不朽，时间最有发言权。何教授，但愿你们联手把我赶走后，都能过得舒心点。就这样吧，大家好自为之！"

唐治平要从何作宾身旁侧过，肩头却被对方居高临下按住："慢着！你给我听清楚了！你被扫地出门是因为你弄虚作假，违反校规，而不是你所认为的朋党攻击。还有，老夫今天听你一番话，更确定像你这种放荡不羁的人，是不配为人师表的，将你逐出侨育大学，实乃明智之举！"

何作宾是侨育大学元老级教授，号称"定海神针"。他专心学术，大部分时间都窝在自己的实验室，对唐治平的最初印象，也只是听人提及，说学校里有个叫作唐治平的年轻人，课堂上胡言乱语，教学上随心所欲，很不像话。何作宾并不以为然，年轻人嘛，有点棱角很正常。让他亲自出马做出逐唐治平出校门决定的，是在他从林渊临等人处获知唐治平的美国博士文凭是假的！学术造假，不可容忍！

在校务会上，何作宾对这个决定还有点犹豫，如今与唐治平正面短兵交接一番，他的内心坚定许多。

"承蒙指教，恕难苟同！"唐治平肩头一摆，想甩掉那条长得不可思议的手臂。但何作宾的力道大得惊人，唐治平没有摆脱他，倒是让腋下夹着的几本书全掉地上了。其中一本正好砸在何作宾脚背上。何作宾皱了皱眉，正想发作，但低头一瞥，居然是他的专著《有机化学》，不由愣住。他弯腰捡起书，翻了翻，递给唐治平，说："承蒙唐博士错爱，居然看得上拙作。只可惜这书里没有黄金屋，也没有颜如玉。"

唐治平轻轻拍了拍封面上的灰尘，说："何教授学贯中西，实业兴国，见解独特，治平受益匪浅。不过，做人要是能有做学问的一半聪明就好。您别生气，我没空领教，咱们后会无期！"说完，他趁何教授还没缓过神来，抓紧时间越过他，扬长而去。

还了书，唐治平急忙赶往食堂。未到饭点，加之周末，食堂很冷清，只有食堂外几株开花的芒果树，清新淡冽的芬芳一层叠着一层，从密密麻麻的花中散发出来，昭示着又将是一个丰收年。

"砰砰——砰砰——"

食堂东北角那扇木制窗户紧闭着，被唐治平拍了半天，才"吱呀"一声打开。一个尖利的叫声，像小刀划过玻璃："敲什么敲，赶着去投胎呀？"

话音未落，一个满头卷发器的圆脸探出窗户，两只牛眼恶狠狠瞪着唐治平，这就是著名的食堂老板娘卷毛。卷毛原名无人知晓，因为她喜欢将为数不多的头发卷得像狮子头，所以唐治平等一干青年男教师戏称她为"卷毛"。

"太阳晒屁股了，还躲在里边，养小叔子吗？"唐治平嬉皮笑脸地说。从小要对付各式各样的姨娘和同父异母的兄弟姐妹，以及奶娘丫鬟厨师工匠的唐治平，早就练出见人说人话，见鬼说鬼话的本领。

别看卷毛头大嘴大胸脯大嗓门大，说起话来像铜匠担子上的铁片，嗒嗒嗒响个不停。人倒善良，唐治平喜欢和她打情骂俏，轻嘴薄舌，那是一种简单明了的快乐。

"我当是哪个催命鬼，原来是'无所谓'啊，离饭点还早呢，怎么像个饿死鬼？"见是唐治平，卷毛咧开嘴笑了。

"无所谓"是唐治平人尽皆知的绰号，因为他说的最多的一句话就是："对世事只要多一分无所谓，人生就会多一分潇洒。"

但今天"无所谓"变成"有所谓"了。唐治平没心情说笑，"啪"的一声，将一大叠菜票饭票拍到临窗的桌上："退了，全部换成现金。"

卷毛瞟一眼桌上花花绿绿的饭票菜票，说："离放假还有两个多月，你都退了，准备喝台风？"

唐治平笑了笑："大爷我要择更高更大的良木而栖啦，这些破菜票对我来说，就是废纸一堆。不退，难道当草纸？"

卷毛嘴角一翘："校方有规定，不到学期结束，不能退。你给老娘先揣回去吧。"

"什么破规矩，大爷我现在不是学校的人，就不想吃学校的饭，快，快快，没空与你扯淡。"

卷毛将硕大的胸脯端起，"啪"的一声摞在桌上，长叹一口气，然后媚眼一抛，娇笑道："规矩就是规矩！退钱没有，要老娘倒有一个。"

唐治平看她圆滚滚的躯体，还有堆在桌上的那两团肥肉，与一脸故作的娇媚形成强烈反差，他心头一阵痉挛，好不容易将早饭呕出来，连忙赔笑道："好姐姐！实话说吧，我被奸臣陷害，混不下去了。仅有的那点工资，又都预先买了你的饭菜票。你不给我退，我只能去要饭，求求姐姐啦！"

能屈能伸，能进能退，能上能下，能软能硬，唐治平觉得这样的人，才是真正的大丈夫。

卷毛口气立马软下："老弟，你还真辞职啊？你呀，一条肠子通屁股，太直了，怎么斗得过那个屈四眼呢？人家的心眼可不止四个，那可是林茶壶的小舅子。"

唐治平摆摆手，苦笑道："无所谓啦！他想当系主任就让他当呗，此处不留爷，自有留爷处！"

"欸——大爷，好了没？别老占着茅坑不拉屎。"身后突然传来一个俏生生的声音。

唐治平回头一看，只见身后多了一位姑娘。身穿淡蓝棉布旗袍，一枝水墨荷花婀娜开在高耸胸前，手里攥着一卷钞票，蹙眉含嗔，很不耐烦。她留着时下女学生最流行的齐耳短发，面如满月，剑眉星目，嘴角处有两个浅浅的酒窝，颇有动人之处，虽然皮肤略黑了点，却黑得光滑滋润。唐治平不禁看呆了。

卷毛一把推开发愣的唐治平，满脸堆笑地对姑娘说："买菜票啊，要多少？"

那姑娘把手里的钞票递进，抓起桌上那堆饭票菜票说："这些我全要，不用找了。"说完，飘然远去。

"欸——那是无所谓的——欸——"卷毛叫了一句，但看对方留下的票子比那叠饭票多得多，又赶紧住嘴。

"哪来的野姑娘，老娘就专坑你这种爱花钱的主——喏，这是你的。"卷毛从那叠票子中，数出一部分给唐治平，又问："你真要走？接下来准备怎么办？"

唐治平把钞票往口袋一揣，耸耸肩，摇头说："无所谓啦。"

下一件事，就是找财务报销上次出差的发票。

如果不是囊中羞涩，唐治平真不想硬着头皮去财务室招惹那个老姑娘叶德香。财务室在办公楼三层，离下班还有二十分钟，人却走得差不多，只剩叶德香还在对着镜子百无聊赖地补妆。

再强大的化妆技术，也难敌岁月这把杀猪刀。叶德香身材娇小玲珑，五官却粗枝大叶。方脸，粗眉，龅牙，大眼，像头重脚轻的大头娃娃。颧骨上淡淡抹着胭脂，不笑倒好，咧嘴一笑，鲜红的上颚就像池塘内一群呱噪的蛤蟆，迫不及待地跳将出来，令人惊恐却步。她最喜在紫色绸缎旗袍外套一件绿色镂空条子的纱夹长衫，周身烂醉的颜色，是想要拼尽全力地挽回青春。唐治平不知"夜来香"这个绰号从何而来，只觉得非常贴切。同样是花，兰花清淡优雅，玫瑰浓烈热情，玉兰清冽宜人，唯有夜来香，夜里香得诡异毒魅，令人避之不及。

年轻时，叶德香虽不抢手，也有两三个人选，被她毫不留情淘汰。如今的她，虽已落到被挑的地步，仍自我感觉良好，认为所有向她望过来的男人，目光里都透着深情。殊不知人家只想早点从她这里拿到钱而已。最要命的是，叶德香总觉得侨育大学的钱都是她自己的，每发出一笔，都像用钝刀割她的肉。

唐治平知道要报销没那么容易，还是硬着头皮将一堆发票递过去。

"没得报！"不等唐治平开口，叶德香就直接拒绝。

唐治平俯下身，赔着笑脸说："香香姐姐，你可得救救我，没得报，会死人滴！"

叶德香"啪"地将手中缺了一角的小粉镜拍到桌上，冷冷瞥了唐治平一眼，说："最近财务很紧张，没有现钱给你，你等几天再来吧。"她边说边将那叠发票推回去，然后开始收拾东西。

这种臭脸功夫，唐治平早就领教过，他强忍不快，说："我辞职了，今天是来交割两清的，哪里等得了那么久？"

叶德香停下忙活的双手，咧嘴一笑说："哎呦，恭喜唐主任，终于脱离苦海了，也解救解救我吧。"她又立马放下脸，伸出手说："校长的批文呢？"

唐治平愣住："批文？"

叶德香白了他一眼，嗔道："讨厌！装什么糊涂！要有校长批准你辞职的批文，我才能给你报啊。不过，说实话，财务这边没啥家底了，怕是报不起啰。"

唐治平这才想起来，先前是气糊涂了，全然忘记辞职信还在口袋里揣着，要先过校长这一关。

校长办公室在四楼。推开那扇虚掩着的门，房间很小，又到处堆着报纸杂志书籍资料文件，往里没走几步，唐治平就被一张堆满书本和文件的实木办公桌挡住。

"啪"，薄薄的辞职信被唐治平用力拍在桌上，细细的灰尘被惊动起来，泛着金光，荡漾在午后阳光下。

办公桌后，升起一张布满皱纹的老脸，缺一只脚的老花眼镜，不受控制地滑到鼻尖，不上不下的让人心悬。

"吓我一跳！"老花镜后面，是一对金鱼泡般肿大的眼睛，他瞪了唐治平一眼，嘴角早已微微上扬，嗔怪的声音里带着几分爱怜。

唐治平的怒火来不及点燃，就被这点怜意浇灭。满腔委屈替代怒火，滚滚而来。他说："治平是来向校长请辞的！"

陈锦麟，私立侨育大学创始校长，多年来没日没夜的操劳，让他比同龄人老多了。他放下手中的红头文件，将眼镜摘到一旁，用青筋裸露的手背，揉了揉通红的眼睛，叹了口气说："哎，治平啊，你这是做什么？我也没说非要你走不可。可以再商量嘛，比如调到别的岗位？退一步，海阔天空。"

"不能再退了，校长，后面就是万丈深渊啊！"唐治平愤愤地说。

陈锦麟望一眼窗外，压了压耳鼓，突然冒出一句话："才五月，这蝉就叫得人心烦意乱。"

窗外的蝉像是配合陈校长的话，"知了——知了——"叫得更欢，像青楼女子在卖弄风骚。不知为什么，这句充满无奈的话让唐治平心里的委屈也像漏气的气球，渐渐萎缩下来："校长，谢谢你的好意。治平虽然游学欧美七年，戴的不是名牌大学的博士帽，但我为学问而学问，行得正，坐得端！论文是我多年的教学心血，怎么可能抄袭呢？他们不就是想要我这机电系主任的位置吗？给他就是，犯得着像疯狗到处乱咬人吗？还把何教授拉出来当枪使。"

唐治平双手叉腰，在逼仄的校长办公室一边走一边激动地转圈。只是办公室太小，又四处堆满报纸书籍资料，所以他每走一步都像踩中地雷，一不小心碰掉几本书，不然踩到地上的纸张，又磕到茶几，疼得他"哎呦"一声蹲下来。

陈校长看着来回转圈的唐治平，心情十分复杂。当年，他受华侨领袖陈嘉庚的委托，用海外华侨捐建厦门大学的剩余资金，创办侨育大学时，身为厦门商界首领的唐治平父亲，是最早积极响应的，还多次召集厦门社会名流，为侨育大学的创办出力帮忙。

陈校长还记得，那时的唐治平，还是个有点腼腆羞涩的少年。

后来，唐父猝然离世，唐家迅速没落，一大帮孩子星散各处，唯有唐治平离开厦门数年后又回到故土。他将这孩子请回侨育大学，本意是既让他可以子承父业，又让自己还唐家一个人情。

只是，这孩子表面嘻嘻哈哈，性子却耿直得很，还是逃不过那群虎狼之辈的算计，而自己却无力保护他……

一直等唐治平发泄完，陈锦麟才开口："治平啊，我知道你的委屈。我跟你说个事吧。如今全世界都不太平，经济大萧条，各国又忙着打仗。海外华侨们的日子也不好过，他们能给咱们学校的经费已经捉襟见肘了。侨育大学山穷水尽了，所以校董会才决定将学校无偿捐献给国民政府。你看，教育部和省政府的文件刚刚下达，国立大学的校匾马上就要随新任的校长来到厦门。"

停顿片刻，陈锦麟又道："这一切你也是知道的。在这关键时刻，侨育大学的团结稳定是最重要的。何教授和林教授是咱们侨育的两面旗帜，是我们的'定海神针'，我虽然是校长，但他们的意见我必须尊重，否则只怕……"

"校长，我知道，您不想节外生枝。他们那拨人把何教授和林教授掇拾出来，也是瞅准这点，我不怪您！"唐治平最见不得校长纠结的模样，连忙大声表态。

陈锦麟叹了口气，起身拍拍唐治平的肩膀："治平，你明白就好，是金子到哪儿都发光！你要走，我不反对。"

说着，陈校长拿起笔，在那张辞职信上，一笔一画签下自己的名字。

唐治平的心瞬间落到谷底，虽然他嘴上说得坚决有力，但亦师亦父的校长已表明立场，那就是丢卒保车，自己就这样被人当成一枚微不足道的卒子，轻轻拈起，远远抛弃。他很难受，不想再说什么，攥着辞职信，揉着被磕疼的膝盖，一瘸一拐地转身离去。

走出校长办公室，刚才的那股怒气怨气立即泄得一干二净。唐治平感觉自己钢筋铁骨般的身子，虚乏成一摊烂泥。他不得不扶着楼梯栏杆，似乎只有这样才有力气把自己往楼下带。

楼梯中间的平台上，竖着一面落地镜。远远的，唐治平就看到另一个自己迎面走来：他也是一手扶着楼梯栏杆，一手揉着膝盖，呲牙咧嘴拖着腿脚，容貌沧桑，神情疲惫，步履蹒跚。

"两个"唐治平越靠越近，嘴对嘴，鼻对鼻，你咧嘴挤眼，我也挤眼咧嘴。唐治平不由想起初到侨育大学时，他站在这面大镜子前，是何等的意气风发！

如今，镜中人虽潇洒不减当年，但精气神却大不如从前。

唐治平不甘心地挺直胸膛，从上衣口袋摸出一把小小的牛角梳，将略显凌乱的头发三七分开，细细地一遍又一遍梳理起来。

"咯咯咯——"

身后传来窃笑声，唐治平回头一看，又是那个小黑妞。只见她就站在楼梯口，露出两排细碎白齿，笑得前俯后仰。手里居然抓着一只蝉，正"知了——知了——"的叫个不停，向他示威似的。

唐治平有点气恼："没见过照镜子的帅哥吗？笑个屁！"

姑娘吐吐舌头，朗声道："帅哥见多了，就是没见过帅哥这么照镜子的。"她笑着大步往上走。

唐治平原想发作，转念一想，往后退几步，双手抱胸，占住过道。那姑娘想从他身边越过，他又后移几步，继续挡在前头。

如是再三，姑娘终于急了，亮着嗓子叫道："好狗不挡道！"

唐治平也不生气，将梳子插进口袋，拍了拍楼梯扶手，说："虾走虾道，蟹走蟹道，有本事你过嘛。"

"你——"

姑娘瞪了唐治平片刻，突然后退几步，然后像一头小豹，直直冲来。唐治平本能地往后一退。但姑娘仍是一头撞进他怀里。唐治平手忙脚乱地往外推，姑娘却像泥鳅般从他腋下"哧溜"钻过，三步并作两步跳到唐治平身后，回头得意地冲他扬了扬手中的蝉。

姑娘的牙齿又白又亮，笑起来亮晶晶的，加上那俏皮的小酒窝，整张脸光彩照人。而她手里的蝉，也似有感应，更加卖力地叫起来。

不等唐治平反应过来，那姑娘凌波微步地倏然消失在楼梯口后面。一片紫荆花从她肩上悄然飘落。

唐治平感到胸口被撞之处，被一股绵软和馨香霸占，心头莫名涌起一阵暖流。他忍不住捡起那片花瓣，嗅了嗅。淡淡的花香，仿佛带着某种力量，竟让他心中的块垒松动了许多。但不知为什么，又有一点小小的惆怅，缓缓泛起。唐治平揉了揉略微酸涩的眼睛，捏着花瓣，踩着一地紫红落花，绕过公告栏，走上校道。

校道两侧种满高大的芒果树，浓密的枝叶间，藏着颗颗青绿色小芒果。再过两个月，又有吃不完的芒果了。以往唐治平想到这个就会咂吧着流口水，但今天却更添闷气，不知还能吃到今年的芒果吗？他原来还盼着校长能说句公道话，客气话。没有也罢！居然还被那横冲直撞的小黑妞耻笑一番！哎，人一倒霉，喝水都塞牙。

摸了摸胸口被撞处，唐治平举起手中那片紫荆花瓣，只见午后的阳光透过花瓣，给它染上莹润的五彩光泽。

唐治平叹了口气，松手，花瓣悄然飘落，与满地落花混为一体，再难寻觅。

"知了——知了——"

蝉噪争鸣，本是夏日应有的交响乐。但在唐治平听来却十分刺耳鼓噪，令人心烦。他索性脱下鞋子，蹭蹭蹭，爬上树。

"我看你叫！再叫！抓回去，用油煎了下酒！"唐治平好不容易抓到一只知了，装进西装口袋，感觉那漫天刺耳的鼓噪立马消停不少，他决定下树，请张成田和卢英强喝点小酒，也算辞行。偌大的侨育大学，那么多形形色色的教师中，也就张成田和卢英强，虽不算刎颈之交，也算投缘之人，千金易求，知己难得！好好道个别吧。谁知道还有没有再见的机会。

正在此时，唐治平眼角余光，瞥到一个人影，像一团肉球，从远处滚来。他没想到，这一瞥，竟让他的人生，来了个一百八十度的转弯。

二、轰炸

唐治平坐在芒果树上瞥见一团肉球，滚过知了噪乱的声浪，滚过林木中斑驳交错的光影，滴溜溜朝唐治平滚来。

侨育大学坐落于厦门东边临海的五老峰上，校门就建在半山坡处。不管是达官贵人还是各界名流，到此都只能躬亲举步，爬坡进校。

有上必有下，过了大学校门，迎接来者的就变成一条长下坡。当初，堪舆的地理先生拿着罗盘比画半天，又掐指蹙眉算了许久，认为直来直往的门路布设大为不妥，于是将校门调歪几度。这下，下坡路歪了。侨育大学的"歪门斜道"由此而来。初来乍到的师生们，往往不习惯这种别扭的曲折路线，但走多了，就觉得那些四平八稳的门路缺少弯曲之美，像道貌岸然的伪君子。

正值周末，初夏晌午，校门内外，空无一人。这个圆滚滚的肉球，"哧吭"半天，总算爬到校门前的长坡。

如果不是这个肉球还背着一个比人高的长牌子，蚂蚁搬家似的艰难蠕动，唐治平本不想搭理，但就是那牌子，让他嗅到一股不寻常的气息，所以他决定瞅个清楚明白了再下来。

肉球一爬到校门口，就赶紧卸下肩上的长牌子，他以为目的地终于到了，但很快发现，迎接他的居然是长长的一道斜坡，他脸上的肥肉忍不住垮塌下来，天啊，何时是尽头啊？！

那肉球好不容易鼓起勇气，再次扛起牌子，"吭哧吭哧"往前走。没走几步，牌子便被什么东西给绊住了。肉球下意识地用力扯了扯，牌子却像被钉住似的，纹丝不动。他只觉得汗水倾盆大雨般狂泻，衣服全湿透了，浑身虚软，脑袋发昏，有种马上要虚脱的感觉。

就在此时，扯住牌子的力量突然一松。那肉球紧拽的力气还没使完，当即拖着牌子"哒哒哒"冲出几米远，一屁股瘫倒在地，差点喘不过气来。

"哈哈——哈哈——"放肆的笑声从天而落。

那肉球抬起头，像只被扯住脖子的鸭子，四处张望，却没发现声音从何处传来。

"哪个浑蛋？知道我是谁吗？我是新校长李光年。太过分了！"李光年恼羞成怒地叫着，疲乏让他的声音显得分外细弱："快给我出来！像小老婆养的，偷偷摸摸地做什么？"

"咚！"一颗青青的小芒果呼啸落下，直直砸在李光年的后脑勺上。

"哎哟！"李光年捂着脑袋惨叫一声跳起来，这才发现身后树上，茂密的枝丫间似乎蹲着条身影。

"你才是小老婆养的呢！"其实，唐治平早已看到牌上写着"国立侨育大学，陈立夫题"的字眼，来者可能就是传说中的国立大学第一任校长李光年。

他不是下周才到吗，怎么提前扛着校牌来了？

唐治平本想下来迎接新校长一程的，尽管他马上就要滚蛋了。但李光年一句"小老婆养的"惹恼了他。他绰号叫无所谓，唯独对这话非常"有所谓"。因为他的母亲，就是父亲三个小妾之一，他最受不得别人拿"小老婆"说事。

李光年揉着被砸疼的脑袋，很是恼火，但看看这校道内外空无一人，太阳那么大，自己又已经非常疲乏，口气不得不放缓和："好吧，这位同学——不对，老师，请问陈锦麟陈校长在哪里？能否带我去会见他？"

唐治平本不想理他，但转念一想，还是跳下树，拍拍手上的土说："原来找陈校长的啊，请问您是——李——李校长？"

"我是教育部委派的李光年李校长，见到陈锦麟，他自然认得我。"唐治平一客气，李光年的下巴就忍不住微微扬起。

"原来您是来接替陈校长的李光年李校长啊！"唐治平做出恍然大悟的样子，殷勤地接过那块校匾，说："失敬！失敬！李校长怎么提早来啦？我们已准备好鼓乐喇叭，鲜花美女，要列队欢迎的！"

李光年心里总算舒服点，他下巴扬得更高："奶奶的，日本人的轰炸机到处扔铁卵蛋，找个车子比登天还难！部里居然让我来这个鸟不拉屎的鬼地方，累死我了。陈锦麟呢？带我去找那个老家伙。"

唐治平听他对陈校长如此不敬，心中暗怒，脸上却满是歉意："对不住对不住，让李校长受苦了。我们原来以为您下周才到……"

李光年甩了甩脑袋，哼了一声："老子也不想这么早来。日本人马上就要打过来了，还办什么学校，赶紧解散才对……"

李光年心中的怨气不小，跟在唐治平屁股后面，唠唠叨叨，像只不停聒噪的知了。

唐治平装作认真倾听，频频点头赔笑，带他经过办公大楼时却没有停下来，而是沿着校道继续往前走。穿过图书馆，是一排高大的木棉树，许多鸟儿在枝头唱跳欢腾，火红的木棉花正恣意张扬，迎空怒放。

木棉树之后，是一座小小的水泥桥。桥两边密密匝匝长着几株凤凰树，绿意葱茏，把小桥遮盖了一大半。过了桥，便是侨育大学的生活区。男生宿舍与女生宿舍之间，是一条开满白兰花的小道。微风中，朵朵白兰花轻轻摇晃，透着若有若无的清香，在五月柔和的光线里静静地绽放着。

李光年总算注意到这个领路的年轻人，只见他三十出头，方脸宽额，浓眉大眼，三七分头，白色衬衫，黑色长裤，仪表堂堂，风度翩翩。

"你叫什么名字？"李光年语气比先前友善许多。如果他知道唐治平正带他在学校绕圈子，估计又会跳起来。

唐治平热情地回答："鄙人姓唐，唐治平，侨育大学机电系主任。"

李光年点点头，刚要说什么，一阵"隆隆"的声音突然由远而近，急速传来。

声音来得突然，而且来势极快。不等两人反应过来，它就猛烈地撞击着耳鼓，震得鸟儿与知了同时沉默。

唐治平和李光年愕然对视一眼，同时往空中望去。

白花花的阳光，有力地照耀着郁郁葱葱的凤凰枝叶和小桥，洒下星星点点的光，不像是要打雷下雨的样子呀？

"呜——呜——"

深长尖利的警报声和飞机的轰鸣声，直击两人耳膜。

"搞什么鬼……"李光年嘴角哆嗦，刚要叫嚷，唐治平突然一把抓住他的手臂说："轰炸！是轰炸警报！"

"轰隆——"

身后传来一声巨响，紧接着是一股可怕巨大的力量，裹挟数不清的碎石断枝烟尘，滚滚而来。

唐治平早就蒙了，只是下意识将校匾举上头顶。

狂暴的冲击波狠狠砸在校匾上，带着唐治平往前飞出，正好撞在前面李光年身上，两人同时往前飞扑出去，校匾重重砸在两人身上。

"轰隆——轰隆——"

遮天蔽日的烟尘中，无数碎石弹片，纷纷扬扬坠落，砸得校匾噼里啪啦乱响。远处传来沉闷巨大的楼房倒塌声，还有人们惊恐的尖叫声，似乎很远，又近在耳边。空中飞机马达的轰鸣声，连绵不绝，像是永不消歇的铿锵战歌。唐治平可以清楚地听辩出，它们是绕远飞去，还是抵近飞来。他很想抬头印证自己的猜测，又没勇气，只得抱着校匾，紧紧挨着李光年。

仿佛熬过漫长的一生，马达的轰鸣声终于渐渐远去，断续的爆炸声逐渐消失，天地间又恢复宁静。只是，这宁静，像是坟墓里的死寂，让人心生寒意和恐惧。

唐治平小心翼翼地动了动身子，发现还能活动自如，连忙坐起来，挪开那块校匾，只见李光年像只缩成一团的刺猬，瑟瑟发抖。

"李校长，李校长——"

叫了数声，李光年总算动了一下。硕大的肉球，缓缓展开，费了老大的劲，他才勉强坐起来，大量尘土、断枝、花瓣从他身上簌簌掉落。

人是起来了，魂魄却还没归位，李光年呆呆地看着唐治平，眼神空洞洞的，半晌才问："飞机，飞……飞……飞走了吗？"

"飞走了，您放心吧。"唐治平松了口气，这才顾得上环顾四周。

此时，烟尘正逐渐消散，劫后余生的校园，遍是残枝落花，尘灰蒙蔽，早无先前的美丽和生机。而两人刚刚经过的图书馆最惨，硕大的圆顶，被炸弹整个端掉，就连图书馆旁的那排木棉也被齐齐拦腰斩断，枝头上盛开的木棉花，跌落在废墟上，像一颗颗带血的泪珠。而不远处由煤灰渣铺成的操场，多了无数大小不一的坑洼，翻出来的泥土与煤灰渣，掺和成灰暗的颜色。庆幸的是，宿舍楼一带受损不太严重，又正值周末，许多学生都外出游玩访友了。

"知了——知了——"

一阵蝉鸣突然从唐治平身上传出，击破凝固的死寂。

李光年打个激灵，回头盯着唐治平。

唐治平也吓了一跳，这才记起西装口袋的那只蝉。他抓出蝉，蝉鸣像出笼的老虎，更加凶猛地鼓噪起来。

"嘿嘿——"唐治平尴尬地笑了。

李光年嘴角抽动一下，想笑却笑不出来。他突然一把握住唐治平的手，说："唐主任，多亏你了，不然老夫可是出师未捷身先死，可怜我上有八旬老母，下有稚龄小儿……"

爆炸来得太突然，李光年误以为唐治平舍命用校匾护住他，哪知唐治平当时根本就是身不由己，被冲击波推着，将他撞倒而已。至于校匾挡在他背上，那也只是幸运巧合。这样的顺水人情，唐治平不做白不做，他大手一挥，说："这是我应该做的。"

"太倒霉了，一来就挨炸。"李光年越想越为自己不值，他使劲拍着身上的尘土，哭丧着脸说："这身衬衫才做不久，毁了，全毁了！"还没等哭完衬衫，他又发现那块校牌灰头土脸地躺在地上，捶胸顿足号啕大哭起来："完了完了，校匾都毁了，我怎么向陈部长交代，呜呜呜——"

唐治平凑近一看，原来匾上陈立夫的"夫"字，被炸缺半边。这也能让新校长哭成泪人？

唐治平想笑，又笑不出来。他本来都准备一走了之的，现在却十分担忧起侨育大学。它本来就像恶浪滔天中的一叶扁舟，如今又摊上这样一个新校长，更是前途未卜！

唐治平又为自己生气，它已负我，我还管它作甚？

"啊——不，不——"

就在这时，一个更加凄厉的哀号声，远远传来。

只见陈校长拖着瘦弱的身躯，趔趔趄趄朝图书馆方向奔来，在他后头紧跟着的，是唐治平的好友、教务处主任张成田，还有三三两两学生，个个都是惶惶急急，惊恐万状的模样。

张成田三十出头，因为小儿麻痹后遗症，走路一瘸一拐。虽然速度慢，动作幅度却是很大。所以侨育大学的师生，见到的总是教务处主任那匆忙而又起伏不定的身影。不过，做事却稳健妥当，天生就是教务处主任的料。

陈锦麟再也支撑不住，他一屁股坐在废墟上，失声大哭起来："十五年啊！十五年的心血，全完了！"

张成田蹲下身，想要安慰校长，还未开口，自己已是泪流满面。十五年来，陈校长肩负着华侨领袖陈嘉庚的重托，把侨育大学从无到有，苦心经营到现在的规模，其中的艰辛酸苦，用脚趾头也能想到。校长的哭声，真是哭到他的心坎上。

唐治平也想哭，但还是咬牙强忍着。他扛起那块校匾来到陈校长身边，轻声道："校长，教育部派来的李光年校长已经到了。"

陈锦麟校长似乎没听到，他一边痛哭，一边在废墟中掏挖着什么。枯瘦的双手很快被钢筋水泥磨得鲜血淋漓。

张成田起身，向李光年快步走过去，施礼问好。

被陈锦麟撕心裂肺的哭声一干扰，李光年倒是哭不下去了。但他心情更糟，对张成田的问好，只是淡淡点头，算是回礼。

眼看陈锦麟的双手再挖下去就烂了，唐治平忍不住一把抓住那双枯瘦苍老的手说："陈校长，没用的，都炸毁了！"

陈锦麟回头，呆呆望着唐治平。唐治平吓一大跳，不过一会儿工夫，老校长就像变了个人，脸上的肉全垮下来，两眼通红，嘴角塌陷，愁苦得能滴出水来。

"教育部派来的新校长，到了。"唐治平强掩内心的波澜，又说了一句。

"我就是李光年！"李光年闻声而来，东张西望，嘴里嘀嘀咕咕："图书馆和操场都炸毁了，其他地方也受损不小，看来这校长是当不下去了。"

陈锦麟愣愣地看了李光年片刻，叹了口气，哑着嗓子说："治平，你先帮忙安顿好李校长。博宇楼条件会好点，找个最好的房间，别委屈了李校长。过两天再开欢迎会吧。哎，我就不陪新校长了，看能不能找些还有用的东西，以后学校用得着的……"

说完，他佝偻着背，径直钻进废墟里。

"拜托你了，兄弟。"张成田拍了拍唐治平的肩膀，也跟进去。

老校长的托付，不能不从。唐治平只得带着李光年离开。

"哗啦——"

没走几步，身后突然传来巨响。唐治平急忙回头，心差点跳出来。

不知哪里滚落的一根断梁，将陈锦麟结结实实砸倒在土石之下。

众人都慌了神，一拥而上，搬开那根断梁。只见陈校长脸色惨白，手抚肩膀，面容因痛苦而扭曲，嘴角哆嗦着说不出话来。所幸一侧的断壁残垣，架住了断梁的部分重量，没造成致命的伤害，但仍在肩膀处砸出一个口子，有血从里头渗出，得赶快送医院！

张成田东掏西挖，想找一块完整的木板来当担架，但慌乱中什么也找不到。

"不用找了，就用这个吧。"唐治平想也没想，就把校匾传过来。

李光年吓一大跳，冲过去抓住他的手，厉吼道："你疯啦？这，这可是国立侨育大学的校匾！是陈立夫陈部长亲笔题写的！怎么能，能……亏你想得出来！"

李光年指着校匾上被炸掉的缺口，痛心疾首地说："陈部长的名字被炸掉半个字，已经是莫大的罪过，怎么还能再让人玷污它呢？"

"什么玷污？"唐治平越听越生气，刚要发话反击，却被张成田眼明手快地拍了拍肩头，说："李校长说得对，我们再看看有没有别的。"

"你们围在这里干什么？"一个声音远远传来。只见何作宾甩动他的长腿长手，划船似的一路划过来，右手拿着一本灰头土脸的书，正是他的著作《有机化学》，看样子是刚从废墟中掏挖出来的。

"图书馆都被毁了，陈校长，这是在毁我们的基业呀！没有图书馆，算哪门子大学？"

何作宾没注意到，陈锦麟伤势严重，跌坐到地上。他眼里看到的，只有瓦砾成堆的图书馆废墟。"不管如何，兴校得从图书馆做起，接下来要想办法着手修复它！"

陈校长捂着肩头，哑声道："我已经不是校长了……你找新来的李校长吧。"

何作宾这才注意到一个陌生的面孔，估计就是所谓的李校长。他快步过去，一把抓住李光年的手臂："李校长来啦？正好，李校长，接下来最紧要的事，就是修好图书馆。没有图书馆，学生就无法开眼看世界，我们也就无法开启民智……"

他说话又快又急，透着一股咄咄逼人的气势。李光年有些招架不住，支支吾吾说："这个，那个，我初来乍到的，还没……就……"

这边，张成田惊呼起来："陈校长，陈校长，你怎么啦？陈校长的伤口一直在流血，我们得赶快送医！"

众人发现，陈锦麟的流血速度越来越快。他已经面色苍白，神情委顿，神智渐渐不清了。

"路已经被炸塌了，很难走出去的。"这时，唐治平耳朵里突然传来一个熟悉的声音。只见那个小黑妞正从校门方向走来，一袭蓝色棉布旗袍上沾满尘埃，被汗沾湿的头发，一绺一绺贴在额头上。不是冤家不聚头，短短半天时间，居然遭遇了三回，唐治平心头一种很奇妙感觉油然升起。

"我们还是先给校长止血吧。"黑妞变戏法般拿出一团白纱布，给陈锦麟肩膀上那血迹斑斑的伤口做了简单的包扎。

张成田感激地朝小黑妞点点头，又回头对李光年说道："李校长，看来路也得找人抓紧修啊，否则进不来出不去，学校岂不成孤岛？"

"对了，我的差旅费还没报销，请李校长一定要解决，否则以后谁还肯出差啊。"唐治平见李光年被众人扰得焦头烂额，故意再添一把火。

李光年哪曾想到，还没正式上任，就被这么多问题这么多陌生人团团包围，他的脑袋都快爆炸了。

本来，他就不想当这个校长的，是陈立夫部长把他叫进办公室，对他一顿谆谆训导，软硬兼施，还亲笔为校匾题名，他不得不同意。临走之前，陈部长说："只要有这个校匾，还有我的题名，你这个校长就一定可以当得顺风顺水，再大的问题也能迎刃而解。"

可如今，校匾是校匾，问题是问题，盐归盐，糖归糖。李光年有种被欺骗的感觉，他感到委屈极了，一屁股坐在瓦砾上，痛哭起来："好了，都别说了。净是这些狗屁事，我一来都给撞上了，我怎么这么倒霉啊，呜呜呜——"

"扑哧，哈哈——哈——"那个黑妞突然花枝乱颤笑起来。

众人看着一位姑娘笑得没遮没拦的，再看一个大男人，还是校长，却鼻涕一把眼泪一把的，对比过于强烈，大家都有点反应不过来。

"你——你笑什么？"李光年抹着眼泪，涨红脸质问道。

黑妞好不容易止住笑，指着李光年说："见过人哭，可从没见过男人这样哭的……您可是校长啊！"

"哈哈——哈哈——"

远处围观的一群学生都大笑起来。

"这个黑妞，倒有点胆量。"唐治平心中暗赞一句，觉得这黑丫头其实也并不那么可恶。

李光年脸一下子绿了，指着黑妞大吼："你——你这混账，是哪个系的？我，我要开除你！"

"好啊，赶快开除吧！反正你这校长都不想干了，我这小小的助教，更是可有可无。"黑妞满不在乎地说着，又挑衅似的说："对了，我叫作李沁，刚从南开大学毕业，是新来的英语助教。"

"你，你……"李光年正想发怒，但在这么多人面前，却又不好对一个小姑娘发作，只能自己气得发抖。

"好了，我们救人要紧。"唐治平还是抓起那个校匾，与张成田合力将陈校长抬上去，然后抬起来，飞奔而去。

几个学生紧跟其后，帮忙托起担架。

众人踩着瓦砾废墟，冲出校门。

"等一下，你们这样会颠坏校长的。"何作宾赶过来，从中间托起校匾，以减轻其他人的负担。

"喂！你们干什么？你们干什么？"李光年回过神来，踩着脚在后头喊："你们怎么能这样对待——陈部长题词的校匾——你们不把我这个校长放在眼里——我，我——不当这个鸟校长了！"

"哈哈——"

看他那气急败坏的样子，围观的人群又爆发出笑声。李光年环视周遭一张张充满蔑视和敌意的年轻脸庞，又怒又急，往地上一坐，又号啕大哭起来。

张成田诧异地对唐治平说："这新来的校长怎么一会儿工夫就哭三回了？一个大男人这样哭哭啼啼的，也不怕学生笑话？"

"他觉得来咱们侨育大学，受天大委屈了呗。我看这李校长就是陈部长专门派来逗我们的。"唐治平见怪不怪："让他慢慢哭吧。我们得快点，不然校长撑不住了。"

校门口的路已被炸塌，徒手走路都难，何况是扛着担架。众人只能沿着门口边一条狭小的田埂路，七扭八歪往外走。

这场轰炸重创了整个厦门。一路上，只见到处都是残垣断壁，冲天浓烟。啼哭的孩子，炸碎的肢体，奄奄一息的伤者，还有血肉模糊的尸体，成为这血与火画面中最凄惨的一幕。

唐治平等人都看得心头灰惨惨、沉甸甸的。战争已经来临，死亡就在眼前，纵然他们有满肚子学问，在残酷的战争面前，都显得如此柔弱无力。

幸好，医院只是被炸去一个角落，里头挤满了各种被炸伤烧伤摔伤的病号。少得可怜的几个医生和护士，忙得不可开交。

好不容易包扎好伤口，校长夫人已闻讯赶来，由她照看陈校长，唐治平和张成田这才和学生们一起拖着疲惫的躯体返回学校。

"对了，何教授呢？"唐治平突然想起，将陈校长送到医院后，他就不见了。

"肯定是赶回学校去了。他最关心的，是他的宝贝实验室。"张成田答道。

由于时局动荡，供电很不稳定。白天的大轰炸雪上加霜，线路不知受损多少。此时，瓦砾遍地的残破校园内，一栋栋建筑，就像一团团浓墨，洇在夜幕上。只有少数几个房间里透出的洋油灯光，让人看到一丝生气。

"你们这些混账，总算回来了——校匾呢？"黑暗中，有个人突然冲过来，一把拦住众人，急切地问。

此人正是李光年，他不知窝在哪个角落等了许久，步履有点飘，声音却很急促。

唐治平还没回答，张成田就一拍脑袋道："糟糕，忘在医院了。"

"混账！"李光年又气又急："我还以为你只是腿短呀，没想到脑筋也比别人短！陈部长亲笔题写的校匾啊，你们居然拿来做担架，居然还忘在医院里……你们，你们……"

"李校长，我腿短点没错，但我的脑筋可没有短呀！"张成田性情宽厚温和，就是听不得别人说他腿短。

"怎么，你还有意见是吧？"李光年也急眼了，瞪着张成田说："信不信我一封信给陈部长，就可以收了你的教员许可证？"

"你……"张成田没想到李光年如此蛮横，他气得一句话都说不出来。

"李校长，怪我不好，我明天一定把校匾找回来。"唐治平急忙道，同时朝张成田挤眉弄眼，让他不要生气。

张成田领会他的意思，咬咬牙，不再应答。

唐治平又笑着对李光年说："李校长，还没吃饭吧？走，我带你去吃饭，再洗个澡，有什么事情明天再说。"边说边示意张成田离开，自己则将李光年半扶半拽着朝博宇楼走去。

博宇楼在男生宿舍东侧，刚建好不久，原本准备给教授们当宿舍楼的。只是教授们还来不及搬进去，日本人的炸弹就来了，幸好毁坏不严重。

李光年被安排在楼内最好的客房。

点亮洋油灯，烧好开水，伺候老爹一般，将李光年请进去洗澡后，唐治平一颗高悬的心总算放下。他走到阳台，望着夜色无法掩盖的满目疮痍，心直往下沉。这里，寄托着太多他从国外带回来的抱负与希望，原以为可以将它们发扬光大，没想到，今天人要走了，日本鬼子的轰炸却来了。一切美好的憧憬，就像一幅瑰丽的油画，在这一走一来的角力中，被撕得粉碎，碎得让人绝望。

想到这儿，唐治平不由生出一股荒诞感："我不是已经辞职了吗？为什么还在操心这狗皮倒灶的事？"

"真是个鬼地方，黑漆漆的不说，还这么热。我造了什么孽，要被流放到这里——哎呀！"

"扑通!"

"哐当!"

身后混乱的声浪,把唐治平拉回现实,他急忙冲回屋,只见昏黄的油灯下,李光年裹在浴巾里的肥大身躯,正在两块倒落的椅子之间挣扎,而一个铁面盆,不偏不巧倒扣在他头顶。

唐治平想笑又不敢笑,急忙掀开铁面盆,挪正一张椅子,将李光年扶坐到上面。

"李校长,您没事吧?现在条件差点,请您……"

"什么条件差?"不等唐治平说完,李光年就吼起来:"分明就是不怀好意!从人到桌椅板凳还有这该死的面盆,全都对我不怀好意,你们都想整死我是不是?"

"李校长,我们要整死你的话,有一万种方法,但绝不会用现在这种办法。"唐治平平静地说。

李光年打量态度良好的唐治平,实在不好再发作。

"侨育大学现在日子不好过,大家都指望李校长能带我们走出困境。谁要想整李校长,谁就是脑袋缺根筋,您说是不是?"

唐治平微笑凝视着李光年,李光年稍微平静下来,直直地盯着他,眼神古怪。

"李校长,你没事吧?"唐治平被他盯得心里发慌。

李光年突然一把抓住唐治平的双手:"唐主任,你说得没错!"李光年甩了甩湿漉漉的头发,眼里闪着异样的光芒:"但这个校长,我实在不想当了,由你来当,如何?"

"什么?"唐治平吓一大跳,转而一笑:"李校长,你开什么玩笑?我可担当不起。"

李光年急切地说:"我没开玩笑!你听我说!我老家就在对面,台湾!我做梦也想去见我的老娘啊!"说着,眼眶挤出两滴眼泪。

唐治平"哦"了一声,说:"我家还在东北松花江上呢,我也做梦都想回那旮儿去。"

李光年擦着眼泪:"我说真的!不骗你!我才不稀罕当这个破校长呢,只是觉得这里离台湾更近一些,离我老娘更近一些。我老娘二十岁守寡,将我抚养成人,日日夜夜盼我回家!唐主任,你能理解吗?"

唐治平心头酸酸的，他想起自己的母亲。

在父亲的三个小妾中，母亲出身最低微。父亲猝然离世后，偌大的家产被瓜分殆尽，留给母亲的那一份微不足道，母亲却用它将自己送往美国深造。唐治平永远无法忘记，母亲送他离乡时流泪不止的模样，他更难接受的是，七年后回家时母亲已化为一抔黄土了！

"我能理解李校长的心情……"唐治平深深吸了一口气，平复一下起伏的心情，瞟了李光年一眼："不过——"

他话没说出口，但怀疑的神情又不言而喻。

"好吧，我想回去见我老娘是一个原因，另外一个原因是——这里我真待不下去了。从来到这里的那一刻起，我就打心底里不喜欢。没想到才来一天，就遭了这么多罪，我心脏本就不好，真没办法承受更多了。"

李光年一张脸愁成苦瓜条："我本不属于这里，稀里糊涂被派来的。兄弟，你才顶得起这即将倾颓的侨育大学啊。"

李光年越说越激动，死死抓住唐治平的手，生怕他溜了。

"说得好像挺有道理的。"唐治平心里对李光年的最后一句话给予高度评价，口中却说："不过，李校长为什么觉得是我呢？侨育大学人才多得去了，再说我已……"

他原来想说自己都辞职了，但话到嘴边，还是咽回去。

"我下午打听了，你有海外留学资历，又是系主任，足够接替我！"

唐治平目露狐疑："就因为这个？"

"也不仅仅是……"李光年顿了一下，"还有一个原因，这里我就认识你。兄弟，你救过我一命，就再帮我一回吧。"

唐治平本想拒绝，但一想起先前被排挤驱赶的屈辱，心又动了一下。

"兄弟，之前是我态度不好，我向你道歉！拜托拜托！我实在不想再被这该死的差事绑在这破地方……"

生怕唐治平不愿意，李光年好话一箩筐又一箩筐地端出来。

"好吧！"看火候差不多，唐治平故作无奈地叹了口气说："反正我无所谓啦。既然李校长无心在此，我只能恭敬不如从命。只是——"

李光年哆嗦一下，急着问："只是什么？"

"只是口说无凭，我这样仓促上任，有谁会信，又有谁会服呢？"

李光年道："这个好办！我这就写一封辞职信和一封推荐信，一起寄往省政府，推荐你接任校长。"

唐治平问："这样也行？"

李光年鸡啄米般点着头："对对对！这是战时临时规定。各部委都焦头烂额，哪有那么多精力管地方院校？权力都下放到各省政府，只要省政府陈鉴主席点头，一切OK啦。"

唐治平想了想，又摇摇头："说是简单，但这里的教授不服。他们肯定会认为，堂堂国立大学校长，又不是大白菜，想买就买，想让就让。到时候，我必然成为众矢之的。"

"也是，穷山恶水出刁民——对不起兄弟，我不是说你，我是说那些教授，个个是刺头，真让人发愁啊。"李光年苦着脸说："兄弟，要不你出个谋，划个策？反正，我是铁定不坐校长的位子……"

唐治平眼珠一转，突然笑了："我倒是真有个主意……"

三、抉择

"李校长跳海了！李校长跳海了！"

次日清晨，侨育大学的朗朗晨读声被张成田的惊叫声打断。

很快，新任校长李光年留下衣帽鞋子和遗书，跳海自杀的消息，就风一般传遍校园的每个犄角旮旯。

早在半年前，私立侨育大学将改为国立大学的消息就在校园内热议。昨天，传说中的第一任国立侨育校长终于姗姗而来，只是他的表现，让大家很是失望。他居然跳海了，师生们在震惊之余，最好奇的是，李光年的遗书里写了什么？

谁也没看到遗书。按张成田的说法，遗书信封上写着，要亲自交给陈老校长，因为事关侨育大学的生死存亡。

昨晚，唐治平敲开张成田宿舍的门，把自己和李光年商量的计划告诉他。

张成田正在吃面条，忙乎一天，他饿坏了。一听说唐治平的计划，他一口面条没咽下，噎在喉咙，上不去，下不来。唐治平连忙拍他的后背，耐心等他咳了半天，缓过神后，才笑着问："不会吧，这点事就把你吓坏啦？"

张成田喘着粗气，伏在桌上，望着剩下的半碗软不拉塌的面条，一点儿食欲都没有了。他无力地摆摆手说："你想怎么玩，自己玩去，我是有光明前途的人，不会被你拉下水的。"

唐治平早料到会碰钉子，虽然他和张成田是好朋友。但张成田一贯踏实沉稳，怎么可能陪他玩如此超常规的游戏呢。但是，如果没有张成田的帮助，这个计划便无法实施。

唐治平东张西望，嬉皮笑脸地说："光明前途？在哪里？我怎么没看到？"

张成田已经缓过气来，他起身，整了整被汗水板结的衬衫，难掩得意之情，说："我的母校，美国华尔士大学的威廉校长，已经向厦门大学的校长萨本栋写封推荐信，我马上要到厦门大学任教了。"张成田一贯内敛，这样炫耀的口吻，唐治平很少听见。一股十分复杂的感觉潮水般涌上唐治平心头，他抹了把脸，强忍内心的起伏，装着很不相信的样子，说："吹牛吧，我不信。"

张成田转身从抽屉拿出一封信，递给唐治平说："你看吧，我也是刚收到威廉校长的推荐信，我正打算回信，告诉他，我愿意。"他看了看唐治平失落的神情，有点于心不忍："治平啊，我也是情非得已，良禽择木而栖，我们改变不了侨育的命运，那就抓住机会改变自己的命运吧。等我到厦大后，寻找机会推荐你，我们依然在一起……欸……你……你这是干吗？！"

但是，来不及了，张成田眼睁睁看着他的推荐信被唐治平撕得粉碎。

唐治平双手捧着一堆碎纸片，推到张成田眼前，哭丧着脸说："哎，我从小就手贱，最爱撕东西，我妈经常为此打我。我……我就看着这信纸喜欢，一不小心就动手了，要不，你打我？要不，你重新黏回去？要不……"

张成田有万般的不甘心，他想揍唐治平，拳头却怎么也挥不下去，他想哭，又不好意思哭。说真的，抛下学习工作生活了十几年的侨育大学，自己另谋出路，他更多的是愧疚和不舍。

唐治平望着张成田的脸红一阵，白一阵，拳头举起，又放下，非常理解他此刻内心的挣扎。他依然捧着那堆碎纸，收起伪装的笑脸，诚恳郑重地说："成田啊，我是已经被赶出侨育大学的人，我今天都能回来，真不完全是为了出口气，或是回来打击报复谁的。我和你一样，一毕业就来到这里，我们对侨育是有感情的。老校长倒下了，新校长逃跑了，日本人又来了，侨育一盘散沙，能眼睁睁看着我们的家就这样散了，倒了吗？"

张成田接过唐治平手中的纸张碎片，倒进垃圾桶，长长地叹了口气，说："好吧，既然你都能厚着脸皮回来，我有什么脸面离开。说吧，要我做什么？"

次日，天还没亮，计划就悄然展开。

唐治平送李光年上了一艘开往台湾的货船后，又马不停蹄赶往邮局，将李光年的辞职信和推荐信一并寄出。

张成田则前往海滩，捡回李光年留在那里的衣服鞋子和遗书，在校园里转一圈，闹得众人皆知后，赶往医院见陈锦麟校长。

陈锦麟校长像一张薄薄的纸片，深深陷在白色床单里，缠着白色绷带的肩膀，露在外面，特别醒目。他眼眸空洞，神情疲惫，昔日光彩荡然无存。

"你呀，只知道卖命当校长，家也不顾，孩子也不管，炸弹来了都不知道躲！现在好了，说倒就倒，苦的还不是我？"陈校长的夫人喋喋不休地抱怨着。她小小的个子，小小的脑袋，小小的五官揉成一团，仿佛世间所有愁苦，全都浓缩在一起："想当年，我在南洋的娘家是七个佣人伺候的大小姐，现在却要干七个佣人的活！你这个大骗子，把我骗回厦门，累得够呛，没享一天福……"

"咳咳——"身后传来张成田的咳嗽声，他没时间听下去。

陈夫人有个优点，就是不会在外人面前数落丈夫。听到咳嗽声，她立即停止抱怨，拭着眼泪，拎着热水瓶，低头出去了。

陈校长睁开微闭的双眼，示意张成田坐下来，悄声说："别理她，这些年我委屈她了，是该让她数落数落——学校怎么样？李校长开始主事了吧？"

"李校长，他出事了。"张成田不知该怎么说，只能将"遗书"展开，递到老校长面前。

陈校长只扫了一眼"遗书"，便摇摇头，冷笑道："哼，什么八旬老母在盼他，分明是二八娇娘在唤他！这个李光年，咳咳咳，我还不知道，整个教育部就属他狗踩香蕉皮——最狡猾。咳咳——"

咳嗽来得很突然，陈校长咳得惊天动地，仿佛要把五脏六腑都咳出来。张成田忙将陈校长扶起，轻轻拍打他的后背。

陈校长瘦得厉害，背部的骨头一根根支棱，张成田真担心用力稍大点，会拍断他的肋骨，更怕一个不小心，让他受伤的肩膀雪上加霜。

咳了好久，陈校长一口气总算缓过来，他沙哑着嗓子虚弱地说："不过李光年这回倒是将狗眼擦亮。侨育大学颠来倒去算一遍，能担得起校长大任的，还就只有治平一人。你呢，太善良端正，何作宾太古板执拗，林渊临太偏私率性，何况他二人年纪也大了。屈子林又心术不正，还有其他人，那就更不行了。你快去把治平找来，我有话和他说。"

张成田点点头，又迟疑道："您刚同意他辞职，现在又让他当校长，这不……"

老校长斜斜靠回床头，眼睛望向窗外，仿佛在自言自语："美国圣约翰大学虽然名不见经传，机电专业还是很有水平的。即使治平的博士文凭是假的，单凭他能将报废的汽车启动起来，我也相信他是有真才实学的。我同意他辞职，其实也是为了他好。毕竟，侨育大学的水太深太浑，我也希望，经历这事后，能让他吃一堑长一智。咳咳咳——咳咳咳——"

又是一阵撕心裂肺的剧咳，让张成田心底隐隐生出不祥的预感。

"如今，李光年跑路，我又生病受伤……总之，你快去把治平找来，我自有道理。"

张成田支支吾吾："我找过了，可是……没找到……"

陈锦麟无力地摆摆手，笑道："他那点小算盘瞒得过我吗？你告诉他，我已时日无多了！咳咳……"

一个时辰后，唐治平终于跟着张成田来了。两人在陈校长的病床旁谈了整整一天。临走前，陈校长将一封介绍信交给唐治平，说："你马上赶去省城，面见省政府陈鉴主席。这事就这样定下来。"

厦门汽车站，距今已有二十多个年头，当年捐资建设的华侨早已不在人世，它也像饱经风霜的老人，日渐衰朽。

同样残破的，还有这辆满身尘土，油漆斑驳的美国芝罗力牌老爷车，那令人揪心的马达轰响声，让人想起病痨鬼的呻吟。

从省城回厦门，区区百来公里路，这辆破车，居然走走停停，花费一天一夜。

唐治平是最后一个下车的，他前脚刚着地，老爷车就"咪溜"一声，彻底熄火，扬起的黑烟，像条毒龙盘旋而起，扫得他半天睁不开眼。

虽然这趟路把人累惨，不过他的心却安定不少，还有几分兴奋，终于见到陈鉴主席了，那可是大费一番周折啊！现在想起来，还颇为感慨。

省城早已兵败如山倒，到处是仓皇逃离的百姓，喇叭震天响的汽车。唐治平好不容易找到省政府，好说歹说，还是被挡在大门口，说是省主席公务繁忙，根本无暇接见一个沿海小城普通大学的什么校长。唐治平只能沿着省政府外围墙乱转。很快，他发现有送菜的马车叮叮当当沿着围墙走去，连忙紧跟在马车后面，一起从后门穿过厨房，混进省政府。

唐治平小心翼翼地转到主楼，远远的，只见一大群人簇拥着一个身材不高、面容清俊、气度不凡的中年人，正急匆匆从主楼台阶往下走。管他是不是陈鉴主席，唐治平连忙拔足奔跑过去，但等到跑到主楼时，那辆车早已绝尘而去。

唐治平也不泄气，既然他从这个门出去，就会从这个门回来。好吧，咱就来个守株待兔。唐治平干脆找个有树荫的地方，闭目养神。反正这兵荒马乱的，大家只顾自己的事情，省政府大门形形色色的人进进出出，走马灯似的，门卫管不过来，所以让唐治平睡了个好觉，一觉醒来，天已擦黑。战争时期，为节约资源，尽量不开灯，因此整栋政府大楼除几盏微弱的灯光，四周都乌漆抹黑的。黑有黑的好处，既可以隐藏自己，又能更好的寻找目标。唐治平抖了抖发麻的双腿，拍拍身上的树叶尘土，跳上台阶，循着灯光走去。此时最忙的是谁，当然是省主席，因此只要有灯光的地方，一定能找到陈鉴主席。他不禁为自己的聪明才智得意。唐治平加快脚步，朝着灯光走去。

"做什么的，不许过来！"一个年轻的声音严厉地喊道。

唐治平吓一大跳，停下脚步，只见一个清秀文弱的年轻人拦住他，身后跟着两位持枪士兵。

唐治平赔着笑脸说："我，我，我是侨育大学的校长，我要见陈鉴主席。"

年轻人冷笑一声，指着紧闭的门，说："里面正在开重要的军事会议，任你是神仙，也不能见。还是找个地方，洗洗睡吧。"

唐治平还想说什么，但看看年轻人身后的士兵，黑洞洞的枪口正对着自己，又隐约听到门内越来越嘈杂的争论声，他缓缓往后退，说："好，好，我洗洗，睡觉——"

　　走出大楼，唐治平十分沮丧，他不知道自己该去哪里洗洗，睡睡。他发现肚子叽里咕噜乱叫，连忙摸黑找到厨房。厨房也是伸手不见五指，所幸大家都下班了。唐治平好不容易找到几个馒头，填饱肚子，就真该找个地方睡了。在厨房睡吗？当然好，遮风挡雨，还不会饿肚子，不会被蚊虫咬，但，他还是决定回到主楼附近找个地方睡觉，为的是第二天能见到陈鉴主席。

　　五月的蚊虫已狂妄猖獗得很，第二天清晨，唐治平已被叮成一只大草莓。但他顾不了太多，红着眼睛，死死盯着政府大楼，无论陈鉴主席是进，是出，都逃不出他的"法眼"。

　　功夫不负有心人，很快，只见一群人从大楼匆匆走出。唐治平虽然不认得陈鉴，但认得那个拦他的小年轻，还有两位持枪的士兵。一群人好像也是一夜未眠，个个精神萎靡，双眼通红，只有中间那位中年人依然精神矍铄，身材挺拔，脚步生风，正是昨天远远见到的长官。唐治平心想，这回再也不能让他逃走。他迅速奔跑过去，从几人的缝隙间钻过，直接冲到中年男人面前，说："我是侨育大学的唐治平，有要事面见省主席。"

　　众人都被这清早冒出的"大草莓"吓一大跳，只听哗啦哗啦几声，士兵迅速拉起枪栓，那位年轻人已冲过来，拦在中年男人面前，说："你，你阴魂不散，小心子弹不长眼。"

　　中年男人举手，摆了摆，示意大家冷静，然后望着唐治平，目光如炬，问："侨育大学的原校长是谁？他还好吗？你们的'定海神针'呢？脾气可有改点儿？还有，教育部不是刚派去一名新校长吗？表现如何？"

　　唐治平挺直身子，响亮地回答："陈锦麟校长在前几日的日机轰炸中不幸受伤，现正在养伤。何作宾教授醉心学术研究，脾气嘛，嘿嘿，还是老样子。至于李光年李校长，他，他已跳海自杀了，所以，唐治平承蒙师生厚爱，被推选为新任校长，还望省主席支持，给予任命书，才能更好开展工作。"

　　陈鉴说："我是收到推荐信和辞职信，只是这个李光年啊，还有陈锦麟，都被炸弹炸糊涂不成？大学校长的任命是教育部的事，省政府做不了主。既然你那么辛苦来了，也不能让你白跑一趟，我只能写封推荐信给教育部，由教育部任命，好吧？"话音未落，他已大步流星，头也不回地走了。唐治平还想追过去，两位持枪的士兵拦住他。唐治平只能眼睁睁地望着陈鉴坐上汽车，绝尘而去。

唐治平不甘心，见省主席就难上天了，还要拿着推荐信去找教育部要任命书，天啊，等他折腾回来，侨育大学估计早散成一把灰，随风散尽了。

一直等到第二天中午，那部汽车才"突突突"开进院子。陈鉴一下车，就看见有个人在扫地，他急匆匆上台阶，那个扫地的人居然也快速跟过来，冲到他面前继续扫地。紧随其后的年轻人冲上去呵斥道："瞎眼了，有你这么扫地的吗？"

扫地的人抬头笑了笑，年轻人吓一跳，结结巴巴地说："怎么又……又……是你？！"

陈鉴也认出眼前的唐治平，不禁苦笑道："你怎么还没走，我不是交代人写好推荐信了吗？"

唐治平拄着扫把，道："我不回去了，侨育大学反正办不下去，我就留在省政府，扫地。"

陈鉴厉声道："胡说八道，凭什么说侨育大学就办不下去了？！"

唐治平说："老校长受伤病重住院，新校长又临阵逃脱，日军的飞机大炮随时都会轰炸过来，很多学校都解散了，侨育大学马上也要散了。"

陈鉴迟疑片刻，说："不是有你吗？"

唐治平说："主席难道不清楚吗？知识分子成堆的地方本来就最不好管，虽然不论是新老校长，还是全校师生，就连何教授，都推选我唐治平担任校长，但名不正言不顺的，我根本不好主事，算了算了，我也不回去了，也没学校可回，不如在这里扫地。"

陈鉴被他说得有点不好意思。

唐治平举起扫把，继续扫地。"刷刷刷"的扫地声，在陈鉴耳边十分响亮，又十分刺耳。虽然不少学校纷纷解散，他无能为力，但他极少遇到哭着喊着死活要当校长。侨育大学刚刚成为国立大学，牌子还没挂上就要在他手里解散，既于心不忍，又不好交代。陈鉴朝唐治平喊道："欸——唐——唐校长，别扫了，你还是赶紧回去办学校吧，我可以给你张聘任书，让你能名正言顺当校长。"

唐治平心头狂喜，他紧紧握着扫把，努力调整气息，头也不回，说："不回去了，我不当这个校长了，我就在您这里扫地。"

陈鉴哭笑不得："你想扫地也没的扫了，省城马上要搬迁到永安，你不回厦门，就等着在这里吃炮弹吧。一句话，要不要这个聘书？"

唐治平这才假装不情愿地转过身，朝陈鉴鞠一躬。然后紧跟其后，进办公室。他打开聘书一看，上面居然写着："侨育大学战时临时代理校长"几个字，他慌了，连忙问陈鉴怎么回事，陈鉴长叹一口气说："还是那句话，省政府没有任命校长的职权，所以只能这样写，对你，对我都好，明白吗？唐校长！"

唐治平还想说什么，但又不知道说什么，他只能拿着这张聘书，灰头土脸地离开省政府。

唐治平心中很清楚，官方的红头文件只能唬住一般人，何况还是什么战时临时代理校长，哎，怎样才能冲破学校那群老教授的关卡？

唐治平一边沉思一边下车，朝车站门口走去。突然，身后掠过一阵风，提包被什么扯了一下，那股风随即从脚下扫过。

唐治平下意识右手一别，身子一让，重心下沉，扫堂腿以迅雷之势，往后横扫出去。

"哎哟！"

身后传来沉重的摔倒声和夸张的惨叫声。唐治平将提包重重甩向地上一条身影，拍拍手上的尘土说："讲了多少遍，马步要练扎实，下盘才会稳当。浮浮躁躁的，只有吃土的份。"一边说，一边拉起地上那人。那是个矮矮壮壮的男生，本来就摔得灰头土脸，被唐治平这一训，更加不好意思，说："老师教导得对，我这下盘是有点虚浮。"

从一旁柱子后转出一个高高瘦瘦的后生，笑着说："你要听老师的，四更天就起来扎马步，估计刚才啃泥巴的，就不是你了。"

唐治平不禁笑道："哈，你这浑蛋也来了，打我埋伏呀？"

高个子笑道："哪敢，我们这是专门来迎接您的大驾。现在整个侨育，不，整个厦门都知道您要回来当校长啦。"

"好啊！我要的就是这个效果！"唐治平拍掌笑道。

矮胖后生凑过来，嬉皮笑脸地说："您这一个回马枪，把屈四眼他们打得是哭爹喊娘，那叫个惨啊！"

高个子接着说："没错，他们想弄走老师，没想到老师傻人有傻福——不对，吉人自有天相，一不小心就当上校长了，可把他们气坏了，都在仰天质问：这世道到底怎么啦？"

唐治平哈哈大笑："你呀，狗嘴里吐不出来人话。"

三人都哈哈大笑，朝侨育大学走去。

这两人都是唐治平的得意弟子。瘦高个的叫余嘉训，长脸长眼，长胳膊长腿，颇为机灵，父亲是开杂货铺的小老板，老想将祖传的杂货铺传给他。矮壮的学生叫李应松，四方脸，方鼻宽唇，憨厚老实。舅舅是厦门的驻军司令，很多决策和战事都可以从他那里提前获知。他们和唐治平的关系，不像寻常师生那样泾渭分明，礼数森严，而是亦师亦友，无话不谈。

经过几天简单修缮，侨育大学门口的道路已经可以勉强通行。

三个人刚到坡下，就看见校门口围着一群人，十分嘈杂。

唐治平丢个眼神给余嘉训，余嘉训立即飞奔过去。很快，他一溜烟小跑回来报告："老师，不好了，何教授堵在校门口，说等的就是您，不让您进校门呢。"

李应松撸起袖子，气呼呼地说："欺人太甚！我去找他理论！"

唐治平拦住李应松，说："惹不起咱还躲得起，我们走。"说完，掉头往东走去。

余嘉训和李应松只能紧随其后。

三人沿着学校的围墙，弯弯绕绕走了好一会儿，在一个偏僻的墙头停下。

墙内，是一株不知有多少年月的古榕树，粗硕的枝丫，越墙而过，在墙外垂下一条条臂粗的气生根，随风轻轻摇动。

唐治平笑着说："嗨，这样就想堵我？不知道我们侨育除了有'歪门邪道'，还有'旁门左道'。"原来，师生几人经常去看夜场电影，回来晚了，不想吵醒门卫，就寻到这么个地方，作为回校秘道。

余嘉训和李应松对视一眼，恍然大悟。

李应松默契地蹲下身，唐治平一脚踏上他的脊背，略微发力，身子腾空跃起，抓住榕树的一道垂须，顺着它蹭蹭往上爬，很快就蹭到围墙上。他再轻轻一抬脚，跨上榕树横伸过来的粗壮枝丫，沿着它小心往下，纵身一跳，便像一片叶子，安然落地。

"啾！"唐治平吹了声口哨，他的行李便"呼"的一声，从墙外飞进来，正好丢在脚边。

"你们从正门回去吧，别透露我的行踪。"唐治平提起行李，隔墙嘱咐二人几句，起身往宿舍走。刚一抬头，只见眼前有黑影闪动，几个学生幽灵似的从前方教学楼的墙角冒出，将唐治平团团围住。

"快来——抓贼——！"

一见这架势，唐治平马上明白，他们早在这里打埋伏。他不慌不忙说："眼睛擦亮点！我是你们的新校长——唐治平！"

"笑话！"一位尖嘴猴腮的矮个子上下打量着唐治平："有翻墙上任的新校长吗？我看你鬼鬼祟祟，就是贼！！"

"没错！都已经卷铺盖滚蛋的，还敢翻墙进来，非奸即盗！"

"废话什么，从哪里爬进来，就让他从哪里爬出去！"

唐治平冷冷地盯着为首的矮个子。他认得这家伙，是机电系学生张厚轩。据说此君在娘胎里不到八个月就迫不及待跑出来，因此个头比常人矮小许多。他读书不好不坏，每次考试门门都得三分，巧合得让人难以置信，因此博得"张三分"的绰号，正名倒被人遗忘。张三分个头不大，鬼点子却很多，尽管只是一年级新生，却因为有屈子林撑腰，素来不把其他老师放在眼里。

说起唐治平被迫辞职，还是拜屈子林所赐。原因很简单，屈子林觉得机电系主任该由他来当才对。他唆使张三分这个急先锋，为难唐治平好几次。如今得知唐治平已被赶出学校，他更加肆无忌惮。唐治平见怪不怪，等张三分闹够了，这才打开行李，抽出一张纸，晃了晃说："屈老师教你们认过这几个字吧？"

张三分瞥了一眼任命书，突然哈哈大笑起来，说："哈哈哈哈，侨育大学——战时——临时——代理——校长——哈哈，笑死人了！"

唐治平脸一阵红，又一阵白，他强忍内心起伏，冷笑道："战时又如何？代理又如何？总之，你们看清楚最后两个字，那就是——校长！"

"哼，这样的临时校长，我们不认！何况还是翻墙进来的，哼——"张三分张开双臂死死挡住唐治平。

"我是校长，我有权决定从哪里进校。"唐治平脸色一沉，语气骤然加重："你，到底让不让？"

唐治平突然变脸，张三分有点心虚，但马上脖子一梗，强硬地说："不让！"

"你们眼里还有没有我这个校长？"唐治平冷冷问道。

张三分哼了一声："没有，又怎么样？"

唐治平突然笑了："张主任，你也听到了吧？他眼里没有校长！怎么办？"

一个沉静威严的声音从张三分等人背后响起："放肆！有这样和校长说话的吗？"

张三分等人吓一大跳，急忙回头，只见张成田背着双手，不知何时来到他们身后，正铁着脸盯着他们。

虽然张成田天生瘸腿，但身为在职的教导主任，能力超群，正直担当，对学生有种天然的威慑力，即便是屈子林，在他面前也心虚几分，何况是张三分等学生。

唐治平早就看到张成田过来，但他不声张，而是拿话撩拨张三分，让他们当着教导主任，对自己说出大不敬的话。

"就算唐校长不是你们的校长，至少也是你们的老师。有你们这样对待老师的吗？"张成田骂道："以你们今日的所作所为，实在不配当侨育大学的学子。我完全可以勒令你们休学反省，甚至开除你们的学籍，以儆效尤！"

"张主任，我们也是……奉命行事……"张三分又急又怕，大叫起来。

张成田冷笑一声："哼，奉谁的命？谁敢给你们这样的命令？"

张三分垂下脑袋，不敢回答。

张成田严厉地说："还不向唐校长赔礼道歉？"

"唐……唐校……长，对不起。"张三分等人百般不情愿地向唐治平草草施个礼，随后逃也似的狂奔而去。

张成田等学生们跑远了，这才走到唐治平面前，上下打量他一眼，笑道："没想到唐校长居然是翻墙上任的。好吧，有什么要我做的，尽管吩咐。"

唐治平也笑了："请张主任通知全校教职员工，下午三点整，开大会！"

四、开会

　　果然如唐治平预料，全体教职员工大会，一开始就火药味十足。

　　会议室位于办公楼一层，是个两倍于普通教室的大屋子，坐满全校教职员工。窗外，大把大把的芭蕉叶，张牙舞爪毫无章法张着，树上藏着好多鸟和蝉，叽叽喳喳吵闹个不停，好像在开另一场会议。窗外与窗内，一道玻璃相隔，两种不同的会，各有各的热闹。

　　"省政府岂能如此草率？我侨育大学无法容忍一个抄袭论文，文凭做假的老师在此任教，更无法接受一个学术造假的伪君子来当校长！何况是什么战时临时校长！简直是胡扯！只要我在，就决不允许有如此荒唐的事情发生，不允许有如此荒唐的聘书出现！"会议一开始，何作宾就起身怒斥。

何作宾教授素来脾气耿直，言辞激烈，得罪不少人，曾一度赋闲在家，无处可去。是陈锦麟校长真诚邀请他到侨育大学，全权组建化学系。他甩开膀子大展才华，短短十年，让默默无闻的侨育大学化学实验室，一跃成为南方高校中最先进最出成果的实验室，化学系闻名全国。许多名校重金挖他，他都坚辞不去，成为侨育大学引以为傲的一面旗帜。不仅是全校教师，就连陈校长，甚至省政府主席陈鉴都要让他三分。此刻他义愤填膺，口沫四溅，全场鸦雀无声，没人敢吭一声。

唐治平无疑处于风暴的中心点，但他很镇定地面对激动不已的何教授，似乎他抨击的是别人。

何教授的慷慨陈词终于结束，会场陷入一片寂静，窗外的鸟叫蝉鸣则更加热闹，一静一闹，对比强烈。大家都在等待下一个发难的人，这个人，不是屈子林，就是林渊临。

但是屈子林貌似事不关己。他跷着二郎腿，正眉飞色舞地和旁边一位女子说话，逗得她花枝乱颤，两个小酒窝雕花般嵌在脸上，正是那位小黑姐，英语老师李沁。

林渊临则不慌不忙地端起一只温润流畅、厚重质朴的紫砂壶，嘴对嘴啜了一口茶，然后含在嘴里咕噜几声，貌似根本不想蹚这滩浑水。林教授常对人说，他非常享受这种茶香冲击胃经的感觉。但在很多人看来，这纯属一种姿态，说难听点叫作——作，并私下冠他一个绰号——林茶壶！不过即便再作，他也是侨育大学的第二面旗帜。陈锦麟校长曾骄傲地说："侨育大学，理有何作宾，文有林渊临，有这两个台柱子顶着，我们也是南方强校！"

"咚咚咚"，窗户玻璃突然被敲得震天响，大家纷纷扭头望去，只见一个顶着鸡窝似的卷发的粗壮女子挨着林渊临所坐位置的窗户外敲个不停。林教授脸色大变，双手一抖，紫砂茶壶差点摔倒在地。他朝窗外不断挥手，但窗外鸡窝头发的女人根本不理，反而把窗户敲得更响。林渊临只得挪动肥胖的身躯，挤过人群，朝室外走去。身后传来阵阵窃笑。

每个人都有自己的软肋，林教授在师生面前受到多大尊重，在老婆这里就得受多大憋屈，在外面有多作，在家里就有多累。瞧，这个敢拎着菜刀追着他满校园跑的林夫人，屈子林的亲姐姐，总会在关键时刻出现。

大家都颇有兴致地望向窗外的林教授和林夫人，像看一场无声电影。只见林夫人粗壮的胳膊一下一下捅向教授，唾沫四溅，情绪激动，隐约听到几句话："弟弟——回娘家，如果不——就回娘家——"据说林教授最怕夫人回娘家，而夫人经常以回娘家相要挟，要求林教授为自己的亲弟弟出头出气。

终于，好像等了好久，林教授总算将夫人安抚好，打发回去，这才低着头回到会场。这一次，他来不及端起茶壶，就迫不及待地开口说话了："以我多年的经验和判断而言，虽然如今战事严峻，政务荒疏，唐老师能费尽周折弄来这样一个什么临时校长的聘书，也委实不易。"

唐治平依然面无表情。刚才林夫人的出现，使他对林茶壶的话更加戒备。要知道，唐治平之所以会被排挤，全是这老家伙在幕后推动。目的很简单，就是扫清障碍，让他的小舅子屈子林上位。

一直以来，唐治平和屈子林，并称为机电系两大美男子。唐治平方脸宽额，浓眉大眼，为人直爽侠气，绰号"无所谓"；屈子林则细皮嫩肉，长脸凤眼，戴一副金边眼镜，看起来极其儒雅，却精明得脚趾头都会打算盘，绰号"屈四眼"。仗着林茶壶这个好姐夫，屈子林的狼子野心，那是路人皆知。

"不过，我虽然是可以承认这个临时校长的聘书，但唐老师的学历造假却——嘿嘿——"林渊临接着说。

林渊临故意把"学历造假"四个字咬得很重。他又呷了一口茶，停顿片刻，继续说："国难当头，省政府无暇顾及我们，也不奇怪。只是他们不用心，我们自己却不能不用心。毕竟，一校之长，关系到我侨育大学的前途未来，必须贤能并举，德才兼备才行。"

"林教授，您说话能不能直接点，别这么拐弯抹角的，大家听得费劲。"何作宾冷冷地说，他对林渊临的做派素来不喜。

林渊临干笑一声，扫了众人一眼，说："我的意思是，两个办法，一是我们推举人选，请省政府重新任命校长；或者是我们自己先选个代校长，等时局稍平，再请省政府正式任命……"

张成田点点头："这倒是好主意，但是国有国法，家有家规。侨育大学既然升格为国立大学，就应依照政府教育法规的章程办事。唐治平有两位校长亲力推荐，有省政府红头文件任命，他这个校长，名正言顺。"

"没错。我也是这样认为。"一位壮实的汉子站起身，说道："国难当头，我们侨育也处于危难的存亡之秋，必须尽快选出一个新校长来带领全校师生共渡难关。我知道有人不服唐校长，但我想问一句，你们推选出来的人选，就能服众吗？"此人名叫卢英强，是中文系讲师，口才好，文章写得又快又好，被称为"刽子手"。卢英强问得一干老师面面相觑，哑口无言。是啊，数来数去，偌大的学校还真找不出个能服众口的人选。

其实唐治平刚开始并不稀罕这个校长的位置。想出口恶气就拍屁股走人，但那天在医院，陈锦麟郑重其事地将侨育大学的未来托付给他，让他颇为感动和震撼。他当着老校长的面郑重承诺，要好好保存侨育的火种，让文华希望，薪火相传。放眼在场的一干教职员工，能担得起这个担子的，舍我其谁？想到这里，唐治平感觉全身裹着一团腾腾热气，带得他每个字眼都快迸发出火星子。

"我知道，你们有些人怀疑我的学历，无所谓啦！我知道，你们有些人怀疑我的能力，无所谓啦！我知道，你们有些人希望，想把这个校长的位置，留给你们心里预期的那个人，无所谓啦！我只问你们，你们信不信陈校长的眼光？你们认不认李光年的遗命？你们服不服省政府的任命？你们还能找出一个比我更有说服力的校长人选？你们扪心自问，除了反对，你们还能提出什么建设性的意见……"

唐治平突然唇如枪，舌如箭，一字如一弹，一句似一枪。许多人都被他的滔滔不绝带得载浮载沉，无所适从。

"好了好了，唐校长！别激动！"张成田拍了拍唐治平的肩头："我知道有些人对你有误会。所以这几天，我也是多方奔走，查证了一些事情。"

说着，张成田掏出几封信来，递给何作宾："何教授，这是几位旅美教授写的亲笔信。"

何作宾接过信，一封一封扫过去，脸色渐渐起了变化。

"这里有六位曾经留美的教授，是我不同时间，不同地点，一个一个拜访过的。大家都确定圣约翰大学确实有机电系，尤其是何劲夫副教授，还曾经到该校拜访过同学。他说该校机电系在美国大学机电专业中很具实力。只是学校所处地方比较偏，所以名气不显。不过，这位何教授已经四十多岁，他回国前唐校长可能都还没出国。所以他也无法证明，唐校长确系该校的博士毕业生。但是——"

张成田咽了下口水，继续说："唐校长的学术造诣，大家是有目共睹的。整个机电系，有谁能像他那样，闭着眼能把报废的汽车发动机修好呢？"

会场又响起激烈的讨论声，不少人纷纷点头，就连何作宾也沉默不语。唐治平能当上机电系主任，完全靠过硬的机电技能学识服众的。

"这也是陈校长的意思。"张成田语气变得沉重起来："陈校长现在情形不容乐观，他就托我转达一句话，他相信唐校长，希望大家都能团结一致，和唐校长一起，把侨育大学坚持办下去。"

卢英强说道："没错，与其在这里争吵半天，不如速战速决，不做空谈误国的事。"

"张主任说的也没错。不过校长一职毕竟干系重大，单靠省政府一份什么战时临时校长的聘书，根本不服众，我们还是投票表决吧。我推荐一个人选，那就是屈子林。古话说得好，举贤不避亲，我认为屈子林不会比唐治平更差，至少他没有涉嫌造假……我们要尊重民意。尊重民意！"林渊临豁出去了，尖着嗓子喊道。

"这个，不太符合规……"

张成田"规定"两个字还没说完，唐治平就打断他的话头："也行，那就投票吧。"

不过，投票一开始，唐治半就有些后悔了。因为主席台上除了写唐治平和屈子林名字的两个投票箱外，还赫然摆放一个"弃权"箱。

投票一开始，林渊临就率先把票投入"弃权箱"。很多老师对于唐治平或者屈子林能否胜任校长一事，心有疑虑。林渊临正是抓住这些人的想法，丢卒保车，给予示范作用。很多老师受到启发，纷纷投了弃权票。也有不少人把票投给屈子林。跟许多大学一样，侨育大学形成多个小山头。以林渊临为首的山头，就是其中最大的一个。

唐治平从不掺和所谓的山头，但由于平时人缘不错，加上有张成田、卢英强等人的强力支持，还是不断有人给他投票。

激烈的投票交锋中，侨育大学七十六名教职工，很快就只剩四人没表决。此时，唐治平的票数是三十张，屈子林的票数也是三十张。还有弃权的十二票。

"怎么办？"张成田低声问唐治平。

唐治平摇摇头："还能怎么办，看结果呗。"

很快，又有三人投完票，一票投给唐治平，一票投给屈子林，一票弃权。现在，只有一票还没表决，而这一票正牢牢攥在屈子林手中。只要屈子林将票投入自己的票箱，这个校长，就非他莫属了。

所有人的目光都转向屈子林。只见屈子林不慌不忙地站起身，整整衣服，踌躇满志地走向主席台。唐治平和张成田的心都提起来，他们眼睁睁地看着最后一张票正朝屈子林投去——

"哪个是校长？哪个是校长？"正在此时，会议室的门被重重撞开，只见一高一矮两个壮汉，身穿黑色短褂，手拎尖刀，油光满面，气呼呼冲进会场，径直冲向主席台，举起刀指着正准备投票的屈子林，大声问道。

屈子林被眼前突然出现的明晃晃的尖刀吓得双腿一软，一屁股坐在地上，正准备投向票箱的那张选票，轻飘飘地落在脚边。他拼命摇着脑袋，结结巴巴地说："我——我——我不是——校——校长——"

高个子壮汉像拎一只小鸡拎起屈子林，大声说："看你这怂样，也不像校长。"说完，将他扔到地上，转身朝台下的老师们拱手道："各位老师，我郑某人一不是土匪，二不是强盗，这刀也不是杀人的，是杀猪的，猪肉就送到学校来给你们吃的，只是你们吃了大半年的猪肉，我却拿不到一毛钱。都说杀人要偿命，欠债要还钱，我今天就是来找校长要钱的！"

会场下叽叽喳喳吵成一团，唐治平和张成田相视一笑，抱拳冷眼望着这一切。

主席台上，屈子林终于缓过神来，他捡起飘在地上的选票，望一眼写着自己名字的选票箱，叹了口气，抖抖索索地将选票朝唐治平的选票箱伸过去。

正在此时，一个细微的声音突然穿过寂静，针一般刺入众人耳鼓里："呜——呜呜——"很快，变成震耳轰鸣。

唐治平一个快步蹿到窗户边，探头往外望去，只见天空中飞来几个黑点，一轮轮猩红太阳，越来越清晰可见。黑点裹挟着巨大的轰鸣，正疾速往下俯冲，窗户玻璃同时剧烈颤动起来。

"快——快跑！是日本轰炸机！"唐治平大叫。

几天前那场掀掉图书馆顶盖的轰炸，早把恐惧深埋人心。被唐治平这么一吼，大家如梦惊醒。屈子林跑得又快又猛，一路撞倒不少人，小黑妞和叶来香被他狠狠撞到地上。终于，越来越多人醒悟过来，大家一窝蜂拥挤着往外跑。

"哐当！"骚乱中，林渊临教授的紫砂壶被挤落到地上，发出沉闷痛苦的碎裂声。林渊临顾不上为摔碎的宝贝茶壶伤心，跑得比兔子还快，全然没有大师风度。

"大家不要慌张，都往后山撤！"混乱中，唐治平声嘶力竭地叫着。

侨育大学创立时，受到厦门政府的热烈欢迎，特将东边临海的五老峰划拨给学校。但由于经费紧张，校园始终局促于半山一角，其他地方仍旧保持亘古模样，漫山都是各种亚热带高大乔木，上有绿茵蔽日，下有灌木丛生，葳蕤遮道。山顶，掩藏着一座鸦片战争时期遗留的废弃炮台，正是躲避轰炸的好地方。只是，平时大家头脑清晰时，做事都是章法有度从容不迫，此时性命交关，全像无头苍蝇，仓皇逃窜。被唐治平一提醒，这才找对方向。

"不好了！不好了！楼快塌了！"不知谁在尖叫。"轧轧——轧轧——"办公楼伸展起筋骨，关节处发出刺耳的声响。紧接着，是大股瓦片、碎石、玻璃渣子、土灰，狂风暴雨般不断掉落。

惶然无措的文弱书生们，在唐治平的带领下，朝后山涌去。山中炮台周边，不断有人踉踉跄跄跑上来，不大的空地聚满了师生，还有家眷们。大家心有余悸地望着山脚那座熟悉的办公楼，已经不见了，一堆断梁残墙，小山般堆积在地上，大股土灰正往四面八方飞冲直上。

何作宾呆呆地蜷缩在角落，一动也不动。林渊临一丝不苟的发型全乱套了，嘴里叽叽咕咕不知在唠叨什么。至于他的小舅子屈子林，像被吓坏的小孩，惶恐地躲在他身后，目光涣散，气喘如牛。

不知过了多久，日机终于心满意足地扬长而去。众人紧绷的神经稍微松弛一点。

"大家不要慌，我们在这里是安全的。"张成田摇摇摆摆在人群中走着："各级各系各班的班干部，赶快清点自己班的同学，看少了谁？

有家眷的老师，也看看你们的家人都上来了吗？"

住学校里的老师家眷不多，所幸都在第一时间被学生护送上山。而教师们在轰炸前都在开会，都被有组织地疏散到山上，所以人数很快也就清点出来。学生们正在抓紧清点人数。

"还差两个老师，是谁？"张成田心中一惊，大声问道。

"哇！"叶德香突然号啕大哭起来："是李沁，还有唐治平！他们没有跑出来，都在会议室！"

人群炸开锅了。带领大家有序撤退的唐治平，怎么又跑回去了？

"都是你这家伙，撞倒李沁，她来不及跑出来！"叶德香突然指着屈子林骂道。

"你——你胡说八道！"屈子林浑身发抖，嘴角哆嗦。

从叶德香口里，众人总算了解，轰炸伊始，众人争先恐后往外跑时，她和李沁被屈子林撞倒在地。当时，叶德香以为自己要死了，没想到一股力量，将她使劲往外拉。救她的人居然是唐治平。可就在几分钟前，她还投了弃权票！

"唐治平是回去救李沁的，他们都死在里头了。"叶德香流着眼泪念叨着，又厌恶地瞪了一眼屈子林。

屈子林把眼镜摘下，擦了擦，气急败坏地说："当时现场这么乱，大家都乱冲乱撞的，凭什么说就是我撞的呢？瞎了你的狗眼，再满嘴喷粪，小心我揍你！"

"屈老师，请注意你的言辞！"张成田强忍悲痛，低声呵斥。

屈子林"哼"了一声，没再说话。

许多人都难过地低下头。最为悲痛的，莫过于余嘉训和李应松等学生。乍听噩耗，他们都不愿相信这是真的，但枪炮无情，一切皆有可能，大家忍不住抱头痛哭。

卢英强蹲下身，抹着眼泪说："唐治平不会死的，不会死的！"

五、撤校

在所有老师中,唐治平无疑是最有学生缘的一个。他像带头大哥,重情重义重友谊,亦师亦友亦兄长。这样的老师眨眼工夫居然死了,委实令人痛心疾首。

"现在不是哭的时候。"张成田强忍悲痛说:"我们下去看看情况再说。"

师生们战战兢兢往山下走,没走多远,便与树林里踉跄仓皇转出的一人不期而遇。

"李沁!"

"李老师!"

此人正是李沁。只见她裹在泥土灰尘中,蓝色棉布旗袍又黑又破,短发凌乱,肩膀和手臂多处擦伤,血口翻卷,望之令人心惊,

众人一拥而上,将她团团围住。

"李老师,治平呢?"张成田激动得声音都在颤抖。

李沁想哭,又强忍住,哽咽道:"他,他……"

"他怎么啦?"张成田急声问道。

"他没事……可是,可是……我们的学校毁了,还死了人!"李沁泪水滂沱,颤抖不已。

"他没事?那——他人呢?"张成田大喜。许多人露出惊喜之色。

"唐校长让我先躲到山上,他自己又跑回去,说是要再找找有没有活着的人……"

原来，办公楼塌陷的那一刻，李沁正好被一张桌子压倒。是唐治平将她从桌子底下拖出，藏进内侧的角落。狭小的角落构成三角形的生命庇护港，使二人侥幸躲过一劫。随后，唐治平用力推开横在头顶的断梁，硬是撬开一个出口，将李沁救出，自己又往教学楼、宿舍楼方向跑去。

师生们连忙朝李沁指引的方向走去。目之所及，发现学校这回所遭的劫难比预想的严重许多。办公楼，教学楼和宿舍楼都不同程度被毁，最惨烈的是图书馆，二次重创后，已化为遍地瓦砾，东边一角还大火熊熊，想必来不及搬移的书也全部被烧掉了。空气中到处弥漫着硝烟与烤焦的气息。面对满目疮痍的校园，大家悲恸不已。凄切的哭声，与火舌猎响、断续崩塌声交织在一起，让这个原本普通闲适的周末黄昏显得极为凄凉惨淡。

"先别哭，现在重点是救人，还有找唐校长。"张成田指挥师生展开搜救。

前方食堂方向传来惊呼声："唐校长！唐校长在这里！"

四散开来的人群立即向食堂方向汇集。

食堂已经被炸得只剩两堵断壁，唐治平跌坐在遍地瓦砾上，两眼空洞地望着前方。在他面前，横七竖八地摆着四具尸体。其中三具一看就是学生，面容都被砸烂了。另外一具，是众人再熟悉不过的卷毛，她头顶还别着卷发器，但半边脑袋已被削掉，一只眼睛望向天空，仿佛在追寻那架炸掉她脑袋的日机，原本肥硕挺拔的胸脯像一摊烂泥，趴在胸前，毫无生气。见此惨状，聚拢过来的师生，有的咬牙切齿愤懑不已，有的则转过身干呕起来。

张成田又喜又悲，他上前拍了拍唐治平的肩头，说："治平，你没事就好，没事就好！"他一边说，一边忍不住哭起来。

唐治平目光呆滞，神情哀戚地说："我是没事，但他们……这么年轻……还有卷毛……是卷毛……"

晚霞以极其夸张的姿态绽放，把侨育大学里的残垣断壁、散落破损的书本器材，染上一层不安的血色。唯一不变的，只有海水悠闲地荡漾着浪花，海鸟轻快地掠过水面，完全不顾人间的悲欢离合。

经过仔细排查，除了卷毛和那三位遇难的学生外，再没发现罹难者。不过，经过这两次轰炸，学校里的绝大部分建筑，不是早塌成一堆瓦砾，就是已摇摇欲坠，无法靠近。

"趁天还没黑，大家尽量刨一刨，能刨出点吃的用的什么都好，但要注意安全！家在厦门的，先回去看看家人。外地的同学们，就算宿舍没倒，晚上也不许回去，统一在空地打地铺。明天我们再找地方！"唐治平交代大家。

唐治平调整情绪，恢复镇定，张成田、卢英强等人极力地配合，自救工作紧张有序地开展。

大家七手八脚从食堂的瓦砾里刨出两口大锅，几袋大米，还有一些蔬菜和肉，在操场上支起大锅，煮了两大锅米粥，勉强充饥后，按照男女分成两大片区，在空地上休息。

夜幕很快降临，学生们都安歇了，绝大部分老师却被张成田召集到半山坡校门口处，以免影响学生的睡眠。

厦门五月的夜，清爽宜人，一弯圆月挂在天空，皎洁明朗，海浪喧哗不断。所有的老师默默围坐成一圈。

"今天的情况，大家都亲身经历了也都看到了，接下来的麻烦会越来越频繁出现的，所以这个校长必须马上确定！"张成田说："白天，离结果只差一票！屈老师，你这最后一票，到底是投给自己还是投给唐治平？要想清楚！"

屈子林蜷缩在角落，头发凌乱，精神萎靡，仿佛没有听到张成田的话。

"张主任，我可以改投吗？"一个清脆悦耳的声音传来。

只见李沁站起来，目光爽直干净。

张成田心中暗喜，问："为什么？"

"白天我投的是弃权票。不过，我现在觉得，这个校长非唐治平老师莫属。所以，我想改投唐……"李沁大方地望着唐治平说："我是真心觉得唐治平老师能胜任，不是因为他救了我。"

"我，我也想改投！"

"我也要改投！"

好几个老师纷纷站起来。

张成田又惊又喜，迫不及待地说："如果这么多人改投唐治平老师，那么屈老师这张票就无所谓投给谁了。"

"哼，如果可以改投，那这样的投票与儿戏有何区别？"一个冷冷的声音响起，不是屈子林是谁？

李沁说："我现在知错就改，不可以吗？哼，我还没找你算账呢！"

屈子林还想说什么，被林渊临狠狠瞪了一眼，不敢再吭声。

"多谢大家的好意，我也觉得这样不妥。"唐治平本来已是心灰意冷，决定渡过这次难关后就离开侨育大学。既然现在牵涉到自己，就不必保持沉默："不管最终能不能当上这个校长，对我来说都无所谓。但大家尽管放心，至少我唐某人会和学校渡过此次难关再离开。这是我曾经拍着胸脯答应过陈校长的。"

张成田点点头说："是啊，国破校毁之际，但凡是侨育大学的一份子，都应该勇于担当，为校尽责。但群龙无首是不行的，今晚，校长必须选出，否则这个会绝不能散。"

"我看选谁也无法服众，直接让唐主任当得了。"黑暗中，不知谁说了一句。

李沁立即接着说："就是！非常时刻，别再自己折腾自己了。"

唐治平心头一暖："嗨，这小黑妞。"

"咳咳——"林渊临突然重重咳嗽一声："我说一下个人看法。有道是，国有国法，家有家规。无论何时何地，规矩还是要立得住的。何况，这是关乎校长人选的大事。"

他的紫砂壶早成了碎渣，此时没有茶水润喉，声音听起来略显干涩，但说的话依旧像以前一样兜来转去，滴水不漏。

"林教授说得没错。危机关头，更是考验我们侨育大学定力的时候……"屈子林自然赶紧应和姐夫的话。

"我也改投票，原先是弃权票，现在投唐治平！"是何作宾的声音。

唐治平听到这话，更是百感交集，这个执拗的"定海神针"啊！

林渊临和屈子林不敢吭声了。

张成田清了清嗓子，掩饰不住内心的喜悦，朗声道："好了，现在结果已经出来。让我们以热烈的掌声，庆祝我们的唐校长正式上任！"

掌声先是一个两个，接着是十个、二十个，很快连成一片，越来越响亮，越来越热烈。林渊临和屈子林，也不得不跟着鼓掌了，只是两人的脸耷拉得像拖把上的破布条。

结果来得有点突然，唐治平一时没反应过来，好一会儿，这才站起来说："谢谢各位老师，还有何教授的信任，倒是让我有点，有点为难了，其实，这个校长……我也无……"

"唐校长关键时刻的作为，大家有目共睹，现在也是众望所归。请唐校长和我们说几句话吧。"

张成田生怕唐治平说出什么"无所谓"的话，赶紧打断他。唐治平当然明白张成田的良苦用心，他打个哈欠，说："好吧，我没有什么好说的，就一句话：很晚了，大家散了吧，回去睡觉，养好精神明天再说。"

众人都愣住了，原以为新官上任，怎么也得烧一把火。哪想到唐治平下的第一个命令，居然是让大家回去睡觉。

"唐校长不对接下来的工作做个安排吗？"张成田问道。

唐治平摆摆手，说："我现在没精神，哪里安排得了什么工作？危难关头，大家更要养足精神，好了，都去睡觉吧。"

教师们陆续散开，只有张成田和卢英强被留下来。

唐治平对他们说："你们两个陪我再走走看看。"

三人打着手电，在学校内转了一大圈，看师生都睡下，一切正常，这才转到校门。

"看——那是什么？"卢英强突然指着海面方向，惊叫起来。

唐治平举手搭棚，跟着望过去，不禁大惊。只见海面上不知何时多出几个巨大的黑影，黑影上透着点点黄光，像一匹有无数只眼睛的怪物。

张成田倒吸一口冷气，说："好像是日本人的军舰？"

唐治平点点头说："对，一定是日本人的军舰……几天前我就听说，日本军舰正往厦门港方向逼近。想不到他们逼得这么近。"

"看样子，他们随时都可能打过来。"卢英强担忧地说。

唐治平点点头，又摇摇头："日本人善于攻心战，他们暂时未必会攻打过来。但豺狼虎豹已近在眼前，不得不防！"

张成田忧心忡忡地说："那就糟了！学校离海边太近，如果炮弹打过来，后果不堪设想。这里不是久留之地，我们必须尽快离开。只是，我们能去哪里呢？"

唐治平忧心忡忡地说："嗯，让我想想……对了，要不先撤到鼓浪屿女中吧。校长是我舅舅，他应该会——收留我们的吧。然后——走一步看一步吧。"

张成田和卢英强只能点头同意。

翌日，晨曦初露，唐治平只身前往鼓浪屿女中找舅舅。

在离开之前，唐治平特地爬到校外一块大石头上，从那里望过去，整个大海一览无遗，比夜晚所见的清晰百倍。空气略凉，海上升起一层薄薄的晨雾，日本人的军舰，在这轻纱般的晨雾之中，静静地停泊在海天交接处。它们个头如此大，仿佛是一头头蛰伏的海兽，随时都可能冲上岸。想到它们上面那一根根黑洞洞的炮筒正对着侨育大学，唐治平不寒而栗，下意识加快脚步。

走到街上，唐治平才发现，昨天轰炸之惨烈，远远超出他的想象。一路上，烧成灰烬的楼房、缺胳膊少腿的伤者、哭泣的孩童接踵映入眼帘。在一个被炸毁的厝口前，一面残壁上贴着个人形血影，双手仍保持着临死前仓皇乱抓的模样。一天后，唐治平从报纸上获知，日寇竟然轮番空袭厦门达七次之多，投弹五十多枚。被炸毁的大小楼屋上百间，罹难市民数十人，这还不包括侨育大学的卷毛和三位学生。真实死亡人数，只怕远高于官方的报道。

鼓浪屿女中未受到日本飞机的光顾，几乎没有损坏。不过学生们也都放假回家了。此时，一把铜锁守门，门内空无一人。唐治平决定前往曾安厝舅舅住处。

其实这个舅舅并非唐治平的亲娘舅，而是父亲正室的弟弟。父亲在世时，他最常进出唐家，颇受父亲的恩惠扶掖。父亲去世后，唐治平与他鲜有往来，但在这非常时刻，"亲戚"这个词显得格外重要。

儿时记忆中，逢年过节父亲总会载着一大车孩子去舅舅家做客。多年过去，曾埪厝变化不大，一排排白墙红瓦，绿树红花的别墅让唐治平似曾相识颇感温暖。只是厝内空无一人，却弥漫着一股惶惶不安的气息。唐治平有点糊涂了，不知道哪栋是舅舅的家。凭模糊的记忆，他走向最内侧的几栋别墅。

迟疑片刻，唐治平大声喊道："舅舅——曾明杰——曾校长——舅舅——"

几栋别墅全是一片静寂。想必是弄错了。唐治平决定走到前面几排别墅再试试。

"哗啦——"身后传来开窗声，一个熟悉的声音传来："臭小子，你还记得我这个舅舅？”

唐治平大喜，急忙转身，抬头，只见中间一栋别墅的二楼露台上，站着一位五十多岁，头发花白，身穿丝绸马褂，身材矮胖的男人，不是舅舅又是谁？唐治平作了个长揖，毕恭毕敬道：“外甥唐治平拜见母舅！”他故意将“母”字说得很重。

露台上传来冷冷的声音：“听说你飞黄腾达，当大学校长了，居然还记得我这个‘母’舅，哼！”舅舅也故意将“母”字重重吐出。

看来舅舅还是一直关注自己的，只怪自己不懂事，回厦门三年多了，居然不曾登门拜访。何况这个舅舅向来一视同仁，从来没把自己当庶出的。唐治平十分愧疚，一把抓住别墅大门外的铁栏杆，诚恳地说：“舅舅，恕治平少不更事，疏忽贪玩失礼，还望母舅大人不与小辈计较。”

“哼，臭小子还是这副德行，嘴皮子忒不老实。”唐治平的认错虽然半真半假，但态度诚恳，言语谦卑，舅舅虽然还臭着脸，不过眉眼里已带着几分笑意，到底对唐治平的到来，他还是高兴的。

片刻工夫，大门打开了。唐治平心头一热，连忙朝舅舅深深鞠了一躬。舅舅上上下下打量他片刻，掏出雪白的手绢，擦了擦眼睛说：“臭小子，都长这么大了。你们那帮兄弟，也只有你和你爹最像！”

“嘿，我那帮兄弟都像蒲公英飞走啦。不过多年不见，舅舅还是跟从前一模一样，年轻，帅气！”唐治平竖起大拇指，笑着夸道。

“少拍马屁！进来吧！”

唐治平跟随舅舅穿过花木繁盛的庭院，进屋一看，不禁倒吸一口冷气，只见明亮华丽的客厅一片狼藉，地上到处都是捆扎成包的行李包。

舅舅挪开真皮沙发边的一个硕大行李箱，示意唐治平坐下，说：“说吧，唐校长今天大驾光临，有何贵干？”

唐治平也不客气，迫不及待将侨育大学决定暂避鼓浪屿女中的意思一五一十地道来。

未等他说完，舅舅的脑袋就摇得像拨浪鼓：“不行不行，学校怎能随便借，借给你们，我们的学生怎么办？请神容易送神难啊！”

唐治平早料到会遭拒绝，只得哀求道：“舅舅，只是暂借一段时间而已，等你们复学，我们立马撤离。如若反悔，唐字倒过来写。”

“咚！”

话音未落，脑袋一阵锐痛，舅舅一个“爆栗”在唐治平脑门上炸开：

"胡说八道！唐字倒过来写，你做得了这个主吗？"

唐治平摸着脑袋，吐了吐舌头。舅舅还是原来的舅舅，他的胆子更大了，一把拉住舅舅的手说："舅舅啊，我捡这个校长来当，就是不想让我爹的心血毁于一旦，说来说去，侨育大学和鼓浪屿女中就是友校，我们又是亲戚，血浓于水。国难当头，不就该互相帮衬吗？舅舅！"

舅舅望着唐治平，许久，摇摇头，又叹了口气，从腰间掏出一大串钥匙说："哎，和你爹一个样，单条筋！当年我就劝他，侨育大学成不了气候，何必花那么多时间精力和金钱呢？算了，算了，我的学校就暂时借你们侨育大学过渡一下。不过日本人很快就打过来了。这厦门一定是守不住的，借住鼓浪屿也不是长久之计，你及早做好准备吧。"

"谢谢舅舅，我明白。"唐治平大喜过望，伸手想接过钥匙，舅舅又一把将钥匙缩回去，说："要不，你也不要当这狗屁校长了，跟我一起去香港吧，等战事结束，我们再回来重办学校，如何？"

唐治平这才明白满客厅的行李包是舅舅要撤离厦门了，他结结巴巴地问："不会吧，舅舅您——您——这是要去香港？您——可是鼓浪屿女中的——校——长，怎么能——能——丢下学校一走了之？"

舅舅哼了一声，说："什么叫一走了之？是我们学校本就决定先解散，等战争结束后再回来复学的。你也把侨育大学解散算了。现在是国不国，校不校，师不师，生不生的，勉强维持也是玻璃里的苍蝇，看得到光亮，却找不到出路，这是何苦呢？跟我去香港，我还可以为你谋一份差事。"

唐治平很是感动，舅舅这是把自己当亲人看。要知道现在厦门到香港的船票要三根金条。但是侨育大学怎么办？三百多号师生在鼓浪屿女中门口等他拿钥匙开门呢。陈校长的嘱托怎么办？父亲的遗愿怎么办？

唐治平说："感谢舅舅厚爱，治平铭记在心。不过，治平既然接下校长这个担子，就该将侨育大学安顿好，否则真无颜去见九泉之下的父亲。所以，恕治平不能从命……"唐治平感觉喉咙被什么卡住，一时说不下去。他强忍起伏的情绪，深吸一口气，接着说："舅舅且先去香港，日后治平定去香港探望舅舅。"此话说得轻巧，但无论是说者，还是听者，都是心如刀割，眼圈发红。战火弥漫，世事无常，谁也无法保证此番一别，还能有再见之日吗？

"好吧，我当年说服不了你爹，现在也拗不过你这头犟牛。"舅舅将钥匙重重拍到唐治平的手里，转过身，无力地挥了挥手，说："走吧，走吧，自己机灵点，记住，命永远是最重要的！实在不行，就到香港找舅舅吧，珍重！"

"舅舅珍重！"

唐治平朝舅舅的背影深鞠一躬，紧紧攥着钥匙，转身，迅速离开。他发现自己的双眼像被什么糊住，白茫茫一片。

正如唐治平的舅舅所言，暂居鼓浪屿女中果然不是长久之计。侨育大学才搬过来不到两天，一海之隔的金门就被日军占领，厦门的出海口随即被封锁。厦门，马上要沦陷了。

严峻的问题再次摆在侨育大学面前，接下来该搬去哪里？

为了寻找答案，唐治平多次召开教职工大会，把那张老旧的地图来回翻了一遍又一遍，都快翻烂了。省城几所重点大学，已随省政府一起撤到内地的永安。只是，永安陌生而狭小，又是多山之地，加上不断有大中专院校涌入，早已人满为患，去那里，显然不切实际……

提议一个又一个被否决，日头也一分一分沉入西山。

"长汀！"张成田猛地用力在桌上拍了一下，然后指着地图西南一个小黑点，兴奋地说："我看去长汀好了！"

唐治平盯着地图上那个小得不能再小的黑点，疲惫地问："你对那里了解多少？"

张成田说："不是特别了解，但我母亲的娘家在那儿，前年还陪母亲回去过。是偏远些，不过倒是可以躲避日本人的炸弹，大山是最好的屏障……"

卢英强凑过来说："我看还是算了，山沟沟里拿什么来办学校？"

张成田微微一笑，指着地图说："长汀不是一般的山沟沟，它曾是州府所在地，那里有一条汀江航道，可以直通上海，水路很方便，又是闽粤赣的交通要道，由闽入赣、入粤都很方便，而且据我所知，当地客家人民风淳朴，热情好客……"

卢英强不由笑了："一说起长汀你就来劲了，该不会是那里有你的青梅竹马吧？"

唐治平指着卢英强一笑，转头问张成田："同感！老实交代哦。"

张成田苦笑一声："别闹了！自从阿袁走后，我的心都死了！"

卢英强和唐治平不敢再开玩笑，刚刚轻松一点的氛围又沉重起来。张成田口中的"阿袁"，是他的妻子，两人原本新婚情笃，可惜两年前阿袁因难产而死，孩子也没保住，留下张成田孤苦寂寞，至今还未走出丧妻失子的阴影。

唐治平连忙岔开话题说："我看长汀可以考虑。张主任，咱们兵分两路，我去永安面见陈鉴主席，请示此事，你去长汀实地考察，打个前站，如何？"

张成田响亮地回答："好！"

翌日，日头刚跃出东山，唐治平和张成田就各自背着行李往校外走，他们决定一起到厦门汽车站，一个朝北，前往省政府临时驻地永安；一个朝西，直指大山深处的长汀。

两人刚刚走出鼓浪屿女中的校门，就看见卢英强和余嘉训等五六个人聚集在那里，低声议论着什么，脸上充满悲戚。

"大清早的，你们在这里嘀咕什么？准备给我们送行吗？"唐治平虽然面带笑容，心里却隐隐不安。

卢英强嘴角一耸，哑着嗓子道："唐校长，张主任，陈校长他——他走了！"

"走了，去哪里啦？"刚问完这话，唐治平突然意识到什么，他的心像是被锐刀狠狠挖去一块，尖锐的疼痛排山倒海般袭来，原本轻快的脚步被死死钉住。不就是肩膀受了点伤吗？怎么就"走"了呢？他张了张嘴，想说什么，话未出口，泪珠已禁不住从眼角滑落。

唐治平几乎没感受过父爱，因为父亲的孩子太多，分到他身上的爱少得可怜。因此，老校长给予他的小到一个嗔怪的眼神，大到将重担交付他肩上，丝丝缕缕都浸润着父亲如山般的关爱。还有，还有老校长的谦逊无私奉献……都是他学习的楷模，老校长在他心中，有爱，更有敬！今天，这座大山轰然倒塌，怎不令唐治平悲痛万分！

张成田也惊呆了。他在陈校长手下担任教导主任整整六年，陈校长的大公无私，鞠躬尽瘁，早已成为他的人生楷模。此时乍闻噩耗，他下意识地认为，这绝对不是真的。但是，谁敢开这样的玩笑？

"陈校长什么时候走的？"唐治平抹把眼泪，痛心地问。

卢英强哽咽道："我也是刚得知消息的，前两天大轰炸时，他住的那间医院被炸，塌了一大半，老校长就，就在里面……还有校长夫人，也在……"

唐治平两眼一黑，一屁股跌坐在地。这两天忙着搬到鼓浪屿女中，讨论迁校，他都忘记还在医院的陈校长夫妇！

"唐校长——唐校长——这里有封信！"

一个怪里怪气的声音远远传来。众人连忙回头一看，原来是屈子林，手里拿着一叠报纸和信件。

"我没空，有事回头和张主任说。"唐治平急着赶往医院。

屈子林双手一张，挡在唐治平面前，将一封拆开的信递到唐治平面前，说："唐校长，不管多忙，还是要看看省政府的发函吧。"

侨育大学暂居鼓浪屿女中，收信地址仍是老校区，唐治平打发屈子林每天早上去学校收信。对此，屈子林一直愤愤不平，但今天他看起来心情很不错。

"就算蒋委员长来信，我现在也不看。"唐治平没好气地说："回头再说。"

"唐校长没空看的话，就让我来告诉你吧，我们得撤——校——啰。"屈子林叹了口气，将"撤校"两个字拖得很长很长。

"什么？撤校？！"众人大惊。

屈子林点点头，说："没错，不仅是侨育大学就地撤校。厦门的大部分学校都要撤掉……"

张成田一把抢过屈子林手里的那份信函，只匆匆扫一眼，脸色大变，他说："治平，不好了！我们学校要被撤了。"

唐治平接过文件，扫了一眼，心灰意懒地说："无所谓啦，撤就撤吧，天下没有不散的宴席。"

"可惜啊，唐校长只当两三天的校长，估计还没过瘾吧。"屈子林阴阳怪气地说。

"屈老师，都什么时候，你还说这话！"张成田瞪了屈子林一眼，对唐治平说："唐校长，我们不能让侨育大学就这样撤掉？"

"是啊，我们没必要撤，我们也可以内迁，迁到永安，或者长汀！"卢英强说。

学生们连连点头，议论纷纷。

　　唐治平没有应答，只是茫然四顾：这里一切都保存得很完整，但这里是鼓浪屿女中，属于侨育大学的地方，除了实验室外，办公楼炸了，图书馆炸了，宿舍楼炸了，学生们多数回家了，课也停了，最重要的是，陈校长都，都，都走了……校园没了，人心散了，撤与不撤，又有何区别？

　　"陈校长尸骨未寒，侨育就撤了，我们还有何脸面去见他最后一面？"张成田冲到唐治平面前，声音像一道利箭，直刺他耳膜。

　　唐治平仿佛什么也没听到，他眼神涣散，精神萎靡，不言不语。

　　张成田比唐治平矮一个头，又瘸着腿，但与今天心灰意懒的唐治平比起来，却显得异常高大威猛。他咬着牙说："还记得胡里山炮台上吗？鸦片战争时，清朝政府本可以用它抵御敌舰，捍卫厦门的！但守军才发了两炮，就各自溃逃。中国的大门被踢开，洋枪洋炮蜂拥而至，这个炮台从此彻底哑火，连开炮的机会都没有了！前事不忘，后事之师。今天，我们如果同样遇点难题，就树倒猢狲散。只怕侨育大学、唐校长，还有我，以及我们大家，这辈子都将彻底哑火，再无翻身机会！唐校长！"

　　日头越升越高，温度快速攀升，阳光照在每个人身上，燥热不堪。同样燥热的还有知了，它们一声长，一声短地叫唤着，仿佛在呼应张成田的话。

　　"唐校长，你还在想什么呢？事已至此，赶快下令吧。我们现在撤校，或许还可以赶在日本人来之前离开……"屈子林推了推眼镜，大声道。撤校对别人来说或许是灾难，对屈子林而言，未尝不是出一口恶气。他得不到的，唐治平也休想得到。

　　"屈老师，你听好了！"唐治平突然挺直身子开始发话："请把这些信件送到校长办公室去，还有，把校长办公室好好打扫一下。然后再召集所有老师，向他们宣布——就说我唐治平说的，侨育大学绝对不会撤，不要自己先乱了阵脚。如果我回来，有人还喊着要走，我拿你是问！"

　　"你——你什么意思！我是老师，不是校工，任你支使！"屈子林跳起来，气急败坏地叫道。

　　唐治平冷笑道："侨育大学现在还没撤，我现在还是校长，你要不服从工作安排，请你马上滚出侨育大学！但你放心，有我在，就有侨育大学在！"

屈子林气得浑身发抖，又心生畏惧，他彻底失声了。

"屈老师，唐校长说得没错。他现在还是校长，他的工作安排，我们要尽量完成。何况现在是危难关头，我们更要团结起来，和学校共度危机，是不是？"张成田怕事情闹僵，适时出来解围。

"可是，我有什么办法……"屈子林还想叫苦，唐治平却冷哼一声："屈老师见多识广，这点事又算什么？如果屈老师真没把握，也可以搬出林教授这个救兵啊，他可是我们侨育的'定海神针'，有他老人家的面子，还怕师生们的心会乱吗？"

屈子林灰溜溜地走了。

"校长，好样的。"余嘉训迫不及待竖起大拇指："对屈四眼这种货色，就不用讲道理，直接打，打到他服为止。"

唐治平说："成田，你说得没错。我不能当胡里山的炮台，只会响两下。我更不能让侨育大学在陈校长刚去世两天，就撤校关闭。所以，我决定赶去永安，面见陈鉴主席，务必保住侨育大学！"

张成田用力点点头说："好！好！只要我们自己不动摇，省政府一定会留住侨育这个文脉的！"

唐治平点头说："不过，我要参加完老校长的追悼会，再去永安。"

六、迁校

　　李应松的舅舅有一部军车正好要去永安，唐治平主持完陈校长的追悼会，就搭上顺风车，直奔永安。

　　永安位于福建省北部，通往它的山路，顺着燕江水蜿蜒延伸。唐治平坐的军车像一尾逆流而上的鱼，奋力往永安游去。路上，唐治平果真看到不少大中专院校载着捆扎好的实验器材和图书，带领师生们朝永安迁移。唐治平心里很不是滋味，侨育大学真的像我唐治平一样，小老婆养的，爹不疼，娘不爱，受白眼，遭冷遇，一不小心就要被撤校，没有天理啊！唐治平坐在颠簸的军车里，心里暗暗发誓：一定要把侨育大学做强做大，做到没人敢轻易撤掉我们！

　　如此多的人在短时间内一窝蜂涌入，使整个永安城像被挤爆皮的饺子锅，黏糊糊、油腻腻的。目光所及，全是面黄肌瘦，惊恐不安的人们，永安简直成了一个偌大的难民营。

　　省政府临时驻地在永安县政府里面，里头同样像一锅乱粥，来去匆匆的人群就是扑腾翻滚的米粒。唐治平一头扎进这锅乱粥，瞬间找不着北，不知到哪里才能找到省政府主席陈鉴。

　　盲目兜转了半天，唐治平突然发现一个年轻人抱着一只大纸箱正朝办公楼走去，办公楼前是一段长长的台阶。唐治平一眼认出他就是陈鉴的勤务兵，上次在省城见过。

　　箱子很重，勤务兵抱得很吃力。唐治平一个箭步冲上去，帮他一起抬起纸箱，一口气上了二楼，朝西转个角，走到底，推开一间很不起眼的房门，将纸箱搬进去。这是一间不大的办公室，一张硕大办公桌几乎占据半个房间。

放下纸箱，勤务兵松了口气，说："谢谢啦！欸，这么眼熟，你是永安县政府的吧？"

唐治平含含糊糊地说："嗯，是……嗯……"

"哼，走到哪里都不忘记这箱书，又不是枪啊炮的，打仗有用吗？累死人了！"勤务兵一边揉着发酸的手臂，一边抱怨。声音不大，在空荡荡的屋里却异常清晰。

"谁说读书无用？谁说这些书是累赘？我告诉你，造车的知识就在书里，造枪造炮的本事都在书里！开飞机的本领也都在书里！好的书能顶过千军万马……"一个略显苍老的沙哑声音，坚定、短促、有力、威严，正是省政府主席陈鉴。

勤务兵并不怕他，不服气地说："就算这样，也没必要在这焦头烂额时，赶着搬这些书啊。"

听两人这话，唐治平才注意到，会议室里头，堆着一捆捆用绳子扎得结实整齐的书籍，将原本就逼仄的办公室占去大半。

陈鉴摇摇头，笑了："你这个榆木脑袋！给我听好了，等这些书都汇总齐了，立刻送到三德书院去，不许耽误省立师范大学的复课。"

唐治平感觉这一幕好熟悉好亲切。这不正是陈校长与他之间的，亦父亦师的，深入骨髓的温情吗？唐治平强忍起伏的心情，他必须抓住这个难得的机会。

勤务兵吐吐舌头，不敢再顶嘴。

"那个呆子，愣着干吗，还不快过来帮忙？"陈鉴发现唐治平，冲他招招手。

唐治平心头一喜，急忙快步过去，长长地作了个揖："国难当头，万事烦杂，陈主席还如此重视教育，实乃国家之大幸！令人佩服敬仰！"

这个举动来得突然，陈鉴不由一愣，好奇地看着唐治平，问："你是什么人？"

"回陈主席，在下国立侨育大学战时代理校长唐治平。"唐治平边说，边将迁校申请书递过去。

陈鉴迟疑片刻，还是接过申请书，同时略显诧异地端详着唐治平，说："嗯，我记起来了，你是先前接替李光年的那个，那个……唐……

代理校长？"

唐治平颇为讶异，没想到非常时期非常政府的非常主席，每天要接触多少人经历多少事，居然还能记得他。他上前一步，郑重地说："是！治平今日前来，是希望陈主席能收回成命。侨育大学不能撤，它是以陈嘉庚为首的海外华侨凝聚十几年心血的结晶，撤掉侨育大学，等于撤掉华侨们的爱国爱乡之心！治平恳请陈主席，让侨育大学撤离厦门，迁往后方！"

唐治平一口气把话说完，生怕被陈鉴中途打断。

陈鉴翻看着迁校申请书，又耐心听完唐治平的汇报，思索片刻，说："唐校长，我很佩服你的勇气和担当。不过——在你来之前，也有不少校长前来找我，他们开口就是诉苦，说学校炸了，学生散了，老师没心思教了，办学维持不下去了。总之，目的只有一个，那就是让我下令撤掉他们的学校。还有一些校长虽然没来找我，但我听说他们得到撤校的命令，都是如释重负。"陈鉴停顿片刻，目光炯炯地盯着唐治平，接着说："可以说，撤校从根本上讲，是在给你们这些校长卸担子，唐校长为什么要反其道而行之呢？"

"回陈主席，个人卸掉重担容易，但国家的重担却不容推卸！教育往小处说，关乎个人心智，关乎个人前程，往大说，关乎国家未来！治平虽知重担万钧，却不敢贪一时轻快。"

这话是唐治平来的路上反复琢磨，打好腹稿的。此刻配以激烈的言辞，当真是慷慨激昂，掷地有声。

陈鉴却是一脸不以为然："唐校长，慷慨陈词容易，但是，真正的困难并不能靠动听的话语解决。"

"陈主席说得没错，知易行难，古今一理。不过，治平还知道一句俗语，世上无难事，只怕有心人！"唐治平深吸一口气，目光越发坚定，他接着说："治平愿做保存侨育大学的有心人，愿做战时挽救文脉的有心人。就不知道，陈主席，是否愿做那个……相信治平决心的……有心人？！"

陈鉴垂下眼帘，沉思不语，半晌，问道："你当真有此决心？"

唐治平毫不犹豫回答："若无此决心，治平今天就不会来见陈主席了！"

陈鉴有点喜欢这个年轻人。大难临头，多少人唯恐避之不及，他却迎难而上；夸夸其谈的人太多，他却实干肯干。国难当头，这个代理校长，着实难得。陈鉴仿佛看到年轻时的自己，不撞南墙心不死的那份执着和担当。

"行吧，那我就相信你一回。"陈鉴扬了扬手中的申请书："侨育大学不用撤校，我收回成命！"

唐治平大喜，急忙抱拳作揖："治平代表侨育大学全体师生，多谢陈主席！"

陈鉴摆摆手，说："先别忙着谢，说吧，你们要多少钱？"

真是痛快人！唐治平心中一块大石头落下，忙伸出一个手掌。

"这不行。"陈鉴摇摇头，竖起食指和中指。

唐治平苦笑道："主席，不够啊，再多点吧？"

陈鉴把无名指也竖起来，摇着三个手指。

"主席，三千成不了什么事呀。"唐治平继续恳求。

陈鉴坚决摇着三个指头说："唐校长，你只有一个学校，我要面对的，仅学校一块，全省就有三四十所大中专院校，每个都管我伸手要钱要物要地，我能挤出三千给你，已经是仁至义尽了。前两天，厦门大学的萨本栋校长来管我要钱，我也才给他五千元。"

"您看，厦门大学您就给五千，我们才三千，主席您偏心啊！再说了，我们多懂事，不在您眼前添堵，样样靠自己，您就多给点吧。"

唐治平继续死磨硬打，反正动动嘴皮子，又不要本钱。其实他心里早已乐开花。他之前目的只有一个，那就是阻止撤校，没想到不仅不用撤校，还能拿到省政府的迁校费，简直是天上掉馅饼，意外之喜！

"哈，唐校长，你少跟我来这一套。在我眼里，手心手背都是肉，所有学校都一样重要。"陈鉴听出唐治平酸溜溜话里的真实目的："不过，侨育大学确实要表扬，自觉迁到长汀，就为这，我再给你两千，跟厦门大学扯平，免得说我偏心。"

唐治平喜出望外，连连拱手作揖："多谢主席！多谢主席！"

陈鉴一把挡住他的手，说："别谢得太早，后面这两千呢，没有现金，你找长汀的县长要，就这样吧！"说完，朝唐治平做了个"请"的动作。

唐治平装作没看到陈鉴的逐客令，机会难得，他决定尽可能再磨点东西，继续说："还有个问题，就是学生到长汀后，住哪里吃什么？"

陈鉴有些不耐烦了，但看唐治平一副认真执着的模样，又有点不忍心，只能耐心地说："住哪里？你找长汀县政府要，我可没有房子送你……不过，厦门市政府大院内有我的一部吉普车，几年没人动了，你如果开得动，就归你。行了吧，你再不走，我就让卫兵护送你出去啦。"

"行了行了！"唐治平见好就收："谢谢主席！"他走到门口，又突然转身，说："不过，迁校路途遥远，请主席给沿途的军队写一封信吧，让他们多多关照。"

陈鉴说："终于有件不要的钱的事了，这个容易，只是你要这信有何用？"

唐治平正要解释。陈鉴阻止他："不必说了，我没工夫听，你到隔壁房间等着，我交代秘书写好信，算好钱。后会有期！"

陈鉴主席口头答应给他的钱和信，都要办手续走流程的，这一圈下来，天都黑透了，唐治平这才离开省政府临时驻地。

三千元可不是小数目，银元和国币，一大摞堆在桌上，唐治平发愁了。身上带着这么多现金，日本人难以预测的飞机炸弹，沿途层出不穷的土匪、小偷，还有穷怕了饿极了的难民，不管碰到哪一种，都是极其危险的。唐治平原本想找部顺风的军车。但送他来的那部军车要一周后才能返回厦门，唐治平哪能等啊？何况，他必须抓紧时间组织侨育大学撤离厦门，不要等日本人真的攻进来，想逃都来不及。

在旅馆里折腾了整整一夜，唐治平总算将钱和迁校证明信，里三层外三层用塑料膜和报纸捆成一条长长的带子，严严实实绑在腰间，换上一套宽松的蓝色粗布衣裳，将一丝不苟的三七开的发型弄乱，天还没亮，就出发了。

永安没有直达厦门的公共汽车，唐治平只能先坐上一辆开往省城的汽车。省城沦陷在即，大家都纷纷从那里往外逃，极少有人逆向而行。所以车上只有稀稀拉拉几个乘客，个个神色仓皇紧张，仿佛奔赴鬼门关。

正是梅雨时节，纷飞的细雨，时来时去，时大时小，淅淅沥沥，没完没了。

班车顶着针尖般的雨丝，绕行在坑坑洼洼的盘山公路上，犹如悬崖边的杂耍者。看着不断在眼前出现的深沟大壑，唐治平的心时刻都悬着。他尽量收回目光，只盼汽车能赶快驶出这该死的荒山野岭，快点到达厦门。

但越怕什么就越来什么，班车突然"轰隆"一声，抛锚了。司机是个五大三粗的汉子，他骂骂咧咧跳下车，绕着车子前前后后敲打半天，汽车还是动弹不得。天色越来越暗，雨势越来越大，悬崖下的燕江水波涛汹涌，山顶的松涛呼啸狂叫，有猿啼从对岸传来，上下交织，在空旷的山谷中来回激荡，让归心似箭的旅人毛骨悚然，全然没有"两岸猿声啼不住，轻舟已过万重山"的洒脱。每个人心中都有说不出的担忧和恐惧。

唐治平下车，就着昏晦的天色查看引擎盖前架。在美国留学时，他没事经常拆玩汽车，对汽车的构造颇为熟悉。他很快发现，是电线断了。

接电线，对侨育大学的机电系主任来说，简直是小菜一碟。唐治平三下五除二将电线接好，然后示意司机再去启动汽车。汽车启动那一刻，大家都欢呼起来。

汽车终于转出崇山峻岭，像一只破壳而出的小鸡，跌跌撞撞冲入平原。唐治平长长松了口气，估摸再过半个小时，就能到达鱼口镇，到时候他就可以先下车，然后走水路，尽快赶回厦门。

然而，世事难料，他的这口气松得太早。车子沿着江畔公路匀速行驶时，头顶突然传来沉闷的啸声。这声音唐治平再熟悉不过，他急忙探头往外看，只见一架刷着猩红太阳旗标志的飞机像一只硕大的乌鸦，正张着黑黑的翅膀，得意扬扬俯冲而来。

看阵势，分明是冲着这辆班车来的。

"不好，日本人的飞机来了！快停车，离开汽车！"唐治平大声喊叫。汽车慌忙停下，他迅速拉开窗户，跳下车，朝江边飞奔而去，其他乘客回过神来，也纷纷下车，往四面八方逃散。

唐治平迅速扑入江堤边的芦苇丛中。可是万万没想到，这片芦苇丛看起来很高很密，其实里头又薄又稀，要不是有根斜插的树枝刚好挂住他的背包，唐治平差点一头直接栽进燕江了。

脚下是湍急的江水，头顶有日本轰炸机在盘旋飞转，这一切，都让唐治平有种一脚已踏进鬼门关的绝望感。他摸了摸腰间的那捆钞票，第一次明白，原来生死有命富贵在天的说法，是如此悲凉透骨啊！唐治平无奈地闭上双眼，眼前居然不可思议地浮现出李沁的笑脸！从来没见过一个女孩笑起来这么没遮没拦！不过，这小黑妞虽然黑了点，笑起来可真好看，那两个小酒窝……哎，唐治平啊唐治平，死到临头，不思学校，不念祖国，却在想一个小黑姐，你真是不可救药！

"轰隆隆——轰隆隆——"猛烈的爆炸挟着狂飙之力，从身后席卷而来，震得唐治平整个人往上荡开。眼角的余光瞥到那部被弃置半路的班车正裹进一团大火，冲天飞起，然后又重重往地上摔，化为无数碎片。

唐治平刚往回落，又被这风火冲击波震得再次向上荡起，挂住他背包的那根树枝不堪重负地摇颤个不停，似乎随时会折断。唐治平双手下意识地往上抓，居然让他抓住一根更加粗壮的枝丫。唐治平再不肯撒手，死死抱住那根粗枝丫，同时狠命往前一冲。"咔嚓——"一声剧烈地撕裂，背包被扯断，直接掉进江面，瞬间消失得无影无踪。唐治平感到后背一轻，趁机一个腾跃翻身，翻过那根粗枝丫，沿着它快速爬上树干，顺着往下滑，直到双脚落回岸边实地，一屁股坐下，一口接一口往外喘气。唐治平不敢相信自己居然以这样的方式死里逃生。

等喘够气，唐治平这才检查那条三千元做成的腰带，幸而完好无损盘缠在腰间。只是身上的蓝衫早被扯成一条一缕，头发上落满炮灰，一晃脑袋，那些炮灰便如受惊的蝗群，在空中盘旋飞舞。

望着不远处熊熊燃烧的汽车和被炸飞的残肢碎体，想着刚才还同车的同伴们，虽然素昧平生，也算是同车共济，眨眼间，不少已是阴阳两隔。唐治平越想越后怕，如果当时自己没有反应及时，跑得快点，也早就被炸成碎片，一片挂在树上，一片掉进江里，一片飞进草丛……这样一想，他忍不住浑身颤抖，干呕不断。

终于，当唐治平再次踏进厦门时，他感觉自己的双脚像踩着云团，飘得厉害，肚子像被掏空，喉咙直冒烟，白晃晃的日头，眩得他看不见三米之外。腰间则像裹着一团火圈，烧灼得他焦渴难耐。"宁做太平狗，不做乱世人"，唐治平这回算是彻底领会这句话的含义。

鼓浪屿女中从外观看，还是让人放心的，至少没有被日本人的飞机光顾过，但里头又安静得让唐治平有点不安。人都去哪儿了？莫非都散啦？这样的感觉只是瞬间，不过往里走几步，就听到有叽叽喳喳的声音从教学楼一楼的休息室传来。

唐治平拖着沉重疲惫的脚步循着声音走去，只见休息室内，张成田正被一群女生围住，他显然比唐治平早回来多时。

"凭什么不让女生一起撤离？"

"你们这是典型的重男轻女！"

"我们抗议！无论如何，也得带上我们！"

张成田个子矮小，几乎淹没在女生中，只能听到他不急不缓的声音从里头传出来："我知道你们的意思。但路程遥远不说，而且还很危险，这样做，也是考虑到你们可能吃不了苦……"

"谁说我们吃不了苦？女人生孩子的苦，你们男人承受得了吗？"一个又矮又壮的女生，像一门小钢炮，急吼吼反问道。

唐治平差点笑出来，他认得这个女学生，她叫杨月英，绰号就叫作小钢炮，极其泼辣。没嫁人的姑娘，居然拿生孩子来说事。难怪张成田有些招架不住。

"呜呜呜——张主任，我爹娘都不在厦门，学校又不要我们，那我该怎么办哪，呜呜呜——"这位哭鼻子的女生，唐治平也认得，她叫林梦瑶，多愁善感，爱掉眼泪，被人称为"林妹妹"。她梳着两条垂肩麻花辫，鹅蛋脸有点发青，单眼皮，眼泡有点肿，被泪水浸泡得楚楚可怜，像春天里长出的小黄花，金灿灿的。

这样的眼泪，张成田同样招架不住。他摆摆手说："好了好了，你们吼的别吼，哭的也别哭，这只是我的初步设想，最终带不带你们，等唐校长回来再决定。"

"啊！那……那是谁？"林梦瑶眼角瞥到门口边，突然惊叫一声，其他人纷纷回头，全都惊呆了。

只见门口冒出一个衣衫褴褛的人，腰间缠着一条奇异的大腰带，脸上黑一块红一块黄一块，古怪无比，极其骇人。

休息室内顿时鸦雀无声。所有人都被眼前这个人惊呆了。

唐治平下意识低头迅速自检一番，衣衫虽破，并未走光半点，这才摆摆手，笑着说："看什么看？没看过穿得新潮一点儿的校长吗？"

"唐校长！"

"是唐校长！"

"啊呀！唐校长你这是怎么啦？"

女生们回过神来，无不喜出望外，一拥而上，将唐治平团团围住，七嘴八舌问个不停。

"唐校长，省政府同意我们迁校吗？"

"唐校长，你一定得带上我们啊！"

"唐校长，反正不管怎么样，我们都要跟着学校走的。"

"好了好了！"张成田终于从女生中突围出来，大声喊道："唐校长路上肯定遭了很多罪，你们先别问了，让他好好休息休息，有事回头再说。"

唐治平也笑了："没错，你们赶紧走，我可要脱衣服了！妈呀，这衣服可真是够呛的！"

女生们一听说校长要脱衣服，都羞得赶紧逃离。等女生们离开后，唐治平立即关上门，急着卸下腰带。

初夏的厦门已经很热，身上缠着这么个玩意，让他有要灼烧起来的感觉。但是腰带被系了死结，解了半天愣是解不开。直到张成田找来一把剪刀，小心翼翼地剪着那条几乎嵌进唐治平肉里的腰带。

张成田说："你这一路究竟遇到什么？怎么像从阎王殿里逃出来的？"张成田一使劲，那捆腰带终于脱离唐治平的身体，重重地掉在地上，唐治平浑身轻松得简直要飞起来。他长长地伸了个懒腰，说："哦——总算解放了！"

张成田掂了掂那条腰带，汗渍渍沉甸甸的，估摸着有三四十斤重，也不知唐治平是怎么背着它，翻山越岭，过桥蹚河，还要躲避日军炮火攻击的。

腰带解开，哗啦啦倒出来的，居然全是大把国币、银元，各种面额都有，更是把张成田看呆了。

"这些是陈主席给我们迁校的路费，还有给政府的通关文书，避免我们路上遇到麻烦……"

唐治平趁着解腰带之际，简单将这一路的遭遇向张成田说了一遍。又问："长汀那边情况如何？还顺利吧？还有，那帮女生像要把你活吞了，你怎么招惹人家了？"

张成田说："长汀还算顺利，秦县长非常欢迎我们迁到那里，说会尽力支持我们。对了，厦门大学已经迁过去了，安顿得还不错，我们去那边应该没问题。我已经把路线图都画出来了。但这条路注定艰辛无比，所以我打算不让女生跟着撤校，她们一听就急了，冲过来找我理论，真让人招架不住……"

唐治平说："那我就放心了，不过，难怪这群女生要把你吃了，原来你是要始乱终弃啊！"

张成田哭笑不得："什么始乱终弃？你别胡说八道！"。

唐治平说："三考五考将人家招进来，一到危难时刻，就要抛弃她们。换作我，也要来找你理论。"

张成田叹了口气："我这是考虑到路途遥远困难，怕她们吃不消……"

"路途遥远算什么？"唐治平反问："你想想，要是日本人攻下厦门，最危险的是谁？当然是这些女学生了！"

张成田默然片刻："这倒也是，那怎么办？"

唐治平干脆地说："还能怎么办？一起走，去长汀！男生能做到的，我相信女生也能做到！只要是想跟我们走的，一个都不能落下。"

张成田迟疑片刻，点头说："好吧。"

"就这样定了，这些就交给你清点，我好累啊。"唐治平斜坐在椅子上，歪着脑袋，半张着嘴巴，湿哒哒的头发盖住半张脸，双手软绵绵地垂下来，很快发出沉沉的鼾声。张成田眼圈红了，他轻轻地带上门走出去。

中国人历来害怕搬迁，背井离乡往往是迫不得已之举，因为那意味着飘零动荡、凄风苦雨，以及沉重的行李负担。贫寒之家，搬个家都得收拾好几担，何况是一个学校的搬迁？从命令下达那一刻起，在外头住的师生便陆续回来，加入紧张的收拾整理中。

两次大轰炸，让侨育大学损失严重，即便如此，校产仍不少，大到图书、实验器材、教学仪器，小到粉笔盒、黑板刷、鸡毛掸子、扫把等零零碎碎的，不一而足。而且，每个人或多或少都有几套衣服，还有一摞摞书更是重得让人望而生畏。而女生们的许多零碎小东西，丢哪样都像是割心头肉，这种收拾，就像是在做一道迟迟无法解开的算术题。

"林妹妹，我们是要到长汀，几百里路啊，你背得动那么多书吗？"绰号小钢炮的杨月英叽叽哇哇叫道。

"我是来读书的，不带书，带什么？再说，不是还有你小钢炮吗？"林梦瑶轻声道。

　　"哎呀，宝哥哥我只能在大观园哄你开心，遮风挡雨的活，我也无能为力啊。"小钢炮说。

　　女生们都笑了，一个女生说："林妹妹，我们的小钢炮也是女娇娘，你的宝哥哥不是在机电系吗？"

　　林梦瑶又羞又气，涨红脸说："不许胡说，你们欺负人。"说完，她愁眉苦脸地低下头望着早已被自己塞得满满的藤木箱子，只得无奈地再抽出几件衣服和书本，眼泪已经忍不住滴下来。

　　叶德香和李沁也在收拾行李。叶德香把她那些心爱的围巾全收拾了，足足装满一箱。这一来，裙子、旗袍、卷发器、化妆品等其他物件，就无处安置了。于是，她又开始抱怨，无非是：迁校是劳民伤财，日本人不会那么快打过来等。

　　李沁探头看了看叶德香一大箱围巾，忍不住说："你要那么多围巾干吗？带几条喜欢的就可以了，路途遥远，轻装上阵才是正理。"

　　叶德香黑下脸，声音发硬道："它们陪我那么多年，都是有生命，有情感的，我怎么可以轻易丢弃呢？哎，你怎么会懂呢？"

　　李沁吐吐舌头，不敢再说话。她对这个老处女是越来越敬而远之。可怜之人，必有可恨之处。

　　女教师宿舍和女生宿舍楼之间，隔着一条石径小路，路边有两株紫堇正在开花，紫色小花开了一树，又落了一地。李沁绕着落花走，不忍踩那一朵朵盛年陨落的紫堇花。就这样迎面遇见了唐治平和张成田。

　　唐治平也看到李沁了。紫堇花下，李沁的两眼灼灼有神，面容红嫩光泽，两个小酒窝点缀得一张圆脸俏丽活泼，好像也没那么黑了。他想起生死关头时脑海里浮现的居然就是面前这个小黑妞，突然有点心慌。唐治平有点气自己，虽不能说阅人无数，毕竟谈过几场无疾而终的恋爱，何曾有这样的感觉？

　　看到唐治平，李沁也有点慌乱，不禁想起在会议室的废墟里，他紧紧搂住自己躲在角落的情景，慌乱动荡之中，一股从未有过的奇异感，瞬间攫住了她，她不敢轻举妄动，只能清楚地感觉到，他的身子在颤抖，嗅到他身上散发出一丝丝男人独有的气息。

　　幸好张成田打破两人的尴尬。他笑着说："李老师，我们刚从女生宿舍过来，那些姑娘们手不能提肩不能挑，还大包小包的，怎么走？

你得去做做工作，尽量轻装上阵，否则路上会很麻烦的！"

李沁不满地说："张主任，你是不是还在找理由不带她们走哇？"

张成田苦笑道："李老师，你冤枉我了。就算我还抱着这样的想法，唐校长也不同意，是不是？"

唐治平也从短暂的慌乱中调整过来，嘿嘿一笑："李老师放心，绝对要带女生一起走的，但行李太多的确很麻烦，还请李老师帮忙做做工作吧。张主任，我们快去找叶财务。"

"好吧，那我去跟她们说说。"李沁撇撇嘴，朝女生宿舍走去。

"这李老师被你救过一回，对你的态度好像改变很多。"张成田嘴角浮起一抹意味深长的笑。

唐治平一愣，笑道："有吗？"

两人走进女教师宿舍楼。当校长以来，唐治平还没空来摸清学校的家底，今天他就是想找叶德香问个清楚。

没想到叶德香双手一摊，说："唐校长别问了，学校早就是个空壳子，钱真的没多少。"

唐治平心中一阵冰凉。学校存粮不多，他是有思想准备的，但究竟有多少？他不死心地说："叶财务别逗我们了，到底还剩多少？"

叶德香不情愿地伸出一个手掌说："咱们学校目前就只有五千元。你们别不信。如今全世界都在闹经济危机，海外华侨早就没给我们捐资了，政府的拨款又还没到，一大堆人，每天一睁开眼就要花钱，如果不是我勤俭持家，早就穷得揭不开锅了。"

唐治平和张成田面面相觑，这点家底，加上从省政府要来的三千元，合计八千元，要应付三百多号师生，五百公里路程……

"唐校长，实在不行，咱们就地解散算了。"叶德香早就对这趟远征不抱太大希望。

唐治平说："叶财务可以任性地这样想，我可不敢任性地这样做。咱们有钱就做有钱的打算，没钱要饭也要到长汀。财务这块，还要多辛苦您了。"

叶德香原以为会把唐治平吓倒，没想到他竟是这种反应，不禁有点佩服唐治平，忙说："反正该是我的工作，我绝不含糊。"

走出门外，张成田小声说："别看这个夜来香神经兮兮的，搞财务倒是一流的，从没算错过一分钱。"

唐治平点点头，说："嗯，我妈说过，有多少雨就有多少晴，有多少缺点啊，就有多少优点。咦，不对啊，把她夸得像一朵花，难道——我们的张主任，看上夜来香啦？"

张成田一拳捶过去，生气地说："哼，我就是打一辈子光棍，也不会看上她的。"说完，丢下唐治平，一瘸一拐往前走去。

虽然侨育大学大部分基业都化为灰烬，不过组织全体师生掏掏挖挖，还是抢救出不少东西。让原本只租一部大卡车的唐治平，不得不掏钱再租一部。

当卡车开到何作宾教授的实验室门口，学生要进去帮忙搬东西时，却被何作宾挥舞着扫帚给轰出来，不让他们踏进一步。唐治平和张成田闻讯赶来，只见卡车停在实验室外头不远处，实验室的门窗紧闭。

唐治平上前去推门，门从里头拴住，根本推不开。他只能敲门，但敲了半天，里面却没有丝毫动静。

"何教授，您快开门吧！我们马上就要撤离厦门了，实验室得赶快收拾一下，不然就来不及了！"

半晌，何作宾的声音才从里头传出来："你们忙你们的，不用管我！谁也不许动我的实验室，否则，我和他拼命！"声音听起来闷闷的，全无往日的洪亮。

张成田正要开口，唐治平对他摆摆手。他知道，何教授做出的决定，谁也无法改变。只是何作宾为什么突然不走啦？缺了这个定海神针，侨育大学今后的命运如何？唐治平回头望一眼门窗紧闭的实验室，一咬牙，还是转身离去。时间急迫，千头万绪，容不得他有太多时间去感伤，去犹豫，去等待。

迁校的准备工作足足进行了三天。除了物资打包外，还培训全体师生如何尽量保证睡眠时间；如何快速学会裹扎绑腿；如何应对野外生活；还给每个师生赶制了一批食品袋和地图，备好基本药物……唐治平忙得脚不沾地，他心里非常清楚，带着三百多名师生踏上这条漫漫长路，前方会有多少不可想象和不可预测的危险与苦难在等着他们，磨刀不误砍柴工，多费点时间准备，日后应对问题也可以从容些。

所幸，这段时间时局仍在僵持，日本人的飞机暂时没再来扔炸弹，给厦门一个喘息的空档。

万事俱备，确定好出发的日子就在明天。

已是夜深人静，唐治平困乏得很，头脑却异常清醒，久久无法入眠，总感觉还有什么事没做完。他烙饼似地翻来覆去半天，最后还是披衣起身，走出房间。

走在寂静的校园，屈子林的名字鬼使神差地跳进唐治平的脑海。他终于知道，自己一直想不起来的事是什么！是屈子林，这家伙好几天不见了，还有林渊临，这两天也没来学校，据说都到别的学校走动去了。这样也好，眼不见心不烦，少了这些旗帜，侨育大学说不定还能破旧立新。

唐治平边走边想，绕到公告栏后头，那里安然卧着一辆又笨重又破旧的吉普车。这部车，就是陈鉴主席允诺给的座驾。唐治平拿着陈主席的亲笔信，亲自将它从厦门市政府大院开回来。为了让这破车能听话，他带着余嘉训、李应松等几个学生，足足鼓捣了三个晚上，让余嘉训和李应松都学会开车。路途漫漫，这部破车必将派上大用场。一想到这儿，唐治平的心情又轻松许多，他打了个长长的哈欠，准备回去睡觉。

宿舍门口，有两个身影正在焦急徘徊。唐治平定睛一看，正是余嘉训和李应松。这么晚了不睡觉，还想做什么？接下来，他们可是要挑大梁的。

"你们两个大半夜的不睡觉，在梦游吗？"唐治平笑着问。

余嘉训和李应松立即迎过来。李应松迫不及待地说："校长，你终于回来了，我们来是有事要跟你说的。"

唐治平一愣："什么话，要赶着半夜说？"

余嘉训踌躇片刻，仿佛下了很大的决心，艰难地说："我们商量好了，决定不去长汀了。"

"没错，国难当头，日寇步步紧逼，我们要上前线，打日本鬼子！"李应松接着说。

唐治平简直不敢相信自己的耳朵。虽然这段时间，整个厦门的抗日热情不断高涨，许多学校都成立抗日队伍，更有不少青年师生投笔从戎，唐治平对此都十分非常理解和支持，但一听到朝夕相处的爱徒也要奔赴战场，他有点措手不及。

"我们明天就准备出发。"两人异口同声地说。

"开什么玩笑！"唐治平想要呵斥他们，但话一出口，却是软绵绵的，没有一点儿力道。

余嘉训昂起头，咬着牙，像是下了很大的决心说："校长，我们没有开玩笑。我们也知道，这个时候应该和校长一起、和学校一起共渡难关的。但是，覆巢之下安有完卵？我们决心不做躲在角落里的乖学生，我们要上战场，打日本鬼子！"

借着浅淡的月光，唐治平看到两张洋溢着青春与激情的年轻脸庞，心里又是欣慰，又是不舍，一时不知该说什么才好。他推开宿舍门，疲惫地说："你们就不想让我睡一觉吗？我已经两天两夜没有合眼了！"

李应松眼里流露出浓浓的眷恋："对不起校长，我们明天一早就要出发了，所以只能这个时候来向您辞行。"

"好吧，你们要为国而战，我不能阻挡你们。"唐治平叹了口气说："我们学校都有几个人去？不会就你们两个吧？"

俞嘉训回答："我们一共五个人去，除了我俩外，还有林登平，吴启刚，刘富贵。"

"你们报国救国的拳拳之心，我非常理解。但必须让你们明白一个道理：我们国家现在最缺乏的是什么人？就是像你们这样有知识有文化的年轻人！战争不会一直持续下去的，日本人也不会最终得逞。别以为在学校念书就跟抗日无关，我可以很肯定地告诉你们，读书，学习知识，将来报效国家，同样是在抗日，而且意义同样深远！"

李应松和余嘉训对视一眼，坚决地道："校长这番道理，我们明白！不过，战火已经烧到眉毛了，总要有人挺身而出，上战场杀敌抗日，让更多的人可以在后方安心读书，等到胜利的那一天，再来重建家园。我们，愿意做这样的人，所以，请校长成全我们吧！"

这番话说得很平静，但每个字都铿锵有力。唐治平望着两张年轻而坚定的脸，一时无语，半晌，他才无力地摆摆手，说："好吧，你们只要想清楚，决定好了，那就是你们的事。回去吧。"

被两个学生来这么一出，唐治平的困意又没了。他一头倒在床上，眼睛怎么也合不上。

不知过了多久，唐治平终于迷迷糊糊睡去，但是，很快又被巨大的"哐当"声给震醒。难道是日机又来轰炸了？唐治平急忙跳下床，一把掀开窗帘，看看手表，已是清晨五点多，但窗外的天空依然灰蒙蒙的，一道道银蛇正闪蹿在其中，滚滚雷鸣紧随其后，一声紧过一声，"哐当"巨响好像要把天幕撕裂开来。很快，倾盆大雨在狂风的襄助下，紧锣密鼓降临，豆粒大的雨滴子弹般密集地敲击着屋顶、窗户、树叶、棚顶……激荡而起的水汽，弥漫天地，与纵贯世间的雨帘迅速混为一体。放眼所及，到处都是白茫茫、混沌沌的一片，人世间的所有声音，都在这风雨淫威下，湮没无闻。

唐治平急忙撑开油纸伞，冲进雨里。大风迎面撞来，油纸伞当即脱手飞上天。唐治平急忙跳起来去抓，但大风有意捉弄他似的，卷起雨伞一路跌跌撞撞往左侧飞去，唐治平锲而不舍追出十几米，才勉强抓住伞柄，全身早已湿透。

与唐治平相比，张成田在这风雷夹击的雨天里打伞走路，更加艰难，两人在学生宿舍前汇会时，张成田像刚从水里捞出来的，浑身上下都湿透了。

"治平，这么大的雨，还走吗？"张成田扯着嗓子在风雨中大声问。

唐治平焦虑地看着满天雨幕，说："当然要走！雨停了就走。"

原本通知全体师生清晨七点准时在操场集合出发的，但大雨无情地摧毁了计划。此时，校道都变成一条一条小河流，无数蓬头垢面的芒果花、紫荆花、木棉花、玉兰花，在强大的雨瀑之下，折落枝头，飘浮在积水之上。

雷声轰响不停，再贪睡的学生也被震醒。学生们都聚集到宿舍的走廊上，捆扎好的行李，就堆积在他们脚下，等待漫长旅程的开始。望着突如其来的瓢泼大雨，大家都茫然无措。

看到唐治平过来，学生们一拥而上，叽叽喳喳问道："校长，怎么办？"

"同学们不用担心，我们的计划不变，方向不变，只要雨一停，马上启程，开赴长汀。现在，大家都回房间，睡不着也得躺着休息，接下来的路途十分遥远，颠簸苦累在所难免，大家一定要养成好习惯，只要一有空闲，立刻抓紧时间休息！"唐治平一番话让师生们的心都安定下来，大家纷纷回宿舍休息。

卢英强冒着大雨匆匆赶来，着急地说："校长，卡车司机不肯走，说是路太远，钱太少。"

唐治平闻言，又惊又怒："难道是想趁火打劫，坐地起价？"

卢英强抹了把湿漉漉的脸说："就是这个意思。"

"他们要多少钱？"张成田问。

卢英强伸出手掌翻了翻，说："翻倍！"

唐治平和张成田面面相觑，他们望着瓢泼大雨，心情变得更加糟糕。

张成田说："现在大卡车数量奇少，要重新再找，没有五天七天怕是找不到……"

唐治平捋了捋湿漉漉的头发，咬咬牙说："翻倍就翻倍！下不为例，否则我让他的车再也发动不起来！"

卢英强点点头，说："好，我就这样和他们谈。"

唐治平接着说："还有，让他们时刻做好准备，今天走不了，明天走，明天走不了，后天走！"

"校长，林渊临教授这两天都没来，我们是不是要去请他……"张成田迟疑地问。

"不用。"唐治平摆摆手说："天要下雨，娘要嫁人，由不得我们。他如果不和学校一条心，勉强也没用。"

张成田又问："何教授呢？"

"这个老家伙是个犟驴，也不必勉强他。我就不信，侨育大学缺了谁会垮掉。我们也回去换衣服，睡觉去。"唐治平打着哈欠说。

张成田仰望漫天雨幕，眉头堆出个"川"字，说："只怕这雨不会那么快停。"

果真被张成田说中了，这场豪雨竟然下了两天两夜。

但是，不管雨下得再大，余嘉训和李应松等五个学生还是悄然离开学校。为了不引骚动，他们走得悄无声息，唐治平也没有公布他们的去向，幸好在这种混乱时刻，谁走谁留，大家都无暇顾及。

第三天，大雨终于停下。雨后的厦门，还来不及享受清新的空气，炎炎烈日随即从破开的云缝中无遮无挡地直射下来。

四周种满相思树的鼓浪屿女中的操场上，出发仪式终于开始。

唐治平从来没有在全校师生面前公开讲过话，但他出奇地淡定。只见他一脚跨上讲台，习惯性捋一捋他的三七分头发，又扫了一眼台下一张张稚气未脱、朝气蓬勃的脸，一双双闪亮的、透着好奇和兴奋的眼眸，不禁感到肩上的担子十分沉重。

对青年学生而言，即将开始的远行，充满新奇与刺激，甚至有的人迫不及待希望它早点到来。两天两夜的大雨，让每个人身上都蓄满力量。全然不知将要面对多么大的凶险和艰辛。此时，他们统一打着绑腿，背上行李包，行李包上都横着一把油纸伞。有的女生脚下，还多放着一两个箱子。

唐治平环顾四周一圈，开始发言了："老师们，同学们，我问大家一个问题，我们这是要去春游吗？"

"不是！"唐治平这个问题问得莫名其妙，众人异口同声做了否定的回答。

"没错！我们不是要去春游，我们是要迁校，准确地说，我们是要逃跑，逃到五百公里外的长汀！"

师生们大吃一惊，没想到居然从唐治平口里说出"逃跑"两个字。

"我知道，这样说，你们心里肯定会不舒服。但这就是事实！我们所谓的迁校，本质上就是逃跑。为什么我们要逃跑呢？因为我们贪生怕死！"唐治平大声道。

"校长怎么能这样说话呢？"

"谁贪生怕死了？"这下不仅学生一片哗然，连老师们也骚动起来。唐校长这是什么话？置侨育大学声誉于何地？置全校师生颜面于何地？

唐治平仿佛没看见台下的群情激愤，自顾自地说："谁说贪生怕死就有错啦？我就希望你们能贪生怕死。因为人只有活着，他的理想才能实现，才能为别人、为家庭、为国家贡献一己之力！无谓的送死，只是匹夫之勇罢了。但你们不是匹夫，你们是有知识的人，你们是国家的精英，是国家的未来。"

台下渐渐安静下来。

"我坚信，日本鬼子一定打不垮我们，战争一定会结束的。到时候，国家要重建，就是你们这些人大展身手的时候。现在，你们为躲避战火而逃跑，是为了学知识，学本领，这不是懦夫的行为，也不是耻辱！恰恰相反，我认为这同样需要勇气，同样是一种骄傲！我更希望你们无论何时何地，都要爱惜自己的生命，贪生而又怕死，保住自己，活着等到我们胜利的那一天，为国出力，为国争光。你们明白我的意思吗？"

"明白！"

山呼海啸般的回答，直冲云霄。所有人的脸色都绷得紧紧的，唐治平的话里像是有股无形的力量，注入他们的身心，很多师生不由自主地紧紧握住双拳。

唐治平欣慰地点点头。这些话倒不是随口说说，而是因为余嘉训等五人的离开，有感而发的。

"今天，我们报道到场的，共有三百八十六人！还有部分老师和同学，选择离开。我们尊重每一位老师和同学的选择，来则欢迎，去则自由，互道一声，各自珍重！"

唐治平从兜里掏出一份花名册，上面既有到场者的名单，也有未到场者的统计。

未到场的除了余嘉训等五名参军学生外，还有何作宾、林渊临、屈子林等教授。两面旗帜都没到位，让侨育大学失色不少，但已顾不了这么多了。

"离开之前，我要宣布一下纪律：第一，所有人都要以服从命令为天职！学生要服从带队老师，带队老师要服从教导主任，当然，教导主任要服从我；第二，不能随意离开队伍，如果有事确实需要离开，一定要向带队老师汇报；第三，不管因为什么事，决不能单独行动，就算是去上厕所，也尽量邀几位同学一起去……"

纪律一共有十条，是唐治平和几位老师商议后共同拟定的，打印成小册子，人手一份。但是唐治平还必须在出发前强调一遍，毕竟，没有规矩不成方圆，更何况是三百多号人一起上路。学校原来的校规不大管用，路上必须用临时条例来强化。

宣布完纪律，唐治平这才大手一挥，大喊一声："出发！"

"隆隆——隆隆——"

等候在校外的两辆卡车，率先轰鸣启动。车上装着的，除了图书、实验器材外，还有锅碗瓢盆，生活杂物，以及大部分学生的行李。

乱世当头，车辆稀少，只能用来载物，学生徒步前进。

在张成田的组织下，一队队学生，开始首尾相接，有序往校外行进。为了保证纪律，唐治平特地抽调二十多名优秀的青年教师担任队长，每人带领二十名学生，任务是约束好这些学生，一个不少地带到长汀。学生内部，则是五人为一小组，组员有事向小组长汇报，小组长无法解决的，就向队长汇报，如果队长也解决不了，那就上报教导主任。

打破原有的院系划分，以这种从组到队，从小队到大队的组织形式取而代之，是唐治平和张成田等人共同商议的结果。漫长的旅途，如果不以非常方式、非常手段来管理的话，唐治平担心走不出十里。

鼓浪屿女中外，是一条偏僻的街道。此时街道两侧，早已人头攒动，那是本地学生的家人们来给孩子送行。家长们个个愁容满面，拉着自己的孩子，一边不停叮嘱，一边拼命往他们的行李里塞东西。与牵肠挂肚的父母不同，学生们有的一脸笑容，有的不以为然，有的甚至不耐烦父母过多的嘱托，嫌他们太啰唆。

唐治平和张成田留在校内，对学校做最后一遍检查后，才启动那辆破吉普车，缓缓跟在队伍的最后面。

长蛇般的队伍费了大半天时间才穿过送行的街道。哭声、喊声、叮嘱声此起彼伏，唐治平希望能尽快离开这被离愁浇灌的伤心之地。

突然前方冲出三人，冲着吉普车使劲招手："停车！停车！等等我们！等等我们！"

唐治平已经看见拦车的三人，居然是屈子林、张三分和林渊临。除了林渊临教授外，屈子林和张三分都是背着大包小包，提着大箱小箱，似乎还赶了段路，大汗淋漓，气喘吁吁。只有林渊临依旧保持原先的派头，手里还捧着一个新的紫砂壶。

唐治平原以为他们早已与侨育大学分道扬镳，没想到又突然冒出来，不禁大吃一惊，但他还是推开车门，走下车，挤出笑容说："林教授，您怎么不早点来？行李就可以跟卡车先走了，我还以为您另谋高就了呢。"

林渊临不紧不慢地说："唐校长，你这是什么话呢？我们当然是要跟学校一起走的啊。"

"哦？我听人说，林教授都准备到文华学校去任教，不跟我们走了呢。"唐治平盯着林渊临，不冷不热地说。林渊临眼里闪过一丝慌乱，他呷了一口茶说："没有的事，谁在乱嚼舌头？"

唐治平笑了笑，说："没有最好，我听说文华学校也准备撤校了，并不是什么好去处。林教授没去，那是再好不过的。"

说着，唐治平打开后座车门："林教授年纪大，先上车吧。"

屈子林忙跟着林渊临往车上坐，却被唐治平一把拦住："对不起，屈老师，你还是得步行。"

屈子林双眼一瞪，叫道："为什么？"

唐治平不紧不慢地说："这车是用来给年老体衰，或者行动不便的人坐的，比如林教授、张主任，你正当壮年，又好手好脚的，当然要走路了。"

"那你为什么能坐？"屈子林不服地反问。

唐治平笑了："我要不坐上去，别人休想坐得。"

"唐治平，你虽然是校长，但现在非常时期，你可别想着搞特权……"屈子林指着唐治平叫起来。

唐治平不以为然地拨开他的手指头，说："屈老师，你急糊涂了吧，我是这部车的司机，整个学校只有我开得动它，我不坐车上，别人就算坐上来也没用啊！"

屈子林这才恍然大悟。他虽然也是机电系教师，但从没真正开过车，偌大的侨育大学，也只有唐治平有这本事。

"这车上不是还有一个位置吗？让我先坐坐也行。"屈子林仍不死心。

"不行，这是纪律。"唐治平语气前所未有的坚决："上这车的，只能是老弱或病残。而且，最多三个小时，就要让给别的需要的人。"

唐治平回头看了林渊临一眼，发现后者脸色变得铁青。

屈子林更是暴跳如雷："你——你太不像话了，你——你简直是在打击报复！"

"屈老师，这不只是唐校长的意思，也是我们全体教师开会后决定的。"副驾驶室上的张成田也开腔："我也只是暂时坐一下而已，接下来我也会下去的。"

张成田此话倒是不假。关于吉普车如何使用，唐治平确实在会上提过，并确定了使用原则。

"子林，既然是学校的规定，那就遵守吧。"林渊临咳嗽一声，冲屈子林说。他早已看出来，他这个妻弟根本不是唐治平的对手。

"哼！"屈子林怒视唐治平一眼，转身大步朝大部队赶去。

张三分像只小老鼠，低头乖乖跟在屈子林身后。

唐治平嘴角掠过一缕不易觉察的笑意。他跳上车，启动油门，继续前行。只是他一路都在下意识朝后视镜望去，他多么希望俞嘉训和李应松能出现在车后！但是，车后的马路空荡荡的，再没有别的人了，只有吉普车过后扬起的阵阵烟尘在紧追着自己。

七、厦门码头

通往厦门码头的大路两旁，成排的大叶榕树落叶纷纷。这只是短暂的换装而已，翩翩落叶之际，枝头已绽开簇簇新绿。在南方，这样的树很多，初夏时节才落叶，随之长出新叶，开始新一轮的生命周期。

厦门人也像这落叶一般，正仓皇逃离厦门这棵摇摇欲坠的大树。

时局就在侨育大学搬迁的这一天突然恶化的。密集的枪炮声、炸弹声，很快在外围此起彼伏，城内几个地方，也率先冒起滚滚浓烟。与此同时，各种消息传遍巷闾之间：

厦门市市长陈汝灯已经逃亡英租界。

坚守镇南关的厦门海军几乎全军覆灭，大海都被血染红了。

日军已由浮屿角杀入开元路，直逼厦门，一路见人就开枪。

守军已接到撤退的命令，正往永安方向逃离。

……

各种传闻甚嚣尘上，捕风捉影者有之，道听途说者有之，更多的讲述听起来犹如发生在眼前。真伪无关紧要，都在传递一个可怕的结论——厦门守不住了！

守军都跑了，普通老百姓还能怎么办？此时不逃，更待何时？无论达官贵人，平头百姓，仆婢杂役，都像没头的苍蝇，简单收拾一下，拖家带口一窝蜂往城外逃。侨育大学人太多，队伍太长，行李太多，行进的速度太慢，虽然出发得早，却很快被逃难者赶上，并迅速淹没其中。

　　裹挟在滚滚人流中，吉普车变成蜗牛，挪挪停停，龟速前进。唐治平紧握方向盘，焦急地望着车窗外，人流汇集得太突然，瞬间将学生与难民们混淆一处，其中有不少丢盔弃甲的守城士兵，与汹涌的人流一道汇聚成奔腾的潮水，涌向厦门码头，那是逃离厦门的唯一出口。

　　唐治平索性下车，跳上堤岸，举目张望，不禁倒吸一口冷气。太阳无遮无挡地照在海面上，波光粼粼的海面上泊着几艘轮船，密密麻麻地挤满了逃难的人群。甲板上几乎无立足之地，所有人都被迫抱着前面人的肩膀，像一串串羊肉烧烤。人潮中的表情只有惶恐、焦急和害怕。

　　"让路——不要挤呀……要挤死了！"

　　"小妹——拉紧爸爸！"

　　"文生——你在哪里——文生——"

　　爷爷悲声呼唤孙子，妈妈扯嗓子喊女儿，各种哭喊声，嘈杂成一团。

　　不少人或是吊着大布包，或提着小箱子，或两脚夹住方长箱子，都被挤得龇牙咧嘴，痛苦万分。帽子被挤掉了，不能弯腰去捡，鞋子被踩掉了，无法回头去寻，有人抵在前人的肩上，双眼紧闭，好像挤昏过去。即便如此，人潮仍不可控制地一波又一波往船上涌，似乎非得把这条船踩沉不可。

这注定是一场互不相让的争夺。

"滚开！滚开！船满了，滚开，要沉了！"几名穿着制服的警察冲出来，挥舞着警棍，想阻止人流继续往船上冲。

但是，谁能听得进去呢？

"给我打！打！"警察中不知谁喊了一句，于是几根警棍同时挥舞而起，朝人群砸去。

"哎哟——"

"啊——打人了！"

"快退！快退！"

人群惊恐地往后挤退着，有躲避不及的，当即被挤倒在地上，来不及发出一声惨叫，就被混乱的人潮淹没了。

混乱中，浮桥被抽开，一艘挤满人的渡船，缓缓离岸。

"妈妈——妈妈——你在哪里？！"

岸上突然传来一个小女孩的哭喊声。

"英子！英子！我在这里，我要下船！下船！"船上人群中传来女人的哭喊声。

没人理她，渡船的马达轰鸣着驶离码头。

"我要下船——让开！我要下船！"船上女子的声音变得凄厉无比，紧接着船舷一阵骚动，一条纤柔的身子从人群里钻出来，纵身跃入海面，恰似一枚石子掉落水面，瞬间就被浪花卷得无影无踪。

"妈妈——妈妈——"

小女孩撕心裂肺的哭喊声久久盘旋在海岸上。在场的人无不黯然神伤，却又无能为力，身逢乱世，人命如草芥一样微末！

让唐治平欣慰的是，虽然场面混乱不堪，侨育大学的师生们并没有被挤散，而是以小分队为单位，分散在堤岸边。看来他们是牢牢记住出发前定下的铁纪律，听从指挥，抱团前进。

"校长，人这么多，看来今天是上不了船了，怎么办？"张成田一瘸一拐地从后面挤过来，着急地问唐治平。

唐治平眉头紧锁，举目四望。逃难的人群仍一波又一波向码头涌来，不要说学生们根本无法与他们争抢上船，即使能，又怎么忍心与老弱妇孺们相争呢？

唐治平若有所思地问了一句："咦——刚才一路上不是有许多厦

门守军也在撤退吗，怎么不见人影了？"

张成田迟疑地答道："会不会是从别的码头撤退了？"

"有可能，我去看看。"唐治平恍然大悟，他一边急匆匆跑下台阶，一边对紧随其后却渐渐落后的张成田说："你先组织好队伍，原地待命，我去看看，马上回来。"他启动吉普车，直奔另外一个码头——漳厦海军码头。

一条笔直的柏油路，被两旁密集的木麻黄悄然隐藏，秘密通往漳厦海军码头。小时候，唐治平曾和几位调皮的男生翘课逃学，跑到海军码头玩过，虽然十多年没再去过，但少年时的记忆异常深刻，很快就让他找到那条路。

这条军用柏油路上果然奔跑着一队队撤退的军人。每隔一段，就配备一个岗哨。因为唐治平的吉普车和军车相差无几，居然蒙混过关。

吉普车很快靠近码头。只见海面上，整整齐齐泊着一艘艘船只，溃逃而来的散兵正排好队列，有序上船。

唐治平又气又急。想不到，厦门守军真的从这里撤退，城破之际，这军队怎么能率先逃跑，弃百姓于不顾呢？

一阵喇叭声突然从侧面传来。唐治平循声望去，只见海堤上停着几部美国军用吉普车，车旁站着几位军官，正用喇叭下达命令。

"呜——"唐治平加大油门，朝那几辆军车冲过去。

"停车——停车——"很快有士兵发现情况不对，赶过来，黑洞洞的枪口指向吉普车。

唐治平只得把车停下，探出脑袋，喊道："我是侨育大学校长唐治平，我要见你们的长官。"

"我管你是什么校长！这里是军事禁区，马上把车开到那边空地上，然后抱头下来，否则就开枪了。"一个士兵厉声喝道，枪栓已经拉上，手指头紧扣着扳机。

"不许胡来！"一个熟悉的声音突然响起。

唐治平一阵狂喜，只见李应松正匆匆赶来。几天不见，他晒黑了，也瘦了不少，但穿着笔挺的军装，显得精神抖擞，像换了个人。唐治平心中暗呼："侨育大学有救了！"

李应松很早就注意到这辆吉普车。这不正是唐校长每天晚上带着他和余嘉训几个学生一起鼓捣的那辆破车吗？记得自己终于学会将车开动时，那种成就感和喜悦感，一辈子都不会忘记。

李应松眼眶一热，激动地跑过来："校长，你，你怎么在这里？"

唐治平顾不上废话，直截了当地说："你舅舅呢？我找他！"

李应松连忙领着唐治平快步朝那几位军官走去。

厦门守军司令陈超宽，李应松的舅舅，也就是那个拿着喇叭在发号施令的将领。他身材不高，却笔直挺拔，眉眼与李应松有几分相似，眼神却刀鞘般锐利，脸色严峻凝重。

"经常听应松谈起唐校长，幸会幸会！但这里不是你们读书人来的地方。"看在李应松的面子上，陈超宽主动与唐治平握手，但脸依旧绷得紧紧的。

唐治平说："陈司令说得没错，我本不该擅闯军事禁区，不过，为了侨育大学三百多名师生的安危，不得不斗胆恳请司令，让我们随船过海！"

陈超宽默然片刻，指着海面，为难地说："唐校长，你也看到了，我们的船只十分有限，还有这么多士兵要撤退，只怕爱莫能助。"

李应松忍不住插嘴说："舅舅！我们为什么要当兵？不就是为了保家卫国吗？让同学们搭我们的船，怎么就不可以？"

唐治平按住激动的李应松，示意他保持冷静，接着说："如果陈司令担心影响撤军的话，不如这样，我们化整为零，每艘船只接收二三十个学生，分批跟部队走，您看如何？"

陈超宽依旧沉默。

李应松一把拉住舅舅的手喊道："舅舅，你不是常对我说，大学生以后都是党国的栋梁之材吗？现在怎么见死不救呢？"

陈超宽看了看李应松，眼里有嗔怪，更有怜爱，他又看了看唐治平，心中更多的是敬佩。李应松对唐治平的崇拜敬爱之情，他早有耳闻，仰慕良久，没想到在这样的场景会面，令他既尴尬又惭愧。身为厦门守军司令，却在日军的炮火淫威下临阵逃脱，他愧对厦门百姓啊！也罢，今天能渡侨育大学师生们过海，也算是弥补一些缺憾吧。

"好吧！"陈超宽牙关一咬，朝唐治平点头说："只许侨育大学的师生，不许节外生枝！"

唐治平大喜，双手抱拳道："我代表侨育大学师生，多谢司令！"说完，转身奔向不远处的吉普车。

"校长，我和你一起去接同学们。"李应松追上来。

唐治平启动汽车，丢了个眼神，低声道："上车。"李应松默契地跳上副驾驶座。他左摸摸，右摸摸，笑嘻嘻地说："嗨，没想到这破车还真派上用场了。"

唐治平使劲挪开腮帮，前后左右挪动了许久，才将板结的肌肉松弛开，他疲惫地扫了李应松一眼，说："没想到今天你小子派上大用场了。"

李应松吐吐舌头说："其实刚才我挺担心的，舅舅要是不答应，我以后真没脸面再回侨育大学了！"

唐治平把紧方向盘，让车子徐徐迎面穿过不断涌来的溃兵，说："即使你舅舅不答应，我也一定要让他答应，我们没有别的退路了。对了，余嘉训他们呢？还好吗？"

"余嘉训他们几个也在撤退的部队里，估计已经过海了。我本来想和他们在一起的，但舅舅死活不肯，说我要有个三长两短，他对不起我死去的父母。校长，我入伍就是为了要上战场杀敌抗日的，但现在……现在，估计是上不了前线了……"李应松神色黯然，略带哭腔。

唐治平安慰道："既然不想当逃兵，就回来学习吧。战争不会一直打下去，保家卫国有你舅舅和这么多士兵，你的任务应该是学好本领，为民族复兴做贡献。"

"我本来做好马革裹尸的准备，但是，军令如山，让你撤退你就得撤退，所有战士都是逃兵，我也是……"李应松望着车窗外蜂拥而逃的士兵们，伤感地说。

两人走走停停，终于把车开回厦门码头。此时已过中午，阳光火辣辣地直射码头，拥挤嘈杂的状况毫无改善。

在张成田的带领下，侨育大学的师生们都撤出码头，躲在岸边的龙眼树林内待命，正味同嚼蜡地啃着随身带的干粮。出发时的沸腾热血，被这始料不及的乱局浇灭了。

看到唐校长回来，身后还有一位身着戎装的士兵，所有人的精神为之一振，立刻围拢过来，七嘴八舌地说起：

"校长，我们已经在这里等了三个小时了。"

"校长，坐不上船怎么办？"

……

唐治平捋了捋被海风吹得凌乱的头发，笑着说："同学们，办法总比困难多。现在我们马上要离开厦门码头，大家赶紧收拾好行李，准备出发。"

紧张的氛围顿时轻松许多，但有些学生心存疑虑："离开厦门码头，去哪里？难道插上翅膀飞出厦门吗？"

"别问那么多，唐校长一定有办法的，咱们跟着走就是。"马上有声音应答

唐治平心想，你们以为唐校长是孙悟空吗？孙悟空也有翻不过的五指山啊！

每艘军船只能搭载三十来名学生，等到最后一名学生搭上船，已将近夜里九点。李应松、唐治平，以及那辆老旧吉普车，这才随着陈超宽司令一起，登上最后一艘军船。

夜色下，军船在海面劈斩出白花花的水道。众人回望身后的厦门，那片沸腾了一整天的海滩总算安静下来，但每个人心里却是波涛汹涌，百感交集。身为军人，却无力阻拦敌寇入侵，眼睁睁看着厦门落入敌手，被践踏、被蹂躏，这种耻辱和无奈感，深深地凌虐着陈超宽的心。

唐治平同样被巨大的悲哀笼罩，又暗自庆幸，总算是将侨育大学的三百多名师生，从沦陷区里带出来了。他走到陈超宽身边，嘴皮动了动，正想开口道谢，陈超宽先说话了："唐校长，超宽有一事相求，还望校长答允！"

浓重的夜幕下，两人虽然离得很近，却看不清彼此的面容。唐治平只能听出，陈司令沙哑凝重的声音里，充满无奈和恳求。他连忙点头说："司令不必客气，尽管吩咐就是。"

"我想请校长将应松这孩子带回去，让他随侨育大学去长汀。"陈超宽的声音疲惫而伤感。

唐治平愕然："陈司令……"

"今天，我们虽然暂时撤离厦门，但战争才刚刚开始。应松非常渴望保家卫国，上阵杀敌。但他是我姐姐留下的唯一骨血，我要将他全须全尾地保全下来。学校才是他该待的地方！"陈超宽的每个字，都像是费了很大的力气才说出来，但每个字里，又透着不容置疑的决绝："唐校长，拜托你了。"

"舅舅——"李应松哽咽的声音从唐治平身后传来。

唐治平一时心潮澎湃，这不正是他想要的结果吗？他实在不愿意，也不忍看着自己的爱徒去做无谓的牺牲。他们活下来，会有更多报效祖国机会。

唐治平叹了口气说："应松，陈司令的话你也听到了。我这里没什么问题，主要看你。"

"舅舅——"李应松还想说什么。

"你我现在都是戎装在身，只有衔级之别，没有亲疏之情。我不是你的舅舅！是你的司令员！这也不是跟你商量，是给你下的命令。不管你心里怎么想，你都要记住，穿上这身军装，服从命令便是天职。听到没有？"陈超宽打断李应松的话。

"听到了……"李应松哽咽道。

陈超宽的声音更加严厉："长官问话，该如何回答？"

"报告司令，听到了！"李应松挺直腰板，立正，敬礼，大声回答。

陈超宽拍了拍唐治平的肩头，郑重地说："我这个兵，就交给唐校长了。战时多他一个不多，少他一个不少。我只希望，战后国家振兴，能有他的用武之地。"

陈超宽仰天长叹道："部队虽然撤离了，真正的战争才刚刚打响，唯有如此，我才可以心无旁骛去打鬼子！"

八、鱼口镇

厦门终于被甩到身后，一起被甩掉的，似乎还有战争的阴影。满载守军与学生的船只，缓缓航行在静谧的大海上。

终于，最后一艘军船靠岸了，地点正是距离厦门几十公里对岸的海边小镇——鱼口镇。学生与士兵们如释重负地站起来，踏着浮桥上岸。先到的部队已经在那里集结完毕，与最后一拨人马汇会后，大部队连夜开往永安。唐治平和李应松则告别陈超宽，率领最后一拨学生，进入鱼口镇。

因镇上那条只有十来家商铺的窄小街道，状似吞吐四方来客的鱼口，故而得名鱼口镇。此镇是进出厦门的关口，以做渔网闻名。听到日本鬼子打来的消息，渔民们早就逃走了，镇子里空荡荡的，鬼城一般。

街道正中挑着一杆镶嵌黄色角边的蓝布条旗，正迎风招展，上面隐约可见，写着"天网恢恢，疏而不漏"几个字。店铺外面挂着不少来不及收起的渔网，蓝布条旗下，蜷缩着一些男生，他们是较晚上岸的学生，在这里将就躺一会儿，补补觉。最早抵达的学生，找到没人住的房子安歇下来，那两辆大卡车静静地停在村口空地上。

唐治平找到张成田、卢英强等人，大家一起拿着手电筒巡查一圈，确定所有师生们都安顿下来，这才随便找个地方，倒头睡去。

睡意像一记闷棍，一下就将疲惫不堪的唐治平打入深沉的梦乡。

"呜——呜呜——"

一阵熟悉的尖锐啸声，刺破黎明前的黑暗。唐治平一个激灵，一跃而起，眼睛还未睁开，就下意识往外跑。他边跑边抬眼往上望，只见蒙蒙发亮的天空上，一群乌鸦般的飞机，越飞越近，分明又是日本轰炸机。

"奶奶个熊，阴魂不散啊！"唐治平睡意全无，大骂一声，扯着嗓子喊道："都起来！快起来！日本飞机来了！"

鱼口镇早就炸开锅，学生们都被惊醒，大家纷纷跑出来，有的仰头望天，有的原地打转，有的呆若木鸡，有的惊慌乱跑。

"都别愣着，分散开，找遮蔽物躲起来！"唐治平刚要指挥大家躲避，几枚黑乎乎的炸弹，已直直向村口方向扔下。

"快扑倒——"唐治平大叫着，双手死死堵住耳朵，下意识往地上一扑。

"轰隆——轰隆——"

大地被狠狠连击数下，猛烈摇动起来，仿佛要倒翻过来，很快，村口方向腾起几股烟柱。

那群日机对鱼口镇好像兴趣不大，不过是挑水兼洗菜，见有集镇，随手扔几颗炸弹而已。它们很快掠过烟柱上空，风驰电掣而去。

"快，看看有没有人受伤！"看飞机飞远后，唐治平一骨碌爬起来，拔腿朝村口跑去，那里的情景，正是他最不愿意看到的——

空地上烟尘飞扬，那辆载满图书和实验器材的大卡车已被炸翻。书和器材撒落一地，没有一样是完好的，包括那些曾经珍藏于图书馆内、没有特殊关系不能进入翻阅的珍贵的古籍书本，那些从国外花巨资进口的实验器材，无一例外都炸成碎片，零散地落在树梢、屋顶、地缝、水沟，一滴滴、一道道血水溅射在碎片和泥地上。

唐治平浑身发凉，双腿发软，吃力地挪动步子往前走。他想蹑足绕过曾经视若珍宝如今已成碎片的图书，但地上的血水越流越凶猛，他只能豁出去，大踏步踩着碎片前进。等他来到那个被炸得面目全非的驾驶室外，才发现里面早已血肉模糊，根本看不到一个像样的人形。

"滴答——滴答——"

唐治平感到脑门一阵冰凉，他伸手一摸，满手都是黏稠的血液，他一抬头，就看见树上挂着一条大腿，摇摇晃晃，马上要掉下来，分明就是这个卡车司机的断腿。唐治平的心像被大石头猛击出来，他张大嘴巴，想吐，吐不出来，想喊，喊不出声。另外一部装载学生行李的卡车很快在不远处的海堤上找到。原来这部车的司机清晨被一泡屎憋醒，于是开车到海边的沙滩挖坑拉屎，没想到竟躲过一劫。他曾邀那个司机一起去，那司机说："他妈的，正梦见和老婆做好事呢，别吵死人。"没想到，梦中的好事是索命的好事，就差那么一点点啊！活着的卡车司机望着眼前的惨状，一会儿哭，一会儿笑。

没有藏书和实验器材的大学还是大学吗？刚踏出厦门，侨育大学最宝贵的财产就全没了，接下来的路，还有走下去的意义吗？唐治平有点灰心了。

爆炸现场很快聚满师生，眼前的血腥场面让许多人当场干呕不停，更有胆小的女生立即晕厥过去。

"这下可好了，没有图书和实验器材，我们侨育大学算是彻底玩完了。"屈子林见此情景，大叫起来。

虽然屈子林的话很刺耳，却不无道理。不过大家还是寄希望于这个新任的校长。

唐治平冷冷地斜了屈子林一眼，他现在可以幸灾乐祸地看唐治平如何收拾这个烂摊子。唐治平深吸一口气，走到张成田面前："张主任，学生情况怎么样？"

"幸好炸弹没落到住人的地方，无人伤亡……"张成田边说边忍不住瞟一眼被炸毁的卡车，欲言又止。唐治平点点头，环视在场的师生们，说："老师们，同学们，苦着一张脸干吗？我们该庆幸，日本人的飞机炸掉我们的图书和器材，却没炸掉我们的行李，这说明什么？"

学生们都怔住了，不知该怎么回答。突然，一个清脆的声音响起："留得青山在，不怕没柴烧。"

唐治平听到这熟悉的声音，笑了，他伸长脖子，越过众多脑袋，看到站在人群中的李沁。只见她的圆脸消瘦了许多，下巴都变尖了，却更显俏丽。李老师的两个小酒窝一闪，唐治平就感觉有一束迎春花正在心中悄然绽放，紧张的心顿时松动许多。他笑道："李老师说得没错，留得青山在，不怕没柴烧。只要大家都活着，只要我们没有丧失信心，图书和器材，以后我们可以重新购买和收集，面包会有的，一切都会有的！"

"不可理喻！这些都是我们侨育大学最宝贵的资产，唐校长你怎么能说这种话呢？"林渊临大声叱喝。

唐治平摇摇头，说："林教授，此言差矣！我们侨育大学最宝贵的是老师，是学生。只要人还在，其他东西我们以后都会有的。"

"对，才刚出发，就为这点事垂头丧气干吗？"李沁大声应和，然后举起双手，鼓起掌来。

"啪啪——啪啪啪啪——啪啪啪啪——"掌声越来越响，越来越整齐，像口号，又像誓言。在一阵阵掌声中，师生们的精气神又重新凝聚起来。

就地安葬好惨死的卡车司机，唐治平下令尽快出发。只有离厦门越远，才会越安全。

傍晚时分，总算是离开厦门地界。枪炮声已经越来越稀少了，大家终于稍微放松下来，几个小分队的学生已经在路边筑起炉子，准备烧火做饭。这是出发前制定的方案，以小分队为单位，带上简易的炊具和定额的粮食，自行解决吃饭问题。还是唐治平的吉普车压阵，缓缓经过做饭的学生，不少学生挥手招呼校长下来与他们共享远行以来的第一顿晚餐。

突然，幸存的那辆大卡车朝他们迎面疾驰而来，车后，越来越多学生在追赶："不许跑！不许跑！"

唐治平还没反应过来，大卡车已经与吉普车擦肩而过。唐治平连忙下车，拦住一个追赶的学生问："怎么回事？"

那个学生气喘吁吁地说："司机说他想回家，然后就开车跑了。"

唐治平一听，脑袋都快炸了，这还得了。他二话不说，拔腿便追。只是两条腿跑得再快也跑不过四个轮子，眼看卡车越跑越远，唐治平突然捡起一块石头，朝前面追赶的学生喊道："全部朝两边让开。"

学生们已经习惯唐校长的喝令，迅速分成两边。唐治平一个助跑，身子往后一倾，手臂长长一挥，石头像离弦的箭，飞快击中卡车的后斗，发出"嘭"的一声巨响，卡车战栗几下，速度明显放慢。越来越多沿途的学生开始在路上拦截，使得卡车的速度不得不再次放慢。唐治平再次奔跑起来，离卡车越来越近，他又一次捡起一块石头，一边跑，一边举起石头，斜斜扔去，"嘭"的一声，这下太准了，刚好击中驾驶室的车窗玻璃，玻璃碎片飞进驾驶室，溅到司机的脸上，只听油门"轰"的一声，车停下来了。唐治平和学生们很快追上卡车，将车团团围住。

司机满脸是血，玻璃屑溅满整个驾驶室。他哭丧着脸说："我要回家，我要回家，我不走了，呜呜呜——"

泪水和着血水往下流，那张黝黑粗糙的脸像被八级台风肆虐过，又脏又丑。

唐治平看一个大男人哭闹着要回家的可怜样，又好气又好笑："你想回家就回嘛，但不能把我们的行李带走啊！"

卡车司机这才发现还有满满的一车行李。他立即跳下驾驶室，爬上车后斗，一边往下扔行李，一边哭喊道："不是我不讲信用，实在是这一路太凶险了，我，我不想当外乡鬼……还你们，还你们，我不走了，我要回家，我要回家！"

"没有卡车，这么多行李怎么带？"张成田赶过来，焦急地问。

唐治平说："他要走是早晚的事，让他走吧。我们要学会面对任何可能发生的问题。"

张成田叹了口气，没有再多话，转身让一些男生上前帮忙，将扔下的行李捡起来，放在路边。

行李全部卸下，司机如释重负，他摸了把脸，那片血水就像被风吹斜的红旗，连鼻子嘴巴眼睛都跟着歪一边去。他急忙爬进驾驶室，正要启动汽车，唐治平一把抓住驾驶室的车门。司机十分惊恐，使劲拉车门想关上，但他刚才扔了那么多行李，手脚都软了，根本拉不动。司机可怜巴巴地说："校长，我老婆马上就要生孩子了，让我回家吧，求求你了——"

唐治平腾出一只手，将一卷钞票递进驾驶室，说："车费给你，还有那位遭难师傅的，烦请转交给他的家属，跟他们说声对不起！"

说完，唐治平松开手，跳下车。司机愣了一下，颤抖着声音，一叠声说："你是个好校长——好校长——"声音还在回荡，车已经跑出好远。车门却顾不上关，半开着，扇子似的一路扇过去。

唐治平这才发现自己的白衬衫已经湿透，发黄起硬，三天没换衣服没洗澡，这在从前简直不可想象。不过，现在他已经顾不上自己的形象，他感觉自己就像被抽打的陀螺，不停地旋转，停不下来。

师生们望着一地行李和扬尘而去的卡车，一筹莫展。空手走路都已累得不成样，怎么能背那么多行李呢？

唐治平说了一句："扔！只留最需要的，其余的都扔掉，轻装上阵。"

"扔？说得轻巧，我们带来的，可都是重要的东西。"屈子林率先叫起来，立刻有好几个老师跟着叫起来。

"没错，来的时候，都已经够精简了。"

"都是一些衣服鞋袜，扔了就没有换洗的了。"

"就这点行李还扔，看来我们是走不到长汀啰。"

张成田一瘸一拐走向正在埋头寻找自己行李的师生们，喊道："校长说得没错，我们得轻装上阵，该扔的都扔掉。"

在唐治平和张成田的三令五申之下，不舍归不舍，师生们还是开始往外掏东西。

张成田见叶德香守着那箱围巾动也不动，就亲自过去劝她。

唐治平也走到李沁面前，笑着说："怎么，舍不得？要不要我替你扔？"

李沁双颊一红，说："不要你管。"

其实，她想想也没啥特别的东西，课本不能丢，换洗的衣服才两套……睡裙呢？如果一直是这几天的节奏，只怕穿的机会没有多少，对了，天气这么热，毛衣棉袄也可以丢掉……说不定明年春天就回来了。李沁将睡裙和冬衣叠得整整齐齐，放在路边的石头上，但愿它有个好归宿。

唐治平赞许地点点头，这个李老师，拿得起放得下，顾全大局。

这边，李应松在劝林梦瑶："林妹妹，你看看你，都几岁了，还带着个小布熊？多占地方，还是扔了吧。"

林梦瑶已经将睡衣和冬衣拿出来了，但箱子里除了两套换洗的衣服，还有书本和一个小布熊。李应松想拿走小布熊，她却不肯："这是我哥哥当兵前送我的生日礼物，后来我再没见过他，这是他留给我的唯一念想……"林梦瑶坐在路边的大石头上，紧紧地抱着小布熊，眼泪汪汪的，生怕被李应松抢走。

李应松还想再劝，唐治平走过来朝他摆摆手说："算了，这样吧，她的行李，你负责。"

李应松正想拒绝，但看到林梦瑶泪眼婆娑的样子，又不忍拒绝，只好挠挠头说："好吧。"他从林梦瑶手里拿过小布熊，塞进箱子，然后合上箱子提起来，说："好了，没事了，我帮你拿。"

卢英强正在安排男生扛侨育大学的校匾。

唐治平却说:"扔掉这个校匾。"

卢英强简直不相信自己的耳朵,说:"扔掉?!不妥吧?"

唐治平不以为然地说:"有什么不妥的,这么累赘的家伙,不要也罢,有这个力气,不如多背些行李。再说还缺一角,等到了长汀,咱再做一个更大更好的就是。"

这个虽然缺了一角,却是由教育部部长陈立夫题写的,李光年校长辛辛苦苦扛来的"国立侨育大学"的校匾,最终被埋进通往长汀的马路边。唐治平对大家承诺:"相信我唐治平,一定会为侨育大学做一个更大更好的校匾!"

等行李精简得差不多,唐治平这才下令重新启程,他回到吉普车时,意外发现林渊临和屈子林都坐在里面。

"校长,屈老师昨晚着凉了,拜托你就让他先坐一程吧。"不等唐治平开口,林渊临就先开口。

屈子林抽吸一下鼻子,无力地点点头,说:"是啊,唐校长,等我感冒好了,我自然会把位置留给需要的人。"

唐治平瞧他那模样,知道十有八九是装的。他没有点破,而是关心地说:"既然屈老师不舒服,那当然是要照顾了。你们尽管坐,我们马上出发。"

队伍已经开始出发了,虽然精简不少行李,但学生们的负担还是增加不少,行进速度明显放缓。

唐治平找到李应松,拿出车钥匙交到他手里,悄声对他耳语几句。

李应松响亮地答应:"遵命,校长!"

吉普车很快启动了。不过,在李应松这个新手司机的操控下,它像一个醉汉,专往坑坑洼洼的地方开去。车后座的林渊临和屈子林,跟着东倒西歪,时不时还往上蹿,脑袋撞在车顶上,咚咚作响。林渊临和屈子林胆汁都快被颠出来了,两人拼命抓着座位,大喊大叫起来,李应松似乎没有听见,只是专心致志地开车。

等屈子林把车子成功喊停时,两人脸色早已铁青,手脚不停哆嗦。

李应松抹了把汗,惭愧地说:"对不起老师,我刚学会开车……"

"那就让会开的人来,你这哪里是开车,简直是在害命。"林渊临终于缓过神来,虚弱地说。

李应松为难地说道:"林教授,学校里就唐校长和我会开车,唐校长现在带学生，没空开车。"

屈子林打开车门，一边呕吐一边说："姐夫，我们先走路吧。"

不过，等林渊临和屈子林看到唐治平又一次开车时，车里已塞满师生们的行李，连一只蚊子都飞不进去。

"林教授，屈老师，行李太多了，看来只能劳烦你们先走一段路了。"唐治平摇下车窗玻璃，笑着说。

离开鱼口镇，这支队伍已经走了整整五天，行进速度越来越慢，而且状况百出。出发时的新奇与兴奋，都消失得无影无踪，巨大的疲惫袭击每个人，大家都像是被掏空了，脚下软绵绵的，仿佛踩在棉花上。

以这样的速度，猴年马月才能到长汀啊。唐治平心急如焚，又不敢一直催促，路还长着呢，不可先减了众人的信心。

突然，一阵尖叫声和哭声从身后传来。唐治平心头一紧，连忙回头，不远处围着一群学生，哭声就从里头传来。

九、挡风岭

　　唐治平拨开人群，只见中间坐着的正是叶德香，抓着两只脚，泪眼汪汪，惨叫连连。她眼圈发黑，头发蓬乱，粉色围巾无精打采耷挂在脖子上，紫红色的旗袍灰扑扑皱巴巴。

　　唐治平看见两只脚底各长着一颗硕大的血泡，眼看就快磨破了，痛得叶德香又哭又骂："老天啊，疼死我了，我不走了，呜呜呜——"

　　该死！什么难处都想到，怎么就没想到会起血泡呢？这些老师学生从来没走过那么长的路，脚底早该起血泡了。

　　唐治平一时不知该怎么办。正在此时，只见李沁手里抓着些东西费力地挤进来，她蹲下身，将手中的东西一字排开，有火柴、碘酒。李沁手里攥着一根缝衣针，抓起叶德香的脚，脆声道："好了，别哭了，我来解救你。"

　　叶德香又痒又疼，又是扭捏又是缩脚，又是哭又是笑："你，你，你要干什么？"

　　李沁紧紧抓住她的脚说："别动！我帮你处理血泡！"

　　叶德香迟疑一下，哽咽着说："你轻点，我怕痒，又怕疼……"

　　李沁微微一笑，把缝衣针用火过一遍，迅速挑破血泡，将污血挤出，再往伤口蘸了碘酒消毒，包扎好伤口。这一路做来，行云流水、流畅自如，大家看得眼花缭乱。李沁说："好了，记住伤口的皮不要弄破，也不要碰水，晚上好好休息，明天你就会发现这个脚板已经是铁板一块，走遍千山万水也不怕。"

说着，她抬头看了唐治平一眼，说："校长，把脚上长泡的都喊过来吧，别让几个泡泡耽误了行程。"

唐治平看在眼里，喜在心中，这个小黑妞简直是自己的救星，总是在关键时刻出现，他连连点头："好！好！好！"

很快，队伍停下来，闻讯赶来的师生把李沁围个水泄不通。李沁一边挑血泡，一边培训学生。几个聪明的学生很快学会挑血泡，他们分散开，帮助同学们挑血泡，李沁也忙不迭地挑了一个又一个血泡，一直到月上柳梢，所有的血泡才都挑完，师生们这才逐渐散去，李沁已经累得瘫坐在地上。

"李老师，今天真是多亏你了。"唐治平想要拉她起来，又有点顾虑，毕竟男女有别。

李沁用衣袖擦了擦额头的汗珠，说："你别忙着谢我，我还要请你帮我个忙呢。"

"什么忙？尽管说。"唐治平很乐意帮她的忙。

李沁吃力地脱下右脚袜子，将雪白纤巧的脚丫子伸向唐治平，只见脚底板上，赫然也有一个亮晶晶的血泡，比叶德香的还要大还要红。

唐治平怔住了，没想到这丫头自己也长着血泡，居然还忍着剧痛先帮大家挑血泡，他心中立即涌上无限的爱怜和敬意："你为什么不先给自己处理一下呢？哎，你真傻。"

李沁说："一挑别人的血泡，就忘记自己的了，现在才想起来，自己的血泡还没挑呢，明天可怎么赶路啊。所以，只好有劳校长大人帮我挑了。"

"你敢挑别人的血泡，就不敢挑自己的？"唐治平有点疑惑。

李沁脸一红，狠狠瞪了唐治平一眼，说："有什么奇怪的！我要是敢……哪里还要劳烦校长大人您？"

"那也是，你可要忍着点。"唐治平蹲下身，学李沁的操作方法，擦燃火柴，先把那根针过火消毒一遍，然后抓起李沁右脚踝。

一丝滑腻感从手心传来，像电流，瞬间传遍全身。唐治平不敢看李沁的目光，只是低垂双眼，紧紧盯着那个血泡，说："我可要下手了，你做好准备。"

"你动手就是，别再给我心理暗示，讨厌！"李沁嘟着嘴嗔怪道，脸转到一旁去。

唐治平很怕弄疼李沁，手有点发抖，这已是第二次与李沁的"肌肤相亲"了。

"好了没有？"李沁的脸依旧转到一边，双眼紧闭着，却可以清楚地感觉到，被唐治平抓着的地方，像是烙了一圈烧铁，身上更像是通了电流一般，酥软无力，连声音都是不该有的虚弱。

"好了好了！"唐治平回过神来，比画了三次，总算挑破那层泡膜，已经把他急得满头是汗。

血水流出来后，如果没有挤干净，很容易造成更严重的感染，所以唐治平只能硬着心肠去挤。只是稍微一用力，李沁便感到锥心疼痛，眉头不由紧蹙起来。

唐治平见状，急忙停了下来："很痛是不是？对不起，我，我……"

"没事，长痛不如短痛！你要干脆点，动作快点，否则我会更痛的。"李沁咬牙道。

唐治平这才大胆、麻利地将血全部挤干，涂上碘酒，包扎起来。然后说："想不到，你一点也不娇气！"李沁心头甜蜜，嘴里却说："谁说我娇气了？我撕烂他的嘴巴！"

唐治平哈哈一笑："你看，一开口就知道不是个娇气的小姐。"

一丝柔软的夜风拂过衣服，浸润着皮肤，两人都觉得浑身舒爽，不禁又对视几眼。月色下，彼此的目光像是暗夜星辰，分外璀璨。这一刻，唐治平感到，世界似乎消失了，眼前只有李沁，以及她那双亮晶晶的大眼睛。

李沁则觉得，唐治平的双眼，有一种无形的魔力，自己不知不觉被它攫住，视线再难移开。

直到远处传来阵阵吆喝声，才把两人的魂魄拉回来。唐治平急忙起身，原来是张成田看天色已晚，许多人脚板动不得，就前后招呼着师生们原地停下，就地宿营。

队伍停下，师生们沿着山路两侧四散开来，筑炉架锅、挑水烧火、搭盖帐篷，忙碌成一团。

经历了最初的茫然与混乱，生活已经教会这群绝大部分都没出过远门的学子们如何熟练地在荒野里过夜了。

到了夜里十点多，劳苦了一天的师生们，终于渐渐进入梦乡。

南国初夏，白天虽然炎热，一到夜晚，还是有些许寒意。

周围鼾声四起，唐治平却没有丝毫睡意，从出发以来，他就没有睡过一个囫囵觉，每次一合眼，就感觉三百多号人的重压，都聚集在胸口，令他窒息，难以入眠。

迷迷糊糊中，他隐约听到有汽车马达声传来，接着，一束灯光从前方墨色的夜中冒出。唐治平弹簧般跳起来，眯着眼极力张望，前方伸手不见五指，只有汽车灯光，像从另外一个世界射过来。

是的，来的是那辆吉普车，这两天，它一直由李应松开着，在后头压阵，今天这车也压得太后面了吧？唐治平迎着车走去，就快接近车时，他一个趔趄，差点摔倒，车也在他面前停了下来。一个高高瘦瘦的身影从车上跳下，一只胳膊吊着绷带，哑着嗓子朝他叫了一声："校长！"

唐治平心中一热，过去就是一拳："你他妈的还知道回来呀！"

"哎呦！"那个身影跟跄着后退几步，摇摇晃晃的似乎要摔倒。唐治平急忙拉住他，急切地问："怎么啦？受伤啦？"

借着车灯，可以看出，那人不是余嘉训还会是谁？

"校长，我对不起你，对不起他们！"痛彻心扉的哭声在寂静的暗无边际的山谷响起，余嘉训蹲下来，大哭起来。

李应松也从车上跳下，扶起余嘉训，说："校长，刚才我在路上遇见余嘉训，他受伤了。"

唐治平关切地问："伤势严重吗？你们不是往永安撤退了吗？刘富贵、林登平他们呢？没跟你一起回来吗？"

俞嘉训哭得更凶，他一边哭一边含混地说："我对不起他们，我该死——我该死——"

李应松抹了把眼泪，替余嘉训把话说出来："他们几个跟着大部队撤到半路又偷偷跑回来，原想潜回厦门，杀日本鬼子的，没想到在鱼口镇就和日本鬼子遇上，其他几个同学都牺牲了，只剩下余嘉训一人，在甘蔗林里躲了好几天，被附近的农民救下，才捡回一条命……"

余嘉训哭得更厉害："是我混账！我也该和日本鬼子同归于尽的，我不该苟且偷生……"

唐治平听得心里酸酸的，一把将余嘉训揽进怀里，轻轻地拍着他的后背说："这不是你的错，能够活着回来就是好事，回来就好！"

良久，余嘉训才平静下来，三人又絮絮叨叨说了一会儿话，这才各自找地方睡下。

天亮后，余嘉训回来的消息迅速传遍整个迁校大队，不少师生纷纷赶过来，有的来探视，有的来打听前线情况，还有的是满怀仰慕之情，想知道他是如何打日本鬼子的……

屈子林也来了，他把唐治平拉到一旁，开门见山就说："余嘉训怎么回来了？赶快让他走，不能让他跟我们去长汀。"

唐治平不解地问："你这是什么意思？"

"他是逃兵，留下来就是个祸害！"屈子林压低嗓音说。

唐治平十分厌烦，他问："屈老师，你怎么知道他是逃兵？不会是昨晚做梦梦到的吧？"

"你，唐治平，身为校长，要以侨育大学为重，从全校师生的利益和安全出发。总之，余嘉训已经不是一般的学生了，还挂了彩，我反对把他留下来。"

"我也反对他回来。逃兵是要枪毙的。我们队伍里窝藏逃兵，小心被政府知道，吃不了兜着走。"林渊临不知何时从背后过来，手里紧紧握着紫砂壶，慢条斯理地说。

唐治平激动地说："说到逃兵，整个厦门守军都是逃兵。他们丢下厦门，全军撤退，难道他们全部都该枪毙吗？余嘉训不管是什么原因回来的，于情于理，我们都应该接纳他，因为他是我们的学生。就这么定了，准备出发！"

林渊临愣住了，他抱着紫砂壶，指着唐治平，气得说话都结巴了："你——你——你太独——断专横了——！"

"唐校长说得对，如果说余嘉训是逃兵，那么整个厦门守军都是逃兵，他是我侨育大学的学生，不该赶他走。"是张成田的声音。唐治平笑了，救兵来了！

"对，他是英雄，不是逃兵！"

"留下余嘉训，留下余嘉训！"

师生们异口同声地喊道。

林渊临和屈子林在师生的喊声中灰溜溜地离开。

就这样，余嘉训被留下来了。

挑了血泡，又休整了一天一夜，迁校队伍精神焕发，再次出发，速度明显快多了。很快过了南靖，朝金山方向前进，离厦门越来越远了。

余嘉训的手臂伤得并不严重，调养几天，便能脱掉吊在脖子上的绷带了。但他变得内向沉默，有时半天不说一句话，有时嘴里又念念叨叨，不知在说什么。唐治平让李应松陪着他，吉普车让他开，尽快恢复他的精气神。

亚热带气候滋养的土地，生长着茂密的果树，香蕉，龙眼，荔枝……已经到了插根筷子都会发芽的"金山"啊！据说每家只要有一棵龙眼树，就可以一辈子不愁吃喝。哪家富裕，看有多少棵龙眼树荔枝树就知道，分家产也是先分树。幸好还未到龙眼荔枝成熟的时节，否则唐治平又得担心学生们偷摘水果，惹出纠纷事端。

唐治平和老师们分头借住进农户家中，喝上热开水，吃上热稀饭，许多人都激动得哭起来。更让唐治平惊喜的是，居然还找到柴油，让吉普车吃了个饱。

大家终于安顿好，躺下睡觉了，张成田却过来找唐治平，忧心忡忡地说："治平啊，过了金山，就是挡风岭了，非常凶险，我们得做好充足的准备。"

唐治平一愣："挡风岭？怎么凶险？说来听听。"

张成田说："挡风岭是通往长汀的必经之路，不仅山高路远，而且还不吉利，经常闹鬼，如果白天坐班车经过就算了，但徒步的话，我有点担心……"

唐治平问："为什么会闹鬼？"

张成田说："几年前，这里是苏区所在地。红军长征前夕，在挡风岭发生一场规模很大的战役，飞机大炮全用上，结果国共双方都死了好多人，留下满山的死鬼冤魂，白天都很恐怖，一到晚上，更是新鬼哭旧鬼嚎，很吓人的……"

一阵风刮过，张成田的话突然停住，仰头望天，刚才还明晃晃的月亮，突然被乌云遮住，院子内瞬间一片漆黑。

张成田声音都发抖起来："我，我，我好像听到哭声——"

唐治平忍不住笑了："没想到张主任胆子也这么小。我不怕鬼，捞个女鬼做老婆更好。"

张成田被唐治平这么一说，不好意思地笑了："其实我之前坐车经过挡风岭，也没觉得有什么不对劲的。"

唐治平点点头说:"这就对了,我们别先被自己吓倒了,让'谣言止于智者'吧!"话虽这么说,唐治平心里并不平静。张成田一贯沉着冷静,连他都这样说,这个挡风岭一定不是省油的灯。唐治平躺在床上翻来覆去,老想着张成田的话,一夜不曾合眼。

第二天,天刚蒙蒙亮,大部队整装出发了。吉普车能载的行李实在太有限,大部分师生必须自己背着行李步行。

唐治平让余嘉训和李应松开着吉普车走环山公路,自己则带领大部队抄近路。

这条近路几乎是垂直伸向山腰的,虽然陡峭崎岖,却能把路程缩短将近一半,对徒步者而言,是莫大的诱惑。

五月的南方山谷,芳菲蓬勃——火红的杜鹃,淡紫的胡桐,纤细的鱼骨柴……尤其是雪白的桐花,开满一树,又落满一地。大家被山中美景吸引,一开始并不觉得疲劳。

但是山路实在太陡峭了,不到五十米,众人就开始气喘吁吁,上到三百米左右,大家已经口干舌燥,筋疲力尽。其后每走一百米,就要停下来休息片刻,师生们都感到体力在迅速透支。这些师生多数生长在海边平原,何曾翻过这么高的山,登过这么陡峭的山路?对众人而言,这崎岖陡峭的高山,这莽莽榛榛的原始森林,就像一个巨大的沼泽,将整支队伍的精气神迅速吞没。

更为恐怖诡异的是,越是接近山顶,苍蝇越多,只只个头硕大,脑袋碧绿,肚皮清亮,发出刺耳的嗡嗡声,它们成群结队,萦绕在众人身边,怎么赶也赶不走,打也打不到,犹如一场挣不破叫不醒的漫长噩梦。

"啊——"

队伍中突然发出一声尖叫,众人都被吓了一跳,纷纷回头观望。只见林梦瑶脸色发白,浑身发抖,指着头顶树枝上,连连尖叫。树枝被一团闪闪发光的东西压弯,仔细一看,居然是无数苍蝇团团抱住,发出响亮的叫声。大家只看一眼,就感觉有一股阴气腾然升起,令人头皮发麻,浑身发冷,忍不住加快脚步,尽快逃离这个恐怖地带。林梦瑶四周张望,想寻找帮助,却没看到那个熟悉的身影。她只好擦干眼泪,打起精神,继续赶路。

山路狭窄陡峭,队伍拉得老长,大家只能相扶相携,快速翻过这座鬼山。唐治平有点后悔没在山脚下雇几个挑夫，减轻师生的负担，哎，都是为了省钱。

"隆隆——隆隆——"

密林上空突然传来沉闷的雷声，与此同时，一股阴森的山风从山林呼啸而来，很快，硕大的雨点噼噼啪啪砸下。唐治平发现，雨点落到地上后，居然变成淡红色，很快又变成鲜红。越来越多人发现雨水落地变红的诡异现象。

大家心里更慌了，只有加快速度前进。但是体力有限，又大雨瓢泼，再怎么走也走不快。好不容易，看到迎面跑来一名学生，口中叫道："张主任交代了，大家走快点！前面有个亭子，可以躲雨，很快就到了。"他的话极大地鼓舞士气，早已筋疲力尽的师生们不由得加快速度往前冲，很快冲到山顶。而刚才还刀子般凌厉的大雨也开始渐渐减弱，脚下急促的血水渐渐变缓。

山顶果真有一个亭子，一面敞着口，另外三面墙的墙根处，青石板铺就的地面上，坐满了师生。亭子上方，"必息亭"三个字清晰可见。这应该是某位乡绅或善人建造的，供路人休息的亭子。门前两侧柱子上的对联还在：

为名忙为利忙忙里偷闲且向长亭一坐
劳心苦劳力苦苦中作乐请喝凉茶几杯

唐治平来不及欣赏对联，便绕到亭子东侧，想找个地方喘口气，没想到东侧边上，竟然还开着一个小门。唐治平走进去，发现里头依照地势居然还建有一个小院落，院落后面是一间石屋，屋内砌着简易的灶台，备有一张木板床，积满厚厚的灰尘，不知有多长时间没人用过。石屋门上也有一副对联，颜色已经变成灰色，字迹却还清晰：

四壁烟霞留过客
一亭风月送行人

"我说数来数去，怎么就少一个，原来你在这里呀。"身后传来张成田的声音，原来他在清点人数，发现唯独少了唐治平，在学生的指引下找进来。

唐治平笑了笑说："没想到这荒山野岭的，还有这么大的亭子，还有如此风雅的楹联，这山原先一定很热闹。"

张成田点点头说："这种过路休息的亭子，山上原本有几座，不过当年那场恶仗打完后，就毁得差不多了。这座山啊，现在连牛羊都不愿意上来吃草。"

"哎呦呦，你们别挤，别吵了，来看看这墙上留下的字，啧啧啧，真正的艺术在民间啊！"外头传来林渊临的声音。

"林教授，您觉得这些诗词，比《诗经》《楚辞》如何？"有学生问道。

"不亚于《诗经》《楚辞》！你看——

催人出门鸡乱啼

送人离别水东西

挽水西流想无法

从今不养五更鸡

都记下来。给大家布置个作业，收集这一路的山歌民谣，到长汀后，算总评成绩。"

越来越多学生聚集过来，跟在林渊临后头抄录墙上石板上刻着的文字。

林渊临发现宝贝似的，凑到墙上，仔细辨认着上面有些磨灭的石刻字迹，感叹道："你们要知道，只在书房内做学问是远远不够的，要想吸取国文精髓，就得到民间，到乡野来体会，你们看这首：

送郎送到五更亭

再送五里难舍情

再送五里情难舍

十分难舍有情人

朗朗上口，情真意切，实在是妙不可言啊，这风格和调子，不正是民间的《诗经》吗？不，比《诗经》还诗经啊！"

唐治平和张成田相视一笑，悄悄绕过人群，走出石屋，回到亭子里。

雨不知什么时候已经停歇，空气中透着湿闷。亭内人多，凝聚着一团团热气，气氛也很热烈。卢英强和一群学生正开怀畅谈着什么，不时爆发出笑声。叶德香正在对李沁说着什么，李沁却显得心不在焉，有一搭没一搭应着，看到不远处的唐治平，她略显空洞的眼眸里，迸出两道火光。这火光犹如暗夜里的灯火，让唐治平心头亮堂起来。他很想过去和她谈几句，又找不出什么名目，只能迎着李沁的目光深深对视一眼。李沁脸一红，低下头。

"嗨，这小黑妞还会害羞。"唐治平心里甜滋滋的，胸中升起一股豪气，挥手喊道："雨停了，我们出发吧，争取天黑前走出这个挡风岭！"

过了必息亭，便是下山的路了。

队伍拉得老长，像一条疲乏的大蟒蛇，缓缓前行，太阳正以越来越快的速度滑过林木间隙，直奔西山而去。以这样的速度，只怕天黑之前是下不了山了。在山上过夜吗？唐治平想起那一团团碧绿透亮的苍蝇，还有红色的雨水，心中直发毛。他倒不是怕鬼，只是这么多人留在一座深浅莫测、善恶难分的山里过夜，真要出点什么状况，想想都让人惊恐。

突然，一声凄厉的惨叫声划破昏晦的山林，唐治平的心一下揪得紧紧的，飞一般朝尖叫处奔去。

在唐治平前头，已有几个男学生壮着胆朝尖叫处奔去。很快，众人看到，一个披头散发的女子从密密麻麻的马尾松中蹿出来，脖子上飞扬着血红的围巾，手里挥舞着一个头盖骨，头盖骨上的两个深深凹陷的眼坑里，居然钻出几缕枯草，恐怖极了。

"鬼啊——鬼啊——"

唐治平和众人被吓得定在原地动弹不得，脊背阵阵发凉

那女子挥舞着头盖骨，不停尖叫着直接冲进人群。大家又被吓得东奔西窜，混乱中你推我撞，场面十分混乱。

唐治平鼓起勇气冲过去，从后边拦腰抱住那女子，定睛一看，原来是叶德香。

"啊——啊啊——"

叶德香怪叫着，拼命扭动着，力气比平常大好多倍。唐治平一只手死死箍住叶德香的腰，另一只手抢下她手中的那个头盖骨，一个抢圆，狠狠甩了出去。

那个头盖骨砸在远处一个小山坡上，就地滚了两圈。

"还我苹果！"叶德香突然尖叫一声，双手双脚凌空乱舞。唐治平死死抓住她的身子，厉声喝道："叶德香，你疯了吗？"

这一声厉喝，中气充沛，力道十足，叶德香打了个激灵，停下挥舞的手脚，怔怔地看了看唐治平，弱弱地说："唐校长，你，你抓我干吗？疼死我了。"

"我正要问你呢，你发什么癫？"唐治平厉声喝道。

叶德香这才醒悟过来，她痛哭失声："呜呜呜——我——就进树

林——蹲下——然后就……好像就碰到一个苹果——没想到，没想到——是鬼，一定是鬼！"

唐治平心头一酸，紧紧搂住叶德香说："不是鬼，没事了。"一直等到叶德香稍微平静下来，才将她交给身边的女生。

"肯定是撞邪了！书也丢光了，人也吓傻了，路也走不动了，看来长汀是走不到啰——"是张三分尖细的声音。他坐在路边，一边丢书，一边说。

"就算没鬼，这穷山恶水的，只怕接下来还会遇到土匪。他们可是比鬼还可怕！不如就地解散算了——"不远处，屈子林跟着说。

"我看到路边有不少白骨，这里果然阴气重得很，我也不想走了。"有学生被他俩一说，觉得有理，也动摇了。

一时间，所有人都是下意识地凝目四望，似乎那逐渐变黑的山林里，随时都会有怪物蹿出。

张成田不知什么时候也过来了，他大声说："即使要解散，也得下山再说，马上就快天黑了，荒山野岭的，说不定真的会碰到鬼哦。"

唐治平接着说："张主任说得对，不怕鬼的，干脆在这山上过夜。怕鬼的呢，那就打起精神，手脚麻利点，天黑之前，务必走出这挡风岭！"

人群终于安静下来，大家纷纷加快脚步往山下走。

仿佛从阴曹地府走过一遭，终于，在夜幕完全笼罩下来之前，全体师生全须全尾走出恐怖阴森的挡风岭，仿佛重新回到人间。

前方先到的学生们已经坐在路边等着与大部队汇合。林梦瑶奔向唐治平，着急地说："校长，李沁老师——她走了。"

唐治平感觉脑袋"轰"的一声，一阵尖锐的疼痛从心头划过，甚至能听到心在滴血，滴答——滴答——

十、东阳楼

李沁的不辞而别，像一颗日寇炸弹，不，比日寇炸弹还更强烈地在师生中爆炸。从挡风岭下来的侨育大学师生，惊魂未定，喘息未止，就被这个爆炸消息炸得更加失魂落魄，支离破碎。

"李老师都跑了，我们还有走下去的意义吗？"屈子林拖长语调，阴森森地说。

"是啊，我还以为迁校就是搬家而已，没想到几条命都不够走，我怕自己不能活着到长汀。"林梦瑶哭着说。

"我的家离圆通不过五十华里，我也要回家。"小钢炮杨月英抱着林梦瑶哭得稀里哗啦的。

"连李老师都逃走了，我，我，坚持不下去了……"叶德香抓起肩上皱巴巴的已经脏得看不出颜色的围巾，擦一把眼泪，又擦一把鼻涕。

"天下没有不散的筵席，走吧，散吧……"林渊临抱着紫砂壶，迈着方步，长叹道。

……

整个场面混乱嘈杂悲伤痛苦。有哭有闹，有当场就要背着行囊离开的……总之，唐治平被击得措手不及。他拦住以张三分为首的几个准备离开的学生说："不许走，一个都不许走。"

"唐校长，李老师都走了，凭什么不让我们走？这哪里是迁校，简直就是要命，李老师的命是命，我们的命也是命！"张三分尖着嗓子喊道。

"对，我们不想去长汀了，我们想回家，回家——"

山脚下响起"回家"的哭喊声。唐治平四周张望许久，这才想起，余嘉训和李应松是开吉普车从大路走的，并不在这里。他感到孤立无援，又窝心难受。没想到一路支持他，帮助他，救星一般的李沁，居然会来这么一出。此时的自己，就像在急水滩头洗泥鳅，眼睁睁地看着辛苦带出厦门的师生们，走的走，溜的溜。

"老师们，同学们，大家静一静！首先，李沁老师不是逃跑，她的家就在圆通镇，她只是回家看望父母，随后就会归队的。请大家不要听信传言，以讹传讹。第二，我们已经历经千辛万苦，走了大半路程，此时闹着回家，解散队伍，大家冷静想想，是否妥当、划算、安全？"唐治平急中生智，突然跳到一块大石头上，高声喊道。他的话终于让狂躁不安的队伍安静下来。

"唐校长说得对，李老师的确是本地人，她回去看望父母无可厚非，她马上就会回来的，大家冷静点。"张成田也跳上大石头，朝师生们喊道。

唐治平感激地望一眼张成田，接着说："大家请放心，给我五个时辰，我一定将李老师带回来。"

"五个时辰？谁有这个耐心，哼，不等。"

"五个小时算什么，大家刚从挡风岭下来，天马上就黑了，要洗澡要吃饭，还要好好睡一觉吧。五个时辰太短，我看就等到明天中午吧，唐校长和李老师若不回来，我们就地解散。"张成田说。

"好，明天中午，说话要算话，到时如果唐校长没有带李老师回来，我们就各回各家，各找各妈！"是屈子林的声音。

"好！一言为定，明天正午，如果无法带回李老师，侨育就地解散！"唐治平斩钉截铁地说。

板结成铁块一样的队伍终于松动，大家重新背起行囊，朝圆通镇挪去。余嘉训和李应松早就驾着吉普车到此等候多时，并事先和镇上的民丁打了招呼。因此守在镇口的民丁看到师生们到来，二话没说就放行。

走进圆通镇，抬头望去，只见小镇被四面高山密密匝匝迂回包围着，天空就像一个倒扣的圆盆，山风自顶飘落，凉丝丝的舒爽。一条江水逶迤如玉带，穿镇而过，江的两岸，一栋栋圆形的、方形的土坯垒成的楼房，有的大，有的小，像一个个圆盆散落在山间，颇为壮观。

沿江有一条长长的街道，建着样式统一的骑楼，一看就是繁华的物资集散地，当年定是商铺林立，热闹非凡，只是现在十分萧瑟冷清，几无人烟。不过三百多号师生一下涌入，又变得热闹起来。

唐治平悄悄问张成田："李沁的家真的在圆通镇吗？"

张成田说："当然，她的档案资料上是这么写的。"

唐治平说："那我是歪打正着了。不过，你怎么不早告诉我？"

张成田说："我早告诉你这个作甚？只怪你不关心李老师，不过今天算你运气好。"

唐治平朝张成田胸前轻轻捶一拳，说："谢你了，兄弟！这里就交给你了，我走了。"话音未落，人已跑出几米外。

张成田追着喊道："欸——你——你好歹吃碗饭再走啊！"

"来不及啦——"话音未落，人已跑得不见踪影。

张成田望着远去的背影，默默道："唐治平，即使全部人走光了，我也会在这里等你回来的！"

圆通镇并不大，一袋烟工夫就看到阡陌纵横的田地。已过立夏，水稻开始抽穗，田野一片青绿色，青蛙唱得正欢。幸好月亮很圆，田野被照得亮堂堂的。唐治平发足狂奔半个多小时，真的追上李沁。

月亮下的李沁，像个无助的孩子，纤瘦的身子仿佛山野的茅草，随时都可能倒下。唐治平又气又怜又是疑惑，气的是这个小黑妞居然来这么一出，将自己陷入绝境。怜的是，该如何去保护这个爱笑又勇敢的姑娘？疑的是，她为什么要突然脱离队伍，仅仅是因为想家吗？

唐治平本想一鼓作气追上去，又怕惊吓她。就在犹豫时，只见李沁突然加快速度，奔跑起来，唐治平连忙追上去，但已来不及了，月光下，一座高大的城堡海市蜃楼般出现在眼前，李沁熟门熟路地跑到城堡的朱红大门前，一眨眼，不见了。

奇怪，大门并没打开，李沁是从哪里消失的呢？唐治平赶上去，推了推大门，纹丝不动。他被挡住去路，眼前漆黑一片。

唐治平退到门外，只见城堡下是一条水渠，清水碧波，宽窄不一。朱红色大门嵌在赭黄的墙体上，两侧各伫立着一只青石浮雕狮子，虽然年月久远，局部有破损，仍彰显出精湛的技艺。

借着月光，只见门楣上赫然写着"东阳楼"三个大字，旁边是两副木刻镂空的联字，左为"耕云"，右为"读习"。出身大户人家的唐治平一看就认出，这是用一种独特的木刻工艺雕刻而成的，与木门浑然一体。油漆的时候可以让字体色彩突出，看似浮雕，立体感很强。

"想不到，李沁还是豪门千金。"唐治平突然有点灰心。换位想想，如果是自己，要当城堡的公主，养尊处优，衣食无忧，还是做一名侨育大学的普通老师，风餐露宿，前途未卜？这样一想，他理解李沁的逃离了。但是，他又必须把李沁带回队伍，否则侨育大学就散了。唐治平随手扶向旁边的偏门，长长叹了口气，突然，只听到"吱呀"一声，门居然静悄悄地开了。原来这个偏门是虚掩的。唐治平愣了片刻，毫不犹豫跨进去。

门后是个外厅，空无一人，唐治平继续往里走，一个偌大的天井坪赫然出现在眼前，地上铺着大小不一的鹅卵石，貌似坑洼不平，却稳稳地放着一张方桌。大厅内空无一人，寂静中透着神秘。

唐治平抬眼望去，只见二楼和三楼用杉木隔出许多房间，个个门窗紧闭，影影绰绰有三两间透出点灯光，像一只只洞察秋毫的眼睛，他突然恐惧起来，想夺门而逃，但还是忍不住迈下天井。"扑通"一声，他一脚踩空，居然掉进一个大坑，原来是踩到机关了。

"贼——抓贼啊——"

一阵喊声刺破大厅的寂静，杂沓的脚步起起落落，很快，几个家丁模样的男子跑过来，将大坑团团围住。

唐治平摔得魂飞魄散，半晌才仰头喊道："我不是贼，我是你们家小姐的同事，校长——"

"如果真是校长，为什么不跟沁儿一块进来，偷偷摸摸的，不是贼是什么，先绑起来再说。"二楼传来苍老威严的声音。

"是，老爷！"唐治平被吊上大坑，五花大绑起来。那个大坑"嗑嗒"一声，迅速合拢，一点痕迹都没有。原来很多大户人家入门都有防贼防盗的机关，唐治平后悔自己醒悟得太迟。

唐治平急得大喊："李沁老师，李沁老师！我是唐治平，唐校长！我是来接你归队的……"

"爹，我不认识他。"李沁的声音远远传来，像一桶刺骨的冰水，将唐治平浇得从头冰到脚。

"我就说呢，校长的衣服怎么会这么破，脸这么脏，像个乞丐。好了，贼抓住了，沁儿，快去洗澡换衣服吧。"一个温柔的女声响起。

"娘，贼也是人，弄点吃的给他，别把他饿死了。"李沁说。

唐治平内心百味杂陈。都说女人心，海底针，那个热情洋溢，爱笑勇敢的姑娘，怎么一下就变得如此冷若冰霜，不近人情？

漆黑的柴火房内，唐治平费了好大的劲挣脱绑绳。他抓起扔在地上的两个馒头，狼吞虎咽起来。但馒头无法平息他内心的焦灼。明天午时，若无法带李沁归队，侨育将解散，唐治平心急如焚。

突然，门外传来吃吃的窃笑声，这声音，就是烧成灰，化成烟，唐治平也能听出。只是，此刻的唐治平对这笑声十分恼怒。他冷冷地说："李老师真的将治平当贼吗？"

"谁让你偷偷摸摸跟踪我，不是贼是什么？"窗外传来李沁脆生生的声音。

"谁让你偷跑，知道吗？你的逃离让侨育大学都快解散了！"

"这里有我的父母亲人，我想家了，回来看看他们不行吗？"李沁在窗外说。

"看完他们，就跟我回去吧，大家都等着你呢。"唐治平哀求道。

"不回去了。父母老了，我要陪他们，再说，这一路走来，哪里是迁校，简直是要命，谁知能不能活着到达长汀，不回去了。"李沁的话像锋利的尖刀，刺得唐治平浑身冒血。

唐治平愤怒地拍着窗户说："你不回去，我也要把你抓回去，开门，快开门！"

"嘿，唐校长，您就安心待在这里过一夜吧，明天就放您回去，我先走啦——"李沁的声音越来越远。

唐治平几乎绝望了。明天，他还能回到哪里去？他在逼仄的柴火房里急得像热锅上的蚂蚁。

突然，他心生一计，朝门外大喊："我不活了！死了倒干净！"

听到李沁的脚步声急匆匆往回赶。

唐治平连忙将裤子脱下，两个裤管塞满稻草，挂到房梁上，然后用力踢两下门，又惨叫一声。

只听门外传来惊叫声："快来人啊，出人命啦！救命啊！"然后是纷沓杂乱的脚步声从四面八方传来。很快，柴火房打开，李沁冲进来。唐治平不管三七二十一，一把抱住李沁，低头吻下去。李沁一个年轻姑娘，哪里经过这些，她又羞又怒又急又惊，拼命挣扎。但怎么抵得过男人的力气。她被唐治平紧紧抱在怀里，动弹不得，她想开口大骂，嘴又被堵住，开口不得。正在纠缠之际，几个家丁，还有李沁的父母，都提着马灯赶过来了。

几盏马灯一照，紧紧搂抱在一起的唐治平和李沁被照得清清楚楚，明明白白。李沁的父母看到唐治平只穿短裤，紧紧抱着自己的宝贝女儿，此情此景，实在不堪入目。李沁父亲气得浑身发抖，结结巴巴地说："这，这，简直是，有伤体统！快，快分开他们！"

几个家丁冲过去，扒开两人。李沁的母亲连忙搂过女儿，说："沁儿，沁儿，你想哭就哭出来，哭出来就舒服了。"

李沁头发凌乱，脸颊绯红，脑袋低垂，居然"噗嗤"一声，笑出声来。这下可把在场的人都惊呆了。尤其是唐治平，他本来就豁出去，决定任由她杀剐，可是，可是，真不知道这个小黑妞的这一声笑，是什么意思？

李沁父亲却不管这些，他气急败坏地说："捆起来，吊起来，狠狠给我打，打死这个色胆包天的贼！"

几个家丁冲过去，拳头像雨点般急急落在唐治平身上。唐治平只穿短裤破衫，双手抱着脑袋，缩成一团，心想，完蛋了，要死在这里了。

"住手，都给我住手！他不是贼，不是乞丐，他是侨育大学的唐校长！"一个柔软的身子覆盖在唐治平身上，像一床温暖无比的被子，顿时，那些雨点般的痛楚消失了，酥糖般的甜蜜感迅速传遍全身。

李沁父亲连忙喊停。他和夫人扶起李沁和唐治平，十分疑惑："沁儿，你一会儿说是贼，一会儿说是校长，他到底是贼还是校长？"

李沁含羞低头说："爹，我骗你的，他真的是我们侨育大学的校长。"

李沁母亲疑惑地问："校长应该是仪表堂堂，衣着整洁，温文儒雅的，可是你们的校长，怎么像乞丐？还像贼？"说着说着，自己都觉得好笑。

唐治平来不及卸下挂在房梁上的裤子，朝李沁的父母亲施了个礼，说："哎，一言难尽。想我唐某人原来正如夫人所说，温文儒雅，衣冠楚楚的，不信问李沁老师。"

李沁含羞带笑地说："嗯，是的，他原来不是这样的。"

李沁父母对视一眼，女儿的那点小心事，哪里逃得过他们饱经风霜的眼睛。

李沁父亲连忙请唐治平移步到大厅一叙。李沁母亲交代佣人赶紧准备饭菜。

灯火下，唐治平这才看清李沁父母的长相。父亲李宅基六十出头，身着高领旧绸长衫，头发已是花白，眉眼却机智有神，一看就是经历过大风大浪的人。母亲保养得很好，眉眼和李沁十分相像，净朗秀丽的圆脸，穿戴朴素，却无一处不熨帖，得体有度，有一种不动声色的富贵端庄。

经过这么一折腾，唐治平早就饿得前胸贴后背了，面对满桌饭菜，他恨不得一口气全吃下去。但毕竟是客人，不能毁了所剩无几的校长形象，因此勉强让自己的动作斯文一点。没想到李沁更不顾形象，鼓着腮帮，嘴角粘着饭粒，不一会儿功夫，旗袍上斑斑点点全是油渍。突然，李沁被噎住了，一下，两下，三下，她伸了三次脖子，好不容易将那口肉吞下去。娘心疼得一手拍着她的后背，一手已经将汤端到嘴边，说："慢点啊，我的小祖宗，你究竟多少天没吃东西了，怎么饿成这样！"

唐治平望着李沁的样子，不禁笑了，他终于明白自己为什么那么喜欢李沁，就是喜欢她的率真和善良。

李宅基咬着烟斗，贪婪地盯着两个年轻人。这座大宅，已经好久没有年轻人的气息。除了几个护院的家丁，就是一群老人在守着。佣人老了，夫人老了，自己也老了。年轻时，算命先生就说自己旺财不旺丁。果真如此，占着圆通镇发达的水运交通，这辈子赚的钱够多，盖的房子也够大，不就是梦想着人丁兴旺，子孙满堂吗？但是，也曾纳过几房小姜，生下几个孩子，可最后能长大成人的，只有正妻生的一儿一女，天意啊！前些年他还心有不甘，但六十岁以后，他就彻底认命了。儿子李泽美国留学已经七年，本该学成归国，承继家业的，结果战争打响，是他坚决不让儿子回来，保住他的安全，就是保住我李家的血脉。好不容易盼到女儿李沁回来，他是又喜又愁。喜的是骨肉团聚，愁的是，圆通镇如今已不是久留之地，无法给宝贝女儿安全的庇护。

唐治平已经好几天没有踏踏实实坐下来吃一碗热饭，喝一碗热汤了，这一刻，他的心中充溢着满满的幸福感。他猛地一抬头，看见李沁双手交叉放在桌上正笑眯眯地望着他，嘴角的两个小酒窝扑闪扑闪的。想到刚才柴火房的拥抱接吻，不仅没被责怪，还……唐治平又是喜悦又是害羞还有点愧疚……他忍不住打了个饱嗝，不好意思地说："李老师，我……我……的吃相……比你还难看，嘿嘿。"

李沁还沉浸在刚才突如其来的拥抱亲吻中，她一会儿生气，一会儿喜悦，一会儿害羞，听唐治平这么一说，才回过神来，不服气地噘起嘴："唐校长，难道我的吃相很难看吗？"

李夫人轻轻拍了拍李沁，说："怎么和校长说话的，没大没小。"

唐治平笑道："嗯——是有点没大没小哦。不过，令爱一点千金大小姐的架子都没有，在侨育大学，可是师生交口称赞的好老师。"

李太太欣慰地看着女儿说："那是大家照顾沁儿，不过她从小就聪敏勤奋，一点儿也不娇气。"

李沁得意地看了唐治平一眼："听到没有？我可从没把自己当作什么千金大小姐。"

李夫人也笑了，她一个劲地问："唐校长，没什么菜，要吃饱哦。"

唐治平摸着圆鼓鼓的肚子，说："饱了，饱了。"肚子是饱了，但内心的焦灼感再次涌上心头，唐治平哀求李沁："李老师，跟我回去吧。"

李沁为难地望着年迈的父母，又望一眼唐治平，摇摇头，又点点头，点点头，又摇摇头，艰难地说："哥哥远在美国，日本人又近在咫尺，我不能丢下他们独自逃命。"

李夫人轻轻啜泣起来。李宅基眼圈也红了，说："我和你娘都老了，都想着落叶归根，哪还能去做那种背井离乡的事？"

唐治平说："伯父说的在情在理。不过伯父也看到了，这里前有日本人的飞机大炮，周边有土匪的长枪短炮，东阳楼再固若金汤，也抵挡不住这前狼后虎。何况李老师青春正好，听说日本人最喜欢年轻姑娘……"他稍微停顿一下，只见李宅基夫妇脸色大变。

唐治平接着说："留得青山在，不怕没柴烧。世道不可能一直乱下去，只要保证人平安无事，假以时日，李伯父一定会重回故土，重振河山，东阳楼的基业，依然姓李。与其在危机四伏，朝不保夕的圆通镇惶惶不可终日，何不到长汀去躲躲风头，等时局太平后再回来？"

李宅基说："唐校长说的道理我也明白，我也有些产业在长汀。但我担心的是清风山的土匪，我有几笔生意往来，全都是在过清风山时被洗劫一空，损失惨重！如果举家迁移，家产只怕被他们一口就给吞了。"

唐治平掏出陈鉴主席的亲笔信说："李伯父不用担心，侨育大学是陈主席亲自关照迁移的，你们跟着学校一起走很安全。至于清风山的土匪，我们早就安排军队在附近护送，不会有危险的。"

唐治平原来只是要带回李沁，挽回人心。但李沁非要留下陪父母，那只好动员她的父母一起撤离，毕竟留在圆通镇也不安全。所以，连找军队护送这种鬼话，唐治平也能脱口而出，虽然他也觉得自己瞎话编得有点过了。

李宅基深深吸了口烟，敲敲烟斗，缓缓地说："唐校长，容我想想。现在已是夜深了，要做什么都得等天亮再做，先休息吧，明天我再给您回话。"

唐治平抬头看一眼墙上的钟，已指向夜里十一点。他又望一眼窗外，浓重的夜幕像一块扯不破的黑布，又像是挣不脱的浓雾。是啊，侨育大学即使要解散，也得等到天亮。明日午时，但愿来得及，应该来得及。这样一想，内心的焦灼减轻不少。他跟李沁上三楼客房休息。

夜深了，东阳楼外是寂静的稻田，星星点点的天空透出一丝生气，偌大的楼内空荡荡的。唐治平从小就很害怕这种大楼内的孤寂，如今有李沁相伴，让他感到挺温馨，挺安全。

李沁举着煤油灯，领着他上楼。她一路走，一路轻轻哼着歌：

> 月光光，日晶晶
>
> 行远路，过田畦
>
> 潭水照月明
>
> 清溪日辉映
>
> 划舟过龙门
>
> 骑马到云亭
>
> 雄赳赳，文悠悠
>
> 雁飞千里，鹿鸣深山
>
> 鱼靠水，鸟依林
>
> 月到十五圆又圆。

李沁的歌声如一缕春风，在清清的水面荡起一圈一圈感伤的波纹。唐治平眼眶不禁湿润，他非常想念自己逝去的母亲。想起在那些有月亮的晚上，院落里薄薄的凉，母亲与他躺在凉榻上，望着天，教他念：

"青天如水，

长诵一句。

凝目一星，

不散数夜。

一天星斗，

尽在胸中

……"

李沁指着走廊外的天空说："你看，月亮。"唐治平抬头，只见天上没有星星，只有一轮圆月，很亮，很干净。也没有云，月亮上倒是有云，好像还在飘动，夜空无比的清澈高远。黄色的萤火虫，又带着微微的蓝，一闪一闪的，像无数细小的飞翔的钻石。这样美丽梦幻的夜晚，唐治平却无心感受，他急着问李沁："李老师，如果伯父伯母不走呢？你——？"

李沁微微一笑，说："你放心，我一定会让他们一起走的。"

唐治平好奇地问："你有什么好办法？"

李沁歪着脑袋一笑，说："保密。"两个小酒窝像两朵浪花，涟漪般在唐治平心中荡漾开。

这个夜晚，唐治平不敢真正合眼，生怕天一亮，侨育大学就解散了，他怎么向死去的老校长交代，向陈鉴主席交代。半梦半醒中，只听到楼下传来李沁的喊声："抓贼，有贼，快抓贼。"唐治平"腾"的一声跳下床，鞋子都来不及穿，连忙跑出房间，靠着走廊朝下看去，只见家丁和李宅基夫妇都被惊醒了，有的去抓贼，有的还揉着眼睛发愣。李夫人哭着说："这两天是怎么了，一会儿进个贼，一会儿又进个贼……"

李宅基说："前面那个不是贼，是唐校长！"他接着交代家丁："快去看看，保护好小姐。"

唐治平也很担心李沁的安危。突然，衣服被扯了扯，只见李沁娇喘吁吁地立在他身后，手里抱着一个黑布大包袱，说："这些先替我保管，保证我爹娘明天就会跟我们走了。"

唐治平问："这是什么？"

李沁咧嘴一笑，说："这是我爹娘的命根子，身家性命都在这里啦。"

唐治平指着李沁，恍然大悟："哦——原来你是监守自盗，贼喊捉贼啊！不行不行，赃货在我这里，我十张嘴也说不清，又被当贼绑起来打，我害怕！"

李沁踢了唐治平一脚说："就这点德性，还想当校长。想不想我跟你回去？如果不想，那就算了，我这就还给爹娘，现在天也快亮了，你赶紧走你的阳关道吧。"说完，佯装生气，掉头要走。

唐治平连忙拉住李沁，说："好吧，我怕你了，姑奶奶，听你的。"

李沁这才转怒为喜，将大布包塞到唐治平怀里，噔噔噔跑下楼。

西边楼上传来李夫人的哭声："天啊，我的陪嫁首饰全没了，还有房契地契，都在一个箱子里，全被偷走了，这可怎么活啊！"

李宅基气急败坏的声音："我白白设置这么多机关，养了这么多废物，居然还是进了个汪洋大盗，快给我追，抓住他！我有重赏。"

唐治平忍不住笑了，他掂了掂这个布包，够重的。都说养大的女儿都是贼，果真如此。如果没有李沁这么吃里扒外的，唐治平我今天还不知道能不能喘气。吃里扒外？唐治平摇头，自言自语道："此话不妥，此话不妥。"他连忙将布包藏到床底下，跑下楼。

楼下，已经乱成一锅粥。李夫人俯在李沁肩膀，哭得很伤心，李宅基也垂头丧气的。唐治平走来对二位老人说："伯父伯母，钱财丢了是小事，日本人的军队马上要打过来了，到时候别说那些金银细软房产地契了，估计命都保不住，还是跟侨育大学走吧。"

李沁接着说："爹，娘，金银细软没有了，房产地契也没有了，这房子再大也搬不走。我们还是一起走吧，钱丢了还可以再赚，命丢了就什么也没有了。最好的就是一家人能在一起啊！"

李夫人眼泪汪汪地望着李宅基，可怜巴巴地说："老爷，沁儿和唐校长说得有道理，咱们还是一起走吧，我陪嫁的首饰全丢了，我也不想待在东阳楼了。"

李宅基叹着气，背着手，走过来，又走过去，重重的脚步声像鼓点敲打在地面，也敲击在唐治平心上。唐治平望着一点一点亮起来的天色，心里火烧般焦灼。他默默念着："快点决定吧，快点走吧！"

"好吧，既然什么都没有了，只要能和我的沁儿在一起，去哪里也都一样！唐校长，我们和你一起走！"李宅基像是下了很大的决心，一字一句，咬着牙，狠狠地说。

唐治平高悬的心终于放下来，他长长地舒了口气，望一眼李沁，李沁朝他眨眨眼，做个鬼脸。唐治平强忍内心的喜悦，说："要走就抓紧时间，大部队天一亮就要出发了。"

饿死的骆驼比马壮，再快也有许多行李要准备。打发佣人，安排家丁挑担等，手忙脚乱中，天早已大亮。那一大包金银细软，房产地契都装进李沁的背包，由唐治平帮忙背着。

等唐治平带着李沁一家赶回到圆通镇时，刚刚过了午时，曾经被侨育大学师生们塞满的圆通镇，一片空荡荡。只有零星一些学生还在街头徘徊，张成田、李应松、余嘉训也在其中，他们见到唐治平和李沁，高兴地奔跑过去，将他们团团围住。

唐治平赶紧问："他们都去哪里啦？"

学生们七嘴八舌地说："都往码头走了，说时间早就到了，校长和李老师不会回来了，都散了。我们不走，相信你们一定会回来。"

张成田说："那个屈四眼真不是好东西，很多师生都是被他煽动着散了，我拦不住！治平，你的衣服怎么这么破？"

唐治平低头一看，这才发现经过一夜的折腾，本来又脏又破的衣服更是被撕得条条块块，简直快遮不住身子了。他顾不上这些，对大家说："都去把他们追回来，告诉他们，唐校长和李老师回来了，我们没有迟到，你们都不许早退！"

李沁听他们你来我往的说着，有点糊涂了，连忙问："唐校长，队伍都去哪里啦？"

唐治平说："他们说今日午时之前没把你追回来，大家就不等了，就地解散——"

李沁一听，眼泪都掉下来，她说："你为什么不早点告诉我？都是我的错，都是我不好！"她突然飞快朝码头奔去。

码头上，江水逶迤如玉带。岸边布满侨育大学的师生，有的已乘船离去，有的还在排队，有的频频回望，仿佛在等待什么。

> 山有山来水有水，
> 山山水水连着天。
> 一朵红花绿叶扶，
> 树大根深靠泉源。

突然，一首嘹亮甜美的山歌响起来，像悲伤的河流激起的浪花。最后一句刚刚收起，只听到"嗬喂——"的男声，整齐阳刚，原来是岸边的艄公们在呼应。许多师生们都回过头，只见码头上方，一条红色的纱巾迎风飘舞，歌声就是随着红色纱巾传出来的。唐治平和张成田，还有留下的学生们都听到歌声了，他们一起朝码头奔去。

"是李沁，李沁回来了。"站在岸边正准备登船的叶德香兴奋地解开自己的围巾，朝红色纱巾挥舞起来。

"你们看——李老师回来了，唐校长也回来了，张主任也在，侨育不会散的。"杨月英兴奋地对四周的同学们说，然后朝李沁的方向跑去，越来越多学生跟着跑过去。

"哼，你们的唐校长发过誓，逾期不回，侨育就地解散，他现在回来有什么用？侨育大学已经解散了。"屈子林扶了扶眼镜镜框，得意地说。

"学校解散了，我们能去哪里？"张三分小心翼翼地问。

"去哪里？回家，或者去别的学校。"屈子林气急败坏地敲了敲张三分的脑袋。

张三分委屈地低下头，低声说："厦门都沦陷了，家怕是回不去了。别的学校？大家都是泥菩萨过河，谁肯收我们哪？"围拢在他身边的学生们都黯然神伤，渐渐地，有一些学生脱离张三分和屈子林，悄悄往回走。

> 山歌唱起心里明，
> 不怕苦来志高强。

唱到一半，李沁已是泣不成声，她抽噎着，强忍着，继续放声高唱：

> 春风吹动遍地花，
> 草绿如茵满山岗。

又是一声整齐豪壮的"嗬喂——"连河上的艄公都被感动了。林渊临手捧紫砂茶壶，专注听着天籁般的山歌，默默朝李沁走去。屈子林追上去拦住他说："姐夫，您走错方向了。"林渊临推开屈子林的手说："这么好的山歌，离开侨育大学，估计就听不到了，不行，要走你自己走，我要回去！"

张三分望着屈子林，说："老师，我们，我们怎么办？"

屈子林踢他一脚说，气呼呼地说："能怎么办？跟姐夫走呗。"

终于，越来越多师生回头聚拢在唐治平和李沁身边，就连已到江中央的船，也纷纷回头靠岸。

最后统计一下，居然没有一个人离开侨育大学的队伍。毕竟，这兵荒马乱的，去长汀很危险，难道掉头回厦门就安全吗？大家内心深处还是希望侨育能一直走下去，平安走到长汀。

唐治平交代老师们整理好队伍，做好翻越清风山的准备。一回到侨育大学的队伍，唐治平就像打了兴奋剂，精神抖擞，充满力量。

"唐校长，请借一步说话。"不知什么时候，李宅基和夫人跟在他身后。

唐治平这才意识到，他居然忘记费尽周折请来的李宅基夫妇了。他走过去，朝李宅基抱拳道："李伯父，这一忙就怠慢您了，抱歉！"

李宅基摇摇头，笑着说："您在尽自己本职工作，何来抱歉？校长运筹帷幄，鞠躬尽瘁，老夫我佩服之至！我这里有一套衣裳，虽是旧裳，却还是极好的，校长若不嫌弃，还望笑纳。"

唐治平这才发现李夫人手中果真捧着一套衣服，正笑眯眯地望着他。他本想拒绝，但低头看自己的一身破得都快遮不住身体的衣服，不由自主伸手接过衣服。李夫人笑着说："快换上衣服吧，校长要有校长的样子。"

唐治平手忙脚乱地换上衣服，原来是一套做工精良，布料高档的西装。等他穿着新衣服走回来时，很多师生都看呆了，原来校长这么帅。

李宅基上下打量着唐治平说："很好，很好，人要衣装，佛要金装！对了，还有这支笔，是我从上海带回来的，英雄牌钢笔。我知道你是留美博士，见过大世面，别小看这是国产钢笔……"

唐治平连忙打断李宅基的话，说："伯父，我，我怎么会小看呢？您和伯母，还有，还有李沁老师对我的支持和帮助，治平没齿难忘！"说完，他双手郑重地接过钢笔，细细看过，然后小心翼翼地放进胸前的口袋。一抬头，他的目光就接触到不远处的李沁，心头一颤，甜丝丝的感觉注满全身。

突然，一声悠长的叹息，将唐治平从甜蜜幸福中拉扯回来。他发现李宅基的表情突然变得十分复杂。

唐治平连忙问："伯父因何叹息？"

李宅基说："哎！这接下来的清风山啊，我是有点担心。"

唐治平心头一凛，连忙说："愿闻其详。"

李宅基幽幽地说："其实我对清风山的情况了解也不多，只知道这山的匪首绰号大嘴，是个心狠手辣的人，还好色，本来，老夫在长汀的生意很大，但自从清风山出了这拨土匪，长汀的产业和生意就基本垮了，因为每次货物路过清风山都被洗劫一空。钱财倒还是其次，就怕我们有那么多女生……要不，我们还是走水路？"

"不行不行，盈盈江水向南流，铁铸艄公纸作舟。滚石滩是汀江险滩之最，之后是还有三十多个险滩，船到那里，常被急浪颠覆或险礁撞沉，就算'铁梢公'也难过那'鬼门关'。现在又是雨季，倘若全程坐船，万一遇到险滩洪水，搞不好全船覆没，后果不堪设想。"张成田焦急地说。

众人面面相觑。一边是险滩，一边是土匪，一边是天灾，一边是人祸，到底该怎么走？

"水路走不了，陆路行不通，把大家召回来，最后还是要解散，真是竹篮打水一场空哦！"又是屈子林的冷嘲热讽。但他的话就像扔进万丈深渊，瞬间被无边无际的连绵大山吸得干干净净，因为根本没有人搭理他。大家都眼巴巴地望着唐治平，等待他的最后决策。

十一、清风山

水路、陆路、翻船、土匪……唐治平内心挣扎、纠结良久。他扯了扯刚穿上的西装，用手捋了捋打结的头发，坚定地说："我们还是走山路，翻越清风山。虽然有土匪，但毕竟水火无情，人……嘿嘿……有时还是可以说情的嘛。"

"清风寨的土匪可没有这么好说情的，如果没有军队护送，我们是绝对过不了清风山的。"李宅基双眉锁成川字。

"军队？护送？"张成田听糊涂了，他疑惑地望着唐治平。

唐治平连忙向他挤眉弄眼一番。张成田立即心领神会，连忙安慰李宅基说："伯父放心吧，有军队的。"

唐治平接着说："伯父，您应该听过，用兵之妙，在于出奇制胜。我要是现在就把军队亮出来，有什么意思呢？再说了，咱们这是学校，不是司令部，哪能随便就可以把军队召集过来的道理？"

连忠厚老实的张成田都说有军队，再加上唐治平合情合理的解释，李宅基比较放心了，他颔首道："好吧，既然有军队护送，我们过清风山更保险！"

经过一天休整，第二天一早，师生们从圆通镇整好队伍，朝清风山进发。

吉普车还是由余嘉训和李应松载着行李从环山公路绕道行驶。队伍保持原有的模式，二十人为一个小分队，张成田带头，卢英强中间，唐治平压阵，带领大家一头扎进清风山的原始森林，就像扎进一张密不透风的大渔网。

密密匝匝的榛子林，浓荫蔽日，茂密的灌木丛，葳蕤遮道，一条偏僻的羊肠小道，迂回曲折在其中，卵石苔滑，湿闷无比。大家全神贯注地对付台阶上湿滑的苔藓，几乎忘记有土匪一说。

走到半途，林渊临出事了。

当时唐治平就在附近，听到惨叫声，立即飞奔过去。只见林渊临跌坐在一堆茅草间，右脚被草丛中冒出的一只铁夹子牢牢钳住，疼得嗷嗷直叫，裤脚处鲜血淋漓，惨不忍睹。原来他想远离人群，躲到偏远的草丛解个手，不想竟误踩到猎户设下的野猪夹子。见到唐治平，林渊临凄声叫道："唐……唐校长，救救我！"

屈子林也闻讯赶来，见此惨状，根本不知该如何是好，只是徒劳地哭喊道："姐夫，你要挺住啊！"又一把扯住唐治平说："你快救救我姐夫！"

唐治平正在思考如何除掉铁夹子，被屈子林一闹，有点生气。他退后几步，让出地方，对屈子林说："你看看怎么办？"

屈子林看着不断涌出的鲜血，吓得面色青白，连连摆手后退说："我，我，我晕血啊……"话音未落，人已瘫倒在地。

剧烈的疼痛令林渊临痛苦不堪，但神智还算清醒。他无奈地长叹一声，这个小舅子，真不靠谱啊。

"快把李沁老师叫过来。"唐治平吩咐身后的学生，然后蹲下身察看那野猪夹子。他在海边长大，对这山里的捕猎门道不熟悉，不敢轻举妄动，怕造成二次伤害，而林渊临哪里禁得住铁夹子钢牙般的死咬，他痛得连呻吟的力气都快没了。

"我来试试！"卢英强闻讯赶来，扯下一段衣角，撕成两条布带，紧紧扎住林渊临的右脚，然后在那铁夹子底下摸索一阵，只听"咯噔"一声，铁夹子应声弹开，林渊临的右脚终于被解救出来。随后赶到的李沁，连忙给血肉模糊的伤口做了简单处理，所幸并未伤及骨头，只是走路成了问题。

"屈老师，接下来林教授就只能交给你了。"唐治平回头对屈子林说。

屈子林当即垮了，想说什么，却又不敢。

"卢老师，没想到你不仅仅只是会打篮球耍笔杆子的中文系才子啊。"唐治平如释重负。卢英强擦了把汗，说："我家以前捕过野猪，知道这铁夹子的机关，硬来是不行的。我看我们得快点，刚才我好像都听到老虎的叫声。"

仿佛是响应卢英强的话，密林深处传来一阵虎啸，隐约有老虎的影子一闪而过。

所幸是白天，那老虎像有什么重要任务要执行，或是没有发现草丛中的师生们，匆匆而过。众人全都惊出一身冷汗。

卢英强幽幽道了一句："不过这清风山啊，比老虎更可怕的还有土匪呢。"

唐治平的冷汗又密密匝匝冒了一身。

卢英强带几个学生，劈倒几根竹子，不到半个时辰，扎成一个简易的担架，然后招呼几个健壮的男生抬着林渊临，抓紧赶路。

这么一耽搁，直到下午三点多，众人才陆陆续续走出那条暗无天日的崎岖小道，包括躺在担架上的林渊临。

一面巨大的石壁，赫然出现在众人眼前。原来林道直通山顶一片空地。吉普车早已停在空地上等着与大家汇会。空地的尽头便是这面高耸的石壁。石壁底下，是一条深涧，溪水哗啦，声声不绝，深涧两边，一丛丛紫红色的杜鹃花，像一把把火炬，傲然绽放。在石壁边上，有一条土路，朝山顶两侧往外延伸，直伸入不远处绵密的林木之中。人家被这壮丽的景色吸引，不禁感叹大自然的鬼斧神工，几乎忘记一路的艰辛疲惫。

从这里可以清楚看到，众人依旧处于莽莽群山中。按李宅基的判断，清风山是翻过三分二的路程了，只要沿着山顶西边小路继续前进，就可以走出清风山。

"看来清风山并没有想象中那么恐怖。"唐治平心里略微放松。他下令："所有人原地休息半个小时再出发，各队队长，点好本队成员，确保全部到位。"

突然，一声长长的马啸从石壁后面逼近，密集的马蹄声同时从山顶两侧道路传来，哒哒哒，哒哒哒，从远及近，越来越响亮。

"什么声音？"

"不好，土匪来了！"

"是土匪！土匪来了！"

还等不及众人回过神来，两侧山顶道上早已涌出二三十骑骑兵，分头包抄过来。马上的骑士，个个彪悍粗豪，有的手里挥舞着大砍刀，有的单手端着步枪，黑洞洞的枪口对准众人。

在此情况下，谁还敢动弹？

"是大嘴！大嘴来了！你不是说有护送我们的军队吗？他们在哪里？"李宅基紧紧拽着唐治平的手，急切小声地质问。

唐治平心脏狂跳不已。这种突发情况，他早在心头演练许多遍，也想好各种应对方式，但真正降临时，他却被一种巨大的恐惧感和深深的无力感攫住。

唐治平结结巴巴地说："哪，哪有什么军队啊，都是我，我，我自己乱编的。"

李宅基气得浑身发抖，他指着唐治平说："我——我——真是瞎了眼——精明一世，我糊涂一时啊！"

"都给老子听好了，此树是我栽，此路是我开，要从此路过，留下买路财。来者都是客，爷也不为难各位了。只要你们把值钱的留下来，让爷们喝点小酒，爷们自然会送你们平安下山，否则，就怕爷的刀枪不答应！"一个小头目模样的土匪，指着众人大声喝道。话越说越凶狠，活脱脱从地狱里冒出来的拦路煞神。

手无寸铁的读书人在这些悍匪面前，个个噤若寒蝉，吓得魂都丢去一半。

"我们都是学校里的老师和学生，躲避战火才逃到这里，行李基本都在路上丢了，读书人没有什么金子，书倒是有些，如果大爷需要书，我们可以送。"唐治平知道，这个时候，只有自己能顶上去。不过，他也知道，秀才遇上兵，有理说不清，因此语气尽可能谦恭。

"妈个逼，老子要'输'干吗呢？老子天生就要赢！给我搜！"土匪当中冲出一骑，宽肩厚背，方脸黝黑，阔嘴厚唇，两道眉毛又黑又粗，像两口大刀，一对铜铃般的大眼透着腾腾杀气。他一声令下，其他土匪们纷纷下马，一手挥舞着刀枪，一手开始抢众人的行李。土匪们肆无忌惮地挑破包袱，撬开皮箱，里面的东西撒落出来，尽是些笨重的书本，零碎的衣物，乱七八糟掉得满地都是。

好在书本是土匪们天生的克星，那满地的书本，让所有的土匪感到头疼，都只是伸脚在上面踢了踢，没再往深处探究。

"大当家的，都他妈的是些破纸片，连吃的都没有，就是一群乞丐。"那个小头目回头愤愤地对先前发令的头目汇报。

不用说，唐治平也知道，此君便是大名鼎鼎的清风山匪首大嘴。

大嘴一脸怒气。不过他把目光一落在女学生们身上，立即眉开眼笑起来："没钱也罢，有这么多尖果，也不枉我们辛苦一趟，哈哈哈……"

女生们闻言，都吓得大叫。

"全部带上，回去让兄弟们好好泄泄火。"大嘴掏出腰间的驳壳枪，恶狠狠扬了扬："谁他妈的要敢吱个声，就废了她！"

土匪们个个身手了得，只一眨眼工夫，便各自抢到一个女生，往马背上一横，一声呼哨，迅速绝尘而去。

等大家回过神，土匪们早已消失在密林中。蹄声与女生的呼救声，越去越远，很快就消失在群山峻岭中。

"我的祖宗啊……我的沁儿啊，这是要割了我的肉，要了我的命啊……"李夫人发出一阵凄厉的哭喊声，打破现场的死寂，其他人如梦初醒，跟着土匪们的蹄印追去，但哪里还来得及？

侥幸没被掳走的女生们，个个缩成一团，瑟瑟发抖。男生们则是紧握拳头，怒不可遏，却又无可奈何。

"唐校长！唐校长！"李宅基嘴角哆嗦着，疯了一般，一把揪住唐治平的衣领："你说有军队护送的！军队在哪里？快，快叫他们出来，我只有一个女儿，却被土匪抢了去，祖宗的脸都被丢尽了，你要帮我把她救回来，我的家产分给你一半。"

"您放心，我一定把她们救出来！"唐治平心如刀绞，愧疚不已。不是他不救，是土匪的动作太快，还有那么多黑洞洞的枪口。这么多女生，还有李沁，她不仅是你的宝贝，也是我的……她们绝对不能出一点差错啊！

"张主任，你组织所有人，原地待命，等我的消息。"

唐治平一边说，一边背上帆布包，跨上吉普车，启动车子，准备朝土匪离去的方向驶去。

张成田一瘸一拐拦住车，说："你一个人怎么救人？别把命搭上了。"

卢英强也跟上来，说："校长，我和你一起去。"

"我们也一起去！"一群男生跟上来，异口同声地说。

唐治平心头一热，他朝男生群里问："有化学系的男生吗？带点硫黄硝酸什么的。”

两位化学系男生背着书包从人群中挤过来，响亮回答："带着呢，等校长吩咐。"

俞家训和李应松也急切地说："校长，我们会开车。"

唐治平说："好，就你们几个，上车，出发。"他转头对张成田说："张主任，带好师生们原地待命，不要慌乱，等我们的信号弹一响，你就带领大家和我们汇会。"

张成田用力点点头说："明白，你们要注意安全！"

不等张成田再说什么，唐治平已踩下油门，绝尘而去。

路上，唐治平交代两位化学系男生抓紧时间用硫黄、硝酸钾和木炭做成简易炸药。卢英强和俞家训、李应松打下手。

追循遍地凌乱的马蹄印，唐治平等人很快找到土匪窝。

一片松树林深处，沿着陡峭的山坡搭盖一个简易的寨门，门首上歪歪扭扭刻着"清风寨"三个字。唐治平连忙将车开到门前，只听到紧闭的寨门内传出来土匪的狂笑和女生们的尖叫，唐治平的心像被扔进油锅煎炸，焦心的疼痛。一定要抓紧时间想办法进去，否则这些女生就凶多吉少了。他让车上几人全部下车，决定自己独闯匪窝。其余几人哪肯答应。唐治平连忙简单交代几句，他们这才恍然大悟，乖乖下车，躲进松树林。

在卢英强等五人藏好后，唐治平才开始用力按喇叭，汽车喇叭声终于惊动土匪。他们从寨门上的墙垛里探出头来骂骂咧咧的："妈的——不要命的穷酸鬼居然敢跟过来，马上给老子滚，否则一枪崩了你的狗命。"

唐治平深吸一口气，平息胸中翻腾的气血，慢慢后退数步，又腰站在寨门中央，扬声道："四月花开铜锣岭，各采各花抱回家！叫你们当家的出来！"

这是绿林道上常用的一句切口，但凡黑道上的朋友相遇，往往不讲人话，而是以黑话相互试探，各自表明身份和态度，避免因为误会而爆发冲突。

唐治平深知，和道上的人千万不要讲人话，适当用点隐语，有助于从气势上，先唬住对方。好在，他读书很杂，对于这类被称为"春典"的黑话，颇知一二。

果然，那些土匪一听是行家里话，态度立刻变了，小心地答道："花开花谢不理它，哪家好吃吃哪家。兄弟是哪座山的？"

唐治平哼了一声，双目斜也，鼻孔朝天："你个乳臭未干的青头子，有什么资格问老子，快快开寨门，让我见你们当家的！"

寨墙上一阵交头接耳，好一会儿，才有个土匪头目大声说道："放你进来也行，但要讲规矩守本分，否则任你来头再大，一个枪子儿，送你去见阎王。"

唐治平哼了一声："知道！老子是来讲道理，说场话的，不是来砸窑的。"

"吱呀——"

寨门沉沉地朝两侧推开，唐治平大摇大摆走了进去。只见里头是一条长长的台阶，足足有上百级，顶上有个木构的大屋，虽然简陋，却很结实，也很宽敞。

十几名土匪端枪提刀，虎视眈眈环站在唐治平四周。女生的哭喊声从石阶上飘来，听得唐治平心头之火熊熊燃烧。他看也不看那些土匪一眼，大步朝台阶上奔去。

四五名土匪紧跟唐治平后面，一股脑儿往上跑。

石阶之上，是大片空地，空地后头，就是那座宏伟的大屋。大屋中间是个大厅，两侧各有几间厢房。此时，土匪头子大嘴正坐在大厅上首一张牛皮靠椅上，抽着大烟，笑眯眯打量着被赶到面前的一群女学生。

马背上一路颠簸，又被粗鲁的土匪推搡拉扯，女生们个个衣衫凌乱，沾泥带泪，嘤嘤啜泣着，像一群被关进笼子惊吓过度的小鸟。

而在她们周围，团团环绕着一圈的土匪，无不双眼放光，口水直流。

对于这些啸聚山林、整日打打杀杀的匪徒而言，一下抢来这么多年轻姑娘，简直高兴得快要疯了。要不是当家的还没选好，他们早就饿虎扑食，各自抢得美人归了。所有人的目光都聚集在女生身上，竟然没有注意到从天而降的唐治平。

唐治平一口气上了百来个台阶，加上心情焦急，气有点喘不过来。他深吸一口气，好不容易调匀呼吸，这才抱拳朗声道："天王公爹也要困，穷山恶水靠朋友。在下唐治平，见过大当家！"

女生们难以置信地回头，果然见到唐治平真真切切出现在眼前，又是震惊又是感动：

"唐校长来了！唐校长来了！"

"唐校长，快救我们！快救我们啊！"

乱哄哄的叫声里，土匪们回过神来，一拥而上，将唐治平团团围住。

锋锐的刀锋，黑洞洞的枪口，腾腾的杀气，让唐治平有种快窒息的感觉，但他牙一咬，头一横，死死盯住大嘴。

大嘴也盯着唐治平，仔细端详起来。良久，摆摆手，示意土匪们退下，起身抱拳说道："人生渺渺路茫茫，南来北往皆兄弟。请问兄弟哪条道上的？到此有何贵干？"

绿林道上，讲究以和为贵。对于来路不明的人，未知深浅之前，谁也不会轻易开罪，以免惹来麻烦。大嘴对唐治平并没有什么印象，但见他把切口说得如此捻熟，不得不客气起来。

唐治平从帆布包里掏出一封信来，说："我这里有一封信，请大当家一阅。"

一个小喽啰立刻跑过来，接过信检查后，递给大嘴。

大嘴抽出信笺瞄了一眼，递给旁边一个穿着长袍，戴着黑框眼镜的中年男人。

那男人眯着眼看了一会儿，脸色慢慢变了，抬头看了唐治平一眼，又凑到大嘴耳边嘀咕几句，大嘴脸色一沉，又朝那中年男人嘀咕几句，中年男人随后又对他嘀咕几句。

两人这一来一回嘀咕个不停，看得唐治平心都快蹦出胸腔，嗓子又干又痒，几乎发不出声音来

女生们都紧抿着嘴唇，非常安静。看到女生们如此配合，唐治平暗暗松了口气。他的目光在女生之间搜寻，很快就发现一双亮晶晶的眼睛，也在紧紧盯着自己，正是李沁。

到底是老师，李沁看起来比其他女生更镇定，尤其是发现唐治平看着她时，居然冲唐治平笑了笑。

这个笑容，瞬间照亮唐治平，让他几乎忘记周遭的凶险。

"咳咳——"

那两人嘀咕的时间其实并不长，顶多一支烟的工夫，但唐治平觉得长得令人窒息。

终于，大嘴重重清了一下嗓子，铁板一样的脸松弛下来，咧开阔大的嘴巴，哈哈一笑，拱手说道："算我大嘴有眼不识泰山，得罪兄弟了。我清风寨兄弟在此过活，也不过是图个有酒喝，有肉吃而已，并不想得罪地方上的军爷。我是有心将这些尖果就还给校长，不过——就怕弟兄们不答应。"

"不答应！不答应！"厅内响起震耳欲聋的喊声，几乎要把屋顶掀翻。女生们吓得缩成一团。

唐治平也料到，区区一封信，怎么可能让大嘴相信并屈服呢。他整了整衣裳，说："大当家威名镇九州。但俗话说树大招风。陈主席也是被地方上闹烦了，所以才派鄙人带学生过来时，顺便带些弟兄们上山，嘿嘿——打个前站，打个前站——而已——嘛！其实鄙人不才，承蒙主席厚爱，为他出谋划策，还是义不容辞的！"

大嘴脸色一变，他狂叫道："胡说八道，你不是什么狗屁校长吗？怎么又成了狗头军师了？骗鬼吧。"

"哈哈，骗鬼吧！"大厅内响起土匪们的狂笑。

"鄙人若不是陈主席的军师，陈主席怎肯将自己的车送于我开呢？"唐治平大声应答。

"车，什么车？你出去看看，真的假的？"大嘴半信半疑，吩咐身

边的军师出去看看。

军师出去一看，果真是吉普车，还标注着省政府的牌子。可不是谁都有汽车开的，大当家在清风山叱咤风云多年，也没弄到一部汽车玩玩，至今还是以马代步。他回来向大嘴汇报。大嘴正想说点什么，弟兄们又叫道："管他是谁的军师，就是来一个师，也照样灭掉他。"

"对，灭掉他！灭掉他！"大厅内又是山呼海啸的叫声。女生们再一次被惊吓得捂住耳朵，蹲下身，像一群被暴雨淋湿的小鸡，瑟瑟发抖。

"报——树林里好像——好像有很多人——"正在此时，站岗的土匪惊慌失措地跑进来，结结巴巴地汇报。

大嘴迅速起身，瞪起铜铃大的眼睛，厚嘴唇抖了抖，指着唐治平说："走，看看去！"

大嘴率领土匪们走出大厅，站在台阶上朝不远处的松树林望去。果真，松树林内尘土飞扬，响声震天，仿佛藏着千军万马。突然，一阵爆炸声响起，吓得大嘴连连后退，差点踩到后面的人。他一回头正是唐治平。他指着唐治平说："你，你，他妈的——给老子耍什么花招——"

唐治平弹了弹马褂上的灰尘，微微一笑说："堂堂省主席的军师，能一个人上山吗？"

似乎为响应唐治平的话语，又一阵爆炸声响起，树林内浓烟滚滚，尘土飞扬。大嘴问："这是什么？你，你究竟带了多少人马？"

唐治平说："人马不多，不过武器嘛，嘿嘿——"

大嘴虽然在此横行多年，但抢劫的大多是手无寸铁的过往商人，虽有军队围剿，也不过是随便应付一下就下山复命，这样的阵势很少遇见。大嘴当然不想与军队正面接触，两败俱伤。他语气放缓，抱拳道："军爷，咱们和为贵，你退兵吧。"

唐治平说："本来这些军队也不是对付大当家的，是保护这些学生的，您只要放了这些学生，我就让他们退兵。"

大嘴没有说话。

唐治平将右手放进嘴里，一声清亮的口哨声小鸟般飞向树林。很快，树林内的尘土和躁动渐渐安静下来。

大嘴回头望望他身后的土匪们，身后静得出奇。大嘴勉强点点头说："好吧，放了这些尖果！"

此时，一点声音也没有。四周静极了。

松绑后的女生们急忙跑到唐治平身边，一个个恨不得立刻插翅逃离这恐怖的匪窝。

"多谢大当家，唐某感激不尽，回头定当向陈主席回禀大当家今日高义。"唐治平抱拳致谢。

"去去去，快走吧你！"大嘴用力挥手，像赶瘟神一般。寨门沉沉关上。

夕阳迅速滑向小树林，从小树林背后喷射出万道光芒，像无数金箭齐发，上演一天结束前最后的辉煌。唐治平带着女生们穿过小树林，只见卢英强和几个男生正坐在木桩上敲敲打打，忙着做什么。脚下几棵大树枝灰扑扑的。李沁睁大双眼，惊奇地问："其他人呢？"

俞家训说："我们都在这里。"

李沁问："难道树林里就你们这几个人吗？你们——唱空城计？"

卢英强哈哈大笑，说："承蒙唐校长指点，我们这是学张飞，长坂桥吓曹军。"

李应松抖动着肩膀说："哎呦妈呀，这树枝真够沉的，我拖来拖去，手都酸了。不过好在有他们两人的火药，威力足吧？哈哈！"

女生们都笑了，又是崇拜又是感动地望着这些舍命来救她们的老师同学。林梦瑶走到李应松身边，含泪道："帮你揉揉？"话音刚落，脸"唰"地羞红了。李应松又是感动，又是甜蜜，又是不好意思地摇头说："我正忙着呢。"

"咦——你们在做什么？"杨月英好奇地问。大家这才发现几位男生一边和大家说话，一边不停地做什么。

唐治平笑着说："他们在做秘密武器。好了，此地不宜久留，大家赶快离开。"

女生们在唐治平等人的带领下，开始有序撤退。虽然大家很着急，但经过一天的惊吓和奔波，女生们都精神疲惫，脚步趔趄，速度缓慢。吉普车根本坐不下这么多人，只能载几个体弱的女生，在前面开道。其余女生跌跌撞撞跟在后面，好不容易逃出松树林，离清风寨越来越远了。

西边天空的酒红色好似不断被水稀释，渐渐淡去。夜晚，悄然降临。

唐治平说："可以了，我们在这里发信号吧。"李应松连忙掏出刚才在小树林临时赶制的"秘密武器"，原来是用竹子做成的简易"手枪"。李应松举起"手枪"，突然又放下，说："校长，我，我——能行吗？"女生们都笑了。唐治平也笑了，说："你不是在部队待过吗？没打过枪？"李应松哭丧着脸说："部队的枪是真枪，制作精良，安全系数高，我们这，这是竹子做的枪，而且，是我做的。如果是您做的，我一定会一百个放心地打出去。"唐治平一把夺过他的枪，说："好吧，既然你这么相信我，那我也相信你一回，我来。"说完，他举手朝天扣下扳机，只听见"呼——"的一声，一团耀眼的白光腾空而起，直冲到天际，停留片刻，然后在空中缓缓消失。大家被这奇妙的一幕吸引。突然，听到一声惨叫，低头一看，那把竹枪已经烧起来，唐治平赶紧丢掉枪，跳得三尺高，所幸没有受伤。

林梦瑶好奇地问："这就是你们的秘密武器？"

俞家训在旁边得意地说："这是我们自制的火神枪。"

"火神枪！好神奇哦！许多女生都崇拜地叫起来。"

两位化学系男生得意地说："其实没啥了不起的，镁条知道吗？可以发光，当信号弹。硫黄和硝酸钾、木炭知道吗？可以当火药，然后利用物理原理发射镁条。"

李应松得意地说："我们做的竹枪就是用来发射镁条的。其实和弹弓的原理差不多。不，是改良版的，哈哈——这是物理与化学的完美结合，发射出的信号弹而已。"

女生们大部分是文科学生，被他们这么你一句我一句的炫耀一番，更是崇拜不已，热烈鼓掌起来。

唐治平接着说："不过唯一遗憾的是，这种用竹子做的枪，只能用一次，然后就烧起来了。对了，你们有没有多做几把备用？"

李应松说："谨遵校长命令，当然是有几把备用啦。"说着，他掏出几把竹枪炫耀起来。几位女生想夺，李应松连忙藏到身后，说："不行不行，不是玩具。"

唐治平拿过李应松的竹枪，说："好了，都别闹了，我们在这里就地休息，张主任接到我们的信号，很快就会带领队伍和我们汇合的。"

众人早已疲惫不堪，巴不得有这句话，连忙各自找地方坐下来，互相偎偎着休息。此时，月亮已升到天中央，光华似水，倾泻在山岭。

虽已六月，山风吹来，却是一层又一层的凉意。四周响起各种声音，有风吹过树林的声音，有夜鸟鸣唱的声音。突然，一声奇怪的叫声传来，非常大又非常沉闷，非常陌生又非常熟悉。这声音在山谷撞过来撞过去，瞬间淹没了所有其他的声音。还未等大家极力搜索出记忆中的这种声音，一阵狂风刮过，那声音越来越近，离队伍就四五十米距离的空地上，一只吊睛白额大老虎正大摇大摆走来。

这下可把大家吓坏了。卢英强跳起来喊道："大家不要跑，不要掉头，慢慢往后退，慢慢往后退！"俞家训和李应松连忙一起维持秩序。两人站在队伍最前面，双臂张开，护着女生们缓缓向后退。但他们退几步，那老虎就进几步，似乎也不着急进攻，对峙着，寻找机会。

唐治平正在吉普车旁闭目养神，已被惊起，他悄悄地迅速爬上吉普车车顶。

老虎突然大叫一声，好像有点不耐烦了，朝队伍冲过来。只听"呼——"的一声，一道耀眼的白光亮起，不过这次白光不是朝天上发，而是朝老虎的方向发去。那老虎估计没见过这样的白光，吓得倒退几步。那道白光在离它不远的地方渐渐消散。老虎愣了好久，发现白光已经消失，并没什么危险，它咆哮着腾空而起，扑向队伍。队伍慌成一团，有的女生拼命狂奔，有的女生瘫软在地，有的女生痴痴呆呆，有的女生大哭大叫。但这老虎伸开腿张开臂，十分庞大，几乎将整个队伍覆盖，看来是谁也逃不过这一劫了。大家只能闭上眼睛，听天由命。

又是一道白光闪过，再闪过一道，仿佛整座山坍塌下来，尘土腾空扬起，然后是重重着地的声响，原来是那老虎摔倒在地。良久，它才挣扎着爬起来，喘着粗气，摇头摆尾，气呼呼地离开了。

整个山岭都静下来，静得出奇，像是一场大戏刚刚落幕。不知过了多久，受惊吓的女生们才抬起头，发现唐治平依然站在吉普车车顶，手中握着几把烧成灰烬的竹枪，两眼通红，大口大口地喘着粗气。

卢英强走过去，将唐治平搀扶下来，故作轻松地说："没想到我们拿来发信号的秘密武器，还能吓跑老虎，校长你真是奇才！"

唐治平这才像被抽了线的木偶，哗啦一声，瘫倒在地，声音微弱地说："我打中老虎了吗？"

卢英强说："不知道呢，好像地上有血，即使没打中，也把它吓跑了！"

突然，前方又是一阵沙沙沙的响声，还依稀有火光闪亮。杨月英尖叫道："啊——老虎——老虎又来了——"

唐治平的心"嗖"地凉到脚底，他瘫坐在车顶，心里暗暗想："火神枪用完了，火药也用完了，镁条也用完了。看来，今天非死在这里不可。"

十二、文艺演出

"唐校长——是我们——"

"张主任——是张主任——"

"爹——娘——"

"沁儿——沁儿——"

队伍突然欢腾起来，原来刚才的亮光不是老虎，是张成田主任带着队伍沿着信号弹指示的方向前来汇合的。刚才击退老虎的一幕，他们正好在另一个方向看得清清楚楚，此时也是惊魂未定，好不容易才走过来与女生们会合。

劫后余生的侨育师生们全都百感交集，抱头痛哭。

唐治平却不轻松，他和张成田接上头后，道出自己的忧虑："老虎还会来吗？"

卢英强说："很难说。"

刚刚还沉浸在团聚的喜悦中的师生一听此话，全都傻眼了：天啊！如果老虎再来，可怎么办？

唐治平环顾黑蒙蒙的、如铁桶般密不透风的山谷，说："不能在这荒郊野岭过夜，太危险了！"

张成田也忧虑地说："是啊，太危险了！但不在这里过夜，能去哪里过夜呢？"

唐治平不假思索地回答："清风寨！"

唐治平此话一出，大家都惊呆了。

唐治平对众人的反应早有所料。他问："女同学们回答我，我们刚才是从哪里出来的？"

女生们小声回答："清风寨。"

唐治平接着问："清风寨的土匪们伤害你们了吗？"

女生们摇摇头说："没有。"

唐治平又问："老虎和土匪相比，哪个更可怕？"

大家你看看我，我看看你，一时不知该怎么回答。

唐治平说："老师们，同学们，火药用完了，竹枪用完了，如果老虎再出现，我真的无能为力了。我既然能从清风寨将女生们毫发无损的带出来，就一定能带大家平平安安到清风寨借住一宿。与其在这里喂老虎，为何不到清风寨撞个好运气？"

"我——我赞同唐校长的建议——哎呦——哎呦——"是躺在担架上的林渊临在说话。他面色苍白，声音虚弱，伤口还在密密地渗着鲜血，绷带被染红了。

屈子林看姐夫都说话了，也不好再说什么。

刚才的一幕，大家想起来都后怕，此时再看看这黑乎乎的深山野谷，除了清风寨能遮风避雨挡老虎外，还能去哪里？

"我听唐校长的。"李宅基不愧是商人出身，见多识广，这一路走来，也着实佩服唐治平的勇气、智慧和担当。

唐治平走过去，低声说："谢谢李伯父支持！"

唐治平又来到林渊临的担架边，亲自抬起他。

林渊临气息微弱，面如白纸，疼痛使他浑身哆嗦："唐校长，我害你不浅，你何苦救我？"

唐治平俯下身子对林渊临说："正因为你害我不浅，所以我要先救下您，然后再慢慢报仇，否则不是太便宜林教授您啦。再说了，我还想喝您的紫砂壶泡的好茶呢。"

林渊临苦笑一声，摇摇头，闭上眼睛，心灰意懒地说："就怕没这个机会啰——"

唐治平笑着说："机会多着呢，您老再坚持一会儿！"说着将他抬进吉普车安顿好。

一轮明月像一盏灯笼，隐约照着前方的路。师生们跟着唐治平惴惴不安地来到清风寨门口，只见寨内跳蹿着通亮的松明火，一阵阵笑声、叫喊声从寨墙缝隙飘飞出来。

刚才的火药弹，清风寨都听到看到了。大嘴心想，这个唐军师还真有两下子，让他闹去吧，只要不扰我清风寨。不过当他听说唐军师带着三百号师生居然又回来，要求借宿时，都惊呆了。这，这简直是……要知道所有能逃离清风寨的人，这辈子连做梦都不敢梦见清风寨。那可是比十八层地狱还更可怕的地狱啊！他忍不住要去会会这个与众不同的唐校长、唐军师。

唐治平让队伍在外面等着，自己孤身一人进去见大嘴，说："大当家的，不好意思，又来叨扰您了！天色已晚，前不挨村后不着店的，还望能在贵寨借住一宿，明早天亮，我们立刻走人！"

大嘴大眼一翻，冷笑道："唐校长，我没听错吧？放你走，你又回来，还是带着这么一些鲜花嫩果？你就不怕我的兄弟们晚上割你的喉咙？"

"我相信大当家带的兄弟们明人不做暗事，才敢提出这样要求的。"唐治平回答得不卑不亢，心里却阵阵发虚。他决定继续发挥陈鉴亲笔信的余热："请大当家看在陈鉴主席的面子上，给我们一个栖身之处，我们绝不会给山寨带来任何不便。"

"浑蛋，大当家肯放你们走已经是给足你面子了，你居然又回来了，吃了熊心豹子胆了？！"一个小头目再也忍不住，哇哇乱叫起来，其他土匪也跟着怪叫起来。

"嘿嘿，陈鉴主席的嘱咐，我本不该拒绝。不过，这清风寨也不是我一个人的。兄弟们不同意，我也做不了主。"大嘴笑着说。但谁都听得出来，这明显是拒绝。

唐治平低头沉思片刻，朝四周土匪们发问："各位弟兄们，你们想不想看女大学生们唱歌跳舞？"

土匪们旋即纷纷高叫起来："好啊！老子一辈子都没看过跳舞。"

"也行啊，老子看过窑姐儿扭腰肢唱小曲，还没见过女大学生唱歌是什么模样呢。"

唐治平笑了，冲着大嘴说道："大当家的，看来兄弟们都很有兴趣，让兄弟们乐一乐，有何不可？"

"老子最怕你们这些读书人，什么花花肠子都有。好吧，就一个晚上，明天马上给老子滚蛋。"大嘴嘴巴强硬，其实心里也痒痒的，他看多了哭哭啼啼、惊恐万分的女人，也看多了矫揉造作、浓妆艳抹的女人，他非常想看看这些清水芙蓉一样的女生们，是怎样唱歌跳舞的。

回到队伍，唐治平连忙将李沁拉到一边，简单交代几句。李沁没等他说完，就迫不及待地问："校长，唱歌跳舞，还表演给土匪看，你这不是为难我们吗？"

"李老师，这个时候，我们最重要的是保护学生安全，给大家争取一个晚上落脚地！"唐治平严肃地说。

李沁迟疑片刻，点点头说："好吧，要我做什么？"

"你组织下女生们，准备几首歌，几段舞，把他们都哄开心就行。"

李沁点点头，说："好，交给我吧。"

让唐治平意想不到的是，大嘴居然备下许多酒菜在等大家。原来，看到兄弟们对女学生的歌舞如此上心，他决定晚上好好玩一场，算是犒劳手下的弟兄们。

女生们在李沁的带领下，正在寨墙一角紧张排练。而在石阶前的空地上，已经燃起几大堆篝火，喽啰们流水似的来回穿梭，摆桌子，上饭菜，接引师生们入座。

一个匪徒见林渊临躺在担架上，脚踝处包扎得圆鼓鼓的，拿出一小包药膏，笑着说："被野猪夹给咬了吧？没事，老子这金疮膏可是千金难买的，用上几贴，保证几天后，活蹦乱跳，胜过小伙子。"

林渊临见他面目凶恶，不敢接药瓶。唐治平见状，连忙接过，笑着说："多谢兄弟！"

"谢个鸟，赶快让那些尖果唱歌跳舞，老子心都快痒死了。"那土匪斜乜一眼角落里正在一起排练的女生，口水都要掉下来。

"让兄弟们少安毋躁，我去催催她们。"

唐治平说着，将药瓶塞进林渊临手里，匆匆向李沁等人走去。

角落里排练的女生们，正紧张预演，丝毫没注意到唐治平过来。

"这样不行，你们都太紧张了，如果这样表演起来，恐怕土匪都不爱看。"唐治平见状，摇摇头，着急地说。

一个女生委屈地说："校长，我们都尽力了……"

唐治平又低声说："你们务必记住，那些大老粗根本不懂你们跳得好不好，也不会管你们唱得好不好。他们就想看你们扭腰肢，抖屁股，唱高调，抛媚眼。你们不用想着要表演得多好，但一定要想办法把最女人的一面拿出来，唱晕他们，看傻他们，保证我们可以安全住一宿就行。"

"可是，什么是最女人的一面呢？"一个女生怯生生地问。毕竟都是年轻的未婚姑娘，许多人听得满脸羞涩。

唐治平也觉得有点儿不好意思，求助地看了李沁一眼，说："那个，这个，女人味嘛，就让李老师来教你们吧。"

李沁双颊飞红，正要抗议，见唐治平正在朝她眨眼睛使眼色，心领神会地说道："好吧，女人味就是……"远处火光映照过来，她一脸羞涩又无奈的样子，十分动人，唐治平不禁心头一漾，这不就是女人味吗？

经过一个多小时紧锣密鼓的准备，晚宴终于开始了。明晃晃的篝火前，唐治平和部分老师被请进清风寨大厅正中落座。其余师生则围坐在外面的空地上，与土匪们相对而坐。

土匪们聚在一起，各种荤话、浑话层出不穷。和土匪们相比，侨育大学的师生们就显得沉闷拘谨。

唐治平这次清楚地看到了大嘴坐着的那张牛皮交椅，不禁哑然失笑。这个大嘴，弄不到虎皮，竟然用牛皮代替，真是牛皮王啊。只见大嘴叉开双腿，斜靠椅子上，举起酒碗，朝离他最近的屈子林说："来，这位老师，干了这一碗。"

屈子林连连摆手，说："我，我，从不喝酒。"

大嘴脸色一变，低沉着声音问道："不喝？瞧不起老子？"

唐治平连忙端起屈子林桌上的碗说："我来喝，我先代表侨育大学全体师生，谢谢大当家的！"说完，仰起脖子咕噜咕噜一口气喝完，然后将碗口朝下一扣，大喝一声："好酒！"

这酒是山里常见的家酿米酒，味道清冽浓香，与在厦门喝的红酒、洋酒等截然不同。大嘴哈哈大笑，厚厚的嘴唇一咧，也一口气把酒干了，连声道："痛快！我还以为你们这些读书人，都磨磨唧唧像个娘们儿，唐校长没这臭毛病，我喜欢，来啊，上酒！"

唐治平说："大当家的对读书人误会了，其实我们读书人中，会喝酒的爷们多了去了。"

唐治平招手将卢英强等几个酒量好的年轻老师拉过来，让他们依序给大嘴敬酒。

大嘴手下的头目见状，也纷纷捧碗过来护主。

满厅人影往来，杯盏交错，师生们奔波一天，惊吓一天，面对美食美酒，他们几乎忘记这里是凶险的土匪窝。突然，外头传来一阵密集的鼓声，是文艺表演要开始了。

所有人迅速回到座位，目光聚焦在空地上。张成田已经站到中间，他朝四周团团抱拳一圈，朗声道："适逢日寇侵扰，我侨育大学不得已从厦门迁往长汀。这一路是翻山越岭，蹚水过河，好不辛苦。幸得清风山上，大当家的和各位兄弟不弃，收留我们一夜。今晚，就让我侨育大学师生，以歌舞文艺，为兄弟们助兴。"

"好哟！"

"快点唱歌跳舞，废什么话？"

"老子就想看抖花儿，不想听废话！"

……

张成田接着说："首先，有请我们的李沁老师，为我们演唱一曲流行在上海滩的歌——《玫瑰玫瑰我爱你》！"

"上海滩哪，哎呀我的妈呀，好洋气呀。"

"今天我们这些大老粗，也终于要洋一把了。"

"哈哈，快点快点，让我们听听，上海老娘们都唱什么歌！"

"上海滩"三个字，对于这些山大王来说，简直就是远在天边的神奇地方，瞬间点燃了土匪们的兴头。

表演是临时决定的，根本没有服饰准备，李沁把箱底一件母亲珍藏的嫁衣金丝绸缎旗袍换上。旗袍上手绣着大朵牡丹，牡丹的赤红，开在银色流云之间。火光映照下，整个人仿佛裹在一团云霞里，炫色夺目。

"这丫头虽然黑了点，但打扮一下，还是蛮漂亮的。"唐治平目光落到李沁身上，再难移开，心里更是泛起一股浓浓的爱意。

四下里的聒噪声迅速消失，尤其是土匪们，更是被李沁这种闪亮登场炫得目瞪口呆，浑然忘记吆三喝四了。

"多谢今晚清风寨各位大哥的盛情款待，请容我代表侨育大学，为各位大哥献上一曲《玫瑰玫瑰我爱你》。"李沁从容不迫地说着，弯腰冲着四周行了个礼，歌声便如潺潺溪泉，流向四方：

玫瑰玫瑰最娇美，

玫瑰玫瑰最艳丽长夏开在枝头上，

……

不得不说，李沁确实有一副好嗓子，时而轻松明快，时而激昂奔放，袅袅歌声流水般浸润所有人的心田，此时此刻，除了火舌噼里啪啦闪动声外，再无一丝杂音。

唐治平原来还担心李沁会怯场，但看到落落大方，沉着冷静的李沁，他彻底放心了。只要李沁起好榜样，后面姑娘们的表现应该不会太糟。

一阵起哄声传来："再来一首！再来一首！"

李沁一曲唱罢，土匪们却觉得不过瘾，纷纷吼起来。

李沁原本只准备这首歌，唱完后立刻下去，这个节外生枝，竟不知该如何是好。

"再唱！再唱！太他妈的好听，老子还要听。"大嘴也跟着叫起来。先前喝得过猛，他已经有几分醉意，眉眼微醺，大手一挥，声音里透着不容拒绝的威严。

"接下来我们还有更精彩的歌舞，让我们有请——"张成田见情况不妙，急忙上前想把场面圆过去，但话还没说完，就被大嘴打断："这个老妹靓，声音也好听，老子还没听过瘾呢，让她继续唱，唱到我们高兴为止。"

大当家都这么说，其他小喽啰们更是叫得起劲，不让李沁下场。

这个情况完全在预料之外，别说李沁束手无策，就是张成田也无计可施。

李宅基和李夫人不安地看看大嘴，又看看李沁，眉头急得都快锁到一处。

"哈哈，既然大当家和各位兄弟盛意邀请，那李沁老师就不要推辞了。"唐治平站起来，笑着走向李沁，说："接下来，就让我和李沁老师一起表演一个节目，大家看如何？"

"好啊，唐校长肯亲自为我们表演，是我们清风寨的荣幸。哈哈！"

校长要亲自表演节目，和李沁老师？侨育大学的师生们也被震住了。

李沁见唐治平走过来，仿佛溺水之人抓到稻草，急忙低声问："校长，我们要唱什么？"

"各位兄弟，你们想听什么歌呢？"唐治平一时也没想好，索性把这问题抛给土匪们。

土匪们面面相觑，要这些大老粗回答这个问题，还真有点难度。

"就唱《夫妻双双把家还》吧。"大嘴笑着说，"老子就知道这首曲儿，你们两个刚好唱个对，挺好的。"

"这个曲儿，不就是黄梅戏《天仙配》里老唱的那首？看他们两个，倒是般配得很。哈哈，喂，唱带劲哦。"

土匪们个个兴奋不已，说什么的都有。

侨育大学这边，大家也被这热闹欢乐的场面感染，跟着欢呼鼓掌起来，几乎忘记自己身处虎穴狼窝，随时有生命危险。

李沁双颊臊红，忍不住抬头看了唐治平一眼，刚好唐治平似笑非笑的目光也在看着她，吓得她急忙收起目光，低垂下头。耳边随即传来唐治平温和的声音："这首歌你会唱吧？"

李沁点点头，却又摇摇头，低声说道："唱得不怎么好……"

唐治平笑了："好不好另说，只要唱出来就行。"

"嗯……"李沁心头莫名狂跳，想抬头却又不敢。

"那就开始吧。"唐治平整了整衣服，又用酒沾湿手，抹到头上，将头发整理成三七分开的发型，重重地清了清嗓子，大声开唱了：

> 树上的鸟儿成双对，
>
> 绿水青山绽笑颜。
>
> 随手摘下花一朵，
>
> 我与娘子戴发间。

唱腔中气充沛，而嗓音听起来略微带点沙哑，刚好契合历经沧桑之后收获幸福的感觉。李沁心中升起一股异样感，这透出几分磁性的声音，仿佛是只无形的手，直探到心灵深处，一时竟有些晕了。

"该你了。"唐治平见李沁没有反应，忙轻轻碰了下她的肩膀。

"啊？"李沁回过神来，急忙嘴巴张了张，想唱却唱不出来，急得脸色都变了。

唐治平淡淡地说："给土匪唱歌，是世界上最简单的事，不要慌。"

被唐治平这么一说，李沁的心安定下来。她深吸一口气，张嘴唱开：

> 你耕田我织布，
>
> 我挑水来你浇园。

唱到这里，她忍不住看了唐治平一眼，只见唐治平在身边，一会儿做出挑水动作，一会儿又做出浇园动作。

李沁看得有趣，不由露出笑意来。唐治平见状，心头一漾，立刻接下去：

> 寒窑虽破能抵风雨，
>
> 夫妻恩爱苦也甜。

最后一句，两人齐声合唱：

> 你我好比鸳鸯鸟，
>
> 比翼双飞在人间。

同时张开双臂，那模样真像是比翼双飞的样子。这个造型足足定格半分钟，一直到热烈的掌声停歇下来，两人才收起动作。

"好！好！读书人演的就他妈的不一样，唐校长，快过来喝酒！我敬你！"大嘴看得高兴，拍着粗腿大声叫好。

师生们也被这幸福甜蜜的表演感动，大家拼命鼓掌欢呼起来。只有两个人心里很不舒服，与这个欢乐的场面不协调。一个是叶德香，她突然发现李沁简直占了所有的风光，妒忌啊！还有一个是屈子林，他也感觉唱歌的两个人真是天造地设的一对。这个唐治平，样样和我抢，好不容易来个比较端正又家底丰厚的美女老师，还没等自己动手，又要被他抢走。哎，既生瑜，何生亮！

有唐治平和李沁打头，后面表演的学生都放开了。年轻人的蓬勃朝气被点燃。唱歌跳舞，对他们而言，本就是校园生活的一部分。既然校长都已"献身"了，随后的节目，吹拉弹唱跳，越来越丰富，越来越热烈，大家真的将清风寨这个土匪窝当成久违的校园，又唱又跳，热闹非凡。土匪们醉眼蒙眬地望着这群快乐的学生，似乎也被感染了。在他们的生命中，充斥太多血腥、死亡、恐惧和痛苦，难得有这么轻松快乐的身影、面庞和声音，他们一边看节目一边喝酒，等晚宴结束时，大部分已烂醉如泥。

唐治平趁着晚会热火朝天之际，悄悄走出来。他先把站岗的土匪忽悠进去看歌舞，掏出李宅基送的那支钢笔，将清风寨的地形地貌，内部结构画下来，武器装备炮台炮眼也一一记下。一路走，一路记，不知不觉来到一片小树林，听到里面传来谈话声，他停下来听个究竟。

"你呀，女孩子怎么能跟男人唱什么夫妻双双把家还呢？成何体统？"是李宅基的声音，在不远处的一棵松树下。

唐治平心头一动，他悄悄凑近，侧耳倾听，只听到李沁清脆的声音响起："和他唱歌算什么，我还准备嫁给他呢。"

"哎，说话没轻没重的，将来怎么嫁得出去啊。"李宅基只当是孩子的玩笑话，并没当真。

当真的是唐治平，他感觉自己快飘起来了。他轻轻一跃，跳上一个小土坡，有山风吹过，浑身毛孔都打开，清爽得很。有李沁这句话，他觉得这个土匪窝像天堂一般。唐治平张开双臂，仰首拥抱满天星辰。

这个在清风寨的夜晚，居然是大家迁校这一路以来，最欢乐的一夜。

第二天一早，唐治平组织好队伍，决定在大嘴醒来之前，悄悄撤离清风寨。只要越过清风山，长汀就到了，将近四十天的迁校路程就胜利结束了。唐治平必须尽快组织大家撤离，避免夜长梦多。

师生们动作很快，大家打点好行李，蹑手蹑脚，悄悄走出大厅。此时，天还没有完全亮，一夜狂欢，连站岗的土匪们都还歪着身子睡得正香。唐治平走在最前头，他要先将寨门打开。只是，寨门已经上锁，钥匙却找不到。唐治平望着硕大的铁锁，又急又气，一筹莫展。

"唐校长要走也不说一声，这就是你们读书人的礼数吗？"是大嘴的声音在身后响起。全校师生都吓呆了，唐治平心想，完了完了，看来这回脑袋是真的要留在这里了。

十三、长汀

　　唐治平和师生们不约而同回过头，只见大嘴一脚跨在大厅的门槛上，左手拿着马鞭，一点一点敲着自己的右手，大嘴龇开，微眯双眼，望着挤在寨门边的三百多号师生。他的周围，站着两排土匪，个个手上拿着长枪或大刀，有的面无表情，有的满脸怒气，有的满脸奸笑。寨门静得吓人，只听到风吹松树的声音，哗——哗——哗——那轮圆月淡淡地挂在淡青色的天空，像卸了妆的戏子，繁华落尽，孤单凄凉。

　　唐治平深吸一口气，强忍不安，竖起食指，做个"嘘"的手势，示意大家安静，然后走出人群，仰起头，朝大嘴喊道："谢谢大当家的盛情款待，怕大当家和兄弟们辛苦，所以有失礼数，还望见谅。"

　　大嘴不接话，土匪们也都不说话。不安的宁静撞击着师生们脆弱的心灵，唐治平和所有师生一样，感觉绷紧的弦随时都会断裂。

　　过了好久，才从台阶上方传来大嘴低沉的声音："唐校长怕是来耍我大嘴不成？吃了我的饭，喝了我的酒，就这么偷偷摸摸走啦？难道要赶去报官府？"

　　唐治平一听急了："大当家说到哪儿去了，我唐某人虽然当不成乱世英雄，也绝不是偷鸡摸狗之辈。我不要脸，堂堂侨育大学和三百师生还要脸。大当家的如果不信，我愿对天发誓！"说着，唐治平"扑通"一声就跪下。师生们都惊呆了，都说男儿膝下有黄金，这个唐校长，真是能屈能伸的主啊！

　　大嘴铁板一块的脸松动下来，他哈哈大笑："我看唐校长是条汉子，我相信你！想当年我大嘴落草为寇，也是被逼无奈。谁不想老婆孩子热被窝，谁不想老老实实过日子？可是那些没有王法的官大爷，非逼得我家也散了，人也没了，我只能豁出去，跟他们对着干，或许还有点活路。"

　　唐治平点点头，没有搭腔，心中却是感慨万分。看来大嘴并不像传说中的穷凶极恶的，他的身后，也有一段悲惨泣血的故事。

　　大嘴继续举着马鞭，指一指身边的土匪们，接着说："清风寨的弟兄们都是苦娃出身，不是实在活不下去，没有出路，谁爱上这清风山？我们做事都有分寸，只对有钱人动手，抢得来就不打，打得跑的就不杀。两三年来，倒也没有伤一条人命，只是兄弟们，对女人管不住手脚，也难怪，嘿——嘿嘿——"

　　大嘴的声音虽然不大，却一字一句，清晰有力。他的话让所有的人松了口气，大家交头接耳起来。唐治平摸摸自己的脖颈，心想："谢天谢地，看来这脑袋不用搬家了。"

　　"是的，一看大当家和各位兄弟的做派，也不是那种虎狼之辈。"唐治平点点头，接过他的话说。迁校大队内的紧张气氛放松许多，大家都觉得大嘴并没那么可恶可恨，还有点可怜。

　　大嘴又说话了："我看唐校长是一条好汉，对脾气，想和你结拜兄弟，校长看得起看不起的，痛快点，一句话！"大嘴死死盯着唐治平，目光里居然透着些许紧张。整个队伍都被惊呆了，唐治平更是吃惊，这戏转得也忒快了。他还在担心自己的脑袋是否会搬家，人家已经要与你结拜兄弟了。唐治平一时没反应过来，愣住了。

　　大嘴以为唐治平嫌弃他，脸马上放下，说："看不起老子？不肯？来啊——"

　　"哗啦——哗啦——"是土匪们拉动枪栓的声音。师生们还未从结拜兄弟的惊讶中醒过来，又被这稀里哗啦的枪栓声吓坏，个个抱着脑袋不敢抬头。

　　唐治平连忙抬手制止说："慢着——"他调整一下呼吸，尽量让自己冷静下来，然后说："只要大当家的看得起唐某，兄弟我求之不得。"

　　此话一出，师生们又一次惊呆了。林渊临躺在担架上，拼命摇头，想说什么，又说不出来。屈子林则双手抱胸，一脸冷笑。张成田扯了扯唐治平的衣袖，小声说："治平，不可以！"唐治平轻轻拂开他的手，朝台阶一路登去。

　　"哈哈，我就说唐校长不是一般的读书人，是响当当的汉子，又看得起我们这些粗人，老子我打心眼里服你！上来吧，兄弟，咱们拜个把子！"

　　大嘴一边说，一边跑下台阶，伸手拉住唐治平的手，用力捏了捏，说："兄弟啊，你这手不像读书人的手，怎么和我粗人一样？"

　　唐治平笑着说："兄弟我从小除了读书，还爬树下河嬉戏打斗，没少挨爹妈的揍。"

　　大嘴笑道："哈哈哈，难怪我一见你，就觉得对路，痛快，合脾气！"

　　唐治平握着大嘴的手，感觉生疼生疼的，只见那手又厚又宽，几乎成正方形。黄色老茧一直延伸到虎口，那茧不要说割唐治平的手，都能把铁割得吱吱响，一看就是做苦力出身的。

　　义结金兰仪式，就在清风寨石阶上的那片空地举行。

　　小喽啰们七手八脚将神桌、牲礼、祭品和酒碗摆放停当，两人便当众向天跪下，杀鸡、燃香、跪拜、歃血为盟，同时高颂："我俩结为异姓兄弟，有福同享有难同当，不求同年同月同日生，但求同年同月同日死。如果忘恩负义，天地不容！"

　　大嘴比唐治平大三岁，是为大哥，唐治平先敬他，兄弟俩碰杯后，同时仰脖子将血酒一饮而尽。三百多号侨育师生新奇地看着从前只有书本戏剧里才能看到的一幕，又想笑，又不敢笑，既觉得好玩，又有点感动。总之，他们不再将清风寨当成恐怖的充满血腥暴力的土匪窝了。

　　"哈哈！痛快！痛快！我大嘴终于也有个读书人兄弟了！"

　　仪式结束后，大嘴仰天大笑，用力拍着唐治平的肩膀说："从今天起，在长汀一带，如果谁敢找你们的麻烦，通知大哥一声，我一定把他轰隆上去成为壁上的画。"

　　唐治平忍不住笑了，大嘴的这个壁上画真是太形象了。他说："多谢大哥，我相信有大哥威名罩着，谁也没有这个胆。"

　　"哈哈，说得好，兄弟，你这个校长可要好好当下去，说不定以后日子太平了，我清风寨的弟兄们还要到你的学校读书呢。"

　　唐治平连忙接话："欢迎，欢迎！"

　　大家都笑起来。

　　清风寨再次大摆酒宴，庆祝大当家与唐校长义结金兰。等酒席散去，唐治平再次向大嘴告辞，大嘴也不再挽留，带着一些弟兄们，抢着帮学生们挑行李，一路送到山脚下，这才依依惜别。

　　"唐校长，你怎么……怎么能跟土匪结拜呢？"等挥手告别土匪们，立刻有老师向唐治平发难了。

　　屈子林冷笑道："以后我们侨育大学想不出名都难！校长居然是土匪的拜把子兄弟，是不是我们侨育大学，改名叫草寇大学呢？"

　　"没错，唐校长，你这事太草率了，万一被省政府知道了，会怎么看我们侨育大学呢？"

　　各种不满与忧虑，纷纷剑指唐治平。

　　唐治平不急不躁，双手抱胸，耐心听完大家的发难，这才缓缓道："我就问大家一句话，如果我以个人清誉为重，坚决不跟大嘴结拜兄弟，然后惹恼大嘴，把女生都扣在山上供土匪们淫乐，这个做法你们支持吗？"

　　四周立即安静下来，没人敢再吱声。

　　"我想——"张成田开口了，"别说唐校长，换作任何人，也不想因沾染土匪，让自己名节有损。但我们应该感谢唐校长的付出才对，而不应拿他的权宜之计加以苛责。"

卢英强点点头："没错，谁要反对，当时就该说，现在等土匪走了再来马后炮，我看就是放狗屁！"

"要不是唐校长，我们昨晚早就被土匪侮辱了，没脸再活在这世上！哪里还能被人家好吃好喝招待一个晚上，还安全送到这里呢？"是李沁在说话。她看了众人一眼，继续说："唐校长不顾自己的名节，就是为了保护我们的名节，谁要责怪他，有本事先去把土匪对付了再说！"

这话一下说到其他被掳女生的心坎上，大家纷纷点头，支持唐校长。屈子林等发起责难的部分老师，纷纷低下脑袋，不敢应答。

"好了好了，我唐某人做事，没有那么多框框条条的，只要有利于侨育大学，有利于全校师生的事，就让我背着黑锅我也会去做。反正路还长着，我们仍需继续前行。"唐治平伸手向前一指，接着说："走吧，长汀就在前面等着我们呢！"

只见蒙蒙山雾缭绕中，梦寐以求的长汀城，果真隐约出现在视野中。远远望去，高大连绵的城墙笼在夕阳光里，犹如巨龙盘桓在大地上，而汀江就从它侧畔环绕而过，霞光里波光粼粼，宛若水晶项链。

学生们兴奋地指着山下问："校长，这就是长汀吗？"

唐治平微笑点头，说："是的，这就是我们的目的地——长汀！"

队伍里顿时响起阵阵欢呼声。

"长汀！长汀！"

"汀江！我们终于到了！"

师生们有的发疯般大喊大叫，有的抱在一块，满脸是泪，有的一屁股坐在地上，呜呜痛哭。

唐治平望着近在眼前的长汀，感慨万千。厦门已彻底落入日本鬼子魔掌，死亡杀戮，每天都在上演，而我唐某人从老校长手中接下的侨育大学，三百八十六名师生，居然一个不少地逃出厦门，一个不少地走完这五百公里路。谁还敢说我是公子哥？谁还敢瞧不起我！但愿长汀能给侨育一片安静的天空。

这一路翻山越岭，长途跋涉，不知担多少怕，吃多少苦，现在长汀终于近在眼前，众人再也顾不得身上的疲乏，不约而同加快步伐。很快，便抵近江滨岸畔，只见一堵黝黑的城墙，虽然破旧不堪，裂痕遍布，仍依稀可见当年的盛况。此时，它就像一位历经沧桑的老人，默默地望着这群筋疲力尽、衣衫褴褛的外乡人。

　　汀江江面并没有想象中的宽阔，但江水清澈见底。通向圆拱城门的，是一座气势宏伟、凌空飞架的青石板桥，沾满历史尘灰的十八孔桥墩，典雅古朴。江畔两边，漂晒着各种颜色的衣服被单布料，绵延几里，十分壮观。大家又是惊叹又是疑惑。张成田解释说："长汀传统的纺织业、漂染业都十分发达，衣服只要没破，花二角钱去染一下，又可以像新的一样。"唐治平哈哈一笑："好，很好！不愁没新衣服穿了。"

　　不少女人正蹲在河边洗衣服，"棒棒棒"的锤衣声像好听的山歌。她们抬起头，好奇地望着这群背着大包小包的队伍，有的穿长衫、有的穿西服，胸前还别着钢笔，除了青年学生，还有不少女人和孩子，成群结队从桥上经过。不过只是看一会儿，她们又忙着低头洗衣服。

　　唐治平望着城门上方那两个苍劲有力的魏碑体"长汀"大字，心头突然有那么一丝犹豫，他不知一脚踏进这座城池，等待自己和侨育大学的，会是一个怎样的未来？

　　"突突——突突——"

　　一辆吉普车从城内开出来，一路汽笛鸣得欢畅。

　　唐治平十分高兴。原来从清风寨下来后，唐治平就交代余嘉训和李应松载上受伤的林渊临去打前站，确定校址和师生食宿问题。

　　"情况如何？"唐治平急切问道。余嘉训点点头说："我们都已经去办了。今晚先凑合凑合应该没问题。等下再与校长细说。"

只是吉普车再也启动不了，余嘉训抱歉地说："校长，这车是彻底动不了了，不能怪它耍脾气，是咱没油给它吃。"

唐治平说："我知道，又要马儿跑，又要马儿不吃草，天底下哪里找那么好的马？再说，没把你们丢在清风山，就要大大地嘉奖我们这匹马了！"

余嘉训笑着说："校长说得对！它是一匹好马。先放在这里，等找到油再请它回去。"经过漫长的迁校路途的磨砺，余嘉训终于从阴影中走出。看到他久违的笑容，唐治平颇感欣慰。

唐治平招呼余嘉训和李应松等几个学生，一起将吉普车推到江畔一棵大榕树下。锁好车，几个人回到桥边，发现堵着一群学生，尚未过桥进城。原来是李宅基正守在桥头，板着脸，一见到唐治平，他就说："唐校长，咱们就此别过，你当你的校长，我做我的生意，这一路多谢你的关照，日后有机会，李某定当报答。"

唐治平一时有点蒙了，他说："伯父怎么刚到长汀就要和我们分道扬镳？"

李宅基拎着李沁的书包，冷笑道："我将唐校长当成贵客，没想到却是惊天大盗，我的所有家当居然都在这里。虽然如今完好无损，但我不想和一个并不光明坦荡的人结为朋友，我们就此别过！不过，我还是奉劝你一句，年轻人，做事做人要讲道义信用！"

唐治平恍然大悟，李沁偷来的那包房契地契金银珠宝被李宅基发现了，他误以为是唐治平所为。唐治平百口莫辩，连忙四处张望，寻找李沁，现在只有找到李沁，才能找到解决问题的钥匙。只是，城门内外，一下涌入三百多号人，加上闻讯赶来围观的当地人，还有许多蓬头垢面的难民，总之场面十分混乱拥堵，哪里去找李沁？

唐治平只得赔着笑脸，对李宅基说："您老人家这样做就算信用道义吗？记得您曾说过，只要救出您家小姐，就要分一半财产给我，是不是怕我分您的财产，才想不告而别，过河拆桥？"

李宅基没听出这是唐治平的玩笑话。他脸色大变，嘴角哆嗦，指着唐治平结结巴巴地说："你，你，你说什么浑话？我怎么过河拆桥了？我拿回自己的东西难道不对吗？倒是唐校长你，当初口口声声说有什么军队保护我们……结果一个屁都没有，害得我们担惊受怕，你，你还跟匪徒结拜兄弟，哼，天底下哪有这样的校长……"

李宅基越说越激动，声音越来越大。唐治平看老人家那么激动，有点于心不忍，他知道李宅基在长汀有产业，不过是借助侨育大学的力量，结伴走一段路而已。如今，长汀已到，他要离开，情有可原。但是，唐治平真的想留住李宅基一家，不仅因为侨育大学初来乍到，需要李宅基的帮助和指导。更重要的是，他是李沁的父亲！一想到李沁，他心中升腾起无限力量和勇气，忍不住拉住李宅基的袖子，还来不及开口，李宅基就敏感地跳起来，喊道："我要走，谁也拦不住！"

正在此时，只听到一个清脆熟悉的声音喊道："抢劫了！抢劫了！"

一听"抢劫"，四面八方的师生和难民像潮水般涌了过来，唐治平大惊失色，手不由自主地松开。

"爹，娘，我们走吧。"李沁不知从哪里冒出来，她一手扶着李宅基，一手扶着李夫人。李夫人泪眼汪汪地扭头望了望呆若木鸡的唐治平。李沁深深地望了唐治平一眼，还未等他回过神来，就搀扶着父母亲，越走越远。

望着暮霭中渐行渐远的李家人，唐治平心中五味杂陈。雨水扑进他的嘴里和眼睛，又咸又涩。他抹了把脸，勉强挤出一丝笑容，对围观的师生们说："我们也快进城吧。"

李沁走了，但是三百多号侨育大学的师生在眼巴巴地等着唐治平长汀第一夜的安排。唐治平揉揉酸胀的眼睛，挎上帆布包，带着师生开始有序进入长汀城。心里却是翻江倒海，为什么李沁变化那么大，那么决绝？他不知道自己究竟哪里做错了？

余嘉训和李应松向唐治平汇报，说他们提前进城，先去县政府找县长。得到的答复是，他们来迟了，厦门大学上个月刚到，把城里所有空着的庙宇和房子都占去了，收到省政府发函的那位县长，在一个月前的剿匪战役中殉职了。现任的县长对公函没有明确表态，现在又下乡了，过几天才回来。建议他们可以先去找教育局局长。于是他们好不容易找到教育局长。教育局长很是为难，迟疑了半天，说汀州中学最近在闹学潮，学生都解散回家，校长也被免职，可以把钥匙给余嘉训，让侨育大学的人在里头暂住几天，但必须尽快另寻落脚点，毕竟学校很快就会复课。

"干得好！我还担心你们办不下这事呢。"唐治平兴奋地拍拍两人的肩头。

余嘉训挠挠头，不好意思地笑了，说："这都是跟校长学的呗，狐假虎威，把陈鉴主席关照一事抬出来，事情就好办了。"

"什么叫狐假虎威，多难听。那叫借力，好风凭借力，送我上青云。明白吗？"唐治平哭笑不得。

俞嘉训说："如果有校长那么明白，那就我来当校长啦。"

唐治平指着他，摇摇头说："哼，还不服气，学着点吧，小子！"

长汀县城虽然不大，但巷子特别多，由四条主要街道衍生出的众多街巷，街连巷，巷连街，四通八达，令初来乍到者晕头转向。

众人是从水东桥进城的，上十来个台阶后，穿过一座叫五通门的坊门后，便是一条繁华的街道，名叫五通街。街道由鹅卵石铺就，逼仄狭窄，两旁商店的屋檐还拼命往外伸，有的甚至扯着跨街布篷，使得街路一片阴暗，尤其是傍晚时分，这里更是黑得看不到路。而这条街中间，居然还有一座庙，叫五通庙。

大家在余嘉训的带领下，穿过五通街，拐个弯就是山脚下的另一条街，两侧一溜全是骑楼，街面虽然也很狭小，却开着各式各样的商店，京果、油盐、饮食、裁缝、文具、纸张、诊所，应有尽有。

师生们这些天走的基本都是荒郊野岭，乍一进入这热闹市集，虽然远不如厦门繁华热闹，毕竟像是回到人间，都莫名地欣喜起来。师生们走走停停，看不够摸不够，只恨身上没钱，队伍越走越慢，终于在一个散发着浓浓焦香味的摊点停下来。被师生们团团围住的是一炉一锅一老妇，只见老妇将一勺米糊之类的放进油锅，十来秒时间，油锅就浮起一块金黄色的圆饼。

唐治平问："这是什么东西？多少钱一个？"

老妇一边忙着炸，一边忙着卖，根本无暇理会他。

旁边摊位的老板笑呵呵地说："这叫灯盏糕，一个铜板两个。"

唐治平叫道："那么贵？快走，别磨蹭啦。"

口袋还有点钱的学生早买了一大串，没钱的学生被不近情理的校长催着离开摊子，眼泪都快掉下来。

> 灯盏糕，
>
> 膨膨起，
>
> 没铜钱，

急得死。

一首歌谣传出，还夹杂着笑声，让唐治平又是焦急，又是气愤，又是心酸。自己怎么沦落得被一个铜板难倒。

好不容易将流口水的学生们拉出充满诱惑的集市。街的尽头一条一人多宽的小巷，队伍只能拉长拉细，等巷子快到尽头的时候，又拐个弯，柳暗花明，居然就到汀州中学了。

汀州中学其实很小，打开破旧的校门进去，里头是方圆半亩的操场，对面则是一栋七字形的平房，左边十间教室，对面四间教师办公室，其中有两间办公室堆满器材，能够用得上的也就十二间。

虽然这样的房间勉强安顿三百多号人是没问题的，但是教室和办公室里，除了课桌椅、办公桌外，别无他物。长汀的雨季还没结束，空气中弥漫着浓浓的霉味，地板潮湿得渗出一堆堆水渍，根本无法打地铺。

安顿下老师、家属和女生后，大多数男生像满出来的水，只能溢到教室之外，站满走廊。

夜幕已经落下，小城灯火稀疏，光晕惨淡，天际更是一片漆黑，"卜卜卜"的打更声，由远及近，沉闷中透着苍凉，回旋在潮湿的空气里，又像敲在人的心头上。众人行包中，还有清风寨相赠的一点干粮，晚饭是可以将就对付了，但睡不下的人，总不能在外头露宿吧？

李应松说："校长，我们就将就一夜，没关系的，都是铁打的男人，为女生保驾护航，求之不得。"

唐治平摇摇头，带着李应松和余嘉训等人，来到堆放器材的那两间办公室外头。

"把门撬开。"唐治平指着木门上的"铁将军"说道。

"可是，教育局长说我们不能随便动学校的东西……"

余嘉训话还没说完，就被唐治平打断了："我们没有随便动学校的东西，我们是很认真地动他们的东西。撬！先对付这一晚再说，有什么问题，找我。"

两间办公室里，还真让唐治平掏出不少有用的东西：十几张木板、七八块蹦床垫，以及二十多张油纸。

有这些东西，剩下的男生总算能躺下来睡一觉了。

只是，明天呢？后天呢？历尽千辛万苦来到长汀，最终目的还是办学，让学生可以在此继续学业，如今连住宿都成问题，怎么能奢求有张安定的课桌呢？想到这些问题，唐治平就觉得心烦意乱，一夜翻来覆去，睡不安稳。

翌日，晨曦微露，劳累多日的师生们都还在沉睡，唐治平就醒了，他蹑手蹑脚先到学校的厨房察看。张成田正和厨师准备早餐。

幸好张成田昨晚连夜带人去买了几袋米，煮个粥应付一下，总比一路啃干馍馍强一些。

"张主任，让老师和同学们多睡一会儿，吃完饭抓紧整理行李，打扫教室，明天再正式上课吧。"

嘱咐完毕，唐治平换上一身布衣，撑一把油纸伞，他想趁早到长汀城里转转，希望能找个足以容纳全校师生的地方，以解学校的燃眉之急。

在城里走得越久、越深，唐治平心里越凉。史书上说，汀州府曾经是水运陆路的交通要道，地接三省，四面高山环抱，可谓繁华又安全。但今日之长汀，却是如此的凋敝、萧条、冷清。

先前，国共两党在此轮番拉锯战，时局是一会儿白，一会儿红，一会儿打土豪分田地，一会儿返乡团烧杀抢掠。长汀就像一个停滞不前的老钟，文庙、商店、学校、码头……全都在这些年的相互角力下衰败不堪。更有这里一堆那里一群的难民，坐的坐、躺的躺、蹲的蹲，在骑楼的一角，挤成一团，抵御雨水和饥饿。

梅雨时节，雨水绵绵不断地打在鹅卵石铺就的石阶路上，倒溅在裤脚上，斑斑点点，像极了唐治平此时的心情。他想尽快给学校找个安身之所，但现实却像这雨水，无处不在地浇灭他的希望，让梦想变得发霉生菌。何况还有李沁出走带来的巨大冲击，他甚至不知道自己此刻的心情，是酸、是苦、还是辣？

唐治平突然停下来，原来他信步沿着一条狭窄崎岖的石阶往上走，居然来到一座大院。院门朱漆剥落，沟壑纵横，门前蛛网密布，尘灰厚积，门首之上，连个匾额也没有，一只古式的大铜锁已被时光锈成铜绿色，看样子很久没人住了。

唐治平沿着院墙转了一圈，默默测量一番，发现这座院落足足有两栋男生宿舍那么大，这是谁的房子呢？唐治平见前头有一棵大樟树，伸头探脑出墙来，便快步过去，三下五除二爬上围墙，跨过樟树，轻巧地跳进墙内。

这是个被潮气浸染的院子，青绿色的苔藓沿着灰色的墙根往上蔓延，挑梁、圆柱、高棁、隔扇……都裹着一层旧腐的色彩，空气中弥漫着浓浓的霉味。即便如此，宽绰的院落、精致的梁栋、气派的厅堂，仍可看出当年的气势与丰韵。

唐治平蹑足穿过青石板的中院，坐在蒙尘的后屋天井边，看着细雨从黝黑的瓦檐间滴落，狠狠地说：“就是它了！”

唐治平翻出院墙后，又觉得有一个问题怎么也无法绕过，便站在院外石径上迟迟不肯离去。

不一会儿，只见一个头发花白的老汉，挑着一担青菜，晃悠悠从山上下来。

“大叔，这么好的大房子是谁的？为什么没人住？”唐治平拦住老汉，问道。

老汉好奇地看了他一眼，问：“你是昨天来的吧？”

“大叔怎么知道？”唐治平诧异地问道。

老汉笑道：“长汀城就这么点大，放个屁，满城都闻得到，何况你们这么多人一起来？是不是想打这房子的主意？”

唐治平也笑了：“大叔真是明白人。我们一大帮老师学生，是从厦门逃难到这里的，怎么也得找个地方安顿下来。”

“我知道。不过，你们还是换个地方吧。这房子废了有些年头，厦门大学比你们先到，人家都不敢用，你们也用不了。”

“为什么？”唐治平问。

老汉颇为迟疑，好会儿才说：“我跟你说实话吧，这房子的主人姓王，原来可威风了，脚一跺，汀江水都要打几个滚。后来得罪人，吃了‘花生米’，家人都逃走，再也没回来，如今这房子没人敢住。”

“这么好的房子，怎么会没人住呢？”

老汉摇摇头：“说得轻巧！谁知道王老爷的家人什么时候会回来？还有啊，这房子不干净，死过好几口人。”老汉接着说：“不过，这还不是主要的，最主要的是……”他突然闭嘴，警惕地看着四周，眼里闪过一抹惶恐。

“最主要的是什么？”唐治平追问。

老汉头摇得像拨浪鼓："没什么，没什么，总之这房子不好，不是你们住得了的，你们还是另外找地方吧。不说了，走了，走了。"

看着老汉挑着担子匆匆离去，唐治平心里有些畏难了，这房子，要？还是不要？他转而一想，没人敢住的房子，我们住进去，不就没有人会来抢了吗？就是它！唐治平决定立即赶回汀州中学。

学生们都已吃过早饭，正在打扫教室，收拾行李。

唐治平扒了几口稀饭，叫上张成田、卢英强、余嘉训、李应松等十多名师生，一起赶回那座废弃的房子。

唐治平笑着说："我已经先进去查探了，地盘足够大，房间足够多，挤下我们这帮人马足够了。"

"那我们赶快去向县政府申请？"张成田高兴地说。

唐治平笑道："等那帮官老爷批准再住进来，要等到猴年马月啊？如果他们不同意呢？我们先住进来，安顿好再去跟县政府打个招呼。"

余嘉训竖起大拇指赞道："校长说得好，先斩后奏，生米煮成熟饭。"

众人砸开破旧的铜锁，一拥而入。

这座大宅废弃已有些年头了，处处蒙尘，遍地荒芜，杂草丛生，蛛网密布，阴气森森，许多墙面因受潮失修，表面土灰已经斑驳掉落。

唐治平带领大家先把蛛网扫掉、茅草除掉，各类垃圾杂物搬到前院角落里堆起来，很快，房子就干净明亮起来。

"好大的狗胆，居然敢私闯民宅，你们不要命了吗？"门外传来一声大吼。

十四、县政府

只见一群人气势汹汹地闯进来。为首的约莫三十出头，四方脸，小眼睛，一道伤疤从左眼一直划到右边嘴角，让平淡无奇的脸，变得分外狰狞。他叼着根卷烟，斜盯着众人，皮笑肉不笑地说："哎呦，不错嘛，手脚很麻利，搞得很干净，毕竟是读书人！"

在他身后，跟着几条大汉，都是身着纺绸的开襟衫，衣扣敞开，露出毛茸茸的胸膛，个个眉目横斜，眼里凶光毕露，跟着起哄："哦——是哦——"

学生们都停下手中的活，又惊又怒地盯着他们。

唐治平暗叫不好，只能硬着头皮，大步上前，抱拳说道："不知这位兄台尊姓大名？这是您的府上吗？"

"我呸！"刀疤脸用力朝地上吐了口唾沫，又将手中的烟重重甩下，穿黑布鞋的脚狠狠搓踩几下，这才翻起一对小眼睛，冷冷地盯着唐治平说："什么府上府下，老子听不懂。老子只知道，有人要住老子的房子，老子来收租金。"

"哦？"唐治平说，"敢问兄台可是姓王？"

"我呸！老子行不改姓坐不改名，打遍长汀无敌手的黄日蛟！"刀疤脸受到侮辱一般，怒视着唐治平："你到外头去打听打听，我黄三郎是什么人？"

唐治平抱抱拳，笑着说道："原来是黄兄，失敬失敬！不过，我听说这宅子的主人姓王。"

"那都是老黄历的事。自从王家人滚出长汀的那天起,这房子就被老子接收了。你们想住也行,给老子租金!不想住的话,就把这门啊锁啊赔一下。"

他身后那些大汉闻言,立即鼓噪叫嚣起来:

"他们要敢不同意,马上让他们滚出长汀,有多远滚多远。"

"不给钱,老子见一个打一个,打到他们满地找牙。"

"不给钱也行,他们学校不是女学生多吗?送几个让我们玩玩,倒是可以减免他们一点租金。"

"你们这些不知死活的家伙听好了,我们三郎哥,可是长汀第一好汉,黑白通吃,人人敬仰!他说的话,就是圣旨。谁要敢违逆,三郎哥可以有一百种办法,让他在长汀没办法待下去!"

张成田等人明白了,这是碰到地头蛇。余嘉训和李应松当即就想发作,唐治平及时挡在他们前面,微微一笑,说:"我们初来乍到,还真是有眼不识三郎兄。既然是动用了三郎兄的地头,给三郎兄交租金也是应该的,不知一个月要多少钱?"

这个态度让黄日蛟颇为受用,他哈哈一笑:"算你还懂点规矩。我是个粗人,没读过什么书,不过还是挺佩服你们这些读书人的。这样吧,这座大宅以后就归你们住,你们只要每个月付我一百元租金就行了。"

"一百元!"张成田忍不住叫起来:"太贵了吧!"

黄日蛟眉头一皱,立即向张成田逼过来:"你这死瘪子,咋呼什么?老子告诉你,一百块是最便宜的。你们要敢再叫,老子立马翻倍!"

"三郎兄别急,你这价格倒也算挺公道的。"唐治平见状,上前挡在黄日蛟面前,笑着说:"我们这一路过来,盘缠都花得差不多了,能否宽限几天再给?"

"不行,老子想要钱的时候,概不赊账。"黄日蛟断然回绝。

唐治平想了想,掏出身上的怀表说:"现在真的一时凑不到那么多现金,我这个金表是美国名表,抵押给三郎兄,三天之后再付房租如何?"

黄日蛟接过怀表,前后左右翻来覆去看了又看,再贴到耳朵听声音,问:"值多少钱?"

一个壮汉凑过来,瞄了一眼,说:"老大,看样子确实是金表,上面还有洋文！"

黄日蛟一把将金表攥紧，说："好吧，算我黄日蛟倒霉，碰到一群穷光蛋，这玩意我先收下，三天之后付房租，否则租金翻倍。"

唐治平拱手道："一定，一定。我们今后还要仰仗三郎兄多多关照。"

那个尖细嗓音的喽啰说："大哥，要立字据，要不他们不认账。"

李应松忍不住说："我们都是言而有信的君子！"

黄日蛟和小喽啰们对视，拍手，弯腰，大笑："哈哈——哈哈——君子——君子——"

唐治平制止住李应松，点点头说："行，那就立张字据吧，是三郎兄你们写，还是我们写？"

黄日蛟哼了一声说："废话，当然是你们读书人写。不过你们休想蒙我！"

"那是自然了。"唐治平朝李应松挤挤眼，李应松心领神会，拿出纸笔。唐治平唰唰唰很快就写出一式两份字据，并将其中一张字据递给黄日蛟。黄日蛟眯眼看了半天，将字据和怀表一起胡乱塞进口袋："这就对了，你们只管住下，三天后我会准时来收租金的，兄弟们，喝酒去。"

"唐校长，我们怎么能受这种地痞敲竹杠？有其一必有其二，他们这次尝到甜头，以后肯定就会像狗皮膏一样经常粘上来的。"看着这群地痞大摇大摆离开后，大家都着急起来。

张成田说："别说这里不是他姓黄的产业，就算是，我们也付不起一个月一百块的租金啊！"

李应松大声说："就是！大不了跟他们拼了，我就不信，我们侨育大学会斗不过几个流氓。"

"你们说的都没错，我做的也没错。"唐治平笑了笑，"其实，我是故意让他们的。"

"故意让他们的？"

"没错，咱们现在立脚不稳，能不树敌就不树敌。别看人家是流氓，就算明里奈何不了我们，暗地里也可以给我们使坏。学校里有那么多女生，我们不得不小心。"

张成田担忧地说："难道真要每个月白白给他讹一百元吗？"

"当然不是了。我不过是要借这个机会，去找县长要钱而已。"唐治平笑了笑，接着说："咱们现在都快成穷光蛋了。陈鉴主席答应多给的两千得赶快去找县长要来。所以借黄三郎这个事，刚好可以向县长开口。"

余嘉训恍然大悟："原来校长你还有这个如意算盘呀。但是县长去下乡了，谁知道什么时候回来？"

"下乡？"唐治平不由冷笑一声，"这年头，还有哪个县长会去下乡？"

夜深了，劳累了一天的男生们还没睡着，满屋都是啪啪啪打臭虫的声音，墙缝里一溜都是臭虫的血。

余嘉训惨叫道："这房子也不知道多久没人住了，这么多臭虫，我的血都快被吸光了，老天啊，臭虫不除，何以安眠？"

李应松说："我在报纸上看到，厦大的学生将生锈的洋铁罐，放进床铺的四个腿底下，每个腿都插在一个洋铁罐里，洋铁罐里头再装上水，臭虫就爬不上来。但是，但是，我们这里没有洋铁罐啊！"

大家正在发愁时，只见唐治平举着一把燃烧的艾草进来，将房间团团熏了一周，说："可以了，保准没臭虫蚊子了。"

李应松大叫一声："不会吧，这也能熏蚊子，校长，您怎么什么都懂啊？"

唐治平哈哈一笑，说："为什么我比你们更懂呢？因为我是个好学生，勤问勤学。像驱臭虫这类事，最好的办法就是请教当地老百姓，明白了吧？我的高才生们。"说完，又举着燃烧的艾草走进另外一个房间。

很快，男生们在艾叶的香味中，安然入睡了。

次日清晨，唐治平揣着陈鉴主席给的那张两千元批示，直奔县政府。

"县长不在，下乡去了。"门卫问明唐治平的来历，冷冷地说。

唐治平点点头："那我进去等他吧。"

"不行！"门卫斩钉截铁地回答道。

"为什么？"

门卫冷冷指着不远处一个墙角，说："没看到吗？有那么多人等着见县长，要是谁都可以进去，县政府成何体统？"

唐治平循着他所指方向望去，只见那个墙角里窝着一大群人，穿得破破烂烂的，头发乱七八糟，一双双无神的眼睛，怯生生地往县政府门口这边瞥过，一看就是各地涌入长汀的难民。

"敢情侨育大学的校长也被当作难民了。"唐治平无奈地摇摇头。

那门卫冷冷看了他一眼，说："我不管你是什么来头，反正县长不在，闲杂人员不许进去。想见他，就像他们那样，到墙角蹲着等吧。"说着，他拍了拍怀里的步枪，冷冷说道："快点走开，否则我的枪是不长眼的！"

唐治平也不争辩，转身走到那个角落，在人群中间坐下来。

"你们来几天了？"唐治平问身边一个老汉。

老汉饿得都快坐不住，斜斜地靠在墙角上，闻言颤巍巍地伸出个巴掌："五……五天了。"

"五天？见到县长了吗？"

老汉无力地摇摇头。旁边一个枯瘦的汉子接腔道："县长每天都是躲在汽车里进进出出的，怎么可能让我们见到？"

这话正印证了唐治平的猜测，县长根本没有下乡，他就躲在县政府里。不但躲难民，还躲侨育大学。

"陈鉴主席说好的两千元，可不是你想赖就能赖的。"唐治平心想。

一来一往几句问话，唐治平基本了解这群人的来历，他们都是为躲避战乱逃到长汀的难民。快要饿死了，只能堵到县政府门前，想让县长开仓放粮。

其实县长在里头也憋得难受："妈个巴子，我简直成囚犯了，你们都是干什么吃的，白养你们了！去，将他们赶走，还有那个什么破校长，全部统统给我赶走！"

保安哭丧着脸说："没办法啊，他们就像茅坑里的苍蝇，赶走了又来，来了再赶！"

县长打了个喷嚏，他用手帕擦擦鼻子，说："谁他妈的那么想我。"

秘书赔着笑说："小——秋——香！"

县长笑着指他说："不说话，没人当你是哑巴。喷——小秋香——那个娘们，几天没见，真他妈的想死我啦——"

他突然跳起来，指着保安说："快点赶走那群乞丐，我要出去！"

保安跑出去两步，又回过头来，小心翼翼地问道："老规矩，放狗？"

县长说："对，放狗！"

唐治平已经在县府门口和难民们混了两天。这天，他正在讲朱元璋的故事，大家听得津津有味，突然一条恶狗从县衙门冲出来，一声不吭，直冲进人群。那个老汉蹲下身捡起一块大石头，嘴里骂道："奶奶的，不叫的狗咬人，看我怎么治它。"他将石头放低到几乎与地面平行，然后斜斜一扔，那石头像是长了眼睛和翅膀，"嗖"的一声，直接打中恶狗脑门，恶狗被砸得头晕目眩，汪汪直吠。一群难民拎着打狗棍冲上去，乱打一气，很快就将恶狗打死。老汉说："嘿，想放狗赶我们，他也忒傻！咱们一路走来，别的没学会，打狗的本事倒是学会了，弟兄们，又有狗肉吃啰。"

很快，县府门口架起大锅，狗肉的香味迅速散开。老汉抓起一条狗腿，递给唐治平，说："这个给校长。"好多难民眼巴巴地盯着他。

唐治平受宠若惊，怎么也不肯接下狗腿。老汉说："您就是我们最尊贵的客人，您不动手，我们不敢动。"

唐治平这才接过狗腿，他犹豫了一会儿，咬了一口。在厦门，唐治平是不吃狗肉的，他家中曾养着几条狗，都是儿时最好的玩伴。他没想到，有一天，他也会饿得吃狗肉。

难民们看到唐治平接下狗肉吃起来，这才排着队，等着老汉分给他们狗肉吃。老人，孩子，年轻人，有的吃肉，有的啃骨，有的喝汤。

正在此时，一群队伍朝县政府走来。一路走，一路喊："我们要吃饭，还我口粮，还我钱！""请县长关心教育，支持办学！"

唐治平定睛一看，原来是侨育大学的学生们，带头的正是张成田、卢英强、余嘉训、李应松、林梦瑶、杨月英等人。不过还有一列陌生队伍，领头的甚是面熟，唐治平努力搜索记忆中的面容，会不会是他？一定是他！唐治平内心一阵激动，他将半条狗腿放在老汉身边，悄悄混进游行队伍。

县长已经来到大门口，他实在太想念他的"小秋香"。听到门外的口号声，吓得又赶紧躲进办公室。

如此阵仗，不仅让窝在角落里的难民纷纷加入抗议队伍，就是在远处的难民和乞丐也是闻声赶来。

人群越聚越多，群情汹涌，两校之外，还有各种腔调的叫骂声哭喊声，场面越发喧嚣凝重。

驻守在县政府内一个排的军队，早就第一时间赶来，在门口拉起拒马，踞守里头。枪栓虽然还没拉上，但黑洞洞的枪口却直直朝外指着，无声地警告抗议者不得越雷池一步。

"我们是国立侨育大学的师生，是陈鉴主席亲自批准来长汀办学的，谁敢开枪？"唐治平接过余嘉训递过来的喇叭，快步来到县府门口。

"你——你干什么？快把喇叭放下！"守卫头目掏出腰间驳壳枪，指着唐治平，紧张地呵斥。

唐治平看都没看一眼黑洞洞的枪口，从帆布袋里掏出一封信，扬了扬："这是陈鉴主席亲笔信，他要求各地部队，必须保卫侨育大学，对侨育大学多加关照。长官，你要开枪，就是在向陈主席的亲笔命令开枪啊！"

"你——"那头目僵了僵，还是把枪收起来，说："你们到底要干什么？"

"请县长赶快从乡下回来，关心教育，支持办学！"唐治平大声说道。

"没错，关心教育，支持办学！给我们这些内迁长汀的大学经费和教室，让我们有一张可以安心读书的课桌！"

这时候，又有一个喇叭声音传来，唐治平回头望去，只见那个面熟的高瘦的中年男人，穿着很旧但依然挺括的黑色西装，从人群里大步走出来。虽然长相普通，却透着常人少有的大将气度。唐治平激动地朝他走去，那人朝唐治平伸手一握，说："唐校长，久仰久仰，在下萨本栋，不知认得否？"

唐治平笑道："哈哈，久仰萨校长大名，如雷贯耳，今日得以一见，幸甚至哉。"

"哈哈——说人话吧，这文绉绉酸溜溜的，可不是您唐校长的风格哦。"此人正是厦门大学的校长萨本栋。

唐治平摸摸脑袋，不好意思地笑了。

萨本栋和唐治平在某些方面颇为相似，比如两人都有留美经历，都同是搞机电出身，都年纪轻轻就担任一校之长。不过，萨本栋很早就在学术界声名鹊起，是教育界人人折服的明星。而唐治平在当侨育大学校长之前，籍籍无名。不过迁校这一路走来的神勇，颇有后来居上的态势，令萨本栋刮目相看。张成田眼见唐治平困守在县政府，就去找萨本栋，提议共同带学生到县府门外声援唐治平。

萨本栋虽然行事严谨，但是厦门大学内迁长汀，同样面临种种困境，学校的维持日益艰难。两所大学如果不抱团取暖，只怕彼此都很难度过这个教育的寒冬。于是很快就答应了。

萨本栋素有威望，守卫头目见到他，气势一下就弱了几分："萨校长，你们有什么事，就等县长下乡回来再说吧……"

"下乡？哼！我的学生昨晚回宿舍途中，还看到县长从玫红院摇摇晃晃出来，他是到那里下乡吗？"

那守卫头结结巴巴说不出话来。

唐治平大喜，立即拿起喇叭，趁热打铁叫道："国难当头，如果陈鉴主席知道长汀县长如此奉公献身，半夜三更都还在玫红院下乡，只怕会亲自过来嘉奖他吧？我们要不要去永安把这事宣传宣传呢？"

"去永安——去永安——！"

队伍中传来山呼海啸的呐喊声。

"谁在乱嚼舌头，污蔑我？"县府内突然传出一个怒吼声，一个矮矮胖胖，肉球般圆鼓鼓的中年男人气急败坏地冲出来。只见他头发半谢，脑壳中央是半圆状的荒漠，脸上的肉像没烧熟，红拉拉的带着血丝，戴一副圆圆的黑框眼镜，两撇小胡须，罗圈腿，腰间肥肉四溢，像套了个大大的泳圈。

抗议的人群发出阵阵鼓噪声、欢呼声，就算没见过，听这话也都知道，来者就是长汀县新任县长——俞钦。

"俞县长，您下乡回来啦？"萨本栋拱拱手，冷冷说道。

唐治平也抱拳行礼，笑着说："那我们就不用去永安请命，直接找俞县长说事就行了。"

"你们——你们两个校长啊，都是读书人的楷模，怎么能在国难之际，给政府添麻烦呢？有什么问题，你们要自己想办法解决。快，快把学生带回去，影响很不好的。"

唐治平往身后望了一眼，点点头说道："县长所言甚是，我们也不想给县长您添麻烦，更不想闹出这么大的动静。所以，我们到里头说好不好？"

"这个……那个……"俞钦迟疑了一下："你得让你的学生留在外头，不许闹，就你和萨校长进来。"

唐治平摇摇头："这不够，俞县长，您看在场还有许多难民，他们也有自己的诉求。您是父母官，也该听听他们的呼声。"

俞钦看着黑压压、越聚越多的难民，头皮阵阵发麻："好吧，难民也派个代表进来，我只见三个人，其他都不许闹，否则军警就要开枪了。"

这场简单的谈判是在县府大厅里举行的，把柄被捏住，俞钦为了息事宁人，态度比在外头温和多了。奉茶之后，他把秘书唤进来，先与萨本栋谈厦门大学的事。

厦门大学早来两个月，居住问题虽然解决，但仍面临许多难关，包括经费、粮食、仪器、师资等。这些事，萨本栋都详细罗列在本子上，此时拿出来，纲举目张，条理分明，动情入理。

唐治平既佩服萨本栋的才能，更暗喜能借这个机会，顺竿子上爬，也为侨育大学争取同等的待遇，同时还学到不少做校长的本领，真是一举多得。

经过一个小时的磋商，厦门大学的诉求，俞钦总算勉强答应七八成。能得此结果，萨本栋已是极为满意，抱拳道："我代表厦门大学全体师生，感谢俞县长对厦大的支持。"

"为官一任，造福一方嘛。这也是我俞某人的职责所在。萨校长，你先带着学生回去，这些事秘书一条条都记着，明天都会落实。"俞钦决定先打发一个算一个。

萨本栋却不走，淡淡地说："俞县长，我和他们两个一起进来的，还是等他们一起出去吧。"

唐治平正担心萨本栋事成之后抽身离去，留他和那老汉在这里孤军奋战，听闻此言，心中大石终于放下，这萨校长果真仗义。

俞钦无奈，只得苦着脸回头对唐治平说道："唐校长，你也知道，长汀实在穷得很，鄙人刚刚上任，百废待兴，但是，省政府既然批示了，鄙人就该尽力支持。这样，拨给侨育大学的2000元，等下我就让秘书给你们办了，行了吧？"

"多谢俞县长！"唐治平点点头，又道："不过，俞县长也给我们侨育大学拨一千斤糙米吧，至少要和厦大一碗水端平。"

"没错，侨育大学走了几十天才到这里，师生个个都饿得前胸贴后背，县里得支持一下。"萨本栋点头赞成，对唐治平拿厦门大学做比较，一点也不以为意。

"可是，县里哪里有那么多粮食啊……"俞钦哭丧着脸说。

萨本栋冷静地说："俞县长，我听说县里粮仓还有十万斤糙米。"

俞钦眼珠子都快跳出来了："你……你别得了便宜又卖乖，我会把刚才答应你的事全部收回，你信不？"萨本栋根本不怕，他坚持说："县长，我相信你一定不会这样做的！"萨本栋声音不大，但语气坚决，掷地有声。

唐治平又是佩服又是感动，这个萨校长，之前只是耳闻他的英名，今日得以一见，果真名不虚传。

"是有十万斤糙米没错，但都是储备军粮……"俞钦还想争辩，却被萨本栋一句话戳穿："县长，如果我没记错，上峰要求长汀准备的军粮是八万斤。"

"这……"俞钦颓然地叹了口气，"好吧，也给侨育大学一千斤糙米吧，就这样！"

"十万斤减掉八万斤，还有两万斤剩余。外头起码有几百个难民，刚好县长可以接济一下你们，是不是？"唐治平趁机对那老汉说。

那老汉闻言如梦苏醒，连忙点头说："门外还有上千名难民需要接济，学生是人，老人孩子也是人啊！"

"什么？你们，你们简直是——"县长仿佛被人割了心头肉，差点跳起来："唐校长，注意你的话！县里的事，可不是你们学校的事，轮不到你来安排。"

"我这是在为您着想。"唐治平不慌不忙地说，"县长，您想想，难民要是等不到开仓放粮会怎样？与其当饿死鬼，他们一定会选择来抢粮仓，这样至少还有机会当个饱死鬼。"唐治平看了县长一眼，接着说："到时候，就算县里有再多的部队，也守不住粮仓，只怕连储备军粮都会被殃及，到时候县长怎么跟上峰交代？"

"这……"县长脸色发白，唐治平的话，正捣中他的软肋。

"所以，怎么做才安全，我相信县长应该比我更明白。"唐治平笑道。

县长时而低头沉思，时而瞟一眼那老汉。

唐治平用肘子碰了下那个老汉，老汉心领神会，迎着县长的目光，不卑不亢地说："请……请县长开仓放粮，给我们一条活路吧。"

"县长，给人活路，也是给自己活路，救人一命，您会有福报的。"萨本栋适时插话。

"哎，算我怕了你们！只能再拿一万斤出来赈灾，再多也没办法了！"县长眉眼耷拉，哭丧着脸，仿佛身上的肉被割了一大块。

走出县府大厅，萨本栋拍了拍唐治平的肩头，笑着说："唐校长，我以前还听说，你是个不学无术的花花公子，现在看来，谣言真会害死人。"唐治平将了将自己的三七分头发，笑道："能得到萨校长亲口一句赞，那些谣言算个屁。"

"哈哈，看来我们两所学校，都要在长汀待好长一段时间，友校要多交流，多帮助！"萨本栋边说边伸出手。

唐治平笑着伸出手："多交流，多帮助！"

两位校长，两只手紧紧握在一起。

等唐治平从账房里领到两千元，县府的粮仓也开了，难民们排起长长的队伍，拿着小布袋在等发粮。

摸不清难民数量到底多少，县府只同意先给每个难民发两斤糙米。

给厦门大学和侨育大学的两千斤粮食，则整齐地堆垛在板车上，停放在粮仓边的空地，需要两校自行想办法运回去。

和厦门大学的师生挥手告别后，侨育大学师生们推着粮车，兴高采烈往回走。对于全校师生而言，这不啻一场巨大的胜利，沿途都是师生们欢声笑语。

"哈哈，这么快就准备好租金啦？糙米虽然不值钱，不过就抵一个月租金吧。"突然，前头传来一阵狞笑，迎面一帮人拦住队伍。只见黄日蛟手里握着那块怀表，叼着根烟，眼里寒光闪动："不劳你们送了，兄弟们，拉过来，我们走！"

那些大汉立刻大呼小叫着过来要接收粮食和钱。师生们都傻眼了，好不容易争取到的钱和粮食，难道还没焐热，就要眼睁睁被抢走了吗？大家将求助的目光投向唐治平，这个无所不能的校长。

唐治平在短暂的慌乱后，迅速调整好情绪。其实他早就预料到黄日蛟会来。唐治平上前挡在车前，镇定地说："要也可以，不过你先把金表还给我。"

黄日蛟随手将手中那怀表丢向唐治平："拿去！谁他妈的稀罕你这个破表，什么美国名表，呸——"

唐治平接过表仔细看了看，说："咦，不对啊，我给你的是金表，你怎么还我个普通的怀表？我的金表可是从美国带回来的，价值一千美金。"

黄日蛟愣了一下，指着唐治平怒吼起来："你——你他妈的说什么？你——你他妈的生的孩子——没屁眼——我——我呸。"没想到他一生气居然那么结巴。

学生们想笑又不敢笑。

"怎么？三郎兄要耍赖吗？"唐治平说，"不信，你把协议书拿出来看看。"

"在长汀，谁敢跟老子反悔，老子把他骨头都拆了！"黄日蛟猛地掏出唐治平给的那份字据，向着他扬了扬："你的字据，还捏在老子手里！谁——那个谁识字——念——一下。"

喽啰们拼命摇头，没有一个人识字。

唐治平走过来，拿过黄日蛟的字据，指着上面的字，一个字一个字念给他听："兹收到唐治平校长金表一只，抵作房租，不得反悔。"他念着字据上的内容，把"金表"二字咬得特别重："没错吧，三郎兄，白纸黑字写得很清楚。"

黄日蛟抢过字据，认真看起来。其实他是读过两年私塾，认得一些字，只是全还给先生了。原来手下还有个识文断字的小跟班，可现在不肯跟他，他就和那群小喽啰成了名副其实的睁眼瞎。他瞪大眼睛仔细看了一遍，"金表"两个字跳进眼帘，这才知道，中套了。

他扭头问身边的喽啰："他给我的是——是——金表吗？"

喽啰们也有点糊涂了，尖细嗓音的喽啰小心翼翼地说："大哥，您一拿来就揣怀里了，小弟我想看一眼都没得看，不知道是不是——？"

黄日蛟还指望自己人能帮忙说句话，没想到这么上不了台面，他狠狠踹了尖细嗓子一脚说："滚，没用的家伙！"

学生们像看戏一样看他们狗咬狗，终于忍不住大笑起来。

李应松和余嘉训率头喊起来："白纸黑字，不许赖皮，还校长金表。"

学生人多势众，又刚打赢一场胜战，斗志昂扬，齐声喊道："还校长金表！还校长金表！"

"你——你敢耍我？"黄日蛟猛地吼道。

唐治平笑了笑："我哪里敢？不是三郎兄找上门，要借我的金表去用用吗？现在快把金表还我，不然的话，就拿钱来赔！"

"浑蛋！"黄日蛟醒悟过来，猛地将那字据撕碎："你以为一张破纸条，就可以赖上老子吗？老子告诉你，老子最不相信的就是字据！

给我把粮车拉过来，谁要说个不字，打！"

唐治平大笑："哈哈！三郎兄，昨日不与你计较，你以为我们侨育大学真是你想收保护费就能收得了的吗？你要识相的话，那就赶快走吧，否则事情闹大了于你无益。"

"妈的，简直不要命了！给我上去把粮车抢了！"黄日蛟气急败坏，脸上的那道伤疤涨得通红，像一尾响尾蛇，不停抽动。他手下的地痞们，立即如狼似虎地奔来。

唐治平猛地放声喝道："侨育大学的人给我听着，我们不欺负人，但如果有人到我们侨育大学头上拉屎撒尿，就给我打！狠狠打！打死了不用怕，陈鉴主席会支持我们的。"

"要打就打！"

"来啊，谁怕谁？"

"跟他们拼了，否则以后他们就吃定我们了！"

学生们早就对黄日蛟的横行霸道十分恼怒，得到唐治平的命令，立刻有几十个男生冲上前来，挡在粮车前，怒视着那些地痞，随时准备应战。

地痞们停了下来，倚多欺少、以强凌弱是他们的拿手本领，看到学生数量是他们的多倍，又气势汹汹，他们就得三思而后行了。

"你——我告诉你们，别以为你们人多！惹到老子，老子有的是能耐，可以把你们一个个玩死！"黄日蛟恶狠狠地说："赶快让你的学生散开，否则这梁子老子结定了。"

"三郎兄如果愿意，侨育大学可以奉陪到底。"唐治平迎着黄日蛟的目光，脸上的笑容逐渐散去，眼里更是透出几分狠意来："我就在这里说一句，今后侨育大学的师生，但凡出点意外，我都会找三郎兄讨教的。"

"好啊，姓唐的，那我们就走着瞧吧。"黄日蛟看今日讨不到好处，撂下几句话，带着手下悻悻离去。

"校长，这些地头蛇可不好对付，今后我们还是要多注意点。"张成田看着黄日蛟的背影，忧心忡忡地说。

唐治平挥手道："赶快回去煮粥吧，吃饱再说！"

一千斤糙米虽然不多，却是让饥肠辘辘的侨育大学尝到了远征以来第一顿热乎乎的米粥。人人都是喝得碗底朝天，满头大汗，畅快无比。

简直比传说中的翡翠白玉汤还好喝。

次日清晨，唐治平依旧让厨房把粥煮稠些，让师生们可以尽情地吃喝，以弥补这些日子来消耗的体力。

唐治平和男生们正蹲在王家大院内喝粥。雨还在不紧不慢、不小不大地下着，粥太烫，大家撮尖嘴唇嗤嗤吹着，呼噜呼噜喝着，有被烫着的，眉头紧皱，不知是心疼自己的嘴唇还是心疼那雪白的粥，有的响亮打着饱嗝，似乎只有这样才不辜负这几日的辛苦努力。总之，满院子的热闹、痛快和满足。

突然，院子外传来紧张嘶哑的喊声："校长——不好了——不好了！"

十五、强奸

唐治平一听"不好"二字，手一哆嗦，满满一碗粥倾倒了一大半，烫得他赶紧丢下碗。

"看来我'无所谓'的绰号要改成'有所谓'了，为什么有一点风吹草动，就如此胆战心惊。"唐治平一边想，一边急忙将烫伤的手按进天井的积水中。

只见林梦瑶跌跌撞撞跑进来。她喘着粗气，满脸通红，眼角含泪，像一枝鲜艳的杜鹃花，把一院子专心喝粥的男生们都惊住了。大家都停下动作，呆呆地望着她。李应松端着碗，猛地站起来。不知是蹲太久，还是被林梦瑶的美丽惊倒，顿时觉得头晕目眩，一脚没站稳，斜斜地往旁边倒下，压在紧邻的男生身上，那男生正直勾勾地盯着这位天下掉下来的林妹妹，哪知又掉下个宝哥哥，一下被压倒，他又压倒旁边的男生，顿时，整个院子像多米诺骨牌，全倒得稀里哗啦。

林梦瑶顾不上满院子火一般的眼睛和倒成一片的男生，直接朝唐治平奔去，喘着气，带着哭腔说："校长，校长，李老师她，她自杀了！"

唐治平依然蹲在天井，为烫着的手降温，下意识问："哪个李老师？"

林梦瑶急得跳脚，抹着眼泪说："还有哪个李老师。就是，就是，李，李，李沁老师啊！"

唐治平一听"李沁"两个字，心都快跳出来了，感觉有千万匹马在心中乱踏乱跑："为什么……为什么要自杀？她在哪里？"他连珠炮地发问，身子早弹簧一般跳起来，冲出院子。

林梦瑶赶上来，在前面带路。唐治平身后跟着越来越多男生，大家径直往汀州中学方向快速跑去。

唐治平等人赶到汀州中学后门，不由倒抽一口气，只见后门前的一棵大大的香樟树下，已经围着越来越多师生。大樟树刚刚换上新叶，冠形如伞，树影婆娑，姿色艳美。李沁就站在高高的树干上，一条水红色布带缠成好几节，一看就是用床单撕下来的，已经悬挂在树干上。

张成田正着急地朝树上喊："李老师，您快下来吧，千万不能想不开啊！"

叶德香哭着喊："李沁啊，李沁，你千万别想不开，你要是有什么三长两短，我可怎么活啊！"

唐治平抓住张成田，焦急地问："究竟怎么回事？李老师不是跟她父亲走了吗？"

张成田沉痛地说："李老师前两天走得匆忙，这是要回来拿行李的，结果，就在这棵大樟树下，被，被——"

唐治平抓住张成田的衣领，发疯地问："被怎么啦？你快说！"

张成田凑到唐治平耳边，声音低得几乎听不到："被一个驻军排长——强奸了。"

唐治平一下震住了，蒙了半天，才感觉有一阵尖锐的疼痛，万箭穿心般。他的眼泪瞬间跌落。这一路走来，那么多危险和困难，唐治平都不曾落泪，但是今天，他觉得自己的心里实在太苦、太痛了。

唐治平仰头望着树上的李沁，只能看见一件鱼白色竹布旗袍，松松笼在身上，又湿又脏。她正在一步一步往前挪。唐治平真的能感受到她的疼，那种深入骨髓的疼。他的心提到嗓子眼上，担心李沁一个失足掉下来。

半晌，唐治平突然朝周围喊道："快，去弄个大锯子来，或者砍刀，把这树锯掉。"

张成田问："你这是做什么？雪上加霜吗？！"

唐治平抬高声音，故意大声说："既然请她不下来，就让她掉下来摔死得了，这样我们就不算见死不救了。"

大家一时没反应过来。李沁哽咽道："你对我凶有什么用？有本事替我报仇！"

唐治平仰头大声对李沁说："你先不要死，等我把那个欺负你的排长枪毙掉，你再去死，也能死得瞑目。"

李沁低头望着树下的唐治平，虽然离得远，她依然能看到他眼中的泪水。其实她哪里是回来取行李，她是放不下他，特地回来看他的。没想到，就在这个风雨交加的夜晚，那么恐怖的夜晚，她经历了前所未有的恐惧和羞辱。那一刻，她是多么渴望死亡，想象自己长眠于地下，周遭松软的落叶和泥土将自己覆盖，从此，不再有跋涉之艰，思念之苦！但是，她又不甘心。为了能最后再见他一面，她才故意等到天亮，爬到树上，她宁愿裸露出鲜血淋漓的伤口，为了能惊动他，吸引他。他没来之前，她寻死的心是那么坚决，但是见到他的那一刻，她突然舍不得死了。当她听到他说："你先别死，等我枪毙了那个排长为你报仇！"时，她彻底打消自杀的念头。或许今生无缘，但我仍然会为你好好活着！

李沁这样一想，豁然开朗，她开始慢慢往下爬。树下的师生都松了口气。唐治平一个箭步爬上树接她。才几天没见，李沁瘦得脱形，曾经圆圆的脸蛋又黑又尖，一头散乱的头发黏腻纠结，手腕上，膝盖上，全是擦伤，青一块，紫一块，湿漉漉的旗袍上都是泥土。她两眼深陷，嘴唇焦黑，双手冰凉。唐治平一把抓住她的手，李沁软绵绵地倒进他的怀里，微微张开嘴角，轻轻吐了一句："终于等到你了！"

这句话在唐治平心头狠狠击打了一下，令他心疼得无以复加，泪从眼角渗出，沿着脸庞迅速滑落，落在李沁瘦削的脸上。他抱起李沁，像抱起一片轻飘飘的树叶，小心翼翼往下走。张成田已经站在下一个台阶，接过李沁，再将她往下传，传给树下的叶德香。

几位女生和女老师，搀扶着李沁往宿舍走去。

唐治平这才从高高的树干上跳下来，甩了甩脑袋，雨水汗水泪水利剑般四面八方飞去，他大声问："那个王八蛋排长是哪堆臭狗屎？奶奶的，我这就去收拾他。"

此时，那个姓张的排长正躲在军营里不敢出来。图一时的痛快而已，提起裤子的那一刻，他就后悔了。还是个黄花姑娘呢。哎，一人做事一人当，你想来报仇就来吧，就怕你动不了我。

唐治平一刻也不能停留，只身一人来到长汀驻军门外，强忍内心的愤懑，眼不错珠地死盯着大门。

出了这么大的事，整个长汀城都沸腾起来，军营一定会有所动静的。果真，不到半个时辰，一群军人急匆匆走出大门。唐治平估摸着走在正中间的，戴最多星的那个就是带头的军官，他冲过去迅速甩了他两巴掌，大骂："治军无方，没本事打日本鬼子，还欺负自己同胞，天理难容！"骂完，扭头就走。

这两巴掌，把所有人都打蒙了。那个军官捂着脸，半天回不过神来。他的随从们也愣住了，谁那么胆大包天，居然敢跑到驻军地来打长官！终于，有个比较机灵的士兵醒悟过来，他想要追过去抓唐治平，被那个挨打的军官拦住了。

那军官若有所思地说："长汀这个地方藏龙卧虎，敢在军营门口甩我两巴掌的人，一定不是普通人。去打听一下，此人是何方神圣？"

很快，跟踪的人传来消息，那个打人的人正是刚刚从厦门迁来的，被侮辱女生所在学校——侨育大学的校长唐治平。

虽然沿海前线等地都已落入日寇之手，长汀事实上已经陷入日寇的包围中，所幸东西两面都有大山合围，进出的几个隘口易守难攻，所以日本人迟迟不敢染指，这里成了国民党军队一个重要据点，驻扎了一个加强团的兵力。

这个被打的军官姓刘，是从外地刚刚调来的代理团长，那个惹事的排长，就是他这个团的。好事不出门，坏事传千里，自己的排长居然强奸人家女教师，这事真是吃不了兜着走。他刚刚走出军营大门，准备去看看，就被人家校长甩了两巴掌。哎，被打是应该的，回去好好处理这个排长也是必须的。但是那校长声言要枪毙排长，这就有点过分了。谁都有犯错的时候，管不住"小弟弟"，偶尔犯点错而已。这个校长看来也不是一般人物，居然敢打我，说不定后台很硬。要不，去探探他的底细？

刘团长带着几个随从，打听了许久，好不容易找到王家大院，却被告知，校长不在，被郑师长找去喝酒了。刘团长这才有点害怕起来，第十五师的郑师长近期正在长汀视察，难道和这个校长是朋友？要知道，师长一贯以治军严谨著名，如果知道自己带的兵出了这样的丑闻，怪罪下来，可真是吃不了兜着走啊！

刘团长等候了一个时辰，还未见校长回来，只得离开。刚走出巷子，迎面摇摇晃晃走来一个满身酒气的男人，虽然瘦削黝黑，却是气度不凡。巷子很窄，刘团长有意侧身想避开醉汉，没想到醉汉左右摇晃着，挡住团长去路。刘团长正想发作，那醉汉突然有所醒悟，朝刘团长拱手致礼说:"敢问这位是——刘团长?"

刘团长这才发现醉汉有点面熟,不是那个甩他耳光的校长还是谁?他连忙拱手回礼说:"敢问您就是唐校长?久仰久仰!"

唐治平浑身酒气,身子摇摇晃晃,胡乱挥挥手说:"师长今日的酒啊,是珍藏多年的茅台,若不是因为我去,他还舍不得拿出来呢。"

刘团长这下更是赔着笑说:"那是那是。"

唐治平又说:"但是——但是,师长很生气!他一直骂自己治军无方啊!"

刘团长吓得像掉进冰窟窿里,看来师长真的很生气,后果很严重。

唐治平突然抓住刘团长的衣领,酒气一口一口喷向他,刘团长硬憋着呼吸,快要呕出来。唐治平说:"还望刘团长严惩侮辱我侨育大学女教师的恶徒!"

刘团长赔着笑说:"我早已罚那个浑蛋三个月的饷银,关禁闭十天,您看行吗?"

"就这样?我呸——"唐治平一口唾沫吐到刘团长脸上,刘团长忍无可忍,正想发作,只听唐治平说:"我,我这就去找师长评理,原来刘团长就是这样管教自己的部下的,我,我只管拿师长是问,是他治军不严,我,我只管拿陈鉴主席是问,是他,是他用人不当!"

刘团长被他这么一大堆师长主席的话一压,一点脾气都没有。但是他还是不甘愿,只能抹掉脸上的唾沫,强忍恶心说:"那浑蛋虽然做得过火点,我们都是男人嘛,偶尔忍不住,嘿嘿,都能理解。关键是,那浑蛋打起仗来,还是很有一套的,立过军功!正值抗日关键时刻,大敌当前,稳定军心才是硬道理!校长,您说呢?"刘团长也不是简单货色,这话说得绵里藏针,柔中带刚。

"强暴妇女,本就是重罪,张排长身为党国军人,公然戕害女教师,更是罪加一等,十恶不赦,必须枪毙才足以平民愤。如若他可原谅,就怕到时候个个恶徒都要原谅,团长您真是治不了这一团的士兵了!"唐治平咬牙切齿地说。

刘团长怔怔看着唐治平,突然仰头大笑:"唐校长啊唐校长,你们读书人就喜欢小题大做,如果这样就要枪毙,估计我的部下要枪毙掉一半了。"

"哦——看来刘团长的部下不是精忠报国,保护百姓的国家军队,都是一些抢劫强奸杀人放火的土匪？那我真得去向师长汇报，否则到头来不仅您保不住头上的乌纱帽，怕是会连累到我的师长好兄弟啊！"唐治平冷冷地说着，不知什么时候，他的酒好像醒了。

刘团长心乱如麻。如果为一个区区的排长，牺牲自己的大好前程，着实有些不值得。

唐治平又说："我记得陈鉴主席说过，国军的将领，最让他操心的，不是贪生怕死，而是将领目无法纪，纵容部下肆意妄为。一支军队如果没有纪律，就说明它的将领，不但不能擢升，还随时都可以撤掉。"

这些话纯属虚构，但刘团长竟听得一惊一乍，冷汗直流。

"今天如果刘团长不能严惩张排长，以我对学生的了解，他们必定会起来游行抗议。到时候可不只是侨育大学，厦门大学和其他学校的人也都会加入进来的。就算长官手下兵再多，也无法熄灭民众的怒火，事态必定越发严重。陈鉴主席会怎么看待您？郑师长又会怎么看待您呢？"

唐治平的话停不下来，他接着说："但如果您化被动为主动，借这个机会严惩张排长，重整军纪，不但可以提升部队的战斗力，而且还能获得师生们的交口称赞。到时候消息传到永安，我想陈鉴主席一定会对您的从严治军印象非常深刻。我也会向师长美言几句的。"

刘团长没有再说话，但眼里却是闪起了光芒。他沉吟片刻，痛苦地说："但是，但是让我杀一个兄弟……"

"他不是您的兄弟，否则他就不会败坏军纪，丢您的脸。他是败类！你今天不枪毙他，明天就会被他害死！"唐治平大声道。

"说的也是！"刘团长猛地一拍巷子的墙壁，大吼道："来啊！去把张排长抓起来。"

刘团长做事雷厉风行，当天下午，犯事的张排长就被枪毙了，罪名是违反军纪，欺凌百姓。执刑完毕，刘团长又集合全团，重申了纪律作风问题。

这一切很快就像风一般传遍整座长汀城，继而飞出大山之外。

整座长汀城街谈巷议，都在猜测这个唐校长到底是什么来头，竟能让刘团长枪毙自己的手下，得有多大的背景？

别说外界，就是侨育大学内部，也是众说纷纭，莫衷一是。唯一确定的是，所有人对唐治平更多了几分敬仰与钦佩。

唐治平却高兴不起来，他知道这小小的胜利，对李沁而言，只能聊表慰藉，却治愈不了她内心的伤痛。

"以后她该怎么办？"这个问题，让唐治平一夜翻来覆去睡不着，他感觉心头时刻都有一把烈火在烧灼，让他疼痛难忍。

天刚蒙蒙亮，唐治平就迫不及待去看望李沁。

李宅基得知女儿出事后，差点气死，他想把李沁接回去，但唐治平害怕李沁又会做出什么傻事，坚决不让。李宅基想，女儿在学校内好歹还有一些老师学生轮流陪着，也不至于做出轻生之举，所以也就勉强同意了。

此刻，林梦瑶和叶德香正陪在李沁身边。林梦瑶手舞足蹈地说些道听途说来的关于唐校长逼李团长枪毙张排长的故事。李沁斜倚在床上，面如白纸，双目紧闭，但可以看见她眼皮在那里跳动，仿佛纸窗里漏进风吹颤的烛火。

从窗外看着李沁憔悴的模样，唐治平心如刀割，他恨自己没有保护好心爱的姑娘，让她受到这么大的伤害。

"校长，您来了。"林梦瑶讲完故事，才发现校长早就站在门外，表情僵硬地望着她，立刻羞红了脸，吐吐舌头，知趣地退出。叶德香也扭着屁股，识趣地出去了。

看到唐治平，李沁呆滞的眼里闪过一丝光亮，但如一道流星，倏然消逝。唐治平鼻子发酸，眼圈发红，他恨不得将李沁紧抱进怀里，又害怕被她责怪。如果说李沁被强奸，对唐治平没有一点影响，那是假的。他也曾犹豫过、退缩过、顾虑过，这是在没有见到李沁之前。一旦见到她本人，所有的犹豫和退缩都轰然倒塌。

唐治平第一次发现，他是如此深爱眼前这个姑娘。什么贞操，见鬼去吧，在美国七年，他的女朋友中，哪一个是处女？哪个女朋友又都只有他一个情人？他自己的贞操，也早就丢进太平洋了，又怎么去苛求一个无辜受伤的姑娘？当排长被枪毙之后，众人纷纷将矛头指向失去贞操的李沁时，他更需要张开怀抱，好好保护这个备受磨难的姑娘。因为，爱就是爱，没有选择，那是发自内心的呼唤，一旦喊出，目夺心摇，灿若云霞。

李沁低垂着双眼，密密的眼帘遮住眼睛。自从那个可怕的夜晚之后，她就像一朵受寒的花，将自己的花瓣一片一片聚拢起来，重新变回花苞。

她像变了个人，安静、内向、沉默，长久的不说话，看人时寒光闪闪，像有一道玻璃嵌在里面。

唐治平看在眼里，急在心里。他想了许久，才小心翼翼地问："你怎么想着要回来？你不是说我抢劫吗？走得那么绝情？"他决定用激将法。

李沁果真开口了，她幽幽地说："他是我爹，你当众给他难堪，我自然要维护他的面子。"她停了停，终于又艰难地说出一句话："不过你有难处，我又想回来帮你。"话音未落，泪水已涟涟而下。

"别哭别哭！没事了，没事了！"唐治平感动得无以复加，心头又酸又疼，一把抓住李沁的手，轻轻地在手背上拍着。手十分冰凉，一直凉到唐治平心头。

李沁下意识地把手一抽，抽不动，便不再动了，只是嘤嘤哭着。

"嫁给我吧。"唐治平深吸一口气，突然附到李沁耳边，轻轻说道。

"什么？"李沁仿佛被闷雷击中，浑身颤动一下，死死盯着唐治平，好会儿才垂下眼帘，涩然一笑："谢谢你，但你没必要这样安慰我。"

"我是认真的，我喜欢你很久了。"唐治平鼓起勇气，攥着李沁的手抓得更紧了，生怕它溜走。他感觉到掌心里李沁的手，像受惊的小兔，颤抖个不停，甚至她整个人都在颤抖个不停。

　　"你……你是可怜我吗？哼，算了，我不需要任何人怜悯！"李沁的情绪突然失控，她尖叫道。

　　"不！你听我说！"唐治平目光如炬，炯炯地盯着李沁的双眼，诚恳地说："喜欢你就是喜欢你，不会因为你遭遇什么而改变。你不用自责，也不用自卑，反正我说的都是认真的。你认真想想，愿不愿嫁给我？如果愿意，我就向你父亲提亲。"

　　李沁一阵晕眩，半晌，喃喃道："你会后悔的，你会后悔的！"

　　"我不后悔，绝对不后悔，你放心！"唐治平笃定地说。他张开双臂，说："如果愿意，就到我怀里来，这里将是你以后遮风挡雨的港湾。"

　　"你走吧，走吧！不要再来了！"李沁双手胡乱挥舞着，哭喊着。

　　唐治平不由分说，一把将她揽进怀里，抓住她挥舞的双手，颤抖的身躯，紧紧搂住不松手。不知过了多久，李沁终于安静下来，她像一片落叶，软软地伏在唐治平坚实宽阔的怀里。四周一片静寂，两人没有说话，却又像有千言万语要说。终于，唐治平捧起她濡湿的脸，捧着呼呼的鼻息，闪动的睫毛在他手掌心扑动得像个小飞虫。他凑在李沁耳边说："就这样抱着你，一直到地老天荒，永不分离，好吗？"

　　李沁含泪点头，又使劲摇头，又点头。

十六、开学

唐治平总算又露出笑容，不过侨育大学的问题，车轮滚滚般，接踵而来。

虽然王氏废宅足够大，但真正开展教学，这地方还是捉襟见肘。不少实验和教学，根本没有固定的场地可以用。汀州中学已经复课，那里的教室是不能再用了，唐治平必须为学校找到更多的地方。

这天，张成田得到一个消息，在北城外，有座廯愿寺，长汀人又称戒愿寺，它的前身是座厩院，有许多马棚和马厩，明朝天启年间扩修成寺院，应该可以弥补学校上课、实验教室不足的局面。关键是偌大的寺院一直都空着，只是最近才住进个外来和尚，想要拿来当学校用房，希望还是比较大的。

唐治平兴奋地说："哦——马住的地方？怎么不早说，走走走，我们一起去当弼马温。"

两人立即朝城北走去。出城门，再走大约半个钟头，过一个廊桥，便见对面山头露出一座庙宇的屋角，掩藏在大树与茅草丛中。

唐治平和张成田走近山脚一看，倒抽一口冷气，居然有四五百级台阶，天梯一般高高挂着。两人对视片刻，提一口气，往上登，登不到一半，已是气喘吁吁，汗如雨下，只得躲在一棵大榕树下休息片刻。等爬上寺庙，衬衫早已湿透。

这座廯愿寺已有四五百年的历史，构成墙体的，是未经烧制的土坯砖，漫长的岁月侵蚀，让它们年深日久后泛发着苍黄色，表面更像是被风啃雨吃过，掉边缺角的，活像是老妪饱经风霜的脸，不过依稀可见当年的风韵。而那雕花木窗的外屋顶上，长着一蓬蓬青草，麻雀在其间嬉戏，燕子在其上盘旋。

"寺古花为历，山深鸟报更。"

唐治平一边吃力地辨认着门口那副字迹有点漫灭的对联，一边推开虚掩着的庙门。"吱呀"一声，大股尘土从门顶纷纷扬扬飘落下来。

寺院果然很大，东西南北厢房就有好几间，都可以当教室。两人从大厅转入鹅卵石铺就的偏院，只见里头整齐一列房间，足足有十来间，做学生宿舍足够了。两人边走边看边谋划着学校的布局，越来越兴奋。

"来者何人？"一个虚弱的声音，不知从哪间屋子飘出，气息十分微弱。唐治平和张成田找了好一会儿，才在北边最角落的一间屋内找到发声者，那是一个病恹恹的出家人，留着平顶头，躺在一张破床上，看到唐治平二人，他古井般的双眼闪过一抹光，急切地说："快，快给我点水喝。"

唐治平一看此人模样，便知是受了严重伤寒。他连忙到大厅找了一个香炉，沿着庙团团找了一圈，总算在庙后找到一口井，赶紧将香炉濯洗干净，然后装上水，匆匆跑回，送到和尚嘴边。

那和尚渴坏了，迫不及待凑到香炉前，咕噜咕噜，埋头猛喝，眨眼工夫就将一香炉的水喝个底朝天，这才如释重负地吐了一口气。

唐治平让张成田下山带些食物和药来，自己留下来，帮和尚换掉湿透的衣衫，发现他身上居然布满好多伤痕，一身肌肉结实有力，一定有不平凡的经历。

"你的伤寒很重，我先给你刮刮痧。"唐治平对那和尚说。

和尚虚弱地点点头。

唐治平找不到刮痧的工具，便找来瓦片，洗干净后为和尚刮痧。他在和尚背上轻轻一刮，立刻浮出一道红线，看来这风寒已非一日两日。

"痛快……再来！"

他再加把劲，和尚嘴角哆嗦一下，又喊了一声："痛快！"比刚开始有力多了。

等唐治平刮完痧，张成田已带着李应松，捧着一钵糙米粥回来了。那和尚勉强能坐起来，嗅到粥香，当即两眼发光，一把抢过粥，哧溜个不停地喝，身上随之冒出一层细密的汗珠。

"我躺了好多天，叫天天不应，叫地地不灵，以为真要去见阎王爷了，没想到阎王爷说我时候未到，又一脚把我踢回来了，其实是遇到贵人，救我一命，感激不尽！"那和尚放下钵头，气色好多了，他感激地对唐治平等人说。

唐治平将感冒药塞进他嘴里，喂下去，然后笑着说："师父不必客气。敢问师父是哪里人，怎么沦落至此？"

"唉！"和尚长长叹了口气说，"说来惭愧，贫僧本不属于此处……"

原来这和尚是山西五台山的一名僧人，自幼练习武艺。日寇侵犯五台山时，寺里组织僧众保寺卫国。但一场仗下来，他的同门师兄弟都是死伤惨重，他无法再在五台山立足，便一路南下，想找个祥和之境安身。只是日寇铁骑横扫神州，世上哪里还有净土？他一路流浪到长汀，寻到这廨愿寺住下，没想到孤苦一人，衣食无着，得了风寒，差点没命。

想不到还是个流落至此的抗日武僧，唐治平不由肃然起敬，将来意一一道来，热忱邀请那和尚加入侨育大学。和尚沉思片刻，说："贫僧早就无处可去了，这教书育人，想来何尝不是抗日救国之事？校长如果肯收留，贫僧自当尽绵薄之力。"

几天之后，和尚病好了，就加入侨育大学，当起学校保安，而廨愿寺也正式成为侨育大学的分部，住进这里的，都是单身教师、研究人员，以及部分男生，包括唐治平自己。众人在山上成立伙食团，共同搭伙做饭。此后，唐治平多方奔走，又让县里将橄榄岭下的笃行院划拨给侨育大学，作为年纪比较大有家室的教师宿舍。厦大的萨本栋校长，得知侨育大学校舍紧张，也腾出如意宫，供侨育大学做女生宿舍，此外，汀州中学也答应提供几间闲置的教师宿舍，供侨育大学教学使用。

住的问题解决了，侨育大学总算是正式在长汀站稳了脚跟。唐治平召集全校师生，在王家大院内举办了一个简单的迁校开学仪式，并按照原来的规格和样子，重新打造了一块"国立侨育大学"的校匾，并郑重地挂上门框。

唐治平望着底下黑压压的师生，心情很是激动，他对着满满一院子的师生说："我唐治平只是个平庸之人，无奈身处乱世，国家有难，只能挺身而出，报效祖国。如今，我们的使命是完成学业，为民族复兴培育才俊。战争很快会过去的，我们必将重建家园，那时正是各位大展宏图的时候！望大家同舟共济，力挽狂澜，让东方醒狮再振雄风！"

唐治平的话激励人心，引来师生们的阵阵掌声。李沁望着唐治平，又是感动，又是甜蜜，她心里升起一股支持唐治平，与学校共存亡的决心。

正当大家欢欣鼓舞之际，突然，几个背枪的大兵推开学生，走进来，大声问："哪个是唐校长？我们刘团长有请！"

全校师生都惊呆了，他们望着唐治平，恐惧与不安的氛围萦绕在上空。

唐治平愣一下，马上恢复平静，他说："我就是，我跟你们去！"

张成田扯住他，说："不能去，这明摆着是鸿门宴嘛！"

李沁急得眼泪掉下来，她走过去，拦住唐治平，说："治平，不能去。"

学生们也纷纷喊道："校长，不能去！不能去！"

唐治平轻轻搂住李沁的肩膀，凑在她耳边说："不要怕，等我回来！"然后揽着李沁，面向全校师生说："我唐某人第一不是美女，第二不是富翁，无色可劫，无财可抢，居然还有人倒贴请我，何乐而不为？去！"

十七、黄豆

军用吉普车有一人多高，轮子远比学校那辆破吉普车大得多。唐治平好不容易爬上去，还未坐定，两个士兵已经一左一右，将他夹在中间，脸板结得像铁板，一声不吭。搞得唐治平很是紧张不安。想起前不久，他冲到人家门口，甩了团长两巴掌，设计处决了干坏事的排长，真是痛快之极。只是，"不是不报，时候未到"，出来混终归是要还的，这一回看来是凶多吉少，他不敢再往下想。

军用吉普车"呜"地一声启动了，威风凛凛地穿过府前路，直奔军营驻地。很快就到达军部。一位相貌堂堂的中年军官，弯下腰，亲自打开车门，迎接唐治平。唐治平一眼认出，就是被他打过的那个刘团长。唐治平刚钻出汽车，刘团长的手已经伸到他的面前，唐治平只得也伸出手，握住刘团长的手。刘团长的手宽厚有力，力量适中，传达出的善意和诚意，让唐治平的心终于安定一点。

刘团长说："早就想请唐校长前来一叙，只是近来军务繁忙，一直拖延至今，还望校长见谅。"

唐治平摸不透他的意图，只得客气地说："不敢当，不知长官召唤我过来，有何贵干？"

"哈哈，先进去再说。"刘团长热情地拉着唐治平往里走去。

这是一条长长的甬道，两边就是训练场地，错落摆放着不少训练器械。再后面，树木掩映下，就是营房和库房。甬道尽头有一个圆形花台，花台后面有一个写着"精忠报国"的照壁，照壁后面则是团部办公大楼，两层楼砖瓦房。办公楼附近，散落着几座小平房，大概就是军官们的住所。

刘团长一路走，一路向唐治平介绍，唐治平无心倾听，因为他一回头，就看到那两位铁板一样的士兵，背着长长的步枪，紧紧跟在他身后，真有羊入虎口的感觉。

两人进入一个偏厅，只见那里已摆好一桌酒菜，虽不是什么山珍海味，却是摆满长汀的特色名菜，什么烧大块、白斩鸡、酿豆腐，应有尽有。桌子中间，还端正立着一瓶茅台酒。这架势，让唐治平更疑惑，他佯装打趣说："呵呵，刘团长，您这是唱得哪一出？我唐某一介书生而已，消受不起啊！"

刘团长挥挥手，让手下退下，这才笑眯眯地说道："唐校长，你先看看我这身戎装！"

唐治平打量着对方，只见他衣领上嵌着左右两片金黄领章，中央镶嵌着一朵梅花，腰围大皮带，脚穿长筒黑靴，精神抖擞的样子。鼻子上架着副金边眼镜，威仪中带着书卷气。

"我看不懂啊，团长还是不要和我打哑谜吧。"唐治平看了好一会儿，摇摇头说。

"兄弟我托您的福，转正啦！原来我只是代理团长，现在转为正式的团长了。"刘团长兴奋地说。

嗨，我以为只有校长有代理的，没想到团长也有代理的。唐治平心想。他连忙说："祝贺团长转正！"

刘团长笑着说："刘某刚刚转正，又受到嘉奖，今天特意请唐校长过来，好好答谢一番！"

原来，刘团长枪毙了那个强奸李沁的张排长后，整个团的军纪大为整治，面貌焕然一新，战斗力明显增强。师长前来视察，非常高兴，不仅将他的代理团长转正，还发出嘉奖令。刘团长自然认为唐治平是自己的命中贵人，特派人请校长到军队来喝酒。

唐治平暗暗松了口气。这才发现自己越来越怕死，原先无所畏惧的胆量和无所谓的洒脱全像迷路的孩子，找不到家了。是因为侨育大学，还有李沁吗？唐治平很轻易就原谅自己的各种胆怯和顾虑。

酒真是好东西，很快就让唐治平和刘团长交心交肺起来。一个说："没有唐校长你的那一巴掌，怎么会有我刘某人的今日呢？"一个则说：

"刘团长乃天生将才，纳谏如流，治军有方，必成大器。"一个说："哎，我是寡妇睡觉，上边没人，好不容易结识校长，还请在师长面前再多为我美言几句。"一个心想，我都不知道师长长什么模样，美言个屁，不如顺水推舟："以后需要兄弟我做什么的，尽管说，万死不辞"……二人拍胸脯、发豪言、称兄道弟、勾肩搭背，从中午一直喝到黄昏，刘团长这才拉着唐治平的手，要送他回去。

刘团长带着唐治平从餐厅的偏门出去，绕过仓库，说是抄近路比较快。也许是喝多了，刘团长脚步发飘，醉眼惺忪，绕着仓库走了一圈，愣是没找到出口。半瓶茅台酒，对唐治平来说，毛毛雨，微醺而已。他佯醉，是为了配合刘团长。

唐治平意外发现，刘团长的仓库贮粮非常充足，大麻袋一直堆到仓库门口。他随手摸了摸，发现麻袋里面颗粒饱满结实，他又俯下身，从地上捡起几颗一看，是黄豆。

唐治平心中暗喜，黄豆氨基酸高，蛋白质含量丰富，还抗饿，最适合正在长身体的学生们。从县长处要来的一千斤糙米已所剩无几，如果有这些黄豆，学生们就能保证起码的营养了。

"这些粮食都是今天刚到的，也是我刘某人任职后为手下兄弟们办的第一件实事。前段时间粮仓空空，人心惶惶，粮饷都被当官的吃光了。我不干那黑心事。你看，粮仓满了，军心就稳了，谁会不拥护我刘某人呢？"刘团长得意扬扬地炫耀道。

"刘团长治军有方，爱兵如子，果真名不虚传、实至名归啊！"唐治平搜肠刮肚地找一些成语恭维团长。

刘团长谦虚地说："不敢，不敢，这是我刘某人应该做的。就像你唐校长，不也是为侨育大学殚精竭虑在所不惜吗？"

唐治平立即接过刘团长的话说："哎——我哪里有团长您这般能耐啊！我侨育大学现在是吃了上顿没下顿，过了今天没明天啊！"

"唐校长谦虚了，论才气，您比刘某人高出不知多少；论关系，您从大城市来，达官贵人不知结识多少，我哪敢和您比啊。"刘团长推了推金边眼镜，羡慕地说。

"团长过奖了。虽然唐某身为国立大学校长，确实有不少优势。可如今时局艰难，沦落长汀，纵然有千般关系也使不上啊！"唐治平小心回应。

"刘某人不才,但只要帮得上忙,绝不含糊!"刘团长豪情万丈地说。唐治平心头一动。这几天他正发愁怎么解决师生口粮问题,刘团长这话,简直就是想瞌睡时送来的一个枕头。

"刘团长说的是真心话?"唐治平认真地问。

"当然,我是什么人!"刘团长拍着胸膛,双眼瞪得浑圆,生气地说:"唐校长,你这样问是看不起我吗?"

"不是不是,刘团长误会了。"唐治平忙摆手,又故作难色地说:"是这样的,我们学校的师生们,日子过得苦巴巴的,都快揭不开锅了……"

"呃……"刘团长突然觉得不对劲,他连忙捂住嘴,不说话了。

"当然——"唐治平生怕话题到此结束,连忙乘胜追击道:"我也不敢要您的军粮,您就支援我一些黄豆吧,也不枉咱们兄弟一场。"

团长脚步依然趔趄,头脑却被惊醒,他为难地说:"不是我不帮忙,只是这些黄豆是城里豪绅大户们筹集给我们的,留着打土匪的。你也知道,清风山的土匪不好对付,长汀城的大老爷们,说到他们都头疼得要命……"

"哦——是专门对付大嘴他们的?"唐治平若有所思点点头。

刘师团长点点头:"是啊,怎么收拾他们,是我目前最大的烦恼。"

唐治平沉思片刻,抬头一笑,说:"我把大嘴抓下山,团长您把黄豆分我一半?"

刘团长哈哈大笑:"哈哈!唐校长啊,唐校长,您就别和我开玩笑啦。如果学校真困难,我送您几袋黄豆也无妨。但要说秀才打土匪,您这,这,这不是灯芯撬石磨,不自量力吗?"

唐治平笑了:"只要刘团长敢和我赌,我自然有办法。"

"唐校长啊,我这样跟您说吧,我们发动了十门大炮,五百个士兵,还带了民团,漫山遍野围剿了足足一个月,都伤不到那些土匪一根毫毛。他奶奶的,那清风寨就是块牛皮癣,抓不得,扰不得,又好不了,又痒又疼,难受极了……"刘团长谈起清风山的土匪,就像患了牙疼病,捂着嘴吱吱呀呀疼得不行。

唐治平打断团长的话,一脸正色地说:"团长敢赌吗?"

刘团长愣了一下,大笑起来,也干脆地说:"好啊,唐校长要真有本事,能把清风寨给我平了,仓库里所有的黄豆都给您,而且,今后凡是收购来的黄豆,也全部给侨育大学。"

"好！"唐治平一拍大腿说，"说话算话？"

"废话！男人嘴，将军箭！我刘某人说到做到。"

"那就这样定了！"

"老子还真不信这个邪，你要多少兵？多少枪？多少炮？"

唐治平伸出一个指头，说："下者伐兵，上者攻心，我只需一门大炮，一枚炮弹足矣。"

刘团长眼睛都直了，他简直不敢相信自己的耳朵："啊？！什么？"

唐治平接着说："不过我有一个条件，如果土匪们被招安了，自愿下山当兵，团长能否接纳他们？"

"当然了，老子也想多招一些壮丁。"刘团长随口答道。唐治平又请团长写下字据。团长想，写下字据又何妨，一个大学校长，怎么可能把土匪剿掉呢？就当陪校长玩玩吧。于是，双方立下字据。

"校长回来了，校长回来了。"

唐治平刚回学校，张成田、卢英强、余嘉训等人就从里头飞奔出来，将他团团围住，上下打量个不停，似乎在看他身上是不是少了点什么。

张成田上前，用力拍着唐治平的肩头："没事吧？"

唐治平笑着说："哪有什么事？好酒好菜，还有好礼物！"

众人都惊奇地问："什么礼物？"

唐治平正想回答，一抬眼就看到李沁站在不远处，默默看着他。她脸色苍白，身材瘦弱，不过嘴边那两个酒窝却隐隐显现，露出一丝笑意。

我这一去，让她担心。唐治平感觉有一股火苗，沿着心口一点点燃烧上来。他冲着李沁点点头。李沁双颊腾起一抹红，也朝他点点头。

其他人看在眼里，无不会心地笑了。

俞嘉训不依不饶地问："校长，其他事你们等会儿再说，先告诉我们，礼物在哪里？"

唐治平闻声回过神来，说："礼物还在军部的粮仓里呢。"

李应松惊得下巴要掉下来："啊？校长，军粮你也敢动？那可是要掉脑袋的啊！"

唐治平哈哈大笑说："为什么不敢？只要把清风寨的土匪请下山来，一仓库的黄豆就是我们的。"

众人都被震住了。

张成田结结巴巴地说:"校长……大嘴可是你的拜把子兄弟,你要剿他……为了一仓库的黄豆?"

李沁也呆住了。她对唐治平的敬佩、信任和爱慕,是这一路走来,一点一点累积的,累积到她已经无法离开这个男人。但是,唐治平要去剿匪,还是超出她的想象范围。

卢英强也大为吃惊,清风寨的土匪可不是一般的土匪,他们还是有向善之心,虽然做着打劫偷盗之事,但对普通老百姓侵扰不多。县政府和军队之所以三番五次也无法剿灭他们,与民心所向是有关系的。他有点疑惑,这个经常有奇招妙算的唐校长,今天究竟又要出哪一招?决定静观其变。

唐治平环视众人一眼,笑着说:"大家别担心,这事我自有主意。现在我先去找县长。晚上你们都到我办公室来,咱们再商量怎么办。"说完,丢下一群还没回过神的师生,大步流星往县衙走去。

侨育大学的唐校长要剿匪的消息,早已风一般传遍全县各个角落。俞县长也在第一时间接到刘团长的电话,他正在和下属们打赌,当然赌校长输的人占大多数。见到唐校长走进来,大家想笑不敢笑。

唐校长开门见山问县长:"我就想落实一下,如果清风寨的土匪们要改邪归正,主动下山做良民,县里会怎么接收他们?"

俞县长掏出白手绢按了按鼻子,忍着笑说:"唐校长,作为一县之长,我当然是全力支持剿匪的。"

唐治平说:"不如这样,对主动投诚的土匪,一律发给良民证,发给他们粮食蔬菜种子和土地,让他们安居乐业。县长同意吗?"

"同意同意,只要那些浑蛋不再给我添麻烦,一切都好说。"县长连连点头,他早被清风寨的土匪折磨得不胜其苦。先解燃眉之急,等收复他们再说。

唐治平说:"口说无凭,请县长马上给我一百张良民证。"

县长摇摇头:"良民证哪能随便乱发?那是省里定额配置的。要等他们真的下山投降了,才能发良民证。"

这种良民证,本是日本人侵略中国以来的一大发明,不过有些地方的国民政府,为消除后院之火,招安土匪山贼,也学着做一些类似的证书，给山贼一个允许其重新做人的保证。只要有了良民证，以前就算闯下滔天大祸，也可一笔勾销。

不过，国民政府的这种良民证发放数量极少，很多土匪和山贼纵然有心回头，也很难获得良民证。没有良民证，就意味着政府可以随时找他们秋后算账，随时可以新账旧账一起算。因此，很多土匪是不见良民证不下山。

唐治平叹了口气说："那就算了，既然是县长没诚意，我也就不蹚这个浑水了。"

"慢着！"见唐治平转身要走，县长急忙叫住他，"你真有办法让那些土匪下山当良民？"

唐治平淡淡地答道："没有金刚钻，不敢揽瓷器活。"

"好吧，那我倒要看看，唐校长有什么神通！来呀，快去拿一百张良民证来。"

秘书还在迟疑，不肯去。县长瞪了他一眼，说："你当县长还是我当县长？快去拿！"

秘书这才嘀嘀咕咕地挪出门，磨蹭了半天，才拿出良民证，交到唐治平手上。

唐治平回到学校时，天已擦黑，偌大的长汀城，亮起了星星点点的火光。

长汀尚未通电，本地人晚上照明，仍像老祖宗那样，将竹片削得薄薄的，晒干后点燃照明，不但灯火明亮，而且没有油烟，还不费钱，家家都用得起。侨育大学入乡随俗，很快就掌握这种生活技巧，解决了入夜校园照明的问题。

校长办公室内，几条竹火把正熊熊燃烧着，张成田、卢英强、余嘉训和李应松等人，正围聚在唐治平身边，等听他的剿匪计划。大家满心期盼唐治平能想出什么了不起的奇招，可以一举将清风寨拿下，就像评书里的英雄那样。没想到，唐治平娓娓道来的剿匪方法，竟是如此普通、简单、笨拙。

"校长……"张成田直言不讳地说，"虽然你和大嘴是拜把子的兄弟，但这关系到他的身家性命，而且你又是为了那点黄豆……只怕会和你翻脸。到时秀才遇到兵，有理说不清，他们手上可是有枪！"

"是啊，这简直就是从火里取栗子，太危险了。"

"没错，我们宁可饿着，也不愿意像你这样拿命去换黄豆。"

……

唐治平耐心等他们全都发表完自己的看法，这才说："我们都接触过大嘴，本质并不坏，不过也不聪明。咱们好歹读了那么多书，见了那么多世面，难道连个不识字的深山土匪都斗不过吗？要有信心，信心！"

张成田还是有所顾虑说："就算校长说的没错，但这样去实在太危险了，我看……"

卢英强颔首道："虽然存在很大的风险，不过我支持唐校长的做法。不入虎穴，焉得虎子？危险无处不在，就看你怎么化险为夷了。"唐治平高兴地拍着卢英强的肩膀说："哈哈，知我者，英强也！对了，卢老师，帮我写封招降书吧。"

凌晨三点，一切工作准备就绪。大家重新聚拢到唐治平的办公室。根据唐治平的安排，张成田负责将传单和劝降书散发到清风寨。李沁匆匆进来，将一叠厚厚的良民证和劝降书交给张成田。原来是卢英强起草的劝降书，唐治平眼前一亮，一字未改，就交代李沁等人连夜刻字、油印，印刷一大叠劝降书，然后将良民证和劝降书捆绑成一扎一扎，再用防热纸包装好。

唐治平交代张成田开着吉普车直接到刘团长的部队，到时他会派出炮兵紧随其后，他们负责将传单轰到清风寨。

唐治平则留在城里，紧锣密鼓地做第二步的准备工作。

张成田带着余嘉训、李应松坐上吉普车出发了。到达刘团长的营房，炮兵们早已等在那里，于是两辆车乘着夜色朝清风寨进军。

凌晨五点左右到达清风寨下面的一块平地。昏暗的车灯下，炮兵们将炮架好，余嘉训、李应松负责望风，张成田成了临时指挥。炮兵们根据唐治平提供的方位图，很快确定了寨子位置，但由于平台距离寨子太远，炮火的射程只能到达寨门前。张成田发现如果再往前走，就在土匪的视线范围了，很容易暴露目标。时间紧迫，再耽误下去天就大亮了，他们只好依计行事。

随着"轰——轰——"的炮声，只见一个个用特殊材料制成的"鸡蛋"雨点般从空中抛洒开来，落在清风寨附近。

按照计划，他们将在这里将东西轰到寨子后，然后在土匪还没反应过来时迅速撤离。

果真，巨大的炮声惊醒了清风寨的土匪，土匪窝里一阵骚乱，还响起零星的枪声。土匪们已经冲出寨子，向平地方向追过来。张成田赶紧指挥大家撤离，炮兵们七手八脚地将炮筒抬上汽车，就"呜"的一声开走了。随后，张成田的吉普车也一起消失在夜色中。刚走一段路，吉普车突然出现故障，熄火停在半路上。大伙儿冷汗都吓出来了，急忙下车检查修理，七手八脚忙活了几分钟，老爷车还是纹丝不动。眼瞅着土匪们就要追上来了，张成田命令余嘉训、李应松挤上部队的汽车先走，自己留下来继续维修。吉普车终于修好了，张成田正要开车上路，一帮土匪已经追上来，将张成田活捉回清风寨。

十八、剿匪

张成田遇险的消息让唐治平措手不及，他在办公室里急得团团转，后悔没有自己上山，让好朋友担了风险。他宁可自己被抓，也不能让张成田出事。如果没有张成田，他不敢想象自己能将侨育大学带着走多远？他决定自己去一趟清风寨，亲自会会土匪头大嘴。大伙一听，都跳起来，才赔上一个张主任，难道还要送上一个唐校长不成？李沁更是不答应，她急得眼泪都掉下来，说："我跟你去。"

唐治平拭掉她的眼泪，笑道："张主任被抓，我们无论如何要将他营救出来。是我考虑不够周密，才出现这种情况。我和大嘴是结拜兄弟，他不敢对我怎样。我们一定要成功救出他！"

再说清风寨这里，突如其来的炮声将土匪窝打得措手不及。当打开寨门的土匪发现炮弹送来的不是炸药，而是一个个"鸡蛋"时，非常吃惊。他们小心翼翼地捡起"鸡蛋"，掰开发现是一张良民证和一封劝降书。劝降书上的字个个有"半斤重"，上面写着：

> 绿林兄弟，义薄云天。
> 一身是胆，威整长汀。
> 保家卫国，匹夫有责。
> 枪口对外，共同抗日。
> 急盼急盼，走出山寨。
> 接受改编，勇敢杀敌。
> 人生在世，名节二字。

不辱父恩，垂名青史。

靠着火把的亮光，军师一字一句念起劝降书，大嘴和土匪们认真听着。他们听惯了语气强硬的剿匪口号，却从没看过这样另类的宣传，感觉很新鲜。更新鲜的是，还有良民证。军师越读越心虚，哎呀，这个劝降书，和之前的不太一样啊，杀伤力太强！果真，土匪们开始蠢蠢欲动。

一个土匪手捧良民证，骂骂咧咧地说："谁他妈的想当土匪了，原来只知道打我们，现在才知道要发良民证，早干什么去了。"

有个土匪说："我们也有父母，也有老婆孩子，如果不是这些官老爷欺人太甚，谁想到山上来混饭吃！"

有个土匪迟疑地说："不知道是真是假？"

有个土匪说："你看上面都盖着县衙门的章，不会有假。"

有个土匪说："听说小日本已经打到漳州了，是不是很快就要打到长汀了？"

大家越说越热闹，突然，大嘴撕碎手中的良民证，"啪—啪—啪"朝空中开了几枪，对那些正在捡书信的土匪们喊道："谁他妈的想当良民的，小心老子的子弹不长眼，滚回去！"

众人被吓住了，纷纷往回跑。大嘴这才收起枪，扭头小声对军师说："你瞧瞧这群没出息的家伙，那么多枪炮都打不垮他们，一张良民证就能把他们收买了？"

军师说："哎，良民证还是其次，关键是这封信写得好啊！"

大嘴将信凑到鼻尖看了看，说："别看我只读过几年私塾，也能嗅出这些字写得不简单！"

军师说："信上说，国难当头，要团结一致打日本人，不要自相残杀，还说大家主动下山投诚，就发给良民证，给房子，种子，当良民……是啊，谁不想当良民，谁不想孝敬父母，老婆孩子热被窝……"

"呸，住嘴！他奶奶的，想招安，没门。"大嘴转头对二当家的说，"给我看紧来，别让这群兔崽子跑了。"

又一个夜幕降临，这一天对于侨育的师生来说是难熬的一天。唐治平嘴上不多说，内心比任何人都煎熬，他无时无刻都在担心张成田的安危。他一直自责自己的轻敌，否则张成田不会被抓。但船已撑出去，无法回头，只能将计就计。

天色渐渐暗下来，唐治平换上一身粗布衣裳，头戴斗笠，脚穿草鞋，带上李应松和几位精壮机灵的青年师生，联系好一辆货车，负责将唐治平等人送到半山腰。

夜色苍茫，月影婆娑。唐治平和师生们坐在货车里，盘旋在清风山蜿蜒的山道上。他们发现停在路边的那辆吉普车。唐治平对李应松说："去把它开上，跟在后头，这可是我们侨育大学唯一值钱的家当。"李应松点点头，下车，走近吉普车前，踹了一脚，又使劲拍打几下，狠狠地说："关键时候掉链子，如果救不出张主任，看我怎么收拾你。"

大卡车上的师生们都忍不住笑了："连畜生都不是，一个铁家伙而已，打它踹它也没有用啊。"唐治平却笑不出，离清风寨越来越近，他发现驾驶员握方向盘的手有点哆嗦。唐治平问："害怕吗？"驾驶员不说话，过了一会儿才回答："等会儿你们就下车吧，我的车不敢再往前开了。"

"好咧，麻烦师傅再上去点，您就停下吧。"唐治平很理解驾驶员的恐惧。

到半山腰，卡车停下来，吉普车也随后停下。唐治平交代卡车司机找隐蔽的地方等。

然后带领师生们继续往前赶路。走了大约二十分钟，他们来到一个岔口，松树下，唐治平示意大家停下来。

这棵松树树皮苍老，树枝虬劲，是一株年代久远的迎客松。它的位置非常特殊，不在路口，却正面对着清风寨，像个忠心耿耿的哨兵，为清风寨站岗放哨。

唐治平变魔术似的，拿出一把锯刀，沿着松树的树干，一点一点锯下去。别小看这把锯刀，锋利无比，好不容易将树干锯一圈过来，轻轻动一下，那松树就摇摇晃晃的。他将快倒下的松树朝山这边小心靠过去，抹了把汗，说："好了。"

锯了迎客松，大家循着山间的水流声，从一条隐蔽的山道继续往上爬。唐治平压低嗓音对李应松他们说："我们现在去清风寨上方，将清风寨的水源引走。"

借着月亮的光，大家很快找到水源，这也是当时唐治平趁着开联欢会之际，悄悄出来观察到的地形。唐治平交代两个带锄头的学生，将泉水引向旁边的一个山坳。由于地势关系，泉水原来是顺着水沟流淌的，但水沟和山坳之间只有一米左右的突起山埂隔开，所以很容易将水流导向山坳。与此同时，唐治平还将引水到清风寨的竹笕一一撤掉。

如此这般忙碌一番，天色已经发青发白。大伙累得瘫倒在地，静待天亮。

唐治平习惯性地掏掏胸部的口袋，这才想起，怀表还在黄日蛟那里。他有点怅然，那个怀表，是老校长送的，哎，如果老校长九泉之下知道自己一块怀表换来全校男生的安身之所，他一定会欣慰的。唐治平释然了，他转身问："几点啦？"

"校长，凌晨四点四十八分。"李应松回答。

"嗯，眯一会儿，等天亮了看好戏。"唐治平打着哈欠，疲惫地说。

转眼，天已大亮，李应松问："校长，我们现在进去会大嘴吗？"

唐治平的心情十分复杂。这个大嘴本质并不坏，却成了人见人怕的恶魔。如果他知道这次是我唐治平做的手脚，会怎样对我？容不得唐治平多想，他从容地迈开步子，走向山寨。李应松紧跟其后，唐治平对他说："你别跟来，先下山。"李应松问："为什么？"唐治平转身，瞪了他一眼："哪有这么多为什么，服从命令！"

李应松只好止步。其实他知道唐校长的苦心，是不愿意让他一起身陷险境。突然，唐治平又回过头，招手，让李应松过来，凑在他耳边悄悄说了几句话，李应松连连点头，咧开嘴笑了。

李应松目送唐治平远去的背影。他发现校长瘦了好多，两颊凹陷，背部肩胛骨高耸，已经有些许白发时隐时现，不知哪里捡来的粗布衣衫，又破又旧，全然没有当年在厦门时的翩翩风度。但他又觉得，如今唐校长的魅力和气场与日俱增，简直无人可以比拟。

唐治平畅通无阻，径直进入大厅，像是回自己家似的。他可能不认得所有的土匪，土匪们却认得他——那个与女教师唱《夫妻双双把家还》的校长，那个和大当家歃血为盟、结拜兄弟的校长。不过，今天唐治平能顺利跨进寨门，不是因为和大嘴拜把子的关系，而是大嘴早有交代，如果是唐治平来，不要阻拦，让他直接进来。他知道，唐治平一定会来清风寨的。只是，他不明白，这个拜把子兄弟，为什么也要来搅清风寨的局？

唐治平一进大厅，就看到大嘴斜着身子，一只脚跨在椅子上，手里盯着那张劝降书，鼻尖都快触到纸上了。唐治平正打算开口，大嘴已经将劝降书一把甩到他脸上，愤愤地说："我就知道是你写的，别欺负你大哥是个粗人，但老子鼻子灵，一闻就知道是谁放的屁、拉的屎。"

唐治平弯腰，捡起劝降书，镇定地说："没错，是我写的，那个炮弹也是我吩咐人打的。"

大嘴腾地站起身，双目圆睁，一个箭步，冲到唐治平面前，揪住他的衣领，哑着嗓子，咬牙切齿道："我把你当兄弟，你却把我卖了，哈哈哈——老子谁都不怕，谁都不恨，就恨你这样的人，叛徒、走狗，我呸——"他一把将唐治平狠狠一推，唰唰两下，手枪上膛，指着唐治平的胸口说："说吧，想要哪种死法，看在兄弟一场的份上，老子成全你，给你个全尸。"

唐治平被大嘴一推，一个趔趄，差点倒地。他伸手抓住身边的栏杆，许久才站稳脚跟。他喘了口气，捋了捋头发，这才发现头发都打结了，好多天没洗头，昨晚应该在泉眼边洗个头，清爽清爽。这么一想，他的心绪居然平静下来，哈哈一笑，说："大哥且听兄弟说几句话，说完之后再任由大哥处决。"

大嘴举着枪，大喊道："有——屁——快——放！"

唐治平说："大哥想报仇吗？您知道仇家在哪里？"

大嘴咬着牙说："老子找了他整整十年了，就是烧成灰，老子也要把他的灰扔去喂狗。"

唐治平说："大哥的仇家早已离开长汀，现在任厦门保安旅旅长，当汉奸了，不要说你，中国人都想杀他。"

唐治平事先早已了解到，大嘴原先是保安旅的一名排长，因得罪当时的旅长，被栽赃诬陷入狱，受尽非人折磨，妻子被迫改嫁，儿子夭折，母亲病恨交加死去。他在狱中结识清风寨当时的大当家，结为患难兄弟。后清风寨土匪劫狱，顺便将他也救出，从此落草为寇。他当过兵，勇敢有智谋，很快成了清风寨的二当家。大当家的在一次剿匪狙击战中中弹身亡，他顺理成章成为大当家。唐治平在厦门曾与大嘴的仇家有一面之交，来到长汀后，在打听了解大嘴的情况时，意外发现那个厦门保安旅旅长就是大嘴恨之入骨的仇家。

果真，大嘴一听说仇家的行踪，恨不得马上前去报仇。唐治平将他拦住，说："目前还不是报仇的好时机，而且不是我小瞧你们，厦门现在是日本人的天下，你们现在进入厦门，简直就是送死。"

大嘴当过兵，自然知道其中的深浅轻重，他冷静下来说："所以，你要让我们先投降？"

唐治平说："汉奸人人得以除之，这是中国人的使命。日本人的铁蹄已经踏遍大半个中国，到处烧杀抢掠无恶不作。厦门、漳州已在他们手中，他们的魔爪，很快就会伸进长汀。只要是个中国人，在这个时候都该摈弃前嫌，团结一致，跟日本鬼子拼个你死我活！大哥，你是一条英雄好汉，岂能再把自己浪费在这清风寨呢？为什么就不能光明正大地走在长汀的大马路上呢？光明正大去打日本鬼子呢？"

大嘴没有说话，枪口却偏离了唐治平的额头。唐治平没有躲离枪口，依然镇定地说："大哥，你就算不为自己，也要为你底下的兄弟们将来考虑，对不对？"

周围的土匪们，听到唐治平这番掷地有声的话，有的频频点头，有的低头沉思，有的黯然泣下，有的交头接耳。大家都各怀心思，静观其变。

大嘴也露出迟疑之色，却又冷哼一声："我相信你可以，我又怎么相信那个什么狗屁团长呢？万一把我们骗下去，再把我们干掉呢？"

"哈哈，大哥你多虑了，这种事绝不会发生的。"唐治平坚决地说，"不信你派人去长汀问问，是不是他手下有个排长，欺负我们学校的女教师，我一句话，他就把排长给枪毙了。"

"嗯——这种事当然听说，兄弟有本事。"大嘴眉头一扬，将驳壳枪收起，竖起大拇指。

别看清风寨远离长汀县城，却有十分准确及时的信息。唐治平设计枪毙排长一事，别说清风山，就连厦门都风闻一二，而且传得神乎其神，着实大振唐治平威风，也让大嘴对他这个校长弟兄刮目相看。

唐治平拉着大嘴走出门口，指着不远处，说："上天都在告诉我们，不能再自相残杀了，扛起枪，去打日本鬼子吧！"

大嘴甩开他的手说："去去去，什么冬天夏天的，老子天不怕地不怕，不信你这一套。"突然，他发现寨门外那棵大松树，正徐徐往下倒。正在站岗的土匪兵也发现这个诡异的现象，几个人纷纷跑下来，前去报告大嘴："大当家的——不好了——那树怎么——怎么倒啦？"

正在此时，前去挑水的土匪惊慌失措地跑进来报告："大当家的——

我们的竹笕里没有水来了，而且旁边的小溪里也没水了，见鬼。"

大嘴转身死死盯着唐治平，问："都是你干的？"

唐治平泰然自若地说："我不是一直和大当家的在一起吗？难道我有分身术不成？不过，依我看，这可不是个好兆头。"大嘴故意不看唐治平，却竖起耳朵听他怎么说。

"那棵松树是清风寨的水口树，树好寨子旺，树倒猢狲散。而水源更是主导运气，断水就是断了运脉。我看近来清风寨一定风雨飘摇，必须重新找寻出路。"唐治平不紧不慢地说。

大嘴半天说不出一句话。好一会儿，他才摆摆手，有气无力地问："你说怎么办？"

唐治平乘机说："大哥还是好好考虑一下我的建议。现在时局不同了，你走出寨门下山投身抗日，才是识大局的英雄。何况，既然当局让我出面做大哥的工作，就是信任我，我也一定保证你和弟兄们的安全和利益。总之一句话，不会让大哥和兄弟们吃亏的！"

大嘴想了一会儿，说："事关清风寨全体兄弟的前途和命运，容我再想想。你先回去吧。"停了一下，"你的兄弟也一起带回去吧。"

唐治平当即感谢大嘴，并说："识时务者为俊杰，希望下次我们兄弟二人能在长汀城一起开怀畅饮。"说完，急忙领着张成田离开清风寨，在半山腰与焦急等待的李应松等人会合后，迅速下山。

不日，有零星土匪果真逃下来了。据那些下山的土匪说，这几天山上人心惶惶，松树倒了，水源断了，许多人都认为大难临头。但是大当家的死活不让弟兄们下山，弟兄们实在没办法，只能将他绑了关起来，等他挣脱出来，弟兄们已经跑了一大半。

这些土匪被引到县政府设置的接收安置点报到，果真有良民证、粮食和种子发给他们，让他们回家重新做人。有些愿意当兵的土匪，则被收编到军队中。

这个消息很快长着翅膀飞到清风山，有更多土匪蠢蠢欲动，悄悄下山。这下，整个长汀城热闹起来了。唐治平又让县政府发出通告，说清风寨的匪首大嘴已被抓获，清风寨已不堪一击。大家不太相信匪首被擒的消息，因为山上传来的零星枪声依然让整个长汀城吓得颤抖。大嘴依然没有下山。

唐治平依稀记得，难民堆里有一个长得像大嘴的人。只是他再也找不到那群难民了。他们去哪里了呢？他想起领头的老汉曾经和他说过，他带来的这帮难民，都到织布厂、雨伞厂、造纸厂去当工人了，最不济的也去码头当搬运工了，大家都可以凭着双手赚碗饭吃。原来随着抗战爆发，大批机关、难民、学校涌入长汀，造成长汀空前繁华，再加上国际友人路易·艾黎来长汀开展工合运动（工业合作社），长汀的各个行业迅速恢复起来，以支援抗战。

唐治平在满街机杼声中迷失了方向，这么多大大小小的工厂，那个像大嘴的人在哪里呢？他就像一滴水掉进大海，无影无踪。

擒贼先擒王，唐治平决定先找到老汉。他好不容易在南门外的冷铺前街，找到了正好生病在家的老汉。老汉了解情况后，二话不说，就要带唐治平去找。唐治平连忙将他摁在床上说："您老身体不好，只要告诉我他在哪里，我去找他就是。"

老汉一把扯掉盖在额头上降温的冰毛巾，说："他是我外甥，我担心你叫不动他，那可是个单条筋。"他带着唐治平在五通门码头很快找到正在当搬运工的假"大嘴"。

假"大嘴"果真死活不肯，嘴里反反复复就是一句话："只有一个脑袋，怕假得太像，变成真的了。宁做饿死鬼，不做替死鬼。"

老汉一把揪起他，说："去，这点胆量都没有。"

那人哭丧着脸说："我——我招谁——惹谁了，我就不能老老实实凭自己的力气换口饭吃吗？怎么就和那大嘴长得像了呢？"

老汉说："那是你的福气，能为长汀百姓做点好事。你放心，这一路游街过去，我们兄弟们都跟在周围，保你安全，绝对不会出事。回来后，有你的好处。"

那人总算答应假扮大嘴。唐治平十分感激老汉，老汉摆摆手说："不必客气，都是自己人！"

唐治平连忙吩咐假"大嘴"几句之后，将他五花大绑捆起来，向县长报告已抓住大嘴。县长十分激动，在唐治平的鼓动下，将"大嘴"押上吉普车，以县政府的名义大张旗鼓地游街，并故意将吉普车开过军营。刘团长一看，这还了得，可别被姓俞的那个家伙抢了头功。

刘团长急忙调拨官兵冲上清风寨。清风寨的土匪早已人心涣散，不堪一击，怎么经得起洪水般涌来的官兵，很快就抱头鼠窜。大嘴见势不妙，藏了起来。刘团长带着他的兵四处寻找，就是没有找到大嘴。

没有抓到大嘴，剿匪就不算彻底胜利。刘团长很着急。一群人像无头苍蝇，闹哄哄朝周围四散开去，搜寻大嘴。

唐治平没走，他望着太师椅背后的那张牛皮发呆。早在那次开联欢会时，他就觉得这张牛皮有点意思，就在他出去观察地形画完地图回来时，联欢会还在开，大嘴已不见踪影，并没看他走出大厅啊。

这牛皮里究竟藏着什么玄机？唐治平上前，一把掀开牛皮，是一堵墙，没什么异常。他又仔细查看墙边，也没发现有什么开关。他很是懊恼，一屁股坐在太师椅上，发现这太师椅的椅把凹凸不平，有点奇怪。他一个个摸过去。突然，身后那堵墙悄无声息地开了。原来，这是个暗门，开关就设在太师椅的椅把上。门内很暗，几乎看不到里面的情况，他突然有点犹豫，就这样冲进去吗？估计一下就会被大嘴打倒，但是，如果不乘胜追击，大嘴或许就此逃匿。

正在此时，和尚带领一群精壮的学生冲进来。和尚看到打开的暗门，已经明白几分，他要冲进去，被唐治平拦住。唐治平说："还是我进去。"

唐治平侧着身子，蹑手蹑脚走进去，借着大厅的光，依稀可见有三副棺材停在正中央，阴森恐怖，其中有一副棺材的盖子并不严密，他很有把握地掀开盖子，下意识脑袋一偏，一颗子弹飞了出来，果真是大嘴在里面。还没等大嘴再打枪，和尚早已将他死死按住，夺过手中的枪。

大嘴咧开厚厚的嘴巴，死死盯着唐治平，狠狠地说："还是被你抓住了！"

唐治平没说什么，只是交代和尚，不要将大嘴送到军营，而是直接带到自己住的廨愿寺。

廨愿寺被里三层外三层的师生和百姓围得水泄不通，唐治平坐在大厅中央，望着被五花大绑站在天井的大嘴，笑着说："兄弟，我们终于在长汀城见面了。"

大嘴扭过脑袋，怒气冲冲地说："老子没你这个兄弟，处处和老子过不去！你这个叛徒！"

唐治平笑着说："大哥，你错了。我唐治平向来佩服你的大义，如果不是你手下留情，兄弟我和张主任早已命丧清风寨。不过，现在是特殊时期，只能用一些特殊手段，还望大哥谅解！国难当头，正是男儿奋展雄风的时候。我们的坚枪利炮，不能再对准自己的同胞了，一起去对准日本鬼子吧！"

大嘴低下头，眼里闪着泪光，叹了口气说："我也想打他奶奶的小日本鬼子……"

其实大嘴早就被唐治平孤身独闯清风寨的胆魄震撼，也被他一席大义凛然的话所感动。之所以顽抗至今，是他还没有做好下山的准备。如今，既然已经被绑下山了，那就顺水推舟吧，何况跟着这个校长兄弟，他也放心。

看气氛缓和下来，唐治平便吩咐人松绑，并叫上茶水，与大嘴坐下来继续谈话。

唐治平问道："大哥，你原名叫什么？"

大嘴说："哎，我就是姓唐啊，只是，不想再叫原来的名字了，兄弟你就帮我取个名字吧。"

唐治平高兴地说："大哥，我们果真有缘啊。"他想了想，说："今天的我们都应该肩负起保家卫国的责任，好吧，你就叫唐卫国。"

大嘴念叨着："唐卫国，唐卫国。好的，从此，我改头换面，保家卫国！"

在场的人都笑了，唐治平百感交集地望着兴奋的大嘴，鼻子有点发酸。

唐治平说："我向刘团长建议，安排大哥当个排长，只要跟大哥一起参军的这群弟兄们，都编入你这个排，如何？"

唐卫国点点头，答道："听兄弟的！"

唐校长传奇般的剿匪故事，令整个长汀城的百姓对这个从外乡来的学校刮目相看。刘团长信守诺言，将军队库存的黄豆全部送给侨育大学，并答应今后收到的黄豆将源源不断供应学校。

全校男生一起来搬运黄豆，大家无不欢欣鼓舞。唐治平嘱咐食堂师傅将黄豆煮得烂熟，以保证营养吸收。

十九、土匪兵

漫长的梅雨季节总算过去了，炎热的夏季急哄哄地赶来，随之而来的还有在长汀的第一个期末考试，学生们都进入紧张的备考阶段。

唐治平依旧忙得不可开交，除了常务工作外，他还要抓紧备课，每周12节课。还要带人赶制竹片火把，以及到处搜寻废弃的香樟木料，放到各个校区里房间里，配合艾草熏驱的老办法，驱除蚊虫。

这天，唐治平正在办公室忙着批改作业，和尚保安跑来报告："刘团长来了。"唐治平还来不及起身，刘团长已经推开门进来。

办公室非常窄小，一桌一椅一床，基本将空间塞满，刘团长一进门就与唐治平鼻尖对鼻尖。他环顾黑漆漆的屋子，剥落的墙角，坑坑洼洼的木头桌面，惊诧地说："没想到堂堂一位大学校长，居然在如此简陋的地方办公，实在令人叹服！"

"刘团长大驾光临，有失远迎！不知有何贵干？"唐治平心知对方无事不登三宝殿，脸上却是不动声色。

"别提了，唐校长你可是害苦我了，给我请来那么多祖宗，我都快烦死了。"

唐治平一听团长的话，暗叫不好，又故作不解地问："团长，此话怎讲？"

"你那个土匪大哥，叫什么来着……对，大嘴，还有那群土匪兵，简直是狗改不了吃屎，快把我的军纪都给败坏了！"

原来，大嘴和一干手下被刘团长收编后，没安分两天，就本性暴露，吃喝嫖赌无所不为，还拉着其他排的人向城里的豪绅大户频频伸手，说什么劫富济贫，搞得不少财主老爷纷纷向刘团长告状。

放在以前，刘团长会觉得这不算什么鸟事，但现在他可是以军纪威严而被师长大加赞赏并新晋级的上校，他可不想破坏之前的努力成果。

"唐校长，你剿匪有功，城里的老爷们都很感激你，现在你就送佛送到西天，把大嘴他们再调教一下，将他们的匪性去掉。"刘团长开门见山，直说来意。

唐治平苦笑道："我是大学校长，管学生尚且吃力，怎么能调教军队呢？"

刘团长哼了一声："我不管，反正这群土匪兵是你给我的，你得把他们教好，我才会真正接收。你们当老师的，高深的知识都能教，教一些兵痞子懂规矩还不容易吗？"

唐治平哭笑不得："刘团长，他们的数量都快要赶上我的学生了，就算我们能教，也没有那么多口粮啊。"

刘团长大手一挥，说："口粮你不用管，这群土匪兵的伙食我负责解决！我也顺便解决你们一些口粮，你把事情给我办好来，总可以了吧？"

唐治平心中暗喜，脸上却故作难色："不行不行，这是学校，又不是军营，怎么可以……"

刘团长不耐烦了："你怎么像个娘们一样，磨磨叽叽的，痛快点，就这么办了！"

唐治平假装垂头丧气地说："这个……那个……好吧。"

刘团长一把揽住他的肩膀，大笑道："哈哈——这就对了嘛，走走，喝酒去。"

唐治平答应调教土匪兵，主要是被"粮食"给刺激的。学生们总不能餐餐都吃黄豆。唐治平从小不愁吃穿，如今却经常被一分钱一粒米难倒。他觉得现在的自己就像丐帮帮主，讨饭要钱成了第一要务。是不是自己动手种点什么？这个念头一闪，就此安营扎寨。唐治平决定先处理好土匪兵，再来解决粮食问题。只是，他没想到，这一次接收土匪兵，会遭到那么多反对声，这个场面，很容易就让唐治平想起在厦门围攻他的那场会议。

当他在周一下午例行的校务会上公布这个消息时，林渊临第一个站起来反对："学校是培养人才，研究学问的地方，怎么可以接收土匪兵呢？"来长汀这段日子，他的腿伤总算好了，不过走起路来还有点瘸，人整整瘦了一圈，白皙光滑的脸起了不少褶子，衣着没有过去讲究了，不过半旧的白衬衫依然整洁，头发稀疏不少，还是梳得一丝不苟。长汀没有什么精致的好茶，嘴对着嘴喝山里粗茶，一度让林渊临非常不习惯，但现在他已经慢慢习惯了。说话也没有先前的嚣张霸气。但今天他的话，却说到许多人心坎上，就连张成田也不无担忧地说："是啊，那些土匪兵都是桀骜不驯之徒，让他们进学校，他们也肯定不愿意，而且还影响到我们的正常教学……"

唐治平耐心地等众人都把话说完，这才说："大家的反对我都理解。但大家也知道，如今国难当头，抵抗日寇最紧缺的是什么？是遵纪守法，有坚定毅力，能扛枪打日本鬼子的钢铁战士！那些土匪兵虽然都是些浑蛋，但也是可以保家卫国的浑蛋，他们缺的，只是正确引导而已。我们侨育大学要做的，不是将他们培养成学富五车的学者专家，而是教给他们做人做事的能力，将他们培养成为有担当的军人。于国家，于长汀百姓，于我们侨育大学而言，都是好事，我们何乐而不为呢？"

此话一出，众人频频点头，连林渊临也默默颔首。张成田想了想，说："校长说的也有道理，但我就是担心没有老师愿意教他们。"

"我愿意当他们的班主任。"卢英强突然起身说。

会上，他一直没发言，此刻冷不丁冒出这么句，众人都愣住了。唐治平感激地望了他一眼，这个沉默寡言的中文系教授，结实的像清风山的石头，一直默默站在他身后，做他坚强的后盾。

"我也愿意教他们。"一个俏生生的声音传来，竟是李沁。

爱情无疑是这世上最好的疗伤药，自从唐治平向她表白浓烈的爱意之后，那个活泼勇敢爱笑的女孩又慢慢回来了，尖尖的脸庞逐渐变圆，浅浅的酒窝时不时绽放。

唐治平感激地看了李沁一眼，这个时候她主动站出来，不仅是一种支持的姿态，更是一种勇敢的担当。

有了两位老师的自告奋勇，天平开始朝唐治平倾斜。

"你们说起来当然容易，但出了问题，谁来负责？"屈子林跷着二郎腿，双手交叉抱胸，坐在一个角落，冷冷地说。

唐治平"霍"地站起来，盯着屈子林，一字一句地说："屈老师放心，出了问题我来负责！"

侨育大学这边不情愿接收土匪兵，大嘴等土匪兵同样也是满心别扭。他们围着大嘴吵吵嚷嚷："我们是扛枪打仗的，跟一群秀才学个屁！"

大嘴心里也很不舒服，但又不能太抵触。毕竟现在自己已经是排长了，要有点规矩。他说："我们先去看看这些秀才葫芦里究竟卖什么药，如果没啥好玩的，咱们就撤回清风寨，做回山大王。"

土匪们这才勉强同意。他们松松垮垮地迈进侨育大学借用的位于汀州中学的操场。

一进校门，众人就看到操场上支起一个大油锅，正咕噜咕噜往外冒热气。土匪兵们好奇地望着油锅，交头接耳道："不知道煮什么好吃的来犒劳咱们？"

有土匪兵接茬："别净想着吃的，我看人家是要把你丢进锅里炸了吃。"

大嘴也有点疑惑，不知道他的这位校长兄弟唱的是哪出戏。

只见唐治平在一干师生的簇拥下，大笑着从主席台迎出来，坐在正中，两边围着许多师生。

大嘴一看这架势，乐了："呵，有点像清风寨的架势。"

"哈哈，呵呵——"土匪兵们也稀里哗啦笑起来。

师生们有点害怕又有点生气，其实还有点亲切，要知道，这里有不少是当时帮他们挑行李一直挑到清风山脚的。记得告别时，土匪们还依依不舍地说："谁敢欺负你们，尽管告诉老子，三下五除二就让他当壁上的画。"没想到，这么快就以这样的方式见面，大家都觉得有点不可思议，又觉得好玩有趣。

唐治平也感觉这样的场面挺滑稽的。不过看着这群匪气不改的土匪兵，他又恨铁不成钢。这些天，他走路吃饭睡觉都在想，究竟要用什么办法才能将这群土匪兵收服得心服口服？是卢英强的一句话提醒了他："我们要用科学知识来征服他们。"他于是想到这一招，一大清早，让学生们支起大油锅，迎接他的土匪兄弟们。

"热烈欢迎大哥和弟兄们到我侨育大学进修，掌声在哪里？"

稀稀拉拉的掌声才响几下，就没了。

大嘴哈哈一笑，摆摆手说："我说兄弟，不用那么热情，也不用这么认真。实话告诉你，老子和弟兄们就是来玩的！实在是刘团长那浑蛋，非要拿出军法军纪什么狗屁的说事，害得老子都不好拂他的面子。但你看老子和弟兄们哪个不是大老粗？叫我们读书？简直是赶鸭子上架，不对，简直叫我们自己吞铁弹！"

"没错，老子从小就怕看那方块字，一看就发晕，放过老子吧！"

"谁要叫大爷进教室，大爷就捣乱到底，直到他把大爷请出去为止！"

"我们身体好，胆子肥，敢杀能拼的就行，要读书干吗？"

"实话说的，老子来这里，是想女学生，读书，就让它见鬼去。"

土匪兵们纷纷跟着鼓噪起来。

侨育大学的师生们，眉头都皱紧了。

"老弟，听到没有，兄弟们的心思就是大哥我的心思，你看看怎么让我们混过这关？"大嘴冲着唐治平挤挤眼说。

唐治平微微一笑，走到那口大油锅前，朗声道："我知道大家都不想读书，都想到我侨育大学混日子，然后跟刘团长汇报，学业已经完成了，我非常理解大家——"

大嘴等人纷纷点头称是。

"这样吧，我们今天先来一场考试，谁要通过了，他就不用读书也不用听课，上课期间可以来去自由，结业证书照给，如何？"

"这不是为难我们吗？"大嘴眉头一皱："你们平日净读些刁钻古怪的东西，随便出一个，也可以难倒我们，还跟你玩个毛？"

唐治平哈哈大笑："大哥放心，我这个考试，不是让你们做卷子，也不是考你书本的知识，人人都可以做到，敢不敢试试？"

大嘴看了手下一眼，哼了一声："有什么不敢的，是骡是马拉出来遛遛。"

唐治平招招手，李应松立即快步过来，将一把匕首"扑通"一声，丢入油锅里。

"今天的考试很简单，只要谁能把刀子从油锅里捞出来，就算过关，徒手可以，使用工具也行，只要能捞出来，就不用来上课。"

土匪兵们望着咕噜咕噜沸腾的油锅，目瞪口呆，没想到唐治平会出这样的试题，简直在跟他们争强斗狠嘛。

"我来！"一个土匪兵转身从墙边拿来一根长竹竿，伸进油锅去捞，油锅很深,他几次感觉到竹竿底部碰到刀了,但光秃秃的竹竿头,怎么捞得出刀来呢?倒是油锅闹腾得正欢,蒸腾而起的热气,都快将他烤煳。折腾了大半天,他除了弄得满头大汗外,一无所获,只能恨恨地丢下竹竿。

第二个上来的土匪兵学乖了,他在竹竿头装个简易的钩子,然后伸进油锅去捞。只是,刀子太滑溜,没被捞出来,反而把那不靠谱的钩子留在锅里。

其他土匪不服气,想出各种办法,纷纷前来尝试,但刀子始终深藏不露。看着土匪兵们手忙脚乱的样子,大厅里的师生又想笑,又不敢笑。唐治平双手抱胸,微笑地看他们忙碌。

围观的土匪兵终于意识到问题的难度,不再嘻嘻哈哈,都呆呆看着那口油泡越冒越大的油锅,没有土匪再上来。

"怎么没人啦?大哥,让兄弟们抓紧哪。"唐治平故意催道。

大嘴迟疑片刻,摆摆手说:"你这什么破考试,除非有人不要命,谁通得过?"

"这可未必,大哥、众位兄弟,你们看好了!"唐治平一边说,一边卷起衣袖,猛地一手探进油锅,在里头还摸索搅拌了几下。

"啊——"四周惊呼声四起,土匪们无不目瞪口呆。

不等他们回过神来,唐治平的手已经离开油锅,那口匕首分明就在他手中。看他下油锅的那只手臂,除了黏糊糊流油外,竟毫发无损。

"老弟,你,你这练的是什么把戏?"大嘴终于缓过劲来,好奇地问。

唐治平举着匕首,走进土匪兵中间,笑着说:"我唐治平不是神仙,和你们一样都是凡胎俗身,但我的手就是可以下油锅,为什么?告诉你们,这个世界上,还有一种东西比刀枪拳头更管用,那就是科学知识。倘若你们接下来能认真学习,想往油锅里捞刀,那是小菜一碟。"

"唐……唐校长,快告诉我们,你到底是怎么做到的?"

唐治平哈哈一笑:"现在我不会告诉你们的,想知道就好好听课吧。"

"好吧,老子算是服了。都睁大眼睛看清楚了,读书人还是有点卵用的,哪个浑蛋还喊着不读书,那就是丢老子的脸,听见没?"大嘴大声说。

土匪兵们你看看我,我看看你,再也没有人闹着要回去。

侨育大学的师生们当然明白唐治平究竟玩的是什么花招。油锅看起来热气腾腾，其实锅底是醋，上面是油，温度不高，只是看着吓人而已。没想到，校长只略施小计，就降服了这群蛮横的土匪兵，让众人又是惊奇，又是佩服。

　　不过，让土匪兵们心甘情愿坐到教室里，只是问题的开始而已。当张成田为他们排文化课、实战课时，眉头都纠结到一块儿了："不知道这些课有没有用？有几个老师愿意为这些土匪兵上课？"

　　唐治平看了看课表，说："这些不够，还得再增加一堂礼仪课。"

　　张成田愣了一下："礼仪课？我们学校从来没有开过礼仪课，谁来上？"

　　唐治平想了想，说："李沁，李老师可以上。"

　　"她？她愿意上吗？还有，你忍心吗？"张成田迟疑地问。

　　唐治平说："我试一试吧。"

　　唐治平找到李沁，和她说了这事，李沁倒是想帮唐治平，却有些担心："都是一群土匪兵，他们会听我的话吗？我有点害怕。"

　　唐治平一把将她揽入怀中，抚摸着她乌黑发亮的头发，笑着说："你用普通的方法，当然管不住他们了。我给你一件宝贝，保证你可以轻轻松松就将他们治得服服帖帖。"说着，唐治平从帆布包掏出一根黑色的棍棒，递给李沁。

　　李沁眼睛一亮，急忙接过那棍棒说："这是——是电棍？在厦门好像见过。"

　　唐治平翘起大拇指，赞许道："聪明！这是我从美国带回来的电棍，原本只作为防身之用。长汀至今都没通电，大嘴那帮土包子，都是从深山老林出来的，料想没见过这玩意，你就用这个治治他们。"

　　李沁把玩着电棍，对唐治平的爱和崇拜之情更增加一层。这个家伙，怎么会有那么多奇思妙想呢？唐治平紧紧搂住李沁，内心却有点矛盾纠结。虽然李沁在他的爱情浸润下，已经从那个可怖事件的阴影走出，不过唐治平还是担心，让她置身于那群如狼似虎的土匪兵中，会不会再遭受什么伤害。但是，他又必须让李沁去担任这门课程，因为李沁无疑是最合适的，而且也可以锻炼她的心智，让她的内心更加坚强。

　　终究还是放心不下，上第一节课时，唐治平来到教室外。如果李沁实在压不住，他立刻出马应对。

果然，李沁刚进入教室，刚才还老实坐着的土匪兵们纷纷起哄：

"压寨夫人！压寨夫人！"

大嘴坐在最后一排，撑着脑袋痴痴地望着李沁，口水都快流了一桌。

李沁强忍不快，硬着头皮穿过教室，朝讲台走去。突然，她感觉到自己的大腿、手臂、甚至屁股，都有东西触及，原来是这些土匪兵趁机骚扰她，李沁吓得尖叫起来，眼泪差点要流下来。她一抬眼，看见唐治平出现在窗户外头，正朝她做着手势，她很快镇静下来，快步走到讲台中间，深吸一口气，做了个谁也料想不到的动作——拿出一根短棍，含在嘴里，在教室里转了一圈，然后朝着土匪兵们抛了个媚眼，说："谁想含一下这个棍子？"

土匪兵们都炸开了锅，像一群苍蝇，争先恐后叫着，都想含含李沁樱桃小口咬过的短棍。

"好啊，机会给你吧。"李沁强忍厌恶和恐惧，立即将电棍探入最近的一个土匪兵的嘴里。那土匪兵眼里闪着淫邪的光，一把夺过电棒，将短棍咬住，大声喊道："甜，真他妈的甜！"

李沁想要夺回电棒，但不是土匪们的对手，那个土匪拿出电棒，挥手朝李沁舞去，说："哈哈，想用这棍子对付我们，妹子，你还嫩了点。看我的——"

李沁躲避不及，被电棒狠狠击打到额头，顿时有血渗出。唐治平心中着急，正准备冲进教室，只见李沁已经抓住电棍，趁机按下按钮，顿时，强大的电流瞬间传遍那土匪兵周身。

"啊——"

"砰——"

凄厉的惨叫声里，土匪兵猛地一跳，往后倒跌出去，撞翻了身后的桌椅，以及桌椅后面的同伴，几个人倒成一团，惊呼不迭。

其他土匪一拥而上，李沁将电棍一转，回头碰到另一个土匪兵身上："都给我老实点！"那土匪哀号着，跟着往旁边摔出去。

这些土匪挨过刀砍，受过枪击，什么样的疼痛没受过？就是从来没有过这样的打击，仿佛有一股力量，骤然蹿起，从一个点瞬间撞击到心脏上，让他们有种立刻就要死去的感觉。

这种感觉太可怕，实在太可怕！

其他侥幸没有尝到电棍滋味的土匪兵，看到同伴们如此不堪一击，痛苦难当，也都是慌了神，躲瘟疫一般四下散开，惊恐万状，浑身发抖地看着李沁。

"这个是我们学校专治各种不服管教学生的教鞭，我希望以后你们都不要再蠢到用违反课堂纪律和学校规定来尝它的滋味。"李沁凭着一股勇气在挥动电棍，直到土匪兵们都被打怕了，这才停下来，高举着电棍说。

教室里惨叫连连，土匪兵都又惊又怒地看着她。

"听到没有？"李沁心里比谁都紧张，但到这个时候，她必须表现得比谁都凶狠，因此眼珠一瞪，厉声喝问道。

"听到——听到了——！"大嘴见势不妙，忙开口应答，其他土匪们这才跟着稀稀拉拉回答。

"很好，坐回你们的座位。"李沁边说边回到讲台后面，将电棍重重地往桌上一放，接着说："现在，我们开始上礼仪课，在开课之前，你们有什么话想问吗？"

"老子正想问呢……"大嘴一开口，就招来李沁一个瞪眼，忙改口说道："我想知道，为什么那棍子老师拿着没事，他们……他们就有事呢？"

李沁冷笑一声："好好读书，很快就知道了！要记住，抗日打鬼子，单靠蛮力是远远不够的。"

唐治平暗暗松了口气，微笑着离开。

这一记狠狠的教训，让土匪兵们很长记性，从此别说是李沁的课，就是其他老师的课，他们也都规规矩矩，没人敢再调皮捣蛋。

不过，真正让土匪兵们服气的事还在几天之后。

夏天真的来了。天一亮，暑气就蒸腾而上，知了叫个不停，街头巷尾都响起"哒哒哒"的木屐声。大嘴带着他的土匪兵来到汀州中学操场准备上实战课。这也是唐治平新增加的一项课程，其实就是把体育课改为实战课，目的是既能提高自卫能力，又能强身健体。操场不大，已经有两个班在上课，大嘴等人拖着木屐，咔哒咔哒，大摇大摆地走进来。

正好有一群女生穿着蓝衫黑裙，背着书包去上学。她们青春洋溢，有说有笑，像一朵朵池中莲花，把这群土匪兵们都看呆了。突然，一个土匪兵扯住林梦瑶的衣袖，结结巴巴地说："我，我——抱过你，在清风——山上。"

林梦瑶认出是当时清风山上劫走她的土匪，顿时觉得头皮发麻，浑身发抖，尖叫起来："啊——救命啊——"

杨月英和其他女生吓得纷纷往回跑进汀州中学。很快，一群男生拿着木棍冲出来，领头的正是李应松。原来他们也正好在汀州中学的操场上实战课，听到女生们的求助，急忙赶出来。

林梦瑶还被那个土匪兵拉住。土匪兵赔着笑，脸凑得很近，嘴角流着口水，结结巴巴地说："你，你——别怕——，我，我只是想——你了。"

林梦瑶又惊又怕，眼泪都掉下来，她看到李应松，像是抓到救命稻草，大声喊道："李应松，救我！救我！"

李应松被这句求助声激发起无限能量，他冲过去，发力将那土匪兵推到墙角，把林梦瑶拽到自己身后，双手展开护住她，说："不要怕。"然后生气地对一群土匪兵说："哼，狗改不了吃屎。"

这句话可把许多土匪兵得罪了，他们将李应松团团围住，说："有种的你再说一遍，谁是狗，谁吃屎啦？"

李应松一手抓着木棍，一手护着身后的林梦瑶，说："我没说谁是狗，我就说你们怎么就不学好呢，白在学校待了那么久。"

大嘴一听就恼了，指着李应松的鼻子骂道："臭小子，你算什么鸟？我兄弟看到漂亮姑娘，说几句话不行吗？碍着你什么啦？关你屁事？"

"你想搭讪，也得看人家姑娘愿意不愿意，大家都是侨育大学的学生，你们欺负女生，我们就得管。"李应松护在林梦瑶身前，倔强地回答。

激烈的争吵声吸引来大批土匪兵和学生，围成越来越厚的人墙。

往日里，学生对土匪兵们的行为就颇有微词，此时见他们行为如此恶劣，许多人都十分气愤，言辞也就不太客气。土匪兵们当然不是好惹的，听到不爽的话，立马恶狠狠反骂过去。结果，这个不大不小的事，瞬间变成旗帜鲜明的两大阵营的对骂。

"怎么这么热闹呀！"

正当众人吵得不可开交，马上就要动手打起来时，唐治平赶到了。他奋力分开人墙，将领头的大嘴和李应松拉开。两人一看是唐治平，也不大敢反抗。带头大哥停下来，其他人也就稍停片刻。

"大哥，看来你这些兄弟很想跟我的学生练练啊？"唐治平笑着对大嘴说。

"哼！要不是看在你面子上，我们早揍死他们了。"大嘴余怒未消，气呼呼地说。

"大哥，你这样吹牛可不好。"唐治平不以为然地摇摇头。

"大哥我从来不会吹牛，说出来的话，一粒唾沫一颗钉。"大嘴的厚嘴唇一撇，认真说。

"你的手下可打不赢我侨育大学的人哦。"唐治平也不服气。

大嘴哈哈大笑："老弟，你开什么玩笑，就你这些只会拿笔不会使枪的小白脸学生，我的兄弟随便一个，也能打赢四五个。"

"是吗？"唐治平笑了，"好啊，那今天你们双方就比比。谁要输了，以后就跟对方客气一点，如何？"

"没问题！"大嘴好胜心也上来了，立即派出个身强力壮的手下，作为土匪兵一方的约战代表。

众人听他们两人一来一往，说的都是打架的事情，不禁听呆了。原以为唐校长是来平息事端的，没想到还想让争执升级不成？

李应松等强壮的男生，都摩拳擦掌，跃跃欲试。唐治平却摆摆手："你们是学生，用不着你们来，随便找个保安来就可以了。"

李应松一听，心领神会，连忙跑出去，叫来和尚。

这个五台山来的和尚，只是默默当一个普通的保安，大嘴等人从没对他正眼瞧过。因此，见到他代表学生出战，应战的土匪兵二话不说，一个拳头砸过来。

和尚身子微微一偏，土匪兵的拳头失去目标，又因为用力过猛，惯性使然，踉跄朝前扑去。

正在此时，和尚一脚踢出去，正踢中那土匪兵的屁股。

土匪兵当即一个狗吃屎，往前扑了出去。不等土匪兵爬起来，和尚又是上前，斗大拳头直捣而下，那土匪兵只觉眼前一黑，当即晕过去了。

"好！"侨育大学师生爆发出响亮的叫好声。

土匪兵一方，则面色惨白，谁也没想到，胜负竟在一眨眼间就分出。

"大哥，你是不是没有把最厉害的兄弟叫出来呢？这样就输了怎么行？快把最厉害的兄弟叫出来。"唐治平笑着说："如果再输了，那你的兄弟以后见到侨育大学的师生，可就要恭敬一些了。"

大嘴脸色十分难看，他和身边的兄弟们悄声商量一会儿，又派个身手好的土匪兵上前挑战。这些土匪兵看着年轻体壮凶横野蛮，最多也就会一些三脚猫的功夫而已，和尚却是正宗五台山武僧，大嘴连派三人上前，都没人能在他手底走过五招，个个满嘴啃泥，狼狈不堪。

这下，别说是这些土匪兵，大嘴也是心服口服，知道大学里藏龙卧虎，从此不敢再贸然造次。

大嘴指着土匪兵们，大叫："一群没用的东西，愿赌服输，以后都给老子老实点，就算遇到再漂亮的姑娘也不能去搭话，把脑袋别到裤裆里做人。"

"是！"土匪兵们垂头丧气地回答。

从那以后，这群土匪兵就好带多了，遇到老师学生，都毕恭毕敬，再无人敢造次。

唐治平趁热打铁，别出心裁地在校内开办一对一互助教学，由土匪兵教学生们实战格斗技巧，学生们则教他们文化礼仪知识，双方迅速打成一片。

如此多措并举，不到两个月工夫，这群自由涣散、桀骜不驯的土匪兵就脱胎换骨，变得纪律严明、文明礼貌。

这个结果让刘团长备感兴奋，又找上唐治平，希望他能帮忙培训整个团。

唐治平大感为难，连连摆手说："团长，你看我学校就这点地方，汀州中学还是暂借的，哪里收得了你那么多军人，不行，不行。"

"校舍不够我帮忙解决，反正这事就交给你了。"刘团长不容唐治平反对，马不停蹄去找县长，将廯愿寺旁边原本军队占用的紫阳书院、阳明别院，一并腾空给侨育大学，并派手下前来帮忙，利用暑假期间抓紧修缮。

第二学期开学时，侨育大学终于有些像样的校舍了，而且几处校舍还被打通，连成一片，老师和女学生们都能搬到一块集中居住，不用再暂借汀州中学的校舍了。

不过，刘团长的部下太多了，侨育大学一次只能培训一两个排。

老师不足，就由品学兼优的学生利用晚上来授课，既锻炼了学生，又培训了军队，倒成了一举两得的好事。

时间过得很快，转眼又是半年过去。经历了深秋与严冬之后，春天再次回归大地。

但这个春天却是十分不平静。因为这一年开春，汪精卫伪政府在南京成立了！等这个消息传到偏居一隅的长汀，传到刚刚起色的侨育大学时，已经过去一个多月了。

平静的山城沸腾起来，怒火席卷大街小巷，士农工商以及各校的学生们，纷纷涌上街头，抗议游行。厦门大学的《唯力》报纸上，则登出了萨本栋校长率领厦大全体教职员工学生怒斥汪匪的通电：

全国父老兄弟姐妹均鉴：报载汪逆兆铭陷日，在宁率其丑类成立汪伪组织，认贼作父，卖国叛党，丧心病狂，莫此为甚。此獠不除，实为民族耻辱，特电声讨，伏祈各界一致奋起，扫荡妖氛，共维大义，国家幸甚，民族幸甚。国立厦大校长萨本栋率全体教职员学生叩。

这篇通电看得唐治平热血沸腾，胸口有股澎湃的怒气，要直冲天际，他握着报纸，飞也似的找到了张成田："张主任，我们侨育大学也需要有一份这样的报纸，发出我们自己的声音。"

张成田点点头，又说道："校长你说得没错，但我们现在最重要的还是填饱肚子！"

唐治平默然片刻，咬咬牙说道："不管怎么样，我们迟早要办一份像《唯力》这样的，属于自己的报纸！"

话虽如此，横亘在唐治平面前的最大问题，依旧是师生的衣食住行等问题，办报纸的想法只能强行按下。

三月，又一个美丽的春天，又到新的开学季。唐治平决定，在紫阳书院前，举行一个简短的春季开学仪式，为侨育大学开启新的未来。

经过一年多的辛勤努力，侨育大学在长汀已经是个重要的存在，不但俞县长和刘团长亲自前来观礼，就连厦门大学也派代表来，规格空前的高。唐治平站在主席台上，望着台下精神焕发的师生们，心里百感交集，过去三百多天的经历，对他而言，比三十年还长，还丰富，此刻回首，他都难以想象，自己居然真的带着师生们熬过来，还获得她的芳心……

想到这儿，唐治平不由俯瞰台下左侧，李沁站在人群中，也正微笑注视他。四目相瞩，凝眸交接片刻，两人都会心一笑，各自收回目光。

"好了！大家请安静了。"看看时间已到，唐治平便朝台下挥挥手："这一年，大家都辛苦了。也幸亏大家不怕苦，我们侨育大学这个十几年的门店才没倒闭，我们才能聚集在这里，才能对陈校长的遗命无愧于心。如今，时局更加艰难，日寇仍在肆虐。但我们可以骄傲地说，我们的国家没有倒下，就如我们侨育大学坚持下来一样。接下来，我们还要用这份恒心与韧劲，继续与日寇誓死抗争，把我们侨育大学越办越大……"

掌声热烈地响起来。俞县长掏出手绢擦了擦鼻子，说："嘿，这个唐校长，真他妈的会说。"

刘团长推了推金边眼镜，也笑了，凑到俞县长面前说："他可不是普通人啊！"

掌声终于停歇下来，唐治平抖开发言稿接着说："那我就谈几句，接下来咱们该怎么做……"

"唐校长，快下来吧，今天轮不到你说话——你已经被撤职了。"就在此时，一个阴阳怪气的声音突然打断唐治平的话。

众人齐刷刷回头，只见屈子林从外头走来，身后跟着一个身材矮小、相貌干枯的中年人。

"这是教育部的批文，刚刚到的，唐校长被撤职了，这是教育部给我们派来的新校长——方杨校长。"屈子林指着身后那人，得意地说。

二十、撤职

会场一片寂静，大家的脸色都变得十分严峻，欢乐的气氛瞬间降到冰点。

屈子林得意极了，都说官大一级压死人，教育部的批文很有用嘛。唐治平，我看你还怎么嚣张。他做了个"请"的手势，请方杨上台讲话。方杨不知是太激动，还是腿太短，台阶没上两步，居然绊了一跤，整个人扑倒在地。台下炸锅了，笑声、口哨声、嘘声响成一片。屈子林赶紧扶起他。

"请把教育部的批文读出来！"

"不许撤掉唐校长！"

李应松的抗议声一下将会场点燃，学生们纷纷喊起来：

"唐校长不能走！"

"教育部批文呢？"

屈子林早料到会遭到激烈抗议，他胸有成竹地从衣兜里拿出批文，使劲咳嗽了几声，喊道："大家静一静，请听我念教育部的批文：

教育部训令

行政院二十九年二月四日第五七号训令案准，国民政府文官处二十九年二月二十七日第八号公函令：兹闻国立侨育大学校长唐治平一员，业经审查，与土匪沆瀣一气，容纳土匪混进校园，极大扰乱学校秩序，情节恶劣，民愤极大，现撤其校长职务，由教育部教育科副科长方杨先生，应手实干，照叙五级俸禄接任。此令！

中华民国教育部部长陈立夫

屈子林一边念着公文，一边用眼角余光偷瞄台下，见台下的师生越来越安静，他的声音也跟着越来越大。念毕，他又得意地瞟了唐治平一眼，见对方竟泰然自若地在一旁捋着头发，一副无所谓的模样，这让屈子林很失望，心头竟升起一股怒火，他大声宣布："现在，让我们有请新任校长——方杨，方校长讲话，大家欢迎。"

沉寂良久，台下终于零星出现一点掌声，很快便消失了。

这情景让方杨大为不悦，他从裤子兜里掏出一叠纸，清了清嗓子，扯开嗓门道："老师们，同学们——方某不才，既勉为其难担任校长一职，今后定与侨育的师生们同床共枕，哦，不，不，同舟共济……"

方杨口齿结巴，方寸大乱，台下一片哄堂大笑，唐治平也忍不住笑起来。屈子林使劲擦着汗水，看样子比方杨还着急。

"他奶奶的，谁放的屁，那么臭——"大嘴用力扇着，破口大骂。

其他土匪兵们跟着起哄："哎呦——好臭！"

方杨更慌乱了，摊开稿纸念道："金马奋蹄辞旧岁，三阳开泰迎新春。在新学期来临之际，鄙人谨代表敬爱的蒋委员长、陈立夫部长、陈鉴省主席，还有……还有……"

"还有谁呀？哈哈——"李应松忍不住大声问道。

"是啊，还有谁呀？是不是还有屈四眼啊？"

"哦——哈——嘘——"

全场突然觉醒，嘘声笑声如海浪，一浪接一浪涌上来，表达着对教育部新来的接任者的强烈不满。

唐治平在众人心头早已是独一无二不可替代的校长，如今凭空冒出个新校长，震惊之余，众人自然是奋起反抗。

张成田双手抱胸，冷冷地看着这一切，他根本不想去维持秩序。

最急的莫过于屈子林，他手舞足蹈，大声叫喊着："大家肃静，肃静！听方校长把话说完，不得对校长无礼！不得无礼！"

会场好不容易安静一点，但充满嘲讽与敌意的目光，仍像一柄柄利剑，刺得方杨透不过气来。他没想到刚刚走马上任，就遇到如此强烈的反抗，口齿更加不清："大家别急……鄙人能够来……来到侨育大学……当然是……极其荣幸，可是想到责任之重大，诚恐不能胜——

胜任,所以,再三请辞,无奈政府方面,不能邀准,所以只得——只得——勉力前来,但求能够尽——尽——自己的心力,为侨育谋相当的发展,将来可告无罪于侨育,足——足——足矣!"

方杨说得很吃力,台下人听得很不耐烦。大嘴朝地上吐口水,骂道:"我呸!听他这说话的鸟样,老子就看不起!这样个鸟人也想当侨育大学的校长,他配吗?!"

余嘉训则是站到凳子上,振臂高呼:"我们不想听废话,我们不要听假话!"

"我们不想听废话,我们不要听假话!"

"我们要唐校长继续当我们的校长!"

"我们要唐校长继续当我们的校长!"

"唐校长不能走!"

"唐校长不能走!"

"请唐校长说话!"

……

整个会场像火山爆发,越来越多学生加入呐喊,发出怒吼,场面大有失控的架势。俞县长想站起来维持秩序,被刘团长拉住,凑在他耳边说:"让他们闹呗,我看唐校长挺好的,干吗要临阵换将?"

唐治平原本不想再理会,但见这么多学生义无反顾站出来挺自己,心头阵阵发热。他发觉自己所有的付出都是值得的!

眼看局面越来越难以控制,唐治平这才走到主席台前,伸出双手,做了个下压的手势,全场瞬间安静下来。唐治平环顾会场一周,说:"老师们,同学们!没想到事情会发生这样的变化,不过请大家相信,只要我唐治平活着,就不会离开侨育大学!我将与大家继续奋斗在一起!"

师生有的面露沉思、有的悲切欲泣、有的双拳紧握,强忍着内心的愤怒。唐治平看着师生们满怀希望的目光聚光灯似的聚集在自己身上,非常感动。他强忍住起伏的情绪,接着说:"我问你们,你们考进侨育大学,又和学校千辛万苦来到长汀,为的是什么?"

"追求真理,支持抗战!"余嘉训大声回答。

"追求真理,支持抗战!"

"追求真理,支持抗战!"

铿锵有力的回答，充满年轻人的血性与自信，震响整个校园，回荡在天地间。

"没错！既然你们的目标是这个，那么，校长是谁很重要吗？就像你们吃鸡蛋，难道还要知道是哪只母鸡下的蛋吗？"

众人都笑了，连俞县长和刘团长、厦大代表都笑了，但人人又都觉得心里阵阵发酸。

唐治平等众人情绪稍微平复，又说："既然教育部不让我当这个校长，那我就不当呗，这不算什么。大家一定记住，无论谁当校长，你们都别耽误学业，这事就拜托大家了！接下来，请大家配合方校长，迎接我们侨育大学的新学期。"唐治平深深朝台下鞠了个躬，然后又回头冲方杨点点头："方校长，侨育大学就拜托你了。"

"好的好的。"方杨忙不迭地点着头。

唐治平走下主席台，大步往外走去。

唐治平刚走到门口，就听到后面有人在叫他："老弟，等等我。"只见是大嘴带着手下追赶出来。唐治平像赶苍蝇似的把他们往回赶："回去，都回去，跟屁虫，没出息。"

大嘴本想顶嘴，见唐治平铁青着脸，又咽回去。他手一挥，带着弟兄们低着头，一声不吭地回到会场。会场内，师生们勉强听完方校长的训话，不等屈子林发言，就一哄而散了。

虽然方杨非常想当好这个校长，但是侨育大学的复杂完全超出他的想象。白天还好，学生都规规矩矩地上课。天一黑，他就开始惴惴不安，不知道会有什么事情发生。

这天，忙碌劳累的他总算能简单洗漱一下，准备上床睡觉，外面突然传来惊惶的叫声："方校长，不好了，有一伙学生在打架。"

方杨大惊，跳起来，摸索着去找衣服。长汀电力严重不足，除关键部门外，大部分地方都没有电，侨育大学至今尚未通电。这让他叫苦不迭，又想到师生对他抵制的模样，更是懊恼万分，觉得这次外派，是人生的一个大错。

此刻，黑灯瞎火一团乱，仓促间又摸不着衣服找不到鞋子，这种懊恼感就更加浓厚。好不容易将衣服穿上，鞋子也找到，方杨匆匆打开门，只见月光下，依稀站着一个男生。

"校长，快点，搞不好要闹出人命的。"

他连忙问："哪里打架？为什么打架？"

学生跺着脚说："哎，我也不知道，都是些土匪兵，没有唐校长约束，全乱了，方校长，你快去看看吧。"

方杨头皮一阵发麻，但此刻责无旁贷，只能跟着那学生往外赶。虽然外头有月亮，但笼罩在天地间的那种黑，依然厚重得像要凝固一般。方杨更加怀念京城马路上那散发着黄晕光芒的路灯，那时他还嫌路灯不够亮，但跟眼前这个黑暗的世界相比，那简直是光芒四射的天堂。

沿着一条坑坑洼洼的石子路深一脚浅一脚不知走了多久，方杨眼前总算见到一点光了。那是一些由竹片火把发出的光，萤火虫一般，从破旧的宿舍和教室里透出来，好多勤奋的学子，还在黯淡的火光下埋头苦读。

远远的，有喧哗吵闹声传来。方杨极目望去，依稀看到，在那个新开辟出的操场上，一团人影纠缠在一起，叫喊声、咒骂声、拳脚声，此起彼伏，异常嘈杂激烈。

方杨一直以来都在教育部待着，并无实际教学管理经验，一看这架势，急忙冲过去，挥手大喊道："别打了，别打了。"

声嘶力竭的叫声瞬间就淹没于混乱嘈杂之中，更让方杨意想不到的是，黑暗中竟有一拳迎面砸来，当即打得他眼冒金星，晕头转向。

"哎哟——"方杨惨叫一声，只感觉眼前一个人影闪蹿，那群人依旧纠打成一团。

"别打了，我是校长！我是校长！"方杨还没喊完，脚上一阵锐痛，又不知被谁踩了几下，痛得他眼泪都要掉下来。还没等他回过神来，有一条黑影，野牛般迎面撞过来。方杨感觉自己被块巨石重重压下，脊背撞到地上的尖石上，痛得快晕过去。他无力地挥舞着双手，想把砸在身上的人推开，却动弹不得。

"啊——是方校长，是方校长！"身上那人似乎被打蒙了，挣扎了两下这才站起来，突然发出一声惊呼。

"是方校长，快跑——"

正在混战的那些人，眨眼工夫全跑得无影无踪。

方杨只感觉浑身都疼，疼得他不断哆嗦。不远处又传来呐喊声和拳头声，他已无力再管，只是不断吸着冷气，龇牙咧嘴，亦步亦趋，想回宿舍。暗夜中，跌跌撞撞摸索了半天，方杨发现自己竟然迷路了。脚下遍地都是坑坑洼洼，眼前所见皆是影影绰绰，好会儿他才认出来，自己竟摸到图书馆附近。

说是图书馆，其实也就是一间面积比较大的土房子而已，此刻正有细细的声音从屋后传来。

方杨一瘸一拐地往图书馆后面绕去。眼前突然一亮，只见几条黑影，正蹲在一辆破吉普车周围，有的提着煤油灯，有的举着竹片火，还有的拿着起子，在掀开的引擎上撬着什么。

"你们是哪个系的，大半夜在这里干什么？"方杨没好气地问。那些人好像都很忙，顾不上应答，好一会儿才有人叫道："是……是方校长！"

"我问你们在这里干什么？刚才打群架的是不是你们？"方杨生气地追问。

"方校长，你冤枉他们了。他们刚才一直和我在拆车，没有分身术去打什么群架。"

车底下传来唐治平的声音，他一边说一边钻出来，朝方杨笑了笑。

灯火下，只见他满脸满手都是油污，颇为狼狈。但不知道为什么，看到他，方杨却有种心安的感觉，急忙说："唐校长——不，唐老师，你在这里正好，刚才有学生打架，我去劝架还有人故意打我，你帮我查查……"

"不用查，肯定是那群土匪兵在闹事。"唐治平说。

"土匪……土匪兵？"方杨倒吸一口冷气，"侨育大学怎么能容纳土匪呢？不行不行，明天我要下令，让他们立即滚出学校！"

"方校长，你要想当好这个校长，千万别这样做。否则惹恼他们，只怕学校都会被闹翻的。"唐治平连忙摆手道。

方杨迟疑道："难道任由他们在学校胡作非为无法无天吗？"

唐治平笑了笑说："如果方校长相信我，就等我把车拆好再来收拾他们，我让他们以后再也不敢打架了。"

"拆车？"方杨愣了一下，他这才发现吉普车已经被拆得七零八落。他一时气结："发动机都被你拆——拆——掉了，这车以后还——还能用吗？"

唐治平摇头说："不能用了，今后我们都得靠两条腿走路啰。"

方杨更生气了，他指着唐治平，结结巴巴地说："好啊，你这个——姓唐的，自己不当校——长了，就任意破——坏公有财——产，你分明——分明是不让我——坐——车，处处与我作对……"方杨想到自己在侨育大学遭遇的一切，越想越生气。

"方校长别着急，您很快就会明白的。应松，快去把大嘴和他的兄弟们都叫过来。其他人快点接线，我们得抓紧了。"唐治平抓紧时间布置任务，然后才对方杨说："方校长，我唐某人不会背后糊弄人，这一点，请您放心。这样吧，您耐心等待，我教您一招，怎样制服土匪兵。"

没过多久，大嘴和他的几十名手下被叫来。

"唐卫国带领长汀县保安团一排全体队员前来报到！"大嘴带着土匪兵们，齐刷刷向唐治平行礼，神情甚为恭敬。方杨艳羡不已，不知自己何时才能让学生们也会对自己如此恭敬？唐治平看着大嘴等人，严肃地说："你们刚才有人参与打架，还有人伤到方校长，是不是？"

"老弟，可能是有兄弟们闹着玩的，我回去问问。"大嘴一本正经地回答，眼睛却恶狠狠瞪了方杨一眼，方杨吓得缩了缩脖子。

唐治平恨铁不成钢地说："你们怎么能这样对方校长呢？他可是我们的校长，再怎么你们也得尊重他。"

"还是这唐治平明白事理。"方杨心里舒服了一点。谁曾想，唐治平下一句话让他瞠目结舌："算了算了，打都打了，方校长也原谅你们了，具体谁打的就不要再追究了。"

"我什么时候原谅……"方杨张张嘴，还想说什么，唐治平话头又是一转："你们哪，白白学了大半年，还是不改本性。这样吧，今天请你们来，是想告诉你们，雷公是我的好朋友，谁要敢再打架，我就让雷公来收拾他。"

"好的，我们正想见见雷公电母长什么样子的。只要你真能请到，以后他们都会很老实点。"大嘴恭敬地说，然后又恶狠狠瞪了方杨一眼："否则的话，就让他拿出真本事来，让老子服气。不然就算老子给面子，我手下的兄弟们也不会答应的。"

方杨一听这话，顿时感觉脊背凉飕飕的，面对这群如狼似虎的土匪兵，他还能怎么办？

唐治平大声说："好！我数到三，雷公就会来，你们准备愿赌服输吧！"

大嘴和土匪兵们的脸色都变得凝重起来。他们都来自偏远农村，鬼神一说从小耳濡目染，不少人深信不疑，此刻见唐治平说得认真，许多人心里开始打鼓。要知道，民间传说，做了坏事，是会被雷公劈死的。

四周黑乎乎一片，唐治平径直走到墙边，大声喊道："一——二——三！"话毕，他猛地按下开关。

震天的轰鸣突然从发动机里传出来，犹如雷霆平地起，地面跟着颤抖起来。众人还没回过神来，眼前猛然一闪，图书馆内竟然全部被黄色的光芒盈满。这种光芒，绝非煤油灯竹片灯的光亮，是绝大多数土匪兵闻所未闻，见所未见的光亮。

"电——来电了！来电了！"侨育大学的学生们爆发出热烈的欢呼声。离开厦门一年多了，吃尽苦头受尽罪，大家都在努力适应和克服，唯一不能习惯的就是长汀这厚重而漫长的黑夜，倒不是竹片火把烟火熏燎之苦难以克服，而是晚上认真读书的时间浪费太多，眼睛伤害太大，许多人的视力急剧下降。这一年多来，不知有多少人梦见厦门明亮的电灯光。现在，看着这久违的、熟悉的、亲切的、明亮的灯光，师生们怎么不热泪盈眶、激动万分？

"听见没有，雷公在咆哮，电母在发光。"唐治平对着土匪兵们厉声喊道。

大嘴等人全看呆了，好几个土匪兵"扑通"一声，跪在地上，双手合十，不停地磕头，嘴里念叨着："雷公雷婆行行好，我再也不敢打架了，再也不敢干坏事了。"师生们都哈哈大笑起来。

唐治平也笑了。拆掉吉普车的发动机，为学校图书馆发电，这是唐治平一直以来的想法，但实在太忙，分身乏术。今天卸掉校长的职务，他终于可以腾出手，把这事具体落实到位。看到师生们欣喜若狂的样子，唐治平感觉心头喜滋滋的，这种给师生们带来光明的成就感，比任何事都来得更有意义。

"方校长，听到没有？他们不会再捣乱了，你可以放心回去睡觉了。"唐治平回头对方杨说道。方杨还没从这魔术般的场景中醒悟过来，他结结巴巴地说："唐校长，不，唐老师，你真是高啊！这个——那个——实在是——啊！"

经历这事后，不但土匪兵们更加遵规守纪了，连方杨也对唐治平肃然起敬。

侨育大学似乎又回到正轨。

几天后，大嘴找到唐治平，劈头盖脸就说："老弟，这段时间我们给你添乱了，该离开了。"

"离开？什么意思？难道方校长真的要赶走你们？"唐治平大惊。

大嘴悄声说："那鸟人倒是不敢再说什么，是我们自己想走。和你说实话吧，刘团长是个没啥卵用的家伙，跟他混，鬼子没打到，兄弟们都快闲成废人了。这不，长汀有支游击队，队长姓许，早就暗中牵线让我们加入他们的队伍，跟鬼子干真架。本来我还舍不得老弟你，但现在你又不当校长了，我们不如离开学校，上前线，打鬼子。"

"你想清楚了吗？"唐治平问。如今国共两党虽然都喊着要合作抗日，但共产党的游击队一直都只能暗中活动，如果被人知道，可不是什么好事。

"想清楚了，兄弟们宁可上战场轰轰烈烈杀敌战死，也不愿意这样温温吞吞闲死。抗日救国，匹夫有责，兄弟，这都是进了这个学校才学到的道理，我们不能只学不做，你说是不是？"大嘴说。

"只要你想清楚了，那尽管去做吧。"唐治平拍了拍大嘴的肩头道。在山上待惯了，参加游击队倒是对双方都好。只是要有一个妥当的方式，不能引起当局怀疑才对。他将大嘴拉到房间，耳授一番，大嘴频频点头，心领神会。

第二天，唐治平去拜会俞县长和刘团长，提出遣散大嘴的队伍，并派发良民证，送出城外。他们都很同情唐治平的遭遇，也支持他的建议，爽快地同意了。于是，唐治平召集大嘴的队伍，大张旗鼓地举行结业仪式，向每个土匪兵颁发结业证书、良民证，然后统一送出城外，挥手告别。

侨育大学进入方杨校长的时代。唐治平像灭火剂，处处为方校长扑火，保障学校平稳过渡，正常运转。

唐治平觉得，谁当校长不重要，关键是不要影响侨育大学的发展壮大。而唐治平离开校长这个位置后，似乎也找到另外一种生活。除了上课外，他有更多的时间陪李沁。两人总有说不完的话，心越靠越近。在爱情滋润下，李沁一天比一天漂亮，双眸闪闪发光，脸上透着别样的光彩。她开始利用时间学织毛衣。这是一件深咖色男式毛衣，虽然针脚粗糙不齐，她却乐此不疲，还时不时放在唐治平身上量一量。天气很热，抱着渐渐长大的毛衣，李沁经常满头大汗。但是她不敢停下来，因为她知道长汀的冬天寒冷刺骨，要抓紧织好，他就不会受冻了。

恋人之间对爱的需要总是永远都不够。虽然唐治平已经花了很多时间来陪自己，李沁有时候还会感到不满足，因为唐治平经常下课后，就带着李应松、余嘉训等男生，扛着锄头铁锹等工具到后山转悠，一去就是大半天。

"你们每次都到山上干吗呢？"李沁不止一次问，但每次唐治平都神秘地对她一笑："现在还不能说，有需要的时候你自然就明白。"

"有需要的时候？"

"但愿永远不需要。"唐治平望着天空，眼中充满忧虑。

二十一、空袭

两个月后，李沁终于明白唐治平话中的意思。

那是个平常的午后，城中的警报声毫无征兆地突然响起。那尖锐恐怖又熟悉的巨响，仿佛是无数利箭，直穿耳膜而来。

经历过厦门大轰炸的侨育大学的师生们，面对空袭，自然更有经验些，但生死关头，慌乱仍不可避免。许多师生跑到空地上，仰望天空，惊恐无措，不知该往哪里跑。

"呜——呜——"

巨大的轰鸣声从西门口方向传来。

"八架！""八架！"远处突然传来惊恐的叫喊声，接着便看见一群飞机，黑压压从南屏山上空向长汀城俯冲而来，轰鸣声震耳欲聋。

"轰隆——轰隆——"

两股尘柱猛地腾空而起，大地剧烈震动着，整个长汀城顿时陷入惊恐绝望的哭喊声里。

这是长汀城第一次遭遇日军空袭。

炸弹不断丢下，长汀陷入前所未有的恐惧动荡中。日机丢的除了炸弹，还有燃烧弹。眨眼工夫，城内最繁华的街道、巷口、闹市，全都淹没在浓烟烈火之中，火势一路朝侨育大学方向迅速蔓延。

校园内，所有师生都汇聚在方杨身边，魂飞魄散、不知所措。方杨傻眼了，他嘴角哆嗦，腿脚灌铅，犹如泥塑。他知道应该撤离危险地带，但哪里才是安全的地方呢？他又急又怕，不知道该怎么办。

"快随我们来！"就在此时，一个带着杂音的喇叭声突然从头顶传来。众人纷纷循着声音张望，惊喜地看到唐治平站在一块大石头上，手里举着大喇叭，正声嘶力竭召唤大家。

石头下余嘉训和李应松朝众人使劲招手，随后一个转身，往后山方向跑去。

"都别愣着，快跟他们跑，快！"

众人找到主心骨，立即跟上余嘉训李应松二人。

学校与后山之间，隔着一片树林。由于林内野草丛生，峰岩壁立，烟雾弥漫，搞不好要迷路，所以平常鲜有人迹。但众人跟着余嘉训等人跑进去，才发现里头不知何时多了一条羊肠小道，似乎是新开辟不久的。这条小路，蜿蜒穿过密林，最后延伸到一个呈月牙形的洞口。

"进去吧！"唐治平从后面赶过来，带着众人穿过幽深的洞口，片刻之后，他身后便惊呼四起。原来大家进入一个约五六十平方米大的溶洞，头顶之上，横贯一道石梁，像是一条黄龙，龙首赫然，栩栩如生。在大黄龙四周，是许许多多青白小龙。洞内幽深宁静，清凉舒爽，进入其中，外头的喧嚣便消失得无影无踪，大家可以清晰地听到，钟乳上的水滴，像时间的分针表，一点一滴落下：滴答——滴答——滴答——

"好美啊！"林梦瑶惊魂甫定，合掌惊叹道。这个声音仿佛有种安宁心神的魔力，大家纷纷松了口气，如释重负地寻地坐下。

"多么像母亲温暖的怀抱吧。"大大咧咧的杨月英的比喻惹得女生们咯咯直笑，大家挤在一起，肩并肩，背贴背，给身心一个喘息的机会，暂时忘记洞外纷乱恐怖的世界。

"治平，你怎么找到这样一个洞，我们都没发现。"清点完人数，确定所有人都躲进来后，张成田走到唐治平身边，惊喜地问。

唐治平说："随着战时发展，长汀已经成为日军通往东南亚的必经之地，据此分析，鬼子的飞机迟早会光临长汀的。所以我一有空就带嘉训、应松他们上山来寻找能躲避空袭的地方，这不，还真让我们发现这个溶洞，就留心把路弄好，没想到这么快就用上了。"

师生们听唐治平一番话，又是佩服又是感动。大家齐声喊道："谢谢唐校长！"

唐治平站起来，拿起喇叭，大声说道："不要谢我，能保护大家平安是我唐治平的职责！老师们，同学们，敌人的轰炸机不知什么时候会离开，我们估计得在这里多待一阵子。大家切记，溶洞里空气比较稀薄，每过十分钟，就要内外互相交换一下，透透气，否则很容易缺氧的，听到没有？"

"听到了！"大家异口同声回答。

这场轰炸持续了快一个小时，等日寇飞机轰隆隆飞走后，众人才原路返回，发现苦心经营一年多的学校，已变成一片废墟，残垣断壁、土坑弹穴随处可见，不计其数的断树残枝和破碎书报撒落一地。

长汀城更是惨不忍睹。不计其数的房屋被大火与浓烟吞噬。哭喊声、叫骂声不绝于耳，失去家园的民众正在用水桶、脸盆灭火，但在熊熊大火面前，这种努力无异于杯水车薪，无济于事。

"这样下去，大火连绵成片，长汀城会被烧光的。女生们留下来收拾校园，男生们都跟我走，我们去拆火路！"唐治平大声说。

所谓的拆火路，就是将尚未被烧着的房屋拆掉部分，阻断火势蔓延。

唐治平一号召，立刻有一二百名男生和男教师跟着他奋不顾身爬上屋顶、跳上墙头去摔瓦片，撬开屋角板，清空出一条防火道来。火势急迫，众人衣裤撕破，手脚割伤，也毫不在意。

在侨育大学周边拆完火路后，唐治平又带领师生们奔向城中，继续拆火路。

火势凶猛，热浪逼人，每个人都浑身灼痛，翻滚的浓烟，更是呛得众人呼吸困难。很快，厦大等几所大中专院校的师生们也纷纷赶来，大家冒着生命危险，同长汀人民一起与火魔做斗争。

直到傍晚时分，全城的大火总算被扑灭。

这一夜，长汀城陷入无尽悲哀。

也正是这一夜，方杨决定离开侨育大学。

两个月来，在唐治平的帮助下，方杨已经逐渐适应学校的生活，很多人见到他，也开始尊称一声"方校长"。唐治平原以为他已经进入角色，没想到他居然说："唐校长，我思来想去，这个校长还是由你继续当更好。"

唐治平浑身焦黑，正对着水杯咕噜咕噜猛灌水。一听这话，一口水差点呛到："方校长，你是不是被吓坏啦？"

"也不完全是这个原因，从这两个月的情况来看，你才是侨育大学最合适的校长。别的不说，就说今天，要不是你未雨绸缪找到那个防空洞，说不定我们学校会有人员伤亡，后果不堪设想……还有，要不是你，怎么能一下子号召那么多学生去拆火路？"

"方校长……"

"不要叫我校长，你才是校长。我说的是真的！"方杨恳切地说："侨育大学的希望在你，而不在我。我已经决定了，明天就回到教育部请辞，然后推荐你继续接任校长，好吗？"

唐治平一时百感交集。如果说当年李光年将校长位置让给他，他最终接手是为了争一口闲气，那么今天接过方杨的担子，是责无旁贷。何况今日的侨育，在他手中获得新生，那份深厚的情感如何能轻易割舍。

方杨静静地离开侨育大学，离开长汀。唐治平当仁不让，暂时接过校长一职，马不停蹄带领师生们修缮被日机炸毁的校舍。

这天午后，正当众人将理科院被炸塌的梁柱重新撑回去时，一伙持枪的蒙面人突然闯进来，直冲向正与林渊临谈话的唐治平，将他架起，如风般卷走。

余嘉训和张成田醒悟得早，他们一边追赶，一边朝门口的和尚喊："和尚，拦住他们！"

和尚怒吼一声，想上前搭救，一梭子弹射来，打在他面前地上，激起大股尘柱。

和尚不敢再贸然向前，那伙蒙面人把一个黑布套到唐治平头上，挟持着他飞快离去。

二十二、战时培训班

事情来得太突然，唐治平眼前一片漆黑，只能感觉自己被几只有力的胳膊夹住，晃晃悠悠往前漂移。他什么也看不见，只有耳朵里传来粗重的呼吸声，响雷一般。

唐治平内心的疑惑比恐惧更多。自己穷得叮当响，又没与人结怨，难道被人抓去当大爷？他看不到说不得，干脆听天由命，将自己来长汀一年多的经历捋一捋：学校的生源已经从最初的三百多人发展至六百多人，侨育大学在长汀声誉日隆，唐治平走在街头，会有越来越多认识或不认识的人向他恭敬问好……现在学校肯定是炸开锅了，李沁不知道会如何担心……每到最困难危险的时刻，唐治平总会第一个想到李沁，什么时候才能迎娶自己心爱的姑娘？但现在正是抗战关键时刻，是办学关键时刻，怎么能老考虑自己的私事呢……

正在胡思乱思想之际，那些人突然停下来。

"你们究竟想干什么？"唐治平忍不住问。

有笑声传来，唐治平大惊，难道他们要下手？他可不甘心就这样不明不白死去。强烈的求生欲望像一口大钟，咚咚咚撞得他头脑无比清醒。唐治平忍不住发力，想要努力挣脱死死钳住他的胳膊，这是他被劫持之后的第一次反抗，很快更多的力量强加进来，脚步也越来越急促。终于，他的反抗有了回应，一个声音在他耳边悄悄说："唐校长，别闹了，马上就到。"

唐治平觉得这个声音好熟悉，又一时想不起是谁。这个熟悉的声音让他稍微平静一点，他不再挣扎。

腾云驾雾的脚步终于停止，套在头上的黑布套被扯下。强烈的阳光顷刻涌入眼帘，唐治平眯起双眼，只见眼前一片绿雾，渐渐的，这绿越来越清晰，唐治平总算看清楚，这是一片漫无边际的竹林，汇聚成翠绿的海洋。竹海深处，一座座小竹屋迎着太阳，晶莹闪烁，犹如一座座琉璃屋。几个黝黑粗糙的脸，正朝着他笑。

其中一人大笑道："哈哈哈——老弟没被吓尿吧？"

这不是大嘴还会是谁？簇拥在他左右的，不正是那群在侨育大学培训过的土匪兵吗？唐治平简直不敢相信自己的眼睛。

一位精壮的汉子大步过来，双手抱拳，对唐治平说："抱歉，让唐校长受惊了！"

唐治平一股无名火腾地冒起，他推开汉子，一个飞腿，直接踢向大嘴："他妈的，搞点光明正大的不会吗？"

大嘴也不躲，硬生生挨了唐治平一脚，正中小腹，疼得他"哎呦"一声蹲下。唐治平没想到他不躲闪，有点愧疚。

那精壮汉子忙拉住唐治平说："校长错怪唐副队长了，这是我的主意。"

唐治平怒气未消："啧啧啧，有出息啊，当副队长了。对了，你是谁？"

大嘴忍着疼，揉着肚子站起来说："他就是汀瑞游击队的许队长。"

唐治平这才认真端详眼前这个汉子，只见他个子不高，肤色黝黑，粗眉宽眼，穿着粗布衣衫，腰间系着条粗粗的布腰带，别着驳壳枪，虽然与别的队员打扮大同小异，但这个许队长的眉宇却透出几分书卷味，显得与众不同。他一直微笑地看着唐治平。唐治平有点不好意思，为自己一路的胆怯，也为刚才那一脚的失态。唐治平连忙抱拳拱手，对许队长说："幸会幸会，许队长。"

唐治平早就听闻汀瑞游击队的名声，知道那是共产党领导下的一支活跃在长汀与瑞金的武装力量，打鬼子很厉害，没想到竟亲眼见到他们的队长。

许队长也笑着说："幸会了，唐校长。我们这样做，也是不想给你惹太大的麻烦。"

原来汀瑞游击队近来的处境一直很艰难，不但要避开日本特务的盯梢，还要警惕国民党军队的排挤，只能处于半地下活动。许队长不想让人发现唐校长与游击队有接触，以免造成不必要的麻烦，不得已，只好把他"绑架"过来。

唐治平一听这解释，有点哭笑不得，说："你们的好意我领了，但好歹在路上和我招呼一声，我也好配合你们，你看，胳膊都被夹紫了。"

大嘴嘿嘿一笑，嘴里念叨叨："活该，谁让你整我们，报仇了，报仇了……"

唐治平没有听清楚他嘟嘟囔囔在说什么，但看大嘴一脸幸灾乐祸的样子，一股火气又冒上来，他冲大嘴叫道："你嘀咕什么，有种的说大声点。"

许队长看两人又要掐起来，连忙拉起唐治平的手，将他带进一栋小木屋里。只见小木屋内陈设简单，不过几张竹椅竹桌，其中一张小桌上，整齐码有一些残旧的书本，墙上还贴着几张旧报刊。

许队长迫不及待地对唐治平说："我们的游击队员都骁勇善战，可惜文化水平太低，虽然也开展文化课，但毕竟水平有限，只能教大家认几个字而已。"

唐治平指着大嘴说："这还不容易，他都能识字，我就不相信你的队员比他更笨。"

大嘴气得双眼圆睁，说："校长，我怎么笨了，我现在不止能识字，还会做诗呢。"

唐治平简直不敢相信自己的耳朵，说："你会做诗，做给我听听？"

大嘴突然有点害羞了，他摸摸脑袋说："我，我这不是班门弄斧吗？"

唐治平啐了他一口："呸，你也知道班门弄斧？"

大嘴回答："报告校长，是李沁老师教我们的，班门弄斧就是说在比我更有学问的您面前卖弄学问。"

许队长和唐治平都忍不住哈哈大笑起来。唐治平笑得眼泪都出来了，他说："你他妈的有屁快放。"

大嘴也笑，他干脆豁出去，响亮地念道：

> 游击战士会享福，
> 深山盖起琉璃屋。
> 琉璃宫殿处处有，
> 爱住哪屋住哪屋。

唐治平这一回没有笑，他望着大嘴坚毅干净的眼神，内心百感交集，这就是那个杀人不眨眼的匪首——大嘴吗？

因为游击队员大都出身山里的贫苦人家，对山中竹木性能十分清楚。山上没有地方住，队员们砍下毛竹，搭起一座座小竹屋。太阳出来时，小竹屋就像一座座闪闪发光的琉璃屋，所以被他们自己称为琉璃屋。

许队长是黄埔军校毕业生，参加过北伐战争，后来加入共产党。四一二反革命政变后，他进入苏区参加红军。红军长征后，他服从安排留下来，潜入深山继续游击战争。国共实行第二次合作不久，大部分游击队员改编成新四军北上抗日了，许队长因为受伤，就留下来，接任队长职务，带领一支秘密的游击队继续坚持战斗。

许队长笑着竖起大拇指，对唐治平说："唐校长，这就是您的功劳啊。土匪您都能改造得那么好，真了不起。"

唐治平不禁十分得意起来。

许队长将两张纸递到他眼前。唐治平扫了一眼，上面赫然写着："偷袭驻漳日军方案"。

唐治平说："我一介书生，能为你们做什么？总不会叫我的学生去偷袭驻漳的日军吧？"

许队长赶紧说："唐校长误会了，我们不需要学生去冲锋陷阵，我们需要的是贵校良好的教学资源。您先看看方案。"

唐治平拿起方案仔细看，对许队长肃然起敬。在他印象中，游击队形象很模糊，既不像土匪，又不是正规国民党军，他们就像一群隐藏在大山深处的狼群，来无踪去无影。没想到，并非正规军的他们所写的方案里，竟藏着高超冷静的战略战术。

"这方案写得很好，许队长为什么让我看这个？"

"希望侨育大学能分批接收我们的游击队员，培训他们文化知识，不需要人人都能写出这样的作战方案，但至少要人人能看懂方案的意思。不知道唐校长能否玉成此事？"

"这个……侨育大学并非我唐治平一人的学校，它可是国立大学……"

许队长没有说话，大嘴却不耐烦地摆摆手："老弟，你推辞个毛。我们游击队就是想提高自己，狠狠打击日本鬼子。侨育大学不管是谁的，帮我们培训队员都不为过，这有什么好说的？"

"没错，我们的游击队很多是文盲，他们不仅要勇敢杀敌，更需要掌握一些文化知识，至少懂得看地图、读情报，请唐校长站在国家安危民族大义之上，助我游击队一臂之力。"许队长诚恳地说。

唐治平沉思片刻，点头说："这个忙，我唐治平还是可以帮，也必须帮，这是我们侨育大学的责任和荣幸！"

"谢谢您，唐校长！"许队长激动地握住唐治平的手。

双方坐下，畅谈如何让游击队员神不知鬼不觉进入侨育大学学习，并约定好招生暗号。

这一夜，唐治平就在山里住下。

次日一早，许队长决定将唐治平送回去，他说："唐校长，实在很抱歉，本应多留校长几日，但很容易引人怀疑，说不定会给您惹麻烦，所以只能尽快送您回去。"

唐治平点点头说："我是该走了，后会有期。"

大嘴紧随其后，送唐治平一程。他有点舍不得这个校长兄弟，只三两个月没见到他，发现他更瘦更黑了。他心疼兄弟啊，一定是受了不少委屈，遭了不少罪！他还想问问，那个姓方的王八蛋是不是真的滚了，还有那个屈四眼，下次要好好教训他。突然，唐治平回头上前，一拳轻轻砸在大嘴的大嘴巴上。

"哎哟！"大嘴连退两步，哭丧着脸说："又打我？"

"这一拳是报答大哥绑架之恩。"唐治平笑了笑，指着自己的脸，说："大哥也打我一拳。"

大嘴捂着被打疼的大嘴巴问："你说什么？"

唐治平说："打我一拳！"

大嘴大度地挥挥手说："算了，自家兄弟，算我欠你的好了，这一次还清啦。"

唐治平揪住他的衣领，骂道："磨磨叽叽做什么，快点，否则我不认你这个兄弟了。"

"没错，唐副队长，你不打他，他回去就很难向别人交代，为什么可以毫发无损回来？"许队长笑着说。

"原来是这样啊，那哥就不客气了。"大嘴一拳抡过去，正好打在唐治平脸上，当即眼角青肿起来。唐治平忍着痛，顺势坐到地上，往前一个翻滚，将衣服弄脏，再抓把土揉进头发，让自己看起来尽可能的狼狈，然后，在游击队员的护送下下山。

　　唐治平告别游击队员，回到长汀城时，已是日过三竿。他知道这一天一夜，侨育大学肯定乱成一锅粥了，必须尽快出现在师生们面前，否则局面会越来越乱，会引起不必要的恐慌。

　　唐治平脚步越来越快，很快，他就跑起来。跑着跑着，他有点犹豫了，该回哪里呢？可以说，如今整个长汀城都有侨育大学的校舍，廓愿寺是唐治平和单身青年教师们办公和住宿的地方，文庙是文学院教室，女生宿舍设在如意宫，男生宿舍在起凤庵，王家大院如今住着教授和他们的家属，紫阳书院、阳明别院则容纳了大部分学院的教室……

　　起凤庵静悄悄的，男生们都不在，文庙里也是一个人也没有。穿过如意宫，来到紫阳书院门前，唐治平总算听到一团乱糟糟的声音从里面传出来：

　　"报告团长，我们这组也没有发现。"

　　"都是些没用的东西，继续找，活要见人，死要见尸！"是刘团长焦急生气的声音。

　　此外，还有抽泣声、议论声、叫喊声。唐治平心中略感歉然，忙大踏步走进去。只见里头大厅里聚集着许多人，除了侨育大学的师生外，还有刘团长和数名手下。

　　见到唐治平狼狈地出现在眼前，众人爆发欢呼声："校长回来了！校长回来了！"唐治平被激动的师生团团围住。

　　"没事了没事了！"唐治平心头暖暖的，故作轻松地摆摆手："不过是一群蠢匪，以为抓了我可以换到大把钱财，晚上还开庆功宴，一个个喝得酩酊大醉，我就趁机逃出来，不过被看守打了一拳。"

　　刘团长拔出手枪，喊道："蠢匪在哪里？校长带路，我们这就去把他们一网打尽！"

　　"对，我们也要去，谁动我们校长，我们端了谁的老窝！"余嘉训愤愤地说。其他男生也摩拳擦掌、跃跃欲试。

　　看众人群情激愤的样子，唐治平忙伸起手臂，手掌朝下，做了个安静的手势，学生们马上停止叫喊。

　　唐治平说："黑灯瞎火的，我一路乱走，也不记得匪窝在哪里。再说人家现在肯定早就撤走了，你们就别冲动了。估计大家都一夜没睡，当务之急是，马上回去睡觉，停课半天。"

学生们老大不情愿，但唐治平都下命令了，怎敢不从？众人依依不舍地离开。唐治平又说："刘团长留步，治平有事相商。"

刘团长挥挥手，让士兵们都回去睡觉，自己留下。

众人潮水般退去，李沁这才像一块沉默的礁石，浮出水面。她一言不发，逆着人流走向唐治平。她双眼红肿，一看就是哭了许久，此刻看到唐治平平安归来，眼眶里又有晶莹的泪珠泛起。唐治平又是心疼又是感动，忙迎过去拉住她的双手，笑着说："没事了，你也快回去睡觉吧。"

李沁看了看站在不远处的刘团长，心里有千言万语要对唐治平说，又一时无法开口，只能嗔怪道："你呀，要照顾好自己！"

"我这人最大的优点就是福大命大，呵呵。"唐治平一笑，一把将她揽进怀里，在她耳边悄悄说："嫁给我。"

李沁没想到他这个时候居然会说出这样一句话，但是看到他真诚坚毅的目光，她的泪终于像泄闸的洪水，奔涌而下。

刘团长慢慢挪到不远处的大樟树下，扭过头，摘下金边眼镜，擦了擦眼睛。等等他们吧。

在好几次生死关头，唐治平心中涌现出的只有李沁的一颦一笑，他决定遵循自己的内心，赶紧迎娶心爱的姑娘！但是看到刘团长站在树下等候，他只得轻轻拭去李沁的泪水，说："等我，去去就回！"说完，他一狠心，扭头朝刘团长走去。

"哈哈，唐校长，看来那姑娘已经非你莫嫁了，恭喜恭喜。"刘团长目送李沁离去的背影，笑嘻嘻地说。

唐治平笑了笑，说："我昨晚逃回来的路上，一直在想一个事，想跟刘团长商议一下。"

"什么？"刘团长警惕地看着唐治平，"老子军粮可紧张了，手头也没钱，地盘都给你了……"

"哈哈，刘团长你别紧张，我不是向你要钱要地的。我是在想，那些蠢匪为什么在抗战这么紧要的关头，不去打日本鬼子，还想着绑架我这个穷校长呢？"

"对啊！那伙浑蛋，简直就是民族罪人，社会渣滓！"刘团长咬牙切齿地说。

唐治平点点头，接着说："我想来想去，最大的根源，还是在于教育程度不够，他们没有这个觉悟。"

"没错，报纸上常说，这叫什么民族劣根性的。"刘团长毫不思索地说。

"团长说得太对了，团长英明！不过我还在思考一个问题，那伙绑匪为什么可以轻易把我从侨育大学劫走呢？"

"还不是因为你们学生都只会死读书！碰到绑架抢劫打仗之类的，一个个都蒙了。"刘团长下意识回答。

"那绑匪为什么又让我轻易逃走呢？"

"这个……"刘团长被问得有点晕了，"说明他们就是一群蠢货，根本没什么战斗力。"

唐治平竖起大拇指表扬道："团长说得太对！我想，我们为什么会输给日本人？还不是因为我们的民众空有力气却没有军事头脑，我们的学生空有知识却没有打仗本领！可人家日本兵，有文化、能打仗，一个顶我们十个。所以三岛倭奴，可以横扫我九州大地。我在想，何不让我们的学生变得既能拿笔，也懂得用枪，让我们的军人，可以打武戏，也能玩文戏。我们还可以让老百姓进入学校，加入军队。学生、军人、百姓一起被文武知识武装起来，全民皆兵，共同打击日本鬼子。"

唐治平说得热血沸腾，刘团长听得晕头转向："唐校长，你有话直说吧，你想做什么？"

"我打算在侨育大学开办战时军事班，面向学生、军人、百姓招生。到时候由军队负责军事课，学校负责文化课。团长意下如何？"

刘团长一拍大腿，说："好啊，这个主意非常好！文官把笔安天下，武将持刀定太平，校长估计是经过一夜死里逃生的幡然醒悟吧。"

唐治平大喜："哈哈——知我者，刘团长也。"

刘团长用力地拍着唐治平的肩头说："嘿，你说得没错。行，就这么定了，我们现在是鱼找鱼，虾找虾，乌龟王八结亲家。"

"你才是乌龟王八！"唐治平哭笑不得。

两人想法统一，事情就好办。很快，侨育大学就扯出创办战时培训班的横幅，两天后报名的人络绎不绝。除了学生和军人外，还有汀瑞游击队的队员，还有不少来自各地，与日寇有不共戴天、国仇家恨的广大民众。

唐治平亲自担任面试官，能连续对上他所考问的几个诗句，并且双眼分别向他左眨三下、右眨四下的人，便是汀瑞游击队的队员。唐治平统统让他们通过。

很快，第一批战时培训班五十个名额就招满，其中一半多是游击队员。

排课程时，其他老师都踊跃支持，主动要求担任课程，就连叶德香也要求上课，但屈子林又跳起来："要我给那些莽夫上课？我才不做这种自讨苦吃的事呢。"

方杨走后，屈子林的精气神都蔫了，此时又来劲了。

唐治平听了，手起笔落，一下划掉屈子林的名字，说："屈老师不愿意，他的课，我来上，我以能为这些抗战英雄们上课为荣！"

四周响起热烈的掌声。林梦瑶、余嘉训、李应松等学生们围拢到唐校长周围，热烈鼓掌。屈子林脸上红一阵白一阵，灰溜溜走了。

开课之前，唐治平把任课老师召集过来，开了个小会，说："我们战时培训班要借鉴黄埔军校的做法，以政治思想教育为主，从中国社会和中国革命实际出发，加强军人的革命意志，提升军人的战斗理论知识，让他们成为强将，而不是成为一个兵。所以，大家要把他们当做未来的将军看待，而不是当做一个普通兵进行培训。"

战时培训班为侨育大学注入新鲜血液，使侨育大学修身齐家治国平天下的教学理想，变成可以触摸的现实。

"教育有一分的力量，战事上就发生一分的效用"

"教育有一毫的疏忽，战事上就发生一毫的缺陷"

"抗战，我们的第一必修课！"

墙上的激情高昂、立场鲜明的标语，让每一个进入学校的人，感受到一股强烈的经世致用的气息。大学不再是单纯的象牙塔，它是国家命运存亡关头重要的人才输送枢纽。

在每日奔波里，唐治平与李沁的关系，也迅速升温，两人商量结婚的事情多次，但总缺少时间，可以好好筹划与准备。唐治平已经许下承诺，一定要给李沁一个隆重而正式的婚礼。

时局依旧艰险，但在国军正面抵抗和共军后方游击的双重打击下，日寇的嚣张气焰终于被掐住，三个月亡中国的狂妄梦想，早就破灭，而占领整个东亚的既定目标，也变得有点遥远。

中日双方投入兵力数百万，你来我往，反复争夺着每一寸土地，彼此算计对方的一举一动。战场的胶着，极大地拖累了后方的生活，物价一日三飞涨，国民党政府却无能为力，只能视而不见，装聋作哑。

对于侨育大学而言，每日要管好一大帮子人的口粮，是个让人头疼的事。为此，唐治平号召全校师生自给自足，发展生产。课余时间，他身体力行，带领学生们建校舍、修厕所，把学校和周边的乡村连成一体，开荒种地。

这个号召，获得全校师生的拥护，所有人都是积极地抢活干。

这天，唐治平和张成田一起下地干活，远处突然传来一声尖叫。只见林梦瑶捂着脑袋蹲在田埂里发抖，两人赶过去，只见叶德香已经从旁边的菜地冲过来，把一条肥肥的大青虫抓起来，狠狠摔到地上，用脚又碾又踩，大青虫立刻变成一摊青绿色的烂泥。

"我说林妹妹啊，你要是连一条菜虫都害怕，那这一园子的菜地都不用管啦。"叶德香说着，突然大步跑向不远处一堆牛粪，大声叫道："你们几个干吗呢？那是我要的！"原来，余嘉训等几个学生正想把地上的一堆牛粪装起来。

余嘉训不服了："叶老师，这是我们先看到的。"

叶德香哼了一声，指着粪堆旁边一个空挑担："看清楚来！那个担子是我的，我明明先到，看到林妹妹受惊吓，才停下来帮她抓虫子的，不然哪里轮到你们？你们干别的活去，这个少跟我争！"

余嘉训不服，冲着唐治平和张成田招手说："校长！主任！你们评评理！就算是老师，也不能这样不讲理啊！"唐治平哈哈大笑，说："既然大家都看到也拿到，就各分一半嘛，不要伤了和气。"叶德香老大不情愿地服从校长的斡旋，又瞪了余嘉训一眼说："我的萝卜长不好，找你算账。"

唐治平又笑了："怎么可能？叶老师种菜还是有一手的。全校就你那这块菜地长势最好，我还要给你发奖状呢。"叶德香得意地说："我这叫上得了厅堂，下得了厨房。"说完，挑起粪桶，踩着田埂，一扭一扭，一路走远了。

唐治平回头准备干活，发现张成田望着叶德香的背影发呆。

唐治平推了他一把，说："成田，我看这朵夜来香变化满大——准确地说，是越来越可爱了，你如果动心就要抓紧点，否则被别人摘走了。"

　　张成田不好意思地笑了。唐治平很少见他如此失态。自从妻子难产而死后，张成田关起感情的闸门，加上这两年长汀办学辛苦忙碌，腿又残疾，生活那么困苦，他一直孑然一身。但看到张成田今天的模样，唐治平很为他高兴，他决定要促成这件好事。

二十三、实验室

寒来暑往，转眼又到冬天。头一天夜里下了场小雪，汀江两岸的道路、村庄和屋顶都被白雪覆盖。雪下得那么薄，薄得像一层白霜，江里的水似乎比平时绿出好多倍。江堤上僵硬地躺着一条大黄狗，江面上则有一缕缕水汽袅袅荡漾开。

一群人正快步朝侨育大学的教学区走来。带头的那个瘦小精悍、健步如飞的中年男人，正是省政府主席陈鉴。

校门冷冷清清，一个人影也没有，只能隐约听到里面传来的读书声。俞县长有点尴尬，结结巴巴地说："这个唐治平，简直是胆大包天，我，我，我前天就……就通知他了，他居然说……说……果真如此！"

"唐校长说什么啦？"陈鉴本来没必要转到侨育大学。他到长汀的重点是视察厦门大学。对萨本栋带领的厦门大学，在如此艰苦贫困的条件下仍把学校办得如火如荼，被誉为"远东第一大学"深受感动。但他与萨本栋长谈一夜之后，突然有了想去看一看唐治平的冲动。因为从萨本栋口中，他意识到，唐治平是个与萨本栋截然不同的人，但两人居然做着相同的事业，而且都做得有声有色。他想起唐治平向他要钱要物的样子，忍不住笑了，于是特地调整日程安排，在长汀多待一天，想看看唐治平究竟有多大能耐，将侨育大学办成什么样子。

"他说，说……"俞县长吞吞吐吐，目光闪烁，欲言又止。

"说什么？直说无妨，我只找他算账，又不会找你。"陈鉴有点不耐烦。

"他说，学校又不是官……官场，不需要迎……来……送、送往，没有那……么多繁……文缛……节……"俞县长一紧张就结巴，他恨不得扇自己两嘴巴。

陈鉴不说话，脸色变得更加严峻起来，他大步走进校园。

学校的校舍虽然都经过修葺，仍相当简陋古旧。不过，偌大的校园十分整洁，别说垃圾，连枯叶也不见一两片。最吸引陈鉴的是墙壁上那些标语：

"在做中学，在学中做"

"农不重师，则农必破产；工不重师，则工必粗陋；国民不重师，则国必不能富强；人类不重师，则世界不得太平"

……

陈鉴不禁哈哈一笑，对俞县长说道："这个唐治平，培养的到底是大学生，还是农民？"

俞县长忙说："不管培养什么，他的学生们现在都能自给自足，不再向政府要吃要喝。好事！好事！"

陈鉴点点头，继续朝前走。

正是上课期间，师生们都是衣着单薄破旧，冷得籁籁发抖，不过仍在如饥似渴地学习。

操场上，有几个班级的学生正在上军事操练课。操场旁边墙壁上挂着标语：

"教育有一毫的疏忽，战事上就发生一毫的缺陷"

"抗战，我们的第一必修课！"

陈鉴边走边看，严峻的脸色逐渐舒缓。这里的一切虽然很简陋，很破败，但是这里的精神面貌，并不亚于厦门大学。嗨，这个唐治平！

让陈鉴有一点不满的是，他走过那么多间教室，里头无论是学生还是老师，都对他的到来视若无睹。

这种不满，到最后一间教室，看到唐治平时，消失得无影无踪。

唐治平正在上课，但陈鉴差点认不出，那个风度翩翩、衣着讲究，甚至有点邪气的富家子弟，竟穿着一件几乎看不出颜色的破布袄，面容憔悴瘦削，原先乌黑浓密的头发稀疏没有光泽，还隐约可见丝丝白发。这两年，他究竟费了多少神，吃了多少苦！陈鉴感觉自己的眼眶有点发红，他隔着窗户望着唐治平眉飞色舞地讲授课程，黑板上是龙飞凤舞的板书，底下是学生们在紧张的记笔记，"唰唰唰"，有如静室蚕食声。

张成田已经闻讯赶来。他走到陈鉴身边，小声说："教材都是唐校长亲自编写的，所以学生们必须认真记好每一堂课的笔记。"

陈鉴点点头，没有说话。张成田又做自我介绍："我是教导主任张成田，我这就进去叫唐校长。"

陈鉴拦住他："别急，我听听他的课。"

终于，下课铃声敲响了，唐治平马上又被一群学生围住，被大堆问题包围住，等他耐心一一解答完毕，走出教室，看到陈鉴时，脸上竟无半点惊讶。

其实，早在两天前，唐治平就接到通知，说省政府主席陈鉴可能会来视察侨育大学。但是，正如俞县长所说，侨育大学不是官场，不需要迎来送往，而且他就是要让陈鉴主席看到侨育大学真实的一面。

陈鉴主席在教室外等了足足半个时辰，唐治平当然知道，不过他却故作不知，笑眯眯地伸出手，想与陈鉴握手。陈鉴却不理他，背着双手说："校长接下来还有课吗？如果有课，就继续上，我们等你。"

唐治平说："我今天上午的课上完了，谢谢陈主席理解支持！"

陈鉴说："那就带我们去看看侨育大学的图书馆和实验室吧。"

唐治平面露难色："这个……那就……请……吧。"

陈鉴板着脸孔道："拿不出手是吧？哼，我们早就看过了。你说学校是办学的地方，我们就说说办学的事！图书馆不成规模，实验室也没有，倒是菜地满多的，我看不像学校，像农场。"

陈鉴虽然说得严厉，其实并非真想为难唐治平，只是想杀杀唐治平身上的那股气，是傲气？还是骄气？都像，又都不像。身居高位多年，陈鉴已习惯下属对他的卑躬屈膝，曲意奉承，来侨育大学被唐治平这么一晾，心情非常复杂，既欣慰，又透着不爽。

唐治平当然理解高高在上的省主席所要表达的情绪和意思。他恭敬地说："我们正在完善图书馆，不过实验室确实有点困难，想用荒废的监狱做实验室，还请县长帮忙协调解决。"

长汀的监狱很多，因为国民党来了关共产党，共产党来了关国民党，导致监狱不断扩建增加。进入抗战时期，国共两党合作，犯人要么被杀，要么被放，监狱就空出来了。

俞县长立即拍胸脯表态:"请主席放心,卑职定将协调玉成此事。"

陈鉴拍拍俞县长肥肥的肩膀说:"侨育大学能迁到长汀,也是长汀的福分,县长要多支持多帮助!"

县长掏出手帕擦了擦汗,鸡啄米般,将头点个不停,心里暗自庆幸,当初幸亏将两千元拨给唐治平,否则今天要吃不了兜着走。

趁这个机会,唐治平请一路跟随陈鉴主席视察的《中央日报》福建记者站的记者帮忙发一条消息,说内地大学被打散的学生如果要来侨育大学读书,无需学费,只要每人带上十本书来即可。

侨育大学穷得响叮当,所以唐治平压根儿没想管陈鉴的饭。等他们一行走后,他连忙让张成田做书架。

"兵荒马乱的,哪来的书,做什么书架?"张成田很疑惑。

"你尽管做就是,我自然有办法筹书。"唐治平说。

两天之后,俞县长果然履约,派人请唐治平到县政府商谈要事。唐治平心中喜悦,兴冲冲往县府走去,没想到推开县长办公室的门,却见黄日蛟正一脸坏笑等着他,他的心一下凉了半截。

黄日蛟双腿大开,斜跨在沙发上,嘴里叼着纸烟,脸上似笑非笑,那道丑陋的伤疤一抽一动。

唐治平心里凉飕飕的,不过马上恢复镇定,朝黄日蛟抱拳致意:"哈,这刮的是什么风,把黄老板也刮来了。"

黄日蛟哼了一声,说道:"他妈的,被你说中了,刮了阵妖风,差点把我的皮都刮掉一层,冷死啦。"

说话间,俞县长背着手踱进门,心中暗笑:一个是学富五车的大学校长,一个是目不识丁的流氓地痞,在他眼里,都是敲进墙里的钉子——难拔,他既躲不起也惹不起,今天就把球踢回给他俩,让他们自己玩去。

俞县长清了清嗓子,说:"二位都是长汀的栋梁,身负济世之才,你们的精诚合作是繁荣长汀之根本。今天呢,不管是东南风还是西北风,总之进了我这个门,就是一家人。咱们把大门这么一关,就暖和了。今天找二位来,有事需要你们协商解决。"

唐治平心里已经猜到七八成,却故作茫然地点点头。黄日蛟却瞪着唐治平,似乎要将他生吞活剥。

俞县长说:"唐校长,您想要用监狱来改装成实验室,对吧?"

唐治平点点头，说："这可是俞县长在陈主席面前拍胸脯答应的。"

俞县长又转头对黄日蛟说："黄老板，城郊那座废弃的监狱，是你的？"

黄日蛟点点头说："他奶奶的，当年我爹出了那么多钱建的监狱，不要说赚钱，连本金都没捞回来。红匪一来，我们就被赶走，然后国军一来，又不打招呼就进驻。冤有头、债有主，总之今天我是要把监狱收回来。"

俞县长点点头说："哦——我明白了。今天特地将二位请来，就是希望鼓对鼓、锣对锣，你们当面说清楚，我也算是尽力了。"

唐治平心中暗暗叫苦，真是怕鬼鬼拍门。初到长汀与黄日蛟的短兵交接，虽然险胜，但胜之不武。他心里明白，黄日蛟也不是傻瓜，一块怀表换来暂时的栖身之所，也与这个地头蛇结下梁子。真应了古话说的，打熊打虎，不敢去打山猪牯。唐治平转念又想，怕他个球，船到水路开，大树挡风台，长汀的唐治平，已不是厦门的唐治平了。这么一想，唐治平心情放松一点，面部肌肉也跟着放松。他笑着对黄日蛟说道："哎呀，黄老板真是富甲天下。没想到连监狱都跟您姓了，实在是佩服佩服。"

黄日蛟鼻孔里哼了一声："老子再也不会因为一个破表就让出去的。"看来，他对当初唐治平那个假金表依然耿耿于怀。

唐治平哈哈一笑："俗话说得好，买牛看牛齿，交友摸心意。咱们不打不相识，那监狱空着也是空着，不如借给我们学校用用？"

黄日蛟啐了一口口水："呸，我这监狱就是送给鬼，也不会送给唐校长，做梦去吧。"

唐治平本可以拂袖而去，但是，陈鉴的话，却像鼓槌一般敲在他心头上。没错，没有图书馆和实验室，算什么大学？何况，侨育大学是以理工科为主的高等学府，到现在也没有一个可以做实验的地方，确实说不过去。他不是没有考虑过其他地方，但想来想去，只有这个监狱是最合适的。第一，它目前是闲置的，用它不会影响长汀百姓的生活；第二，面积足够大，房间足够大，可以满足各学科实验室开展研究的需要；第三，它距离教学区、生活区都近，方便师生们上课做实验。

唐治平原以为俞县长拍胸脯答应的事，一定是铁板钉钉，没想到半路杀出个黄日蛟。但是，建一所高级别的实验室，已经势在必行，就算黄日蛟是一根难啃的骨头，他也要下大力气啃下来，咬碎嚼烂吞进肚子里。

"不知道黄老板要怎样才肯给呢？"

黄日蛟悠然地吐了口烟说："看在县老爷的份上，老子是可以考虑一下。借是不可能的，租可以。"其实这个监狱对黄日蛟来说，就是一块鸡肋，食之无味弃之可惜。在这战火纷飞的年代，拿它做工厂，实在不明智，空着也是养耗子，倒不如在姓唐的身上榨点油。因此，拿捏完架子，黄日蛟主动松口。

唐治平一听这话，就像在伸手不见五指的沉沉黑夜中看到一丝微弱的亮光。黄日蛟一松口，唐治平就必须收紧口子，轮到他拿捏架子了："要付租金当然可以，不过我要先去看看监狱的情况。"

黄日蛟暗喜："行！现在就可以看，看完咱们再来谈租金的事。"

俞县长如释重负地松了口气，说实在的，黄日蛟和唐治平都是他不想惹的角色，能看到双方谈拢，无疑皆大欢喜。

唐治平一拍脑袋说："哎呀，实在不巧，我今天刚好没空，要不，明天傍晚，我们一起去看吧？"

"也行，别耍手段，不然老子连租都不肯！"撂下一句狠话，黄日蛟哼着小曲，大摇大摆走了。

俞县长忙赔着笑脸对唐治平说道："唐校长，我……我这也是……不得已……啊，我已经尽力了。还望有机会请在省主席面前美言几句。"

唐治平心头厌恶，虚应两句，拂袖离去，懒得理会这条老泥鳅！

回到学校，唐治平立刻把李应松、余嘉训等几个男生招来，悄悄叮嘱他们去办件事。

几个男生听完交代，当即笑得东倒西歪。李应松拍着手说："正好，我们跟黄日蛟也有段时间没见了，去会会他。"

余嘉训说道："校长老是有新鲜玩意，我最喜欢，有意思！"

唐治平说："先别高兴得太早，这事只许成功，不许失败，等办好了，我自会犒劳你们！"

两人立正，敬了个标准的军礼，说："请校长放心！"

第二天傍晚，出奇的冷，雪下得像一床棉被，铺天盖地，纷纷扬扬，将汀江两岸紧紧捂住。一些不结实的草屋被积雪压得吱吱直叫。汀江的水很快就结成一块块的冰凌，赶集似地往下游蠕动。

外出的行人都将自己裹得严严实实，急匆匆埋头赶路。"晚来天降雪，红泥小火炉"，只有围炉饮酒，在温暖中才有闲情欣赏窗外的银装素裹，对于置身寒冷冰雪中的人们而言，白雪世界是他们迫切要逃离的地狱。

唐治平呵着手、跺着脚、缩着脖子，在长汀监狱门口，伸长脖子，等待黄日蛟。

这么冷的天，黄日蛟会不会失信不来？或是忘记了？唐治平心里没底。但他必须坚持等下去，成败在此一举。

唐治平紧了紧身上那件几乎看不出颜色的棉布袍，这还是他花半个月的薪水买的旧棉袄，还好早买了，物价涨得太快，现在估计一个月薪水都买不起一件。不过，真正暖和的还是贴身穿的那件毛衣，这可是李沁一针一线织出来的，虽然针脚粗糙，样式老旧，但无论是毛衣本身，还是编织在毛衣里的情意，都足以让唐治平抵挡长汀寒冷的冬天。

"呜——"一阵寒风卷着路边的树叶呼啸而来，吹得唐治平睁不开眼睛。他很想念厦门的冬天，海洋性气候的冬天，温暖潮湿，让他在数九寒冬还能西装革履，风度翩翩。哎，何时才能回到我心爱的厦门啊？他又想，如果现在能喝一碗温热的长汀酒娘，再来几个炸得酥香的灯盏糕，一定能抵得上一件大棉袄。唐治平一边想象着厦门的温暖和长汀的灯盏糕，一边来回不停跑动着，不让寒风把自己冻成冰棍。很多学生连一件毛衣都没有，都冻出病了，这样下去，如何熬过漫漫长冬？真难想象大山深处的长汀居然这么冷！

正在此时，一伙人影，从远处大摇大摆走来，领头的，不是黄日蛟还有谁？

黄日蛟步子有些飘，嘴里喷着酒气，眼神微醺。他是在酒馆里喝酒时，突然想到跟唐治平还有这么个约会，于是丢下酒杯带着弟兄们过来了。

"黄老板，你总算来了，我还以为你不想要白花花的银元呢。"唐治平迎过去，笑着说。

"去！"黄日蛟不耐烦地大手一挥，"别给老子耍花样，否则，让你哭着离开长汀！"

唐治平哈哈一笑："那是当然，在下哪敢啊？不敢啊！我们进去看看吧。"

两人一前一后走进监狱。唐治平步子渐渐加快，靠黄日蛟越来越近。黄日蛟名下的这座监狱远远看还是挺气派的，高高的围墙内，三层的呈品字形的红墙楼房。

一行人深一脚浅一脚，踩着齐人高的荒草，来到监狱门口，只见大门以及门环都已锈迹斑斑。

"嘎——吱——"，仿佛是饱经沧桑的老人的一声叹息，门被黄日蛟手下的小喽啰推开。里头一个大院，遍地的杂草足有一人高，片片瓦砾散落在荒草中，断残的石柱，在萧瑟的寒风下伫立。迎面的红墙上，一排蓝色大字清晰可辨："迷津无边，回头是岸；宁静如忍耐，毋怨毋忧。"对面墙壁上则是红色大字写着："打倒土豪劣绅！红军万岁！"忽白忽红的局势，像一出出精彩的好戏，浓缩在这个荒芜院落的红蓝标语中。

唐治平快步上前，一手搭在黄日蛟的肩头，亲密得像对好哥们儿。黄日蛟醉醺醺的，也不在意。两人经过一道蛇形走廊，只见四周爬满阴森森的紫藤，站在走廊口，像是马上要掉进一眼深不见底的山洞。跟在身后的小喽啰们迟疑了脚步，他们缩头缩脑，有个小喽啰悄悄说："听说这里经常闹鬼。"

唐治平明显感觉到黄日蛟哆嗦一下，便问："害怕啦？你多久没来这里？"黄日蛟使劲咽了咽口水，说："这鸟不拉屎的地方，老子才不爱来。"唐治平哈哈一笑，搂着黄日蛟继续往前走。

黄日蛟虽然也曾来过这个监狱，但都是在阳光灿烂的大白天，而且一大群人跟着，哪像今天这样冷飕飕阴惨惨的。心里正惴惴之际，一个乱发披散，脸色惨白的吊死鬼，突然尖叫着，毫无征兆地倒立垂下，直飘到黄日蛟面前，凄厉地喊道："还我命来——还我命来——"。

黄日蛟一声惨叫，差点吓晕过去。他猛地挣脱唐治平的手，连滚带爬地往外逃。身后的小喽啰跑得比他还快，一群人连滚带爬跑出去。黄日蛟跑得飞快，头上身上沾满枯草叶屑，鞋子也掉了，袜子更是被荆棘割出一道道血丝……

唐治平强忍住笑追到门口，只见黄日蛟已经和手下逃得无影无踪，这才转身回去："出来吧！"

另外一间屋内传来李应松和余嘉训等几个男生的嬉笑声，随后那个吊死鬼一摇一摆地向唐治平冲来，口中幽幽叫着："还我命来……还我命来……"

唐治平笑着在吊死鬼额头敲了敲下说："很像了，你可以当演员了！"

吊死鬼一把扯下白惨惨的面具，露出余嘉训那张调皮的脸，笑得前俯后仰的。紧接着，李应松和几个男生也从里头跑出来。

"你们赶紧回去把这东西处理掉，吓吓黄日蛟就好，别把老师、同学吓坏了。"唐治平笑着说。

余嘉训举起吊死鬼面具说："嘿，我就要回去吓吓林妹妹。"

李应松挥了挥拳头，说："你敢？吓坏她，看我怎么收拾你。"

余嘉训将吊死鬼递到李应松面前晃了晃，嘻嘻一笑："心疼了吧？"

李应松脸一红，抢过吊死鬼面具说："我没收了，免得你去祸害女生。"

唐治平听两人对话，知道其中大有玄机，他假装没听见，拍拍手说："好了好了，别闹了，回去吧，有什么事情明天再说。"

大家开开心心往回走。一路走，一路笑，尤其是谈到黄日蛟连滚带爬落荒而逃的样子，笑得腰都直不起来。唐治平想，看你还要办工厂，还想要租金？估计会迫不及待地将这块烫手山芋扔给我们吧。唐治平自信满满，决定静待黄日蛟扔过来的烫手山芋。

但是，几天过去了，黄日蛟始终没有出现，唐治平坐不住了，他决定主动出击，去拜会一卜黄日蛟。但是，真的想去找他时，却发现他对黄日蛟了解实在太少。每次，黄日蛟都是主动出现，在他眼前晃来晃去，而他真的要去找黄日蛟时，才发现他像一只鼹鼠，不知深藏在长汀的哪个角落。

酒楼茶馆妓院，唐治平吩咐人去找，都没见黄日蛟的身影。

张成田问："他会不会生病啦？我们去医院找找看？"

唐治平恍然大悟："对啊，那天他吓得连鞋子都跑丢了，估计是吓出病了。走，我们去医院找找他。"

唐治平等人果真在医院找到黄日蛟。黄日蛟躺在病床上，脸色比吊死鬼还要惨白。不过，他看到唐治平等人过来，还是强撑着坐起来，充满敌意地怒视来者。

看来这个滚地龙也是徒有其表，一个小小伎俩，就把他吓得下不了床。唐治平忍笑俯身对黄日蛟说："不知道黄老板生病，早该来看你了。"

黄日蛟扭过头，冷笑道："唐校长，你就别黄鼠狼给鸡拜年了。我就是空着这个监狱闹鬼，也不会给你的，你就死了这条心吧。"黄日蛟心想，姓唐的，你有鬼八卦，我就有神仙法，我就要气死你。

唐治平盯着他一副无赖决绝的模样，恨不得一拳打下去。他以为自己的计谋得逞，没想到黄日蛟软硬不吃，油盐不进。哎，看来还是轻敌了。

"黄老板，我真是比窦娥还冤，我也被吓得半死。"唐治平连连叫屈，"我来这里，是要告诉你，黄老板要空着那监狱，就空着吧，我也不想要这个闹鬼的监狱，再去想办法哦。"唐治平边说边转身就要走。

"慢着！"黄日蛟说："监狱给你是不可能的，但是既然你说要租，那就得说话算话，拿租金来，否则我跟你没完！"

"原来清风寨的大嘴是我大哥，黄老板没听过吗？"唐治平不慌不忙反问道。

黄日蛟怔了怔："大嘴，那家伙不是……"

"他是走了没错，但只要他的兄弟有事，他随时都会回来。"唐治平淡淡说。

黄日蛟的手终于松开了，就算他是长汀一霸，也不敢冒着和大嘴作对的风险跟唐治平过不去。

唐治平拍了拍黄日蛟的肩膀说："我明白黄老板的意思。这样吧，你那地方确实有点不干净……我们何不考虑一下，换种合作方式？"

唐治平看黄日蛟眼睛一亮，于是不慌不忙接着说："据我所知，黄老板家从曾祖父起就是长汀城内第一茶商，黄家经营的茶山有上千亩，但因为疏于管护，每年产量很低。我侨育大学的生物专业，有的是这方面的专家和技术，完全可以助你的茶园起死回生。不过，我们需要建起自己的实验室，要有实验室做研究，才能让你的茶园恢复生机，到时候，只怕银元滚滚，黄老板会嫌钱多没地方放。"

黄日蛟听得一愣一愣的，仿佛真看见那满山杂乱的茶树，正开出白花花的银元。由于黄家五代单传，全家上下过分溺爱，简直废了他。

不学无术，吃喝嫖赌，把老祖宗留下的产业都快折腾光了。他现在急于翻本，但斗大的字都不识几个，已经越来越意识到知识的重要性。不过，黄日蛟马上脸色又是一沉："你有这么好心吗？"

"这是合作，不是慈善。我们当然是有目的的，那就是黄老板你把那闹鬼的监狱给我们用。"停顿片刻，唐治平又说："不过，我们会给你更多好处。比如今后我们侨育大学准备创办一份报纸，将你的茶叶在报纸上大做广告，学校不收你分文广告费。"

"报纸？"黄日蛟重复了一句，他没听出其中有什么好处。

"对，我们一直想办份像厦门大学《唯力》那样的报纸，只要办得好，别说长汀，全省都可能看到我们的报纸。到时候随便在上面放一个广告，大家都知道黄老板你这里有卖茶叶，都会主动找上门来，何乐而不为呢？"

黄日蛟若有所思点点头，说："听起来好像还挺有道理。"

"那么，黄老板的意思呢？"唐治平问。办报纸的念头，早就在他心底酝酿已久，他并没有信口开河，只是想趁这个机会，尽快启动。

"行，老子就信你一回，你可不要忽悠我，不然老子跟你没完！"

二十四、报纸

侨育大学终于有了独立的实验室。不仅如此，特地空出几个房间，挂上编辑部和印刷部的牌子。

给报纸取个什么名字呢？师生们想了很多很多，什么《汀江晨报》《长汀晚报》《侨育之声》《热血报》《呐喊》《钟声》……唐治平都不太满意。他把目光转向卢英强，这个中文系的青年才俊。

卢英强也在低头沉思，他问："我们都是读书人，用得最多的是什么？"

李沁脱口而出："当然是笔。"

卢英强点头说："鲁迅先生说，他的笔就是插进敌人胸膛的一把匕首。笔，不仅是学习的工具，也可以当武器。"

唐治平醍醐灌顶，恍然大悟道："我们的报纸就叫《笔锋》如何？以笔作刀，刀锋锐利无比，既可以刺向敌人心脏，又能触动国人内心。"

李沁轻轻重复道："以笔为刀，刀锋锋利无比，既可以刺向敌人的心脏，又能触动国人内心！很好很好，笔锋二字，既契合我们侨育大学的特点，又能鼓舞青年担当起抗日救国的重任，好名字。"

张成田拍了一下桌子，大声道："好！就叫笔锋！很恰当！"

卢英强也击掌称好，又说："校长总是快一步，这个题目本是我想到的。"

唐治平欣喜地说："好，好，功劳归你。咱们的报纸就叫《笔锋》！"

屋外大雪纷飞，滴水成冰。屋内，青春的气息捂热了简陋局促的空间，实验室微弱的灯光在寒冷的冬夜，像一座灯塔，散发出希望的光芒。灯下，卢英强在奋笔疾书。当年，他在上海加入中国左翼作家联盟，与鲁迅先生有过交往。后来，冯铿等左联五烈士事件爆发后，他被迫逃回厦门老家，躲进侨育大学。他原以为从此会远离火热的战场，没想到，今天他又可以投入战斗。他激动万分，一夜未眠，手握钢笔，一挥而就，写成《笔锋》的创刊词：

《笔锋》创刊之日，就是我侨育学子拿起反击的刀锋之日！

神圣的抗战展开到现在，已是廿多月了。我们目睹美丽的厦门和我们的校园，在日寇惨无人道的轰炸中毁于一旦；我们亲身经历在隆隆炮火中仓皇逃命的恐惧和悲哀；我们含泪掩埋在日寇枪炮下倒下的亲人、朋友和同学……

我们原本只需要一张安静的书桌，如今却不得不拿起杀敌的刀枪。悲痛的现实使我们明白，血的债只有用血才能还清！妄想侵略者发怜而给你生命，犹如妄想饿虎不吃人一样虚幻。喷火沸烧的热血再不能压抑它不沸腾了！惨悲剧痛下的咆哮再不能压抑它不狂喊！因为我大中华民族不愿含耻忍辱而苟安！我大中华民族宁为谋自由求解放的拼争而战死！

长汀，不是我们躲避侵略与杀戮的保护伞；长汀，不是我们忘记国恨家仇的安乐窝。看吧，敌人的魔爪已经伸向这片宁静美丽的土地；听吧，恐怖的空袭警报声时时在耳边响起。年轻的侨育学子们，让我们挥起杀敌的刀枪，英勇地踏上炮火连天的疆场，为保卫国土而战斗；让我们任劳任怨，不畏艰难地从事抗战后方的工作，致力于民众的宣传组织，以及一切救亡后援的可敬工作，以期配合起前线数十万雄师浴血的抗战，来克敌制胜，驱倭复土，争取中华民族的自由解放吧！

《笔锋》就是我们侨育学子负起抗日之责任的前沿阵地。让我们以笔为刀锋，以文做枪炮，传递前线战况，点评抗战事态，凝聚民族团结，宣泄悲愤情绪，点醒浑噩国人……让我们团结成坚强的战线，担起抗战中我们应负的巨大责任，争取我们最后的胜利！争取中华民族的自由解放！

经过一天一夜奋战，《笔锋》创刊号终于印好。彻夜等候的唐治平捧着散发着油墨香的创刊号，大声朗读创刊词，激动欣喜之情难以言表。

侨育大学沸腾了，长汀城沸腾了，师生们纷纷传递着《笔峰》，朗诵着创刊词。《笔锋》像一把火炬，让所有曾经或犹豫、或悲伤、或迷茫的心灵得到归属，得以点亮。

唐治平兴奋地对张成田说："看见没有？看见没有？我们终于有自己的报纸了，我们终于可以尽情地为抗日呐喊助力了！"

唐治平立即布置大家做好开创刊号发布会的准备工作，谁去发报纸、谁去请客人、谁去安排好会场，大家兴高采烈地领命而去。

《笔锋》创刊仪式隆重而简朴，长汀的社会名流都被邀请来了。俞县长来了，他身穿长袍，头戴礼帽，圆圆的黑框眼镜，肥肥的身子好像小了一圈，远远见到唐治平，就打招呼了："哎呀，我的唐校长，了不起，那篇创刊号有力道，侨育大学果真藏龙卧虎，人才辈出啊！"唐治平拱手致谢："承蒙县长大人抬爱！功劳您占大半！"

刘团长坐着军用吉普车也来了，他带来两瓶茅台，递给唐治平说："存货不多，送来助助兴。"唐治平哈哈一笑，说："一定要和团长多干几杯，感谢团长对我侨育大学的扶掖帮助。"

厦大的萨本栋校长也来参加了，他笑着说："这回有人一起唱对台戏，免得我们高手寂寞。"唐治平说："同道之人，今后还望多多指教！"

黄日蛟也意气风发地来，除了长衫怀表外，还特意挂了根文明棍。唐治平暗笑，真是文盲看报纸——装模作样。不过，他还是迎上前去，与黄日蛟称兄道弟，不打不相识嘛。

这些年，红军、国民党军轮番上场，长汀一会儿红，一会儿白，好不容易安静两年，日本鬼子又虎视眈眈，长汀已经好久没有一场像样的酒会了。所以，长汀的各界社会名流都争着借这个机会，好好聚聚。当然，唐治平也不是猪八戒的肚皮——吃饱撑的，他真正的目的是想多化缘。

客人们终于全部到位，宴会马上就要开始了。李应松突然慌慌张张跑进来报告："校长，不好了，门口一下来了好多乞丐。"

唐治平连忙来到门口，发现门外果真有好多蓬头垢面、衣衫褴褛的乞丐。但一般情况下，乞丐是以老弱妇孺为主，这些乞丐都是年轻人，虽然衣衫褴褛，疲惫不堪，却藏着一股独特的精气神。有位年轻人挑着一担行李，说自己是从河南一步一步走来的，有位年轻人居然牵着一头毛驴。更为奇怪的是，这些乞丐手里抱的不是破碗和打狗棍，居然是厚厚的一摞书。人虽然很多，却不混乱，被黄日蛟手下的小喽啰咋咋呼呼驱赶着："滚，快滚。"

这群人被赶得节节后退，他们一边退一边喊道："我们不是乞丐，我们是学生，我们要见唐校长。"

唐治平连忙阻拦道："等一下！"他对黄日蛟说："来者都是客，好歹先问问嘛。"

黄日蛟将嘴里的烟"噗"的一声，吐到地上，说："哼，咱们今天是要干好事的，却来了一群乞丐，晦气！他们居然还说要找你唐校长。难道校长当过丐帮帮主？哈哈……"

唐治平并不理会黄日蛟的阴阳怪气，他走进这群乞丐中，仔细看后，心头一动，忙说："我就是唐治平校长，敢问各位是？"

那群乞丐一听是唐治平校长，都激动地哭起来。他们把唐治平团团围住，眼泪一把，鼻涕一把，七嘴八舌说开了。唐治平仔细倾听，终于听明白，原来他们都是看到唐治平请《中央日报》记者发出的招生广告，抱着书，从全国各地闻讯投奔而来的青年学生。他们辗转千里，历尽艰辛，即使把所有行李丢了，也紧紧守护着唯一的入学条件——十本书，终于来到长汀。唐治平望着这群像乞丐一样的学生，眼眶湿润了，他激动地说："好！好！欢迎同学们！"

唐治平带着学生们走进会场，匀出宴席的饭菜，让学生们吃上久违的热饭热菜。他几乎忘记这个宴席的主题——为报纸《笔锋》设的创刊仪式，也忘记要去招呼其他客人了，他的眼里只有这群刚刚投奔而来的学生们。他不断帮忙端菜端饭，不断招呼他们多吃点。学生们都饿坏了，甩开腮帮，大吃起来。

唐治平将张成田拉到一个角落，交代他："等这些学生们吃饱后，将这些书收归登记，并做一个简单的入学考试，避免滥竽充数。"

张成田愁眉苦脸地说："校长啊，你把祸闯大了，那些战时培训班的学生像韭菜一样，训完一茬又来一茬，没完没了。校舍不够，老师不够，粮食不够，现在又来这么一大拨学生，我真是没办法了！"

唐治平拍着张成田的肩膀说："成田，你看那么多人来投奔我们，说明侨育有影响力，我们这一路走来，多大的困难不都解决了吗？"停了一下，他掏出心窝话："我心里清楚，你最辛苦！但是，车到山前必有路，我们先克服克服。好兄弟，拜托了！"

张成田摇摇头，想说什么，又不知要说什么，只能默默走向这群学生，得先安排他们住的地方。

唐治平望着张成田瘦小的身影，鼻子有点发酸。他发现，张成田更瘦更小了，那条瘸腿似乎更加短，一瘸一拐，一深一浅来回奔波着。一个好汉三个帮，如果没有张成田这个好兄弟，他能否当好这个校长，侨育大学会有今天的样子吗？他不敢想象。

唐治平正在百感交集时，身后突然有人重重拍了他一下，他吓一大跳，转过头，一张核桃脸皱巴巴气起起地瞪着他，不是李宅基是谁？他还没来得及挤出笑脸，李宅基已经开始兴师问罪："唐校长，你真是个大忙人啊，让我找得好辛苦。"

唐治平心慌得噗噗直跳。自己也算练得皮厚如城墙，见到省主席都镇定自若，怎么每次见到这个小老头却心慌意乱？不过他马上就恢复平静，恭敬地说："李伯父，好久不见，别来无恙？一直想去拜访伯父伯母，只是分身乏术，还望伯父见谅！"

李宅基老得好快，原先花白的头发已经全白，脸上的皱纹刀刻似的，每条皱纹写满沧桑的故事。看唐治平态度恭敬，李宅基的脸色和缓一些，他说："兵荒马乱的，我怎么能无恙？你没看我连胡子都白啦？不过，我的病都在心里，苦啊！今天来贵校，就是想问问唐校长，我好好一个女儿，跟你来到长汀，居然遭遇横祸，不仅我李家没脸见人，连生意也做不成，你说怎么办！"

唐治平一听这话，愧疚之情如汀江水滔滔不绝。是啊，李沁遭此横祸，的确与自己有关，他恨不能替她受罪。他诚恳地说："是我的错，我对不住李老师，更对不住伯父您。"

李宅基咽了咽口水说："这个废话就不说了。听说你和我家沁儿早已出双入对，老夫今天就问你一句，何时娶她？"

唐治平简直不敢相信自己的耳朵，眼前飘舞的雪花仿佛瞬间染成五颜六色，盛开成一大片姹紫嫣红的花海。他迟迟没有向李沁求婚，除了工作忙碌之外，还有一个隐隐的担忧，就是怎么搞定未来的岳父岳母。没想到，幸福来得那么猝不及防。他一时不知该说什么，脱口而出的居然是："我当然求之不得……但现在学校千头万绪……实在是没有……时间，结婚的事……再……再考虑？"

　　说者无意，听者有心，李宅基一听这话，非常失望，但又不甘心，只能硬着头皮说："我在长汀仓库里还存有不少粮食，都给沁儿当嫁妆。我们老两口要回圆通镇了，沁儿不愿意跟我们回去，把她一个人留在这里，我们实在不放心……"

　　唐治平一听"粮食"二字，两眼放光，压住心里的激动，半推半就道："那怎么能行，我只是想结婚的事缓后一步而已。"

　　李宅基知道事情成了，眼睛闪过一缕惊喜，递给唐治平一个袋子，说："你就不用推辞了，我现在就将仓库的钥匙给你，也把沁儿托付给你。"

　　"爹，您就这样把我'托付'了？未免太便宜了！"唐治平的东西突然被半空截走。唐治平一看，原来是李沁，她抢过钥匙，似笑非笑地望着唐治平。

　　唐治平大喜过望，说："沁儿，嫁给我吧！"

　　李沁轻轻哼了一下，说："不行，难道我就值那点粮食吗？"

　　唐治平疑惑地望着李沁，只见李沁一边说，一边委屈地哭起来，但是她又悄悄挪开手绢，朝唐治平挤眉弄眼，唐治平不知道她葫芦里卖的什么药。

　　这边，李宅基一看女儿哭了，急得手足无措，说："小祖宗咧，你要是嫁不出去，我和你妈可怎么办哪？"

　　李沁哭着走过去，扯着李宅基的袖子说："你们都要回圆通了，长汀留下那么多东西，都拿去喂老鼠吗？"

　　李宅基苦着脸说："哎，不是我不给你们，好歹要留点给你哥吧，他是儿子，咱们李家的传人！"

　　李沁更不依不饶了："哥在美国，还不知什么时候能回来，就是回来了，他还不一定要这山沟沟里拿不动用不了的几间破房子。再说，我们现在这么穷，你也是看在眼里的。还有这兵荒马乱的，那几间破房子没人看着管着，迟早被人占去，还不如给我们呢。"李沁撒娇说。

　　李宅基摇头晃脑道："哎，女大不中留啊，你看，还没出嫁呢，就合计着图谋娘家的东西。哎——算了，都给你们！"

　　李沁高兴地一把搂住父亲的肩膀说："欸——这才叫亲爹呢，这样的嫁妆才像样嘛。"然后又伸手说："拿来！"

　　李宅基说："在家里，你们回来拿。"说完，背着手，摇着头，落寞地离开。

　　唐治平听父女俩的对话，丈二和尚摸不着头脑，他问："沁儿，你向你爹要什么呢？"

　　李沁笑道："房契啊，爹要把长汀的两间店铺送给我当嫁妆！"

　　唐治平这才恍然大悟，又是感动又是惊喜，一把将李沁抱住，长叹道："得妻如此，夫复何求！"

二十五、婚礼

　　唐治平校长要和李沁老师结婚的喜讯，在侨育大学引起极大的轰动。大家纷纷自告奋勇，筹备婚礼。

　　唐治平看到整个学校因为自己的婚礼变得欢欣鼓舞，觉得这个婚礼早就该办了。全校师生都在为他们的婚礼忙碌着，有的准备婚房，有的剪纸挂红绸装扮礼堂，有的准备婚宴……唐治平第一次变得无所事事，只剩一个任务，那就是写请帖。他决定将全省知名的教授们都请来喝喜酒。

　　李沁问："会不会太张扬了，还是从简吧。"

　　唐治平搓了搓双手说："第一次结婚，虽然没有经验，不过隆重是必须的，你说呢？"

　　李沁笑了，她下巴抵着唐治平的肩膀，看他写请帖。突然，她问："咦——我发现你的请柬有点不一样。"

　　唐治平头也没抬，问："怎么不一样？"

　　李沁一字一句念道："凡长汀客人，不收红包不收礼物，请送两件冬衣即可。凡外地客人，不但不要红包，还有红包送。"李沁百思不得其解："什么意思？请客还发红包，这亏本生意不像是精明的唐校长做的？"

　　唐治平托起一张刚刚写好的请柬，轻轻吹着未干的墨迹，笑道："你等着，我自有道理。"

　　李沁撇撇嘴说："就你鬼点子最多，哼。"

望着李沁嘟着小嘴的可爱模样，唐治平终于克制不住，扑过去，一边吻住她的樱桃小嘴，一边将她抱上床。李沁双手紧紧搂住唐治平，迎合着他热烈的爱抚，沉浸在浓情蜜意中。

突然，唐治平停止亲吻，冒出一句："糟糕，我忘记把衣服送去'蓝福隆'漂染了，明天没新衣服穿了。"

李沁一时气结："我爹送的那么多嫁妆，随便拿点什么去换件新衣服不行吗？这件破衣服，都染好几遍了，再染也染不成新的了。"

唐治平搂住她，连连亲吻她的酒窝，然后赔笑道："染一件才两角钱，买一件要二三十元，能比吗？再说，钱都要花在刀刃上，我这就去蓝福隆漂染衣服。"

唐治平急着要起身，李沁一把扯住他，一个翻身，压在他身上，霸道地说："不许去，就是没有新衣服，你也是我的新郎。"唐治平被压得动弹不得，干脆闭上眼睛享受这浓浓的销魂的爱，简陋逼仄的小屋变成爱的天堂。

唐治平与李沁的婚礼成为长汀轰动一时的新闻。俞县长、刘团长、萨校长，还有长汀的各界名流都来了，大嘴和他的游击队员也来了，甚至游击队的许队长也乔装打扮来了。县长将手摇唱机搬到学校，全校沉浸在一片欢乐的海洋中。长汀的客人们带来很多衣服，余嘉训负责收衣服，越收越多，他始终不明白校长收那么多衣服做什么用。

外地应邀前来的老师不少，其中包括著名的物理专家蒋稼乾教授、化学专家张教授等人。

蒋教授是留美博士，唐治平是在回国的客轮结识他的。两人一见如故，颇为投缘。回国后，虽然很少联系，但一直关注彼此的状况。蒋稼乾被省内一所知名高校高薪聘请，后随学校迁到永安，此次收到唐治平的结婚请柬，他由衷高兴，一定要前来贺喜。蒋教授和其他教授果真收到红包，说是路费，看来唐治平诚意十足。

唯一不开心的是叶德香，原来她内心早就属意唐治平，原以为李沁被强暴，事态会峰回路转，自己会有机会，没想到反而成了唐治平和李沁爱情的助推器。这个婚讯让她备感沮丧，她不想留在婚礼现场，分享新娘的喜悦，虽然她自认为一直是李沁的闺蜜。

远离喧嚣热闹喜庆的校园，叶德香不知不觉走到后山。天气很冷，她紧紧裹住围巾，冻得发抖。天色渐渐暗下来，后山一个人都没有，她有点害怕，准备往回走。

突然，前面有个黑影挡住她："叶小姐怎么一个人在这里黯然神伤啊？"

叶德香一下就听出阴阳怪气的声音，不是屈子林是谁？"机电双雄"——屈子林和唐治平，都曾经是她心动的人选，但是经过这两年的考验，唐治平的风采早就盖过屈子林。她说："我怎么就黯然神伤啦？你鼻子倒是很灵。"

"哎呀，脾气一点也没改，还是那么臭。那个姓唐的结婚，老姑娘瞎凑什么热闹？总有一天，我会让他好看的！"屈子林咬牙切齿地说。

叶德香气炸了，她指着屈子林说："呸，屈四眼，你也配和唐校长比？给他提鞋都不配，缩头乌龟一个而已！"

屈子林冲过去，甩了叶德香一巴掌，说："我堂堂机电系主任，居然被你这个老姑娘骂成缩头乌龟！你又算老几！"

叶德香也不是好惹的，她一头撞向屈子林，将屈子林撞得连退几步，一屁股坐到地上。叶德香也惯性带力压在屈子林身上，两人厮打起来。

毕竟男女力量悬殊，很快，叶德香就被屈子林压在身下，她使劲挣扎，又抓又咬，却无法挣脱。

屈子林被彻底激怒了，他像只发疯的野狗，不断撕扯殴打叶德香。混乱中，他摸到叶德香藏在棉袄内润滑的肌肤，邪念顿时涌上心头。他嘴里骂骂咧咧："骂我缩头乌龟，那我就不客气了，李沁被强奸后更吃香，我倒要看看夜来香被强奸后有什么下场。"

叶德香发现危险越来越近，吓得大喊救命。屈子林已经停止殴打，开始撕扯她的衣服。他喘着粗气说："省点力气吧，大家都在闹洞房，你就是喊破天也不会有人听到，你可以去告我，没关系，我会奉陪到底的……啧啧啧，老是老了点，不过，还是挺滑的……"

叶德香又急又气又羞，加上刚才反抗过于激烈，体力严重透支，差点晕过去。

突然，叶德香感觉那双胡乱动作的手停止，接着是拳头呼啸的声音，叶德香勉强睁开眼，看到影影绰绰两个人在打斗。很快，两人扭成一团，叶德香吓得浑身发抖，想逃跑，却怎么也爬不起，跑不动。

终于，她听到是屈子林的声音："你有种，咱们等着瞧。"说完，是仓皇跑下山的脚步声。接着，是张成田的声音："哼，屈四眼，你有种别跑，居然欺负自己学校的老师，禽兽不如！"说完，他一瘸一拐走过去，扶起叶德香，说："没事吧，姑娘家别一个人往山上跑，多危险，我陪你下山吧。"

叶德香靠在张成田的怀里，感觉好踏实好安全，她终于忍不住，委屈地大哭起来。张成田搂着她，很懊恼没有保护好这个姑娘。

下山路上，叶德香已软得像一摊泥，张成田只好半抱半扶着将她带下山。张成田累得气喘吁吁，说："以后别一个人到处乱跑，多危险啊。"

叶德香弱弱地说："你管不着。"

张成田认真地说："我怎么管不着，你是我们学校的女老师，我是教导主任，你出事的话，我们是要负责任的。"

叶德香心中一动，说："你会负责任吗？"还未等张成田醒悟过来，她连忙转移话题，恨恨地说："这个屈四眼，真是禽兽不如。幸亏有你，否则我就惨了。又没有第二个唐治平，我哪有李沁幸运啊。"

张成田笑了。他想起叶德香白天挑水种菜的样子，有点脸红心跳。其实最近一段时间，他就感觉时时刻刻想见到叶德香，刚才他正好巡逻到校园后门，听到叶德香的呼救声，连忙冲上去救下她。如果说原先的叶德香扭捏作态令人作呕，那么这一路走来，吃过苦经过风雨的叶德香，简直是化茧成蝶。

张成田想起唐治平的暗示，曾经死水一般的心荡起丝丝微澜。

叶德香被他盯得有点害羞，说："看什么看，快去闹洞房吧，我们是伴郎伴娘呢。"

张成田这才醒过神来，两人急匆匆往婚礼现场赶去。

灯火辉煌的大厅内，唐治平与教授们忙着喝酒叙旧不亦乐乎。酒过三巡，他终于找到机会，鼓起勇气开口恳请教授们留在侨育大学任教。别看这些教授像饿死鬼投胎，吃得山呼海啸，但头脑比什么都更清楚，他们嘴里含着酒肉，头摇得像拨浪鼓："不行，不行。我们不能失信于受聘的学校。"

是啊，侨育大学不过是一个躲在深山的不知名的学校，还不足以吸引这群知名教授。教授们要赶在今天坐船离开长汀。战乱时期，往来长汀的船极不正常，常常几天才一班，错过了今天这班船，还不知要什么时候才会有第二班船。他们不断看手表，发现开船的时间快到了，就纷纷提出要离席赶路。

二十六、教授

　　唐治平早就料到教授们不会主动留下，便事先安排李应松将所有时钟都调慢两个时辰。

　　唐治平指着餐厅的时钟说："你们的表不准，看，还有两个时辰才开船呢。"蒋稼乾不相信，他再次掏出怀表看，再看一眼挂在墙上的钟，怎么会差两个时辰？卢英强伸出手臂上的手表，和蒋稼乾对了对，果真差两个时辰。卢英强说："蒋教授就安心喝酒吧，时间一到，马上送您去码头。"

　　蒋教授堪称业界翘楚，也是圈内有名的酒仙，只要有好酒好肉，万事皆可抛。今天唐治平特意备好长汀最出名的客家酒娘，他怎么抵挡得住诱惑？于是放下心来继续畅饮。

　　终于，两个时辰过去，蒋教授早已喝得醉醺醺的，其他教授们也都喝得东倒西歪。自从战争爆发后，物质越来越匮乏，不要说有酒喝，连饭都快吃不上，今天难得有好肉好酒，一时贪杯也在所难免。唐治平看在眼里，喜在心中。他连忙安排学生将喝醉酒的教授们扶到长汀最好的酒店安顿下来。

　　几个比较清醒的教授坚持要走，他们在唐治平的陪同下，急匆匆赶到码头，船早已开走。还没等教授们醒悟，唐治平就开口大骂："船业公司太糟糕了，我这就去找他们经理算账，耽误了教授们的行程，真是罪该万死！"

　　唐治平又安抚教授们说："战争时期，不按时开船也是常有的事情，大家少安毋躁，不如留下来多住一两天吧。"

教授们归心似箭，哪肯留下，他们吵吵闹闹，非走不可，但又没有船，这些想走的教授变得焦躁起来。唐治平不为所动，决心将这场戏继续演下去。他说："船都开走，再闹也没有用，教授们先回吧，也多为我唐治平高兴两天。再说，我还有一件很重要的事情请教授们帮忙。"

这么一折腾，天都快黑了，一行人从码头返回侨育大学时已是下午五点钟。长汀冬天，天黑得特别早，冷风嗖嗖地吹。教授们缩着脑袋，打着寒噤，将厚实的衣领拉得严严实实，无可奈何地往回走。

校园还沉浸在欢乐的海洋中。每个从身边走过的师生脸上都喜气洋洋，虽然他们衣着单薄，鼻子眼睛冻得通红。教授们搞不清是因为校长的婚礼调动了校园的气氛，还是师生们固有的精神状态就是如此，总之，他们看到了一个与众不同的、古怪而充满活力的大学。

教授们跟着唐治平在所谓的校园内绕来绕去，都快绕晕了。说是校园，其实是和民居混杂在一起，这幢是校舍，那幢可能是某户人家的住宅，然后穿过去又可能是一座教学楼。教授们窝着一肚子火，又不便发作，只好默默地跟着唐治平在黑暗中绕行。

大家沿着一条窄窄的巷子拐进一个大门，突然，眼前一亮，歌声欢呼声响彻云霄，瞬间扫除所有的黑暗和寒冷。众人还未明白过来，只听唐治平说道："各位尊敬的教授，为表治平歉意，请大家赏光参加侨育大学一年一度的篝火晚会。"

教授们揉揉双眼，看到偌大的操场上已经燃起三堆大篝火，师生们早已列队站在校门通道两侧。看到教授们走进来，立即响起热烈的掌声。一群女生向教授们献上一束束金黄灿烂的野菊花。接过野菊花，教授们都很感动，这乡野间的带着寒霜的朴实无华的野菊花，比城市花店内的玫瑰康乃馨更加珍贵。

在女生们的引导下，教授们围着中间的篝火依次坐下，其他师生也围坐在篝火旁。唐治平起身致辞，他的话一如既往的简洁："适逢其时，侨育大学第二届篝火晚会，迎来那么多贵宾，使侨育的冬天充满温暖，也充满着希望。我们相信，今日之生机，便是明日之希望！"

侨育大学的老师同学都暗暗发笑，什么第二届篝火晚会，从来就没有过第一届。这个篝火晚会是同学们精心准备，用来庆祝校长新婚大喜的，没想到，就这样被校长借用了。大家互相鼓劲，一定要把这个晚会开好，一定要让校长新郎高兴，一定要好好展现侨育大学的精神面貌。

唐治平望着这片热情的海洋，望着被女生们簇拥的新娘李沁：一身红装，粉面含春，像一支红梅，绽放在冰雪天地间。唐治平又是欣喜又是感动。越过重重人群和燃烧的篝火，两人的目光汇聚成一簇燃烧的火焰。此时此刻，唯有他们自己才能感受到彼此眼中的浩瀚波澜和心中的万丈深情。曾经的惊鸿一瞥，却是一眼万年。整个校园，所有的人和物，都在感受着、欢庆着属于他们的爱，就连李沁身边的白发父母，也笑得合不拢嘴。

熊熊燃烧的篝火很快将教授们的身子烤暖和。负责后勤的师生们将晚餐送到每个教授手中。这是一份别具一格的套餐，两个滚了芝麻白糖的糍粑、一只灯盏糕，还有一碗澄黄的客家酒酿。这些教授见多识广，却从未吃过将地方小吃配起来的套餐，尤其在抗日战争胶着阶段，各种物资极端匮乏的情况下，这个唐治平居然还能整出这样一个"中式"套餐，着实令人感佩不已。糍粑的甜糯、灯盏糕的酥香，还有醇厚迷人的客家酒酿，都在诱惑着他们的眼、嘴、胃。教授们在欢乐的氛围下百感交集，热火朝天地吃起来。

很快，晚会开始了。第一个节目是全校师生齐唱侨育大学校歌。在手风琴的伴奏下，清朗激扬的歌声响彻云霄：

> 清风山下进无疆，
> 龙门发轫中流上。
>
> 看，汀江汤汤，卧龙葱葱，
> 跻吾道于大同，
> 决决乎大风。
>
> 听，琅琅书声，济济同学，
> 洞事物皆学问，
> 笔端铸剑锋。
>
> 同学们，
> 欲成抗战之业，
> 快撞文化之钟。
>
> ……

蒋稼乾教授边喝着酒酿，边认真倾听校歌，当听到"洞事物皆学问，笔端铸剑锋"时，不由击掌叫好。他扭过头对唐治平说："这是我听到的最好的校歌！"唐治平掩不住得意："嗨，算你识货。"

第二个节目是诗朗诵配乐伴舞，一句句一声声反映侨育大学从厦门迁往长汀的艰难历程。教授们静静欣赏着师生们深情的表演，个个热泪盈眶，早将赶不上船的不快抛之脑后。

接着，歌曲《义勇军进行曲》《大刀进行曲》《黄河大合唱》……歌与舞相伴，心与心相融，大家的心一直跟着表演激荡着，感染着。特别是当《毕业歌》响起的时候，全场都沸腾了。全校师生全部站起来，齐声合唱：

> 同学们，大家起来，
> 担负起天下的兴亡！
> 听吧，满耳是大众的嗟伤！
> 看吧，一年年国土在沦丧！
> 我们是要选择"战"还是"降"？
> 我们要做主人去拼死在疆场，
> 我们不愿做奴隶而青云直上！
> 我们今天是桃李芬芳，
> 明天是社会的栋梁；
> 我们今天弦歌在一堂，
> 明天要掀起民族自救的巨浪！
> 巨浪，巨浪，不断地增长！
> 同学们！同学们！
> 快拿出力量，
> 担负起天下的兴亡！
> ……

教授们震惊了！在他们任职的大学校园内，从来没有那么强大的歌声响起。他们曾以为躲进小楼成一统，就可以逃避喧嚣远离战火。但随着时局的变化，他们终于明白，覆巢之下无完卵。如今，他们在这雄浑的大合唱里，听到了中华民族的自信与坚强，看到了中华民族不曾泯灭的理想和希望！

唐治平忘记了自己的婚礼，也忘记了要留住教授们的使命，他站起来，一起加入这气壮山河的大合唱。国家强大，个人才会有幸福和尊严，这一点，唐治平在国外求学的八年，感受太深切了。当敌机的轰鸣追赶着手无寸铁的百姓，当鲜血断肢痛哭死亡如影随形，尤其是他视为父亲的老校长死于日寇炸弹的惨状，使他更加深切认识到，学习知识固然重要，但是当整个中华大地已经安放不下一张安静的课桌时，他和他的学生们是不能置身事外的，只能拿起武器参加战斗。

保家卫国，是每个中国人应尽的职责！

随着战事的推移，唐治平越来越感到教育与战争是不可分的。他不止一次在全校师生大会上说："抗战的胜利，可说是教育的胜利；抗战的失败，可说是教育的失败。以前普法战争，普人归功于小学教师；日俄战争，日人归功于小学校，理由一点也不错。教育在平时可培养建国的人才，在战时可发挥御侮的力量。抗战建国，都要依托教育。反过来说，抗战抗不了，建国建不成，还有什么教育可言？"

他要让每个毕业生都成为精神、文化、专业上的斗士，他下定决心，要让一批批军人拥有强大的使命和超出常人的文化与科学知识，让走出校园的学生和军人一样拿得起笔，扛得起枪，上得了讲台，更上得了战场！

在侨育大学的操场、教室、食堂，但凡有空的墙面，都写着偌大的标语：

"教育有一分的力量，战事上就发生一分的效用"

"教育有一毫的疏忽，战事上就发生一毫的缺陷"

"抗战，我们的第一必修课！"

唐治平的教学理念，就这样点点滴滴，丝丝缕缕，渗透到每个师生心里，也感染着第一次来到这里的知名教授们。

这个晚上，教授们躺在温暖舒适的床上，翻阅着床边放着的侨育大学的校报《笔锋》，他们居然看到关于皖南事变的另外一种声音："千古奇冤，江南一叶，同室操戈，相煎何急！"这是周恩来在皖南事变后第一时间写下的文字。

蒋教授的酒早醒了，他贪婪地阅读一篇署名为"强国"的长文章，终于了解关于皖南事变的真相，并不是蒋委员长接见苏俄大使潘友新时及对外公开会议两度强调："新四军事件完全为整顿军纪，绝无其他问题，更无损于抗战力量。"蒋教授睡意全无，感叹《笔锋》果真名不虚传！这个唐治平不简单！

第二天清晨，天才蒙蒙亮，蒋稼乾尿意上来，迷迷糊糊开门朝走廊尽头的尿桶走去，突然被一团黑影绊了一下，差点扑倒在地。一股浓烈的尿骚味扑鼻而来，他被吓醒，心想，完了，这回要喝尿了。只感觉一只强有力的手，将他凌空捞起，他惊魂未定转身一看，原来是唐治平。唐治平也是一副惊魂未定的模样，一只小板凳倒在一边。

蒋稼乾拍着胸脯说："天啊，你，你，你不进洞房，守，守，守在我门口，做什么？吓死人了！"

唐治平摸着脑袋，像个闯祸的调皮孩子，不好意思地朝蒋教授傻笑道："我不是怕您半夜逃跑吗？"

蒋稼乾被他这么一说，内心受到很大撞击，他拉着唐治平冰冷的手，将他拉进房间，说："治平啊，你这是何苦呢？我还真没见到像你这样卖命的校长啊！"

唐治平早就被凌晨的寒风冻得缩成一团。他抱着胸，笑着说："我也不知道啊，就好像是上了贼船，下不来，总感觉日本人的炸弹炮火在后边追着赶着，我不得不奋力奔跑，不得不努力做事，不得不……"唐治平突然被什么东西哽住，他说不下去了。是啊，谁愿意在滴水成冰的寒夜，在人生最重要最美妙的新婚之夜，守在别人的门外？

蒋稼乾感觉眼角有点痒，有点湿，他不想让唐治平看到，转身开始手忙脚乱穿衣服，却不知怎么回事，将崭新的礼服穿得七扭八歪。

唐治平连忙上前帮助他整理衣服，说："你呀，还是本性难移，做实验搞学问是一流的，生活上却弱智得不行，还有没有用热水瓶装尿？哈哈。"

蒋稼乾连连摇头："不用啦，现在有夫人打理生活。你要保密，否则我会杀人灭口的。"

唐治平举起左手，做发誓状。两人不约而同笑起来。

原来蒋稼乾教授是个纯粹的书呆子，学术上无出其右，但生活能力却十分不堪，热水瓶的故事就是其中一个。他买了两个一模一样的热水瓶，一个装水，一个装尿，经常将装水的热水瓶放在地上，将装尿的热水瓶放在桌上，不过神奇的是，两个相同的热水瓶，只有蒋教授自己能分出哪个是水，哪个是尿，所以大家都笑称他为"蒋水瓶"。

蒋教授一边调整着衣服角度，一边说："我最讨厌这些繁文缛节，为了参加你老兄的婚礼，不得不将自己打扮成套子里的人。"

"您这套虎皮还有用呢,等会还要您发挥作用。"唐治平接着他的话茬。

"还有什么事吗?我可不上您的当了,再好的酒我也不喝。"蒋教授似笑非笑地说。

"我们粮食紧张,那些酒啊都让您喝光啦。"唐治平开完玩笑,接着说:"今天,是特意过来请教授们参加我们的入学仪式。"

"都几月份了,还入学仪式?唐治平,你又在搞什么鬼?"蒋教授说。

唐治平说:"是这样的,这段时间,我们从全国各地接收了不少学生,都是从沦陷区里逃出来的。侨育大学有责任为莘莘学子提供一个庇护和学习的场所。如今,学生们基本到位,学校决定举行一个入学仪式,恳请蒋教授和其他教授大驾光临。"

蒋教授无奈地耸耸肩,说:"哎,我现在是瓮中之鳖,任你摆布了。"

吃过热乎乎的芥菜稀饭,唐治平、张成田带领蒋教授和其他教授一起往操场走去。经过简陋的食堂,穿过一个小木门,是一条土路,一直往前走,路右边有一个日军炸弹爆炸后留下的大坑,坑内居然种着许多芥菜,在风中绿油油地摇摆。不远处还有几块整齐的菜地,萝卜包菜芥菜应有尽有。有教授好奇地问:"学校还种菜?"另外一个教授恍然大悟:"哦,我刚才还在怀疑,这么冷的天,怎么还有新鲜的芥菜稀饭吃,敢情都是自产自销的?"

唐治平不禁得意起来:"我们不止种菜,还种水稻。不止种水稻,还下河摸鱼抓虾。你们这两天吃的饭菜,都是我们自己种的。"他又指了指就在眼前的立着的一排平房说:"这些房子也都是我们学生自己盖的。"

教授们定睛一看,只见宿舍和地面都是泥胚筑成的,宿舍是茅草屋顶,墙上的木头窗户则糊着五颜六色的包装纸。墙上有一则标语赫然醒目:

"仁者不忧,智者不惑,勇者不惧,德者不孤"

另外一面墙上则写着:

"在学中做,在做中学"

蒋稼乾教授说:"你们这是自给自足,丰衣足食啊!"唐治平说:"没有办法,战争年代,我们不能只想着伸手去要,我们更应该想着自救。我原来是'丐帮帮主',现在是'农耕队长'了。"

"哈哈哈哈——"教授们都被唐治平的话逗笑了。

大家很快来到昨晚举行篝火晚会的操场。操场已经打扫干净，新鲜的雪花薄薄地铺在上面。一群衣衫褴褛的学生，缩着脑袋，拢着袖子，吸着鼻涕，哆哆嗦嗦排成几列歪歪扭扭的队伍。很多学生正在跑步取暖，他们看到校长和教授们来了，纷纷停下脚步，朝主席台聚拢。唐治平和教授们站在教学楼前的台阶上，面对学生，举行简短的入学仪式。

唐治平转身示意台下的张成田和几位学生，将几大箱的衣服抬到教授们面前。教授们疑惑地望着唐治平，不知道他葫芦里卖的是什么药。

唐治平说："同学们不远千里来到长汀，成为侨育大学的一分子。虽逢乱世，难有周全，但我唐治平保证，只要做一天侨育人，就有一天饭吃，有一天衣穿，有一天学上。你们是国家之栋梁，民族之希望。假以它日，你们能报效国家，奉献所学，就是侨育之光荣，侨育之骄傲！下面，就让我们以特殊的方式开始今天的入学仪式。"他将身子转向旁边的教授们，说："请教授们将这些衣服发给我们的新生们。"

新生们按照排队顺序，走到台阶前，领取衣服。

教授们只给学生颁过奖，发过毕业证，从来没有发过衣服。当他们从箱里拿起一件件冬衣时，突然感到这个任务虽然简单，却是如此神圣。他们小心捧起衣服，郑重地交到被冻得红肿皲裂的学生手上。这些衣服都是来喝喜酒的长汀达官贵人带来的，他们不清楚以衣服当贺礼的真实用意，为表心意，或撑面子，送来的衣服自然不会太差，至少是七八成新的，皮的、绒的、毛的，一应俱全。学生们领到衣服，迫不及待穿起来，顿时不觉得冷了。大家互相看着摸着对方的衣服，个个都感动得鼻涕眼泪齐流。

"张老师，我是陈萧啊，终于见到您了，呜——"突然，队伍中传来叫声哭声。"陈萧！你怎么跑到这里来了，我还以为再也见不到你了！"是张教授惊喜的声音。

"林伟强，李牧光……你们快过来，是张老师！"陈萧在招呼他的同学们。那几个被叫到的同学快速跑到队伍前方，他们与张教授抱头痛哭。

唐治平望着几位久别重逢的师生抱在一起，一会儿哭，一会儿笑，不禁想起三年前与余嘉训、李应松重逢的场景，他太理解这些优秀学生在老师心中的地位。张教授是化工行业的专家级教授，能够留住他，不仅对侨育大学有利，对整个长汀抗战都有利。

张成田不知什么时候走到他身边，悄悄说："陈萧和林伟强、李牧光都是从浙江大学逃难过来的，估计是张教授的得意门生。"

这一波还未平静，另一波又起来了，林教授也被学生认出来了，几个学生抱着林教授痛哭失声。

入学仪式在发放衣服之后达到高潮。好多教授被学生们围着、抱着，一场师生久别重逢的哭声笑声谈话声响成一片。

唐治平百感交集，默默退到操场一边。他习惯性地伸手梳理头发，手指插进日渐疏松的头发，轻轻抓一下，发现手中有不少落发，黑白交杂。他大惊，把手中的头发伸向张成田，问："你看，怎么会这样？"

张成田心头一酸，怎么会这样？不就是太劳心费神的后果吗？不过表现在脸上的，却是风轻云淡："有什么奇怪的，我掉的头发比你还多呢？"他低下头，让唐治平检验。

唐治平拨拉了一下张成田稀疏花白的头发，一时无语。他长长叹了口气说："老兄，我是结婚了，你呢？总不能老打光棍吧？"

张成田摇摇头说："你呀，快回去好好陪新娘子吧。哎——我认为，做你的夫人，不是件容易的事！"

唐治平仰头大笑："哈哈，都被你说中了。对了，你看叶老师如何？都老大不小的，没啥不好意思的，我去做这个媒人，如何？"

张成田脸红了，他摇摇头，又点点头，态度十分含糊。

两人正窃窃私语，听到张教授和林教授招呼唐治平过去。唐治平赶紧小跑过去，只见两位教授双眼通红，身边的学生也在抹眼泪。他们异口同声地说："我们留下来，和这些学生在 起！"

唐治平一阵狂喜，一只手握住一位教授，高兴得语无伦次："好，谢谢！欢迎你们……太好了！"

他又抬头望见其他几个教授，他们也已发完衣服，看见校长在看他们，也听到两位教授的表态，但还是去意很绝，说："校长别看我们，我们是非走不可的。"

唐治平将了拀黑白相间的稀疏头发，对教授们说："留则欢迎，走则欢送，教授们执意要走，我唐治平不敢留一分一秒。我们已派专人探听航船时间，并买好船票。不过现在时间还早，与其在码头干等，不如请大家参观一下我们的实验室，提提宝贵意见嘛。"

实验室和图书馆是一所大学的灵魂和支柱，也是教授们最感兴趣的地方。很多教授已经很久没有自己的实验室了，他们倒真想看看，这个唐校长的实验室，究竟是什么样子。

虽然侨育大学没有太多钱对这个原先的长汀监狱进行大规模的改造，但至少打扫了垃圾，缠绕整栋楼的阴森森的紫藤也被清除干净，露出它本来的面目。院内两边围墙的原来标语都被刷干净，写上新的标语：

"自立进步，胆量放大"

"千教万教，教人求真；千学万学，学做真人。"

蒋稼乾教授一踏进实验室，看到铁窗内是排列整齐的酒精灯，显微镜，若获至宝。他突然被一个器皿吸引住，问："这是酒精分馏器吗？好奇怪的造型。"

唐治平笑道"自己做的，虽然丑点，但还是挺好用的。用这个家伙，每天可以从客家米酒提炼出3—5升酒精，解决了酒精灯的燃料问题。"

蒋稼乾默默点头，他突然觉得，是不是名校很重要吗？自从战争打响后，他再没进过实验室，再没碰过这些熟悉的实验器材，他真想用力拥抱它们。

唐治平望着蒋稼乾的眼神，心中暗喜，说："蒋教授，我的实验室虽然条件简陋，但您需要的实验器材，我一定会想办法为您落实到位。"

蒋稼乾长长叹了口气，幽幽地说："不少大中学校都纷纷倒闭，遣散学生，谁也不曾想到，在长汀这个不为人知的小山城，藏着这样一所欣欣向荣的大学！唐校长功不可没啊！蒋某人佩服，佩服！"

唐治平微微一笑，诚恳地说："蒋教授既然佩服我，那就留下来，支持我吧！"

蒋稼乾爱不释手地摸着酒精分馏器，低声说："容我再想想吧。"

这一边，教授们好奇地东瞧瞧，西看看，不得不更加佩服唐治平。他们也在悄悄议论："这个唐治平不简单啊，监狱可以改成实验室，城隍庙可以变成宿舍，还有什么不可能的呢？我看，进了侨育大学，厉鬼都可以教育成善人！"

一席话惹得旁边的几个教授哈哈大笑，另外一名教授说："是啊，就凭他诚心诚意邀请我们这一点，就把我那边的校长比到地底下去了！"

有教授说："那你就留下来吧。"

教授说："哈哈，正有此意，不如你也留下，咱们有伴。"

那教授摇头说："不行啊，这个地方太闭塞，我待不住。"

……

唐治平竖着耳朵听这些教授们谈话，心里是松一阵、紧一阵、喜一阵、愁一阵，好不容易等到余嘉训李应松等几个学生扛着一只大木桶进来。他们将木桶停在讲台，对唐治平说："校长，都准备好了。"

唐治平掀开木桶盖，糯米饭的香味和热气扑面而来。焖熟的糯米饭，拌上油葱瘦肉香菇，是长汀的独特风味。这香味很快就将那些或心不在焉、或东瞻西望、或犹豫徘徊的教授们吸引住。唐治平招手让教授们过来，说："请大家尝尝长汀的油焖糯米饭。"

李应松已经将一碗碗油焖糯米饭递给每一位教授。教授们经过一上午的折腾，都饿了，哪能抵挡得了糯米饭的诱惑，个个端起饭碗，狼吞虎咽起来。很快，吃完一碗的马上续上第二碗接着吃，唐治平也端起一碗，快速吃起来。他更饿，不过又不敢吃太多，因为糯米饭马上就见底了，没想到这群教授看上去文质彬彬，瘦瘦弱弱，吃起饭来，不亚于那些土匪。再说，这些糯米饭还是老丈人送的嫁妆，吃完就没有了。一想到嫁妆，就想到李沁，唐治平心里又是暖和又是愧疚，等把这群教授搞定，要好好陪陪新娘子，那美妙的温柔乡啊，唐治平一想起来，就有点把控不住自己。

唐治平端起空碗，对还在专心吃油焖糯米饭的教授们说："各位教授，我们今天没有酒，你们碗中的糯米饭就是加盟酒，喝完这碗酒，你们就是侨育大学的一分子了。"只听"嘭"的一声，那只碗已被狠狠摔到地上，碎成几瓣。教授们不以为然，争取将最后几口塞进嘴里，心想，我们吃的是糯米饭，又不是酒，管它呢。

唐治平看到大家把饭吃完，一字一句介绍说："这里原来是监狱，现在用来做实验室，做实验最重要的是需要酒精。但是我们无法获得工业酒精，就只能用米酒提炼酒精。这米酒是用糯米酿的，教授们刚才吃了糯米饭，就是等于喝了加盟酒，认同我侨育大学！"

听到唐治平绕口令似的解释，蒋稼乾教授哭笑不得，他一口饭还含在嘴里，吞也不是，吐也不是，鼓着腮帮，瞪大眼睛望着唐治平。

唐治平走下讲台，轻轻拍着蒋教授的背，说："蒋教授，您说对不对？"

蒋稼乾好不容易将饭吞下去，将碗高高举起，狠狠摔到地上，一字一顿，大声说："对！我——蒋稼乾——今天就——加盟侨育大学了！"

此话一出，教授们不禁面面相觑。唐治平抓住蒋稼乾的双手，简直不知道该说什么，这个蒋水瓶啊！他何尝不知道这些都是唐治平使的伎俩，不但没有揭穿，还彻底支持唐治平。患难见真心！蒋稼乾也紧紧握住唐治平的手，凑近他的耳边，悄悄说："我答应留下，就不会偷跑的，你放心吧。快去陪陪你的新娘子吧，新娘都生气了。"

唐治平嘿嘿一笑，既感动又心酸，他已经不知道该说什么才好。

在蒋教授的带领影响下，又有几位教授答应留下来。至于执意要走的教授，唐治平也不再勉强，告诉他们侨育的大门永远敞开着，随时欢迎教授们前来。

安顿好教授们，唐治平拖着疲惫的身躯，和张成田一道返回城外的廨愿寺。他们走到山脚，仰头望一眼那几百个台阶，突然都有点心虚。张成田说："治平啊，你现在也是有家室的人了，搬到山下住吧，每天走那么远的路，还要爬那么高的山，够呛！"

唐治平说："我也想搬下来住，可是又来了这么多教授，哪里还有我住的地方，算了，还年轻，爬得动。"他边说边上台阶，只是气喘得越来越厉害，张成田跟在身后，听着唐治平喘气如牛的声音，又是心酸又是心疼。仅仅三年前，唐治平还是个动如脱兔、精力充沛的灌篮高手，如今走几步台阶就喘得不行，为了侨育大学，他是把身体都累垮了。

他们好不容易爬上廨愿寺，这里一切照常，似乎看不出昨天轰轰烈烈的那场婚礼，只看到内院的卢英强正在伏案工作。张成田说："这个卢老师，自从办了《笔锋》之后，就像发了疯，每天不停地写，名副其实的'刽子手'，和你有的一拼！"

唐治平笑道："不成魔不成家，他的文章，我爱看，犀利公正及时，他是《笔锋》的台柱子。"

张成田说："不行，太左了，我担心……"

唐治平摆摆手说："怕什么，抗日救亡是《笔锋》的基本取向，也是我侨育的精神！没看全省上下都在争读《笔锋》吗？影响越来越大了。"说完，他朝张成田挥挥手，说："今天就不请你进我房间了，哈哈。"

张成田笑着摇摇头，径直回自己房间。

一只小小的酒精炉扑腾扑腾响着，整个房间洋溢着浓浓的肉汤香味，李沁穿着昨天结婚的那身红衣服，斜倚在床头，双眼紧闭，长长的睫毛帘子般垂下，嘴角微微上扬，似笑非笑，两只小酒窝野菊花般绽放。唐治平忍不住俯下身，一路亲吻着她的眼睛、鼻子、嘴巴、酒窝。李沁猛地睁开眼睛，一把搂住唐治平，说："新婚之夜让我独守空房，看你怎么赔我！"唐治平紧紧搂住她说："赔，当然要赔，用一辈子赔！"话还未说完，嘴早已经被堵住，他们已经腾不出空间说话了。

好不容易消停下来，唐治平突然问："岳父岳母呢？"李沁说："我早就送他们走了。"唐治平愧疚地说："哎，我都没送送他们！真抱歉！"李沁掐了掐他的脸颊说："如果知道抱歉，就好好对我吧。"唐治平紧紧搂住她说："遵命！夫人！我一定要好好待夫人！我对夫人就两条原则，第一条，夫人说的都是对的；第二条，夫人如果不对，请参考第一条。"

"我看你贫嘴，油腔滑调的，撕烂你的嘴……"

"哎呦，饶命啊……"

窗外，夜幕悄悄降临，这个夜晚，注定是甜蜜的、幸福的新婚之夜。

二十七、剧团

又一个春天愈发真切地来了。只是这个春天有点异常：一滴雨也没下，不到四月，已经热得像三伏天，冬衣早就穿不住，年轻的学生们都穿上短袖。已经到种瓜点豆的清明时节，土地却裂开一个个血盆大口，汀江水已经见底，露出大片大片灰白的滩涂。孩子们无法在江里捞出美味的鱼虾，妇女们也不能在江边洗衣挑水。种子播下去，新芽还没长出，就被灼热的太阳烤熟。虽然去年的粮食和黄豆还有库存，但这个无法播种和生长的春天，让唐治平心生不祥之感。都说水灾一条线，旱灾一大片。赤土一片的长汀，将会是一个饥荒年。但是大部分师生不太懂农事，无法预知可怕的未来，唐治平不敢将焦灼和不安表露出来，只能走一步算一步。

这一天，太阳才一露脸，天地间就弥漫开热气。很快，阳光轰隆隆滚过头顶，天地间变得火光闪闪，一切植物都无法抵抗热浪的袭击，昏昏欲睡地垂下头。大路上，偶尔有人走过，都是行色匆匆，仿佛在这种阳光下待一会儿，都会被烤化。逼人的热，令人隐隐不安。这种不安在悄然发酵、膨大、蓄势，以不可觉察的速度。

唐治平迅速从实验室转战教学楼，他得赶着去上接下来的两节课。老师还是严重不足，每个老师都要上二十来节课。他还算少的，没有办法，校务方面的事情太多，实在分身乏术。

唐治平汗如雨下，低头赶路，突然眼前一黑，他抬头一看，只见黄日蛟挡在面前。身后，几个小喽啰撑着几把硕大的黄色油纸伞，挡住火辣辣的阳光，排场还是蛮大的。

黄日蛟抽过身边小喽啰拿着几张报纸，直接戳到唐治平眼前，说："老子不和你合作了，那个监狱我收回来，也不要在你那个什么笔……笔什么……的破报纸上登广告了。"

小喽啰凑过来，讨好地说："叫笔锋。"黄日蛟说："对，对，叫笔锋，什么乱七八糟的擦屁纸！"

唐治平捋了捋稀疏的头发，问："为什么？给我个理由。"

一个小喽啰说："什么破报纸，都，都成擦屁股的草纸了。"

唐治平连忙拿过报纸，发现皱巴巴的报纸上污迹斑斑。

另外一个小喽啰说："何止是擦，擦屁股，还，还糊墙呢，哼！"

黄日蛟将手上的烟头狠狠扔到地上，用力踩两下，再扭两下，说："爷爷我还以为是什么宝贝，还做广告呢，屁，全都去擦屁股，糊墙壁了，难怪我的茶叶卖不出去。姓唐的，你他妈的就是发了霉的葡萄，一肚子的坏水！"

唐治平明白了，估计是黄日蛟在乡下看到《笔锋》别的用途。报纸嘛，看完之后还能做什么，擦屁股糊墙壁还算好归宿了，我们还拿来擦脚擦皮鞋包红烧肉呢。不过也怪自己宣传抗日心切，没考虑到在广大农村，大部分农民并不识字。其实除了办报纸，是不是还更应该办一些让不识字的老百姓喜闻乐见的形式？比如剧团？学校早就有剧团了，唱歌演戏红红火火的，旗子随时都可以扯起来。他望了望气呼呼的黄日蛟，心里暗暗说："不好意思了，兄弟，这回还是要和你合作。"

唐治平赔笑道："黄老板，当初我们的合作可是非常愉快而且大有成效的，不消说你赚了大名声，我的实验室还帮你的茶山获得丰产。这些好处你不说，就遇到几个农民不识字看不懂报纸，就说我的报纸没效果，我们的合作就要终止，这不是让你我都损失惨重吗？"

黄日蛟将脖子一伸，蛮横地说："呸，你们的老师学生有几个买得起茶叶，喝得起茶？一群穷鬼！"

唐治平眼睛一瞪，也不客气地说："黄老板，我侨育大学虽然穷，但请你想想，从我侨育大学走出去多少英雄好汉！长汀城里哪个官兵不是侨育的学生，清风寨的绿林好汉哪一个不是我侨育训练过的！人敬我一尺，我敬他一丈，否则，别怪我手下不留情。"

黄日蛟被唐治平这么一凶，心里有点发虚。他说的没错，今天的侨育大学不再是刚来长汀时的侨育大学。翅膀硬了，脊梁骨挺了，说话都嚣张了。罢罢罢，好汉不吃眼前亏，黄日蛟口气缓和下来，说："哼，你以为我会害怕吗？不过，俗话说，人为财死，鸟为食亡，你又有什么鬼点子，说来听听？"

唐治平知道他就是个欺软怕硬的家伙，于是口气放缓，说："怎么办，我们继续合作啊。可以弄个剧团，唱唱戏，跳跳舞，老百姓喜欢看，看得懂，大家都皆大欢喜。"

黄日蛟说："你们唱戏跳舞，关我屁事，别再骗我。"

唐治平说："你的茶叶不是可以跟着剧团一起卖吗？剧团走到哪里，茶叶卖到哪里，我们还可以编一些关于茶叶的戏嘛。"

黄日蛟盯着唐治平，半天不说话。

太阳越发火辣，唐治平心急如焚，估算着课间时间快结束了，得赶紧去上课，又被黄日蛟盯得心里发毛。他决定以退为进，说："你如果不肯就算了，多一事不如少一事，我还懒得管这些闲事。上课去。"

黄日蛟嘴角上的黑痣抖了抖，态度突然来个180度转弯，笑着说："校长说得有理，好，我们就成立剧团，你出人，我出钱，你演戏，我卖茶叶。"

唐治平有点不相信他态度转变得那么快，但是他没时间深究，连忙说："太好了，我现在赶着去上课，等下课后，咱们再从长计划。"黄日蛟一挥手，两边喽啰乖乖往两边靠，让出一条道，唐治平侧着身子穿过他们，急忙往学校赶。

望着唐治平急匆匆离去的身影，几个喽啰着急地说："大哥，你傻啊，那个唐治平坑我们还没坑够吗？"黄日蛟冷笑道："哼，这回看我怎么坑他！如果坑不倒他，我就不姓黄！"

唐治平小跑着冲向教室，黄日蛟那么快就答应他的提议，应该高兴，但他心里很不踏实，又无暇顾及。上课，对老师来说，是最神圣的时刻，迟到一分钟，就等于浪费全班四十名学生的四十分钟，这是严重的教学事故。

下课后，唐治平迫不及待将余嘉训李应松等人召集开会，商量办剧社的事宜。李应松曾经可爱的婴儿肥已长成瘦削的棱角，余嘉训就更瘦了。他们很快就要毕业，已经有不少部门在预约这批毕业生，就业没有问题。唐治平决定将这个剧团交给卢英强负责。卢英强也衰老瘦弱许多，长期熬夜写稿令他脸色灰白，眼眶发黑。卢英强爽快答应负责起剧团的工作，大家一直商量到天快黑了才结束。

就快散会时，突然听到外边有人喊："唐校长——唐校长——不好了——"

唐治平被这一声"不好了"吓得心惊肉跳，一个学校，上千号人马，哪个"不好"都会要他的命。他现在早不是当年的"无所谓"了，简直是风声鹤唳，草木皆兵。

只见叶德香急匆匆跑进来，手按着胸口，大口大口喘着气说："李……李沁，晕倒了！"

唐治平整颗心揪成一团。他不顾一切冲回家。其实李沁气色不好，已经不是一天两天的事，唐治平几次三番想陪她去看病，李沁总说，没有关系，休息好了就没事了。也难怪，每周二十来节课，天天吃青菜稀粥，铁打的身子也吃不消。李沁说没事，唐治平就真的认为没事，他一门心思投在学校的千头万绪中。哎，真该死！虽然廯愿寺离校区只有区区三里路，但对唐治平来说，这条路怎么老走不到，他恨不得长出翅膀，立即飞到李沁身边。

唐治平好不容易赶回家，只见狭窄逼仄的房间内，校医刚刚走出来，几位老师站在门前窗外小声议论着。蒋教授的夫人端着一碗浓稠的小米粥，上面卧着一枚鸡蛋，正朝这边走来，见唐治平回来了，连忙将小米粥递给唐治平说："鸡蛋是我下的，粥是我熬的，你快给李老师吃。"

唐治平想笑，却笑不出来。其他老师都笑了，蒋夫人突然醒悟，急忙说："嗨，是我家的鸡下的蛋，讨厌。"

唐治平接过小米粥，来不及道谢，连忙拦住校医，焦急地问："怎么回事？"

校医笑眯眯地说："是喜事，你要当爸爸了。"

唐治平简直不敢相信自己的耳朵，他的手一抖，滚烫的小米粥倾倒在手上，他疼得连忙将整个手掌塞进嘴里，朝四周望了望，只见四周全是惊喜的笑容，耳边不断响起"恭喜恭喜"的声音。好不容易疼痛减轻一点，唐治平放轻脚步，走进房间，将小米粥端到李沁面前。李沁苍白的脸上浮起一片红晕，娇艳得像清风山崖壁上火红的杜鹃花。唐治平舀起一勺粥，送到李沁嘴边，又连忙收回来，吹了吹，轻轻说："烫，我吹凉点。"

李沁笑了，她从来没见过唐治平这样不知所措傻乎乎的样子，她接过汤勺，送到自己嘴里，嗔怪道："看把你高兴的。"

唐治平傻笑道："呵呵，能不高兴吗？我要当爸爸了。哎，要是我妈地下有知，该多开心啊！"

李沁点点头说："我要捎信给我爹娘，他们知道了，一定会很高兴的。"

唐治平连连点头："对，对，告诉岳父岳母大人，他们要抱孙子了。"

校医已经走到门外，突然想起什么，转身对唐治平说："校长，李老师不能长时间站着上课，还有，她需要增加营养。"

李沁急了，直起身子说："学校师资不够，我不上课不行，还有我不能什么事都不做，会闷死的。"

唐治平按住她的身子，说："课就别上了，身体要紧，我们马上要成立剧团，你就到剧团来，当当编剧，打打杂吧。"

李沁无奈地点点头。

剧团很快成立起来，名字就叫"侨育剧团"。编剧本、做道具、排练，剧团的各项工作有条不紊地进行着。唐治平的意思，是通过喜闻乐见的舞台形式，让不识字的农民、贫民接受教育，达到宣传抗日的效果。唐治平让学生们制作几个活动画版，用于宣传黄日蛟的茶叶。余嘉训、李应松等几个学生很不解："我们是宣传抗日的，居然做茶叶的版画，难道是去卖茶叶的吗？"

唐治平说："管中窥豹，日本人害得老百姓连茶叶都喝不起，你们说怎么办？"

林梦瑶点点头说："嗯，我来画。"

唐治平说："仅有茶叶是不够的，我们还得画一些抗战的图画，老百姓大多不识字，所以字要少，画要多。"

黄日蛟也过来看版画，却找不到关于茶叶的宣传画。他气得找唐治平算账。唐治平带他一幅一幅看漫画，原来其中穿插着很多茶叶的图片和故事，融入抗日的故事。

唐治平向黄日蛟解释说："如果单纯宣传你的茶叶也不好，所以只能将广告植入故事中。"黄日蛟无话可说，余嘉训等人暗暗发笑。

同学们利用课余时间，抓紧排练节目。大家决定先去最靠近前线的圆通镇演出。李沁要一起去，唐治平不放心。不过，他能理解李沁的心情。都说不养儿不知父母恩，自从怀孕后，所受的种种苦，让李沁更感念父母的恩情。她一定要回家看看父母，唐治平只得依她。

穷困偏僻的闽南乡村，侨育大学抗日剧团的到来，比春节还要热闹。他们扶老携幼，蜂拥而至，每天的演出都挤得满满当当的。

已经是第五天演出了。第一场戏依旧是由巴金的小说《家》改编的话剧。当林梦瑶扮演的鸣凤含恨自杀后，李应松扮演的觉慧泪流满面，发疯般寻找她时，所有的人都哭了。林梦瑶站在幕后，望着李应松，心里默默念着："他真的这么爱我吗？真的吗？"李应松已经下台，他一走进幕布后面，就撞到了林梦瑶，逼仄的空间令两人不得不紧紧靠在一起。两人脸都涨得通红，又多么希望时间就此停滞。突然，一阵急促的脚步声，又是一阵大声的咳嗽，两人突然意识到什么，连忙分头离开，心却狂跳不已，又异常甜蜜。

大声咳嗽的是余嘉训，他光着脑袋，后面拖着根鞭子，穿一身破旧的马褂，已经走到幕后，准备下一场戏《阿Q正传》。

余嘉训演阿Q，累得快吐血。因为他每天晚上头上要挨赵秀才一竹杠，假洋鬼子一手杖，偷萝卜的一场还要翻过一堵墙，最后在监狱里还要让二虎骑在身上打一顿。不过再累，他也乐此不疲，因为他最盼望的还是摸小尼姑的脑袋那出戏，小尼姑是杨月英表演。这个小钢炮居然毫不犹豫地把头发都剃光了，赢得剧社所有成员的敬重。

卢英强还编剧了一场戏——《祖国》，讲述教授们带领学生英勇反抗日本侵略的故事，上演后反响热烈，颇获好评。观众会自发跟着高喊："打倒日本帝国主义，中华民族万岁。"

除了表演话剧，剧社的成员们还教农民们演唱抗日歌曲，如《灾民泪》《农民舞》《松花江上》等歌曲。农民们虽然不识字，但是他们听得懂，看得懂。他们甚至拿着报纸，请学生们帮忙念报纸上的抗战宣言，了解中国战场上的胜利或者失败。

抗战，将全中国人民拧成一股绳。

余嘉训决心毕业后到农村办学校，教育农村的贫苦孩子。

唐治平虽然没有跟着剧团下乡，但是他一直在牵挂着剧团，他们现在到哪里了，演出还顺利吗？两周之后，突然有消息传来，剧团回不来了，因为黄日蛟派去的随行财务和司机开车跑了。

车没了，资金没了，剧团寸步难行，连吃饭都成问题。唐治平心急如焚，连忙去找黄日蛟。黄日蛟狡兔三窟，唐治平好不容易在五通酒楼找到黄日蛟，他已喝得半醉。唐治平一把抓住黄日蛟的衣领，问："我的剧团为了宣传你的茶叶，深入前线，你半路让人撤走经费，撤走车，扔下他们不管不问，你这是什么居心？"

黄日蛟醉眼蒙眬地望着唐治平气急败坏的样子，忍不住哈哈大笑："哈哈——哈——没想到，唐校长也有今日，哈哈——"

唐治平的肺都要气炸了，这个剧社里，都是他的亲人、好友、学生，他悔就悔在真的相信黄日蛟的许诺，真的将整个身家押在这个流氓身上。他气愤地说："如果我的人有半点闪失，你就别想在长汀混了！"

黄日蛟并没有被吓倒，将手一摊说："老子我从来不知道信义两个字怎么写，反正老子现在是没钱养你的狗屁剧团，你自己看着办吧。"

和这样的流氓有什么道理可讲？唐治平强忍冲动，将蠢蠢欲动的拳头按捺回去，松开黄日蛟的衣领，咬着牙说："黄日蛟，你等着，只要剧团有危险，我一定会把你的狗头扔到汀江喂鱼！"

唐治平找到张成田，将学校下半年的所有经费预支出来，他要亲去把剧团接回来。然后他又去找刘团长，刘团长一听也紧张起来："你呀，真是聪明一世糊涂一时，怎么能相信这个流氓呢？"

唐治平已经后悔得脚指头都在抽筋，他沮丧地说："现在只能请团长帮忙了。"

刘团长不等他说完，连忙派出一部敞篷的军用卡车给他，说："快去接你的宝贝们吧。"唐治平双手抱拳，朝刘团长深深鞠一躬："大恩不言谢！"

张成田要一起去，被唐治平拦住："学校总得有个领头的人，你留下，我去就行了。"

唐治平轻装上阵，坐着敞篷军用卡车，不到一天时间，就翻过清风山，渡过滚石滩，来到圆通镇。唐治平看天色已晚，决定先拜访岳父岳母，再接着赶路。

唐治平没想到，门庭冷落的东阳楼内，欢声笑语，热闹非凡。他轻车熟路地推开偏门，一脚迈进去，只见鹅卵石铺就的庭院内，剧团的师生们正在忙碌。有的洗衣服，有的看书，有的抓紧时间排练。突然，有人发现唐治平，很快，惊喜的喊声在院子内回响："校长来了，校长来接我们了。"

顿时，院子内像煮沸的粥，扑腾扑腾热烈地响起来。楼上的房间被一间间推开，一个个脑袋从走廊探出来，大家兴奋地喊："校长，校长！"咚咚咚，全是奔跑下楼的声音，很快，唐治平就被学生们团团围住。

唐治平看到学生们毫发未损，有些甚至还胖了点，不禁笑了："你们这是来享福的吗？"

李应松说："是校长夫人的功劳啊！"

卢英强说："多亏了李沁老师，还有她的父母亲，把我们安置在她家中。否则我们都得睡到田里去。黄日蛟这个流氓，居然把所有钱卷款而逃，把车开走，害得我们差点饿死，还险些遭遇日本兵。"

唐治平说："夜路走多了，总会碰到鬼，大家没事就好，收拾一下，咱们明天就回长汀。"他这才想起李沁，不知现在情况如何。

唐治平拨开围拢而来的学生们，急匆匆朝偏厅走去，他想起第一次来到这里吃过的那餐热饭热菜，心里充溢着无限的温暖。

果真，李沁和李宅基夫妇正静静坐在偏厅等唐治平。看到唐治平进来，李沁缓缓站起来，她的肚子明显更大了。唐治平心头一热，连忙走过去，一手拉住李沁，一手放在她的肚子上，轻轻说："谢谢你，沁儿！"

李沁转过身，指着李宅基夫妇说："应该谢谢爹娘，是他们执意邀请剧团到家里来住的，还把库存的粮食都拿出来。"

唐治平这才发现自己失礼了，应该先问候岳父岳母才对。他连忙松开李沁的手，朝岳父岳母深深鞠一个躬："岳父岳母的大恩大德，治平永世难忘，请受治平一拜！"

李宅基连连摆手，说："客气什么，都是一家人嘛。只要对沁儿好，其他都不必计较。"

李夫人望着李沁，忧心忡忡地说："眼看就要生了。"

李沁拉着母亲的手，撒娇道："娘，你就要做外婆啦。"

李夫人转头对唐治平说："剧团跟你回去，但是沁儿必须留在家里，她这么大的肚子，实在不适合长途奔波。再说，长汀的条件没有家里好，我要亲自伺候她坐月子。"

李沁着急地望着母亲，说："娘，这怎么行呢？治平他……"她使劲朝唐治平丢眼神。唐治平蒙了，说真的，他舍不得将李沁留下，但是，他真的有时间、有条件照顾好李沁吗？这么大的肚子，经得起山路颠簸、长途劳累吗？他结结巴巴地说："岳母大人，这个，那个……"

李夫人坚定地说："我只有一个女儿，她平平安安生下孩子，我完完整整将她母子还给你。你安心做好你的校长，管好你的学校，到时候过来接老婆孩子，最多不过半年，你说呢？"

李宅基说："治平啊，沁儿留在娘家，你还有什么不放心的呢？"

唐治平艰难地点点头，又看看李沁，只见李沁眼泪汪汪地望着他，他一时间感觉心被割裂成好几块。他搂住李沁，轻轻说："等你平安生下孩子，我就来接你们。"李沁含泪点头。是啊，留在父母身边安心养胎，平安将孩子生下来，这是最好的选择。

这一夜，唐治平和李沁相依相偎，静静地聊天谈心，憧憬着战后的生活，想象肚里的孩子长大后是什么样子。唐治平有多少不舍，就有多少话语，千交代万嘱咐，仿佛要将一辈子的话说完。李沁睁着大眼睛，含泪听着，一直到晨光初现，鱼白的天色浮上来。她说："给孩子取个名字吧。"

唐治平想了想说："沁儿，再唱那首歌，你经常唱的。"

李沁轻轻哼起来：

> 月光光，日晶晶
>
> 行远路，过田畦
>
> 潭水照月明
>
> 清溪日辉映
>
> 划舟过龙门
>
> 骑马到云亭
>
> 雄赳赳，文悠悠
>
> 雁飞千里，鹿鸣深山
>
> 鱼靠水，鸟依林
>
> 月到十五圆又圆

唐治平说："月和日合起来就是明字，抗战必将胜利，我们的明天一定是光明的，无论男女，都取名唐明。"李沁抚摸着大大的肚子，忍不住笑出声，说："哪有这样取名的，干脆叫唐明皇算了。"唐治平笑了，赶紧分辩道："不一样，不一样，此明非彼明。"李沁轻轻地打着他的手，"知道，逗你的。"

天，很快就亮了。雨却开始下起来，淅淅沥沥，洒在屋檐上，发出沙沙沙的微响。唐治平和几个男生戴上八卦圆形斗笠，身上围着油纸，跳上敞篷车，打开大号油纸，将行李严严实实包扎好，准备出发。

李沁挺着大肚子，撑着红色油纸伞，送了一程又一程。唐治平坐在车后头，望着那把红色油纸伞像一盏红灯笼，又像一朵盛开的山菊花，渐渐消失在雨雾中。唐治平感觉自己整个心也一起消失在雨雾里。有那么一刻，他真想跳下车，什么也不管了，老婆孩子热被窝才是能真切握在手里的稳稳的幸福！但是，他还是强忍泪水，扭转过头，面朝前方，一言不发。剧团的师生们都不说话，他们默默地坐着，身子随着汽车在崎岖不平的山路颠簸。

这一趟下来，把侨育大学下半年的经费用光了。唐治平心里觉得空空的，再想到连续干旱的这个春天，还有迟迟没有拨下来的工资。他决定再做一回"丐帮帮主"，让剧团在长汀街头演出募捐，尽量让这个即将到来的灾荒减轻一点风险和负担吧。

只是，在长汀街头的台子刚刚搭起来，黄日蛟又出来捣乱。他带着一群喽啰，占着好大地方，愣是不让群众靠近，还大声嚷嚷："侨育大学是国立大学，政府是有拨款的，他们在这里募捐，不过是想要来发奖金福利的，大家千万不要上当。"

老百姓对黄日蛟没有好感，本也不以为意，但经不起一帮小喽啰的挑拨，也感到疑惑：是啊，侨育大学怎么也可能穷成这样呢？大家议论纷纷，甚至有老百姓开始责怪唐校长。

唐治平本来对黄日蛟就窝着一肚子火，这下是再也忍不住了。他冲过去，一把抓起黄日蛟的衣领，用力一转，再一推，黄日蛟被转了360度，踉踉跄跄往前冲出去丨来米。

黄日蛟好不容易站稳身子，回过神，指着唐治平说："你，你，你敢动手打我？"

唐治平袖子一撸，双手叉腰，直直走向黄日蛟说："我打的就是你这个言而无信背信弃义的流氓！就是因为你临时变卦撤资，才将我侨育大学的师生置于危险境地，让我侨育大学陷于困窘之境。今天你还敢来这里砸场子，同学们，咱们不要和他客气，给我打！"

学生们早拿好木棍、竹竿等东西，就等校长一句话。他们冲上去，抓住这些地痞流氓狠揍。今天的学生早已不是三年前手无缚鸡之力的文弱书生，都是经过战时培训课的磨练，无论在体格还是在格斗上都比这些小混混不知强多少倍。那些小喽啰哪里经得这个阵势，被打得哇哇乱叫，夹着尾巴落荒而逃。黄日蛟更是被打得动弹不得。

　　黄日蛟带着这群小混混横行长汀不是一日两日，长汀百姓早对他们敢怒不敢言，如今唐校长带领的师生好好教训他们一顿，真是大快人心。围观的百姓纷纷拍掌叫好，侨育大学的师生们终于扬眉吐气。

　　唐治平说："这就叫以恶治恶，对这些恶人，一味的忍让是不行的，早就要好好教训他们了！"

二十八、饥荒

"这是怎么回事？"这天，张成田急匆匆地走进唐治平的办公室，举着报纸责问他。

"怎么啦？"唐治平从书桌中抬起头来，反问道。

"你就别装了，治平。你的底细我还不知道吗？"张成田将报纸摔在桌上，指着第四版下方的广告说："亏你想得出，在自己的报纸上做广告，卖店铺！这店铺可是李老师剩下的唯一嫁妆了……"

唐治平赶紧摆摆手，阻止他往下说："成田，别那么大声。你不说，谁知道？"

"你以为你做得聪明？只要有头脑的人想一想，就知道是你出的鬼主意。哼，联系人是和尚，可和尚在长汀无亲无故，不是你还会是谁？为了学校，将岳父的粮食吃掉，陪嫁的银元用光，而今你又要卖剩下这两间店铺。治平，你不能这么做，一个侨育，让你付出的太多了！"张成田激动地说。

其实，唐治平何曾不想留下岳父给的这份厚礼，可是眼看山穷水尽，只能出此下策。剧团在长汀一分钱没有募集到，大家灰头土脸地回到学校。挪用了学校下半年的办公经费，他很清楚情况有多严重。省政府已经好几个月没有拨款，不要说学生们的助学金发不出去，老师们的工资也好几个月没发，很多老师家里都快揭不开锅了。

唐治平问张成田："你到永安见到陈鉴主席了吗？他是什么意思？"

"陈主席在永安的办公室都快被人挤爆了，都是找他要钱要粮的。

他现在是泥菩萨过河，自身难保啊。他对我说，实在办不下去，就，就，就解散吧。"张成田低下头，不敢看唐治平。

唐治平感觉怀里揣着根冰棍，一下凉到心底。他扭头朝窗外望去：春雨成河的春分过去了，雨没下，种瓜点豆的清明只得无所事事；春雷阵阵的惊蛰过去了，天空依然晴朗白亮，种种管管的小满只能望天兴叹；样样要种的芒种，一样也种不了，寸草不生，土地龟裂，五谷难实，可以想见秋后，将会有一个怎样的大饥荒来临。再加上日本鬼子的轰炸像挥之不去的梦魇。越来越多的人逃离家园，路边充斥着乞讨和悲号之声。就连曾经充盈丰满，给学生们带来很多鱼虾美味的汀江，裸露着干涸的河床，像一双早已哭干眼泪的瞎眼。长汀城内城外，笼罩在焦灼肃杀的恐慌中。

唐治平黯然神伤，他低头沉思良久，一字一句说："老师工资减半，领导多加一倍的课，鼓励学生们外出兼职。对了，李沁的工资，就不用再发了。"

张成田一边听，一边点头，一直听到说不要给李沁发工资，他惊问："治平，你说的是什么话？李沁是我们侨育最年轻有为吃苦耐劳的老师！她现在怀孕了，更需要营养，以后孩子出生，用钱的地方还很多……"

唐治平被张成田的话逗笑了："嘿，我代表李老师家属，感谢张主任如此高的赞誉！"他话锋一转，说："但是李老师现在回家保胎生孩子，没有为学校工作，自然不用发工资，就这么办吧！"

张成田还想说什么，被唐治平挡回去。看着唐治平瘦得两颊凹陷，两眼通红的样子，他心里很难受。如果不当这个校长，这个公子哥即使不能像在厦门那样三天两头下馆子看电影，也不至于像今天这样劳累，还要克扣自己怀孕妻子的工资！在厦门时，打死他都不会相信唐治平会有这样的胸怀和能力。

唐治平呆立在窗前，望着枯萎的草木，真想甩手不干，去和爱妻团聚，轻轻松松过自己的小日子。但是唐治平十分清楚，现在的侨育不比当年，无论师资和生源都可以和全省乃至全国的名校相比，差的只是钱。可恨的"钱"啊，像孙悟空的紧箍咒，将他牢牢套住。虽然他一直不断在鼓励自己，可是巧妇难为无米之炊，没有钱，用什么来撑？他只能打起岳父给的两间店铺的主意了。

　　唐治平立即拟了一份出售广告，交代和尚以他的名义刊登在《笔锋》上。他跟和尚反复交代，这是他的一个远房亲戚的房产，不方便出面，要和尚谁都不能说，如果有买主上门就径直带到他这里。谁知道，今天的报纸一出版，张成田就找上门来。

　　唐治平拍拍张成田的肩膀，故意轻松地说："对了，那个黄日蛟有没有来找我？"

　　张成田连忙说："你们两个真是哥俩好啊，几天不见，如隔三秋。他确实来找你，他知道我们揭不开锅了。"

　　唐治平冷笑道："揭不开锅就找他要米！"

　　"可惜我也没有米，我也是来找唐校长要米的！"都说长汀地皮浅，讲人人人面前，说鬼鬼拍门，那个黄日蛟不知什么时候，竟大摇大摆地出现在唐治平办公室。

　　唐治平眼睛一亮，看来上次下手还太轻，那么快就好啦？居然又敢送上门来？

　　黄日蛟今天倒是只身一人来到侨育大学，那群小喽啰一个都没带，像微服私访的钦差大臣，虽然少了排场，架势依然十足。他说："嘿嘿，我知道唐校长想我了，我呢，伤口一疼啊，就特别想念唐校长的拳头，所以我今天又来了。"

　　唐治平笑着说："真是抱歉了，那天一生气就下手了，没打坏哪个部件吧？"

　　黄日蛟也一笑，说："还好，谢校长手下留情，只是把我的弟兄们都打散了。不过，老子今天来还有更重要的生意要做。"黄日蛟点燃香烟，朝他们俩吐出一个又圆又大的烟圈，然后不慌不忙地从腰间抽出今天的《笔锋》报，对唐治平说："老子大字不识一箩筐，不过这个广告我倒留意到了。管家只念一遍，我就知道这个店铺的主人是谁。唐校长，看来你真的是揭不开锅啦，哈哈哈……"

　　唐治平竖起大拇指赞道："黄老板实在聪明啊！想买我的旺铺？"

　　黄日蛟不紧不慢地说："唐校长，你那两间店铺确实不赖。可是你掐指算算，现在兵荒马乱的，长汀城里，除了我黄日蛟，还有谁想买、又能买得起你店铺？"

　　唐治平干脆地说："我可以把店铺卖给你，不过我要银元，一次性付清，不许欠账。"

张成田急忙阻止道："校长，你好歹为李沁老师留点东西，那可是人家的嫁妆啊！"

唐治平说："张主任放心，今天李老师即使在这里，也一定会支持我这样做的。"

"可以，不过价格要打六折。"黄日蛟说。

唐治平不假思索地说："九折。"

"七折。"黄日蛟伸出手指比画道。

"九折。"唐治平咬紧牙关。

张成田望着两人的讨价还价，又是好气又是好笑。终于，两人以八折达成协议。

将最后这份嫁妆卖掉，学校总算能暂时渡过难关。唐治平感觉快虚脱了，全身的力气都被抽尽，一种说不出的难受油然而生。他望着窗外，阳光下，一群蓝衫黑裙齐耳短发的女学生背着书包经过，他恍惚看到其中一个正是李沁：她笑容满面，两只可爱的小梨涡像星星闪亮。他想伸手去拉住她，那群女生很快走远了，李沁也不见了。唐治平的心沉沉地，直接落入深谷：沁儿，对不起，等战争结束后，我一定会加倍补偿你的！

转眼，端午节过了，天气越来越热，还是没下一滴雨。热气在烟林横陈的田野蔓延，仿佛能听到叶子们在暑气中的喘息。

这天，唐治平正在上课。简陋的茅草屋，冬冷夏热，不到九点，火辣辣的太阳已经肆无忌惮地透过屋顶的缝隙，渗透到教室内。青春的热量聚拢在一起，不断蒸腾，唐治平浑身越来越燥热，再看一眼学生们，也个个热得满脸通红，汗流浃背。他连忙吩咐大家把能打开的门和窗统统打开，还是没有一丝风吹过。课本很少，只能三两个学生合一本，大家忍着炎热，凑在一起看书。

突然，窗外传来一阵嘈杂声。一群学生正稀稀拉拉从教室走出，他们好像很生气，大声说着什么。

唐治平走出来问："还没下课，你们怎么回事？"

为首的是张三分，此人个子不见长，声音倒是大了许多。看到校长不怒自威地站在面前，他心虚了，一边用书扇风，一边结结巴巴地说："老师说……说……上课减半。"

唐治平问："谁的课，为什么减半？"

"我的课。"只见屈子林摇着一把蒲葵扇，不慌不忙地走出教室，挑衅地望着唐治平。

唐治平这才发现自己已经好久没有注意屈子林了。这个曾经发出既生瑜何生亮感慨的劲敌，在唐治平大放异彩时，这个瑜的光芒早已被遮盖得无影无踪。

很多敌人就像毒蛇，是有蛰伏期的，在适当时机，他们会悄然出动。比如上次企图强暴叶德香，就是一次可怕的攻击。当时张成田向唐治平报告此事，唐治平大怒，立刻想去教训他，是张成田拦住他："毕竟是强奸未遂，如果传出去，会影响夜来香的名誉，也影响到侨育的名誉，再说现在学校老师稀缺，扣他三个月薪水，以后对他提高警惕就是。"唐治平只得勉强同意，从此对他更是提防和厌恶，这个屈四眼就是一条透着凉意的阴鸷的眼镜蛇。对付这样的毒蛇，只能以毒制毒。

唐治平严肃地问："屈老师，这是为什么？"

"我们只拿一半的工资，那就只能上一半的课。又要马儿跑又要马儿不吃草，唐校长，我做不到啊，我好饿好饿，没力气上课。"屈子林拿着蒲葵扇拍拍自己扁扁的肚皮。

唐治平大声说："好，屈老师不上课，我来上。同学们，请进这个教室，大家挤一挤，一起上课。"

教室本来又小又热，一轰隆再进来二三十个青年学生，等于带进二三十个火炉。有的一屁股挤到已坐满学生的凳子上，把他们挤得哇哇直叫；有的站在走道上，挡住后面学生的视线；有的叫太热了，太热了，随手从桌子上拿别人的书本扇风；有的则死死盯着女生，想挤过去套近乎……刚才还好好上课的本班学生不干了，他们纷纷抗议："别吵了！""热死了！"

整个班级闹哄哄乱糟糟的，唐治平的课也上不下去。他打开教室门说："不想上课的，全部给我滚出去！"

大家很少看到校长发火，吓得都停止吵闹。几个带头的学生怯生生地站起来对唐治平说："校长，我，我们错了。"

唐治平神情黯然地说："你们没有错，是我无能，不能给老师发工资，不能让同学们吃饱肚子！"唐治平越说越难过。这些年，他为了侨育大学，四处奔波，殚精竭虑，如今因为发不出工资，大家不是想着如何同舟共济、共渡难关，而是跟着起哄吵闹，真是让人心寒。唐治平不再说话，他收拾起讲台的书本，低头走出教室。

好多学生都羞愧地低下头，他们紧跟其后说："校长，我们……对不起……"

唐治平头也不回地说："今天的课就上到这里吧，你们好自为之！我要去看蒋教授，他，生病了！"

学生们连忙说："校长，我们也要去看蒋教授。"

唐治平不置可否，快步向前。越来越多学生紧随其后。

饥荒说来就来，干旱了大半年的长汀，田里颗粒无收，去年的存粮又所剩无几，唐治平很庆幸将李沁留在娘家。

张成田站在校门口等他。两人约好上完课一起去看望蒋教授的。张成田个子本来就小，如今更干瘦得像个没长大的孩子，原本就走得不快的脚步，因为饥饿，更是走得起起伏伏，漂浮不定。

唐治平一开始是将王家大院内最好的房间安排给蒋教授一家。但蒋夫人强烈要求住在南山的简易教工宿舍内，就因为房前屋后有不少空地，可以养鸡种菜。

蒋稼乾教授说："唐校长，你就成全我和夫人的心愿吧，她不识字，却是当家理财的好手，最爱开荒种地，自给自足了。你就让我当一回南坡居士吧。"唐治平只得将那几间宿舍用石灰刷得雪白，蒋稼乾很喜欢，说就学苏东坡，也叫雪堂。

如今，雪堂的墙上已经像抽象画廊，有的是蒋教授五岁的儿子爬高踩低涂鸦的作品，有的则是蒋教授在做学问时，随手记下的公式心得等。屋里乱得无法插脚，蒋稼乾教授躺在床上，灰白的头发长长地覆盖在额头，时不时就是一阵剧烈的咳嗽声，听来令人揪心。

房前屋后的菜地里，菜的品种好像很多，但全都萎靡不振，严重缺水。院子内，几只鸡有气无力地躲在角落。矮矮胖胖、满脸麻子的蒋夫人正蹲守在鸡窝，见到唐治平他们进来都不肯起身，说话像快刀切萝卜："我就不招呼你们了，这只鸡马上就要下蛋了，我得守着，要不又被它自己啄破，老蒋今天就喝不到鸡蛋汤了。咦——问问各位教授，都说虎毒不食子，这鸡怎么比老虎还毒？老是啄自己的蛋。"

屋内，唐治平被这问话问傻了，屋外，很多学生都悄悄笑起来，有个学生迟疑地说："会不会是内分泌失调？"

另外一个学生很认真地说："估计是缺钙,以前我家的鸡也会这样。"

蒋教授叹了口气,说:"哎,唯女子与小人难养也!她呀,天天就盯着鸡屁股,生怕蛋破了。"

唐治平笑道:"夫人是想给您增加营养呢。"

蒋稼乾说:"是啊,这些蛋连儿子都不能吃,全下了我的肚子。今年大旱,什么菜都种不活,除了这几只母鸡,她真的没别的指望了。"

张成田发现书桌上有一本手写的教案《化学分子定律》,他举起教案问:"蒋教授,这是您自己编的教案?"

又一场激烈的咳嗽卷土而来,蒋稼乾干咳得喘不过气。唐治平和张成田只得轻轻拍着他的背。面对来势凶猛的病痛,他们也束手无策。终于,咳嗽停止,蒋教授已经耗尽体力,说不出话,只能虚弱地点点头。

在这么困难的情况下,蒋教授却依然坚持宝贵的治学精神!唐治平很感动,他翻开教案,一页一页看,突然发现一封已经拆封的英文信。他瞄了几眼,赶紧递给张成田。蒋稼乾想阻挠,已经来不及了。

张成田快速浏览一遍,激动地说:"蒋教授,这是美国斯坦福大学寄给您的聘书,三个月前您就收到了,怎么没听您说?"

蒋教授抢过聘书,将它撕了,说:"我是中国人,怎么会在这个时候离开自己的祖国,离开你们呢?早就该撕毁的,只是,还是有点……有点舍不得。不过现在不会了,呵呵……"

唐校长紧紧握住蒋教授的手,感动得说不出话来。张成田也眼含热泪,激动不已。

正在此时,蒋夫人捧着一枚刚刚生下的、还沾着鸡屎的鸡蛋,哭着跑进米说:"不去美国,却宁可在这里饿死,这日子没法过了!"

蒋教授一边咳嗽一边说:"你个不识字的女人,懂什么!"

蒋夫人说:"我不管,总之不想待在这个破长汀,好不容易种点菜全旱死了,鸡也渴得不下蛋,这日子怎么过啊。"

蒋教授生气地说:"闭嘴,你给我闭嘴!"他还想说什么,但已经没有力气说了,只是将手伸向蒋夫人,比画着,一不小心,居然掉下床。唐治平连忙冲过去,拉起蒋教授就要背他去医院。但是他一个趔趄,却将蒋教授压在下面,两人摔成一团。张成田和学生们赶紧将二人扶起来。

唐治平刚站起来,就感到脑袋一阵眩晕,又一屁股摔坐地上。身强体壮曾经是他引以为豪的资本，但自从到了长汀之后，他却经常头昏眼花，浑身无力。为了节省开支，他先是有意识减少饭量，减少运动量，后来就真吃不下多少东西。唐治平总想，没事的，挺一挺就过去了，没想到如今自己竟连病弱的蒋教授也背不起来。一阵悲凉涌上心头。

唐治平在学生们的搀扶下，终于站起来。他吩咐张成田赶紧背蒋教授到汀州医院治疗，同时交代蒋夫人在家安心带好孩子。

蒋夫人走到蒋教授身边，轻轻地拍着他的肩膀，流泪说："老蒋啊，老蒋，你这是何苦呢？"

正在这时，屈子林和林渊临、林夫人一帮人也来到门口。听到院子内的哭声叫声，屈子林对林渊临说："我说的没错吧，蒋教授快不行了，校长来看他呢。"林渊临并不应答，只是扶在门框上，嘴角微微发抖。

屈子林没有觉察到姐夫心情的变化，心想：哼，唐治平，这下有你好看的了。他钻进人群，前后左右转了一圈，对学生们说："瞧瞧，连我们的蒋教授都快饿死了，我们怎么办？这校长当得，哎，不上课了，我们都不上课了，大家都快饿死了。"

张三分连忙附和道："不上课了！不上课了！"突然，他后背一阵锐痛，已经被人狠狠捶了几拳，回头正想发作，看到是林渊临教授，吓得不敢说话。

屈子林又跑回来对林渊临煽风点火："姐夫，你看，这个唐校长，快把蒋教授饿死了。"林渊临用力推了屈子林一把说："从今往后，不准你说一句唐校长的坏话，否则就别叫我姐夫！"

林渊临的夫人在安慰蒋夫人说："哎，工资发不出去，这日子真是没法过，你家蒋教授美国都不去，难怪你委屈……"

"你个妇道人家，懂个屁，蒋教授值得我们敬佩！"林渊临教训林夫人。林夫人是去年唐治平特地拨钱，让林教授回去接来长汀的。

林渊临转头又对张三分说："张三分，你再瞎捣乱，就让你留级，永远无法毕业。还有子林，你摸摸自己的心说点良心话，工资发不出去，是政府的事，校长已经尽力了，我们应该团结一致，共渡难关！"四周响起热烈的掌声，唐治平坐在屋内，紧紧握住蒋稼乾枯瘦的双手，又望了望张成田，三人暗暗点头。

张成田背起蒋教授，带着同学们匆匆往医院走去。唐治平将准备好的一些钱塞进蒋夫人手里，和林渊临等人一起离开雪堂。

唐治平和林渊临等一行人刚走到校门口，只见一大群人从另外一个方向朝校门走来，有记者、有秘书、有跟屁虫似的胖乎乎的俞县长，走在最前头的，正是省政府主席陈鉴。

唐治平快走几步，迎上前去。林渊临慢了两步，他眼角的余光一扫，发现校门的东边角落，有一个很奇怪的老头，高得不可思议，穿着一件只到膝盖的棉袍，棉袍破旧得已经看不出颜色，更奇怪的是，这个人怀里抱着一个大大的酸菜坛。他感觉非常面熟，又一时不敢确认。还是迎接省政府主席更重要，林渊临连忙小跑着迎上去。

陈鉴笔直地站在校门前，神情复杂地望着朝他迎面跑来的唐治平。唐治平跑到他面前，气喘吁吁地说："陈主席，有失远迎，请，请进学校说话。"

陈鉴低下头沉思一会儿，猛地抬头，哑着嗓子说："唐校长，我，我无颜进侨育大学啊。"

二十九、放射镭

　　唐治平一听这话，心里咯噔一下，不祥之感涌上心头。

　　陈鉴心情沉重地说："学校正式停办，所有师生分散转移到永安一带安置。别的学校我不管，但是侨育大学我一定要来亲口对唐校长说。"

　　唐治平问："为什么？"

　　陈鉴无力地摆摆手，不再说话。

　　俞县长把唐治平拉到一边，说："全省大旱，庄稼颗粒无收，大饥荒啊！日本鬼子阻止所有物资的进出流通，把永安都快炸平了。现在到处都是大混乱，省政府是泥菩萨过河，自身难保。没钱、没地、没人、没物，教育部已经发文，除个别重点大学，其余大中专院校全部就地解散。"

　　唐治平没等听完，就冲到陈鉴面前，一字一顿地问："陈主席，您凭良心说，我们侨育大学给您丢脸了吗？给您抹黑了吗？给您增加负担了吗？向您要这要那了吗？让您为难吗？"

　　陈鉴连连摇头："没有！没有！没有！"

　　唐治平问："既然都没有丢您的脸，增加给您的负担，为什么要把我们撤了？"

　　陈鉴叹了口气，无奈地说："服从命令吧，唐校长。这些年来，你为教育事业奉献心智，劳心劳力，大家有目共睹，我代表省政府感谢你！"

唐治平使劲挥挥手，情绪激动地说："谢个屁！"

唐治平怎么不发狂发怒？侨育大学是他和全校师生们历经千辛万苦，千难万险，从无到有，由弱到强，一砖一瓦，呕心沥血，辛苦哺育成长起来的孩子。他，还有所有的侨育师生，怎么能让自己的孩子就此消亡消失呢？不！不行！绝对不行！

越来越多师生闻讯赶来，大家不停地喊："我们不解散！我们不解散！"

不知道谁起的头，校歌唱起来：

> 清风山下进无疆，
>
> 龙门发轫中流上。
>
> 看，汀江汤汤，大锦葱葱
>
> 跻吾道于大同
>
> 决决乎大风
>
> 听，琅琅书声，济济同学
>
> 洞事物皆学问
>
> 笔端铸剑锋
>
> 同学们，
>
> 欲成抗战之业
>
> 快撞文化之钟
>
> ……

所有师生流着泪，拼着命，大声唱着校歌。他们将陈鉴一行人团团围住，不停地唱，不停地说，但好像效果都不太明显。陈鉴主席显然有点累了，他决定撤离。

正在此时，一个洪钟般的声音，从大家头顶临空劈下："我来告诉陈主席，侨育大学为什么不能解散！"

众人纷纷回头，只见一个高过人群许多的身子像长颈鹿似的探进来。所有的人都仰起头，从环绕的人群上方，看到一个令大家激动万分的脑袋。虽然这个脑袋苍老无比，被一头披肩的打结的污脏不堪的长发和胡子遮挡，但是那件熟悉的、旧得看不出颜色的破棉袄，还有这个独一无二的身高和独一无二的嗓音，令人群中不少人失声喊道："何教授！是何教授！"

陈鉴停止脚步，回转身来。

　　唐治平奋力将人群拨出一条通道。久别的何教授，和沿路所见的乞丐和难民没什么差别，穿着又脏又破的长袍。眼角、额头、嘴边布满皱纹，手腕和脚踝厚茧疙瘩，只有一双眼眸，黝黑透亮。他怀里紧紧抱着一个酸菜坛，缓缓走向唐治平，走向陈鉴主席。

　　唐治平又是高兴又是吃惊又是心酸，眼泪"唰"地落下。这一路上，何教授吃了多少苦，遭了多大的罪啊！

　　何作宾径直走向陈鉴。陈鉴也认出何教授，这个敢指着他的鼻子骂、朝他拍桌子的老朋友，就是烧成灰，他也认得出！

　　何作宾质问陈鉴："陈鉴兄，你扪心自问，抗战以来，你治下的省政府做过哪一件得人心察人意的好事？听任百姓流离失所，卖儿送女，却空谈政治，无所作为！我何作宾凭一介老朽之躯，为何千里迢迢投奔侨育大学？因为侨育有精神！侨育有志气！如果你想做一名千古罪人，要亲自撤下侨育这块校匾，那好，请先从我何作宾的身上踩过去！"

　　人群里爆发出热烈的掌声和欢呼声。陈鉴的脸红一阵白一阵，不知如何是好。

　　何作宾教授奋力举起酸菜坛，声音洪亮地对所有在场人员说："你们猜，这里面装的是什么？镭，是我从英国带回来的放射镭。"

　　"哇"，大家都异口同声地惊叫起来。

　　唐治平悄悄问林渊临："林教授，何教授怎么会有镭？"

　　林渊临悄悄说："所以说何教授是咱们侨育大学的定海神针嘛，不要说老校长，就连陈鉴主席都要让他三分，你现在明白了吧？"

　　唐治平点点头，心里暗暗说："好样的，何教授，我就等着您的宝贝来救侨育！"

　　何作宾再接再厉，继续说："当年我赴英国剑桥大学著名的卡文迪什实验室访问时，师从著名物理学家卢瑟福。卢瑟福教授特意将50毫克放射性实验镭免费赠送我。虽然镭在全世界都禁运，但我还是将这50毫克镭带回中国。我为什么不跟学校迁往长汀？就是为了保护它。如今，厦门的侨育大学早被日本人占领，我只能把这宝贝藏在酸菜坛里，埋在五老峰上，但这也不是长久之计。考虑再三，还是决心将镭带到长汀。一路上，我混在逃难人群里，天黑了才敢上路，只敢走那些荒野小路，我几乎扔掉所有的行李，却从未让这个酸菜坛子离开过自己，整整走了一个多月才来到这里。我想，中国之大，已无片刻安宁，现在只有侨育大学才能保护利用好这个无价之宝，有能力将镭发挥它应有的作用。所以侨育大学不能解散，陈主席，您听明白了吗？"

记者们的眼睛都瞪大了，原来传说中的镭是这样的。他们奋笔疾书，相机闪光灯噼噼啪啪地响着。

唐治平走过去，紧紧握住何教授枯瘦的双手，眼含热泪，激动地说："何教授，您辛苦了，谢谢您！"何作宾低头看了唐治平足足有十秒钟，很认真地应了一句："我不辛苦，你更辛苦！谢谢你！"

陈鉴冷汗直冒。想当年何教授从国外回来，他曾亲自设宴款待，酒酣之际，何教授透露镭的信息，当时就让他肃然起敬。镭是一种具有很强的放射性的元素，自1898年居里夫人发现以来，一直被各种人群所追崇，并想方设法得到它。它是天使，也是魔鬼，它可以治疗疑难杂症，也可以让人在没有防范之下悄悄死去。如果镭落到恶人手中，就会变成非常危险的东西，会成为可怕的破坏武器。正因为如此，对于放射镭，全世界是控制极严的，很多国家，尤其是日本，都在想方设法得到它，所以何教授珍藏的这50克镭，不仅对侨育大学是定海神针，更是整个中国的无价之宝。他曾经和何教授商量，如何让这无价之宝发挥作用，还拨专款为何教授在厦门的侨育大学内建设专门的实验室。可是战争打响后，他疲于奔命，自顾不暇，早已将此事抛于脑后。没想到，居然在这样的时间、这样的场合，再次见到何教授，亲眼看到传说中的镭。据说日军一直有支秘密的队伍在寻找放射镭，但一直没有收获。今天的所见所闻，让他很震撼，也很羞愧。所幸，亡羊补牢，为时不晚。

"只要对抗战有利的事情，我们都应该支持。我将向上级汇报，务必要保留侨育大学，不解散！"陈鉴大声宣布自己的决定。

人群响起热烈的欢呼声，师生们纷纷涌向何作宾和唐治平，将他们团团围起来。

终于，欢庆的人群散去，陈鉴主席也走了。唐治平抱着酸菜坛，不知如何是好。他问何作宾怎么办？何作宾吃了饭洗了澡换了衣服，累得一塌糊涂，他半眯着眼睛，斜躺在唐治平的床上，两条长腿伸直又垂下，翻来覆去，怎么躺都不太舒服。他气得大骂："连张长一点的床都没有，我还以为你们在长汀过神仙日子呢。不要问我，反正交给你，就是你的了。亲爱的唐校长，你可得保管好它，不得有半点闪失啊。对不起，我睡觉了。"

唐治平蹲下身，放下坛子，坐在台阶上，歇息片刻。院子里很快传来何作宾如雷的鼾声，那鼾声好像从幽深遥远的山洞传来，悠远而深长，转而，又变成山呼海啸的火车轰鸣声。

唐治平的眼圈红了，他终于明白，为什么说何作宾教授是侨育大学的定海神针。从今往后，他会比老校长更加敬重何教授。

突然，火车声戛然而止，静默无声，唐治平的心揪起来，他起身，正想朝房间走去，鼾声又起，如困兽出笼，撒着脚丫子，欢畅无比地一路跑远。唐治平笑了，他没想到，原来鼾声也那么好听，也能让人心向往之，魂牵梦萦。

唐治平现在最牵挂的，还是这个酸菜坛里的放射镭。究竟何处安放，成了他最纠结为难的问题。目前实验室的设备还不足以安放放射镭，最重要的是目标太大，因为所有惦记放射镭的人，都会第一时间想到实验室。校园也不行，那么多学生老师聚集的地方，一旦被不怀好意的人发现，那些辐射将殃及全体侨育大学的师生，放射镭，这个无价之宝，就会成为杀人狂魔。他想起陈鉴临行前的交代，要他一定妥善保管好镭，千万不能被日本人发现。陈主席还让随行的记者不得报道放射镭的消息。

唐治平揉了揉发涩的眼睛，盯着地上的泥土发了一会儿呆，用手刨几下，灵光闪过，急忙跑到后厢房找了把铁锹。一锹砸下去，扬起一阵尘土，呛得唐治平咳嗽几声，再一锹下去，一个坑初现雏形，他加快速度，一锹一锹往下挖，居然挖出一个深深的洞。此时，他已是两眼发黑，气喘吁吁，汗如雨下了。他有点生气，自己这是怎么啦，稍微干点活就那么累，也忒娇气。是啊，健康状况每况愈下，不仅是他，更是整个侨育大学师生的现状。唐治平突然特别想念在厦门的海浪、沙滩、球场、操场、骑楼、戏院、工夫茶、牡蛎煎……该死的日本鬼子，不把他们赶出中国，我们就永远不能回归平静的生活，永远不能回到我心爱的故乡——厦门！

唐治平小心翼翼地将酸菜坛子放进坑里，再用泥土掩盖住，来来回回踩了几遍，然后将周边的泥土清理干净。再认真看那地方，已经没有丝毫痕迹了。他拍拍身上手上的尘土，悄悄带上门，走到庭院外。没错，最危险的地方，就是最安全的地方。不会有人想到他会把放射镭藏在这个院子里。对了，明天马上安排人为何教授专门打制一张加长的床板，免得被他骂。

唐治平抹了抹额头的汗，坐在台阶上好好休息。他仰望星空，发现今夜的月亮好圆，像极了李沁的笑脸。每当夜深人静时，唐治平心底的忧伤就会像潮水一样蔓延。李沁前几日来信，说是预产期马上要到了，能不能回东阳楼陪陪她，她有点害怕。李沁很少提要求，她总是默默地支持唐治平。唐治平知道，这回是真的需要他。儿奔生娘奔死，他很担心，很想回东阳楼，与她一同分担恐惧和疼痛，和她一起迎接孩子的到来。但是，在侨育大学生死攸关之际，在何教授千辛万苦刚刚到来之际，在大饥荒的危险日渐临近之际，他怎么能离开长汀，离开侨育大学呢？哦，对不起，沁儿，对不起，孩子！

转眼一周过去，何教授体力基本恢复，他主动承担二十节课，一下缓解了师资不足的大难题，而且他的到来，极大提高学校声誉，学生们奔走相告，他的课堂总是挤得满满当当，学生们都在如饥似渴地学习。何教授回到久违的讲台，也是更加珍惜，更加卖力，恨不得将所有知识传授给学生们。何教授的主动担当、不计个人得失的精神，大大激励了全体老师的积极性，就连屈子林都不敢再以工资不足为借口闹事了。

唐治平每天有忙不完的事，上不完的课，唯有这样忙碌，才能减轻他对妻儿的相思之苦。

长汀的雨季即将过去，天上依然没落下一滴雨，整个县城就像患上狂犬病，人人都莫名地陷入燥热不安之中。没有雨露滋润的日子，天空亮得一片惨白，太阳早早从山头跳出来，长汀城似乎随时都将燃烧起来。原先民间盛传的祈雨仪式终于获得政府的响应，决定由俞县长在阳明亭亲自主持祈雨仪式。

祈雨仪式非常隆重，队伍已经达到近700余人的规模，涉及二十多个村庄。祈雨台设在阳明亭，队伍一大早就在亭前聚合完毕。祈雨仪式开始后，烧香跪拜，法师作法，然后是戴着礼帽的县长郑重地站在亭前念祈雨文，最后是一阵烟花爆竹。接着，队伍开始巡游。一路上大家手持旗帜、锣鼓、炮铳、棍枪、銮驾等物件，锣鼓喧天、炮铳轰鸣、旗帜飘扬、人声鼎沸，浩浩荡荡，经过妈祖庙、文庙、玉帝庙、仓颉庙，穿过侨育大学，直向青龙洞而去。沿路逢庙都要停下来安驾休息。

很多庙宇现在都被侨育大学占据，唐治平早早交代学生们，一定要积极配合祈雨仪式。虽然教授学生要相信科学，唯物论者，但对长汀的乡规民俗，必须无条件尊重和配合。所以当祈雨队伍来到廍愿寺时，唐治平与所有人一起，在老会首带领下，跪在地上祷祝：

> 天好生，地爱养；
> 护载功，恩浩荡；
> 民蠢愚，实难养；
> 齐打喔，叩上苍；
> 春得耕，秋有望；
> 拜天地，救四方；
> 耕有耘，百姓安；
> 拱且拜，估衣餐。
> 天公也，下雨唷。
> ……

祷祝完毕，老会首将部分祭品留在廍愿寺，朝青龙洞进发。

唐治平正准备起身，突然感觉头晕目眩，冷汗如雨，浑身抽搐，耳朵嗡嗡作响，他竭力想睁开双眼，但两眼一黑，瘫软在地，什么也不知道了。

不知过了多久，迷迷糊糊中，唐治平仿佛听到有人在叫他，那声音一会儿远、一会儿近、一会儿大、一会儿小，好像是李沁在叫他，好像是在那栋圆圆的东阳楼里，每层楼的灯光都亮着，像满天星星，楼外是蛙叫蝉鸣，有青草的香味，混合成一首美妙的小夜曲。李沁柔软地伏在他怀里，她的怀里有一个白白胖胖的婴儿。有一首歌，从月亮上远远传来：

> 囡仔囡，汝爱啼
> 伯爹去路街买油糍，油糍贵，买猪肺，
> 猪肺跑，买萝卜
> 萝卜脯，买水母
> 水母较相挤，上圩仔买刮鸡，
> 刮鸡蝈蝈，汝爱都博无。
> ……

这好像又不是李沁唱的歌，是母亲抱着年幼的他在院子的龙眼树下唱的歌！更大的忧伤潮水般涌上心头，唐治平伸手想拉母亲，母亲却不见了。他张开双臂，想拥抱李沁，又发现怀里空空。他很生气，更加着急，他使劲喊，却喊不出声，用力摇头，终于，脑袋动了动。只听到周围有惊喜的声音响起："校长醒了，醒了。"

唐治平努力睁开双眼，眼前一片影影绰绰，只觉得胃有个窟窿在打转，越转越大，仿佛有把锥子往里钻，钻心的疼。

"唐校长这是饿晕的。每天只喝点米汤，铁打的身子也扛不住！"耳边响起何教授的声音。

何教授说得没错，他是饿晕的。唐治平无力地挥着手说："都回去上课吧，不要影响大家学习。"

张成田对大家说："校长醒了，没事了，你们都回去上课吧，别浪费时间。"

何作宾张开长长的双臂，像赶鸭子似的将师生们赶走："走吧走吧，让校长好好休息。"

原来最早发现唐治平晕倒的是机电系的学生们。那天他们左等右等没等到唐校长来上课，这是之前从未有过的现象。几位班干部赶到廊愿寺，发现校长晕倒在地。他们连忙报告张主任，请来校医，也惊动了不少师生。

唐治平熬到师生们全散，只剩下张成田和何作宾，才迫不及待地对他们说："供品拿些给我吃，我饿坏了。"

张成田惊叫："这是祈雨的供品，给佛祖吃的，怎么可以吃呢？"

唐治平虚弱地说："佛祖是普度众生的，一定不会眼睁睁看着我饿死，没事。"

"就是，佛祖一定不会看着唐校长饿死的，我来拿。"何作宾教授迈开长腿，快速绕到前殿，端来最大的一碟米粿，抓起一块，塞到唐治平嘴里，急急问："怎么样，味道还不错吧？"

唐治平一边大口嚼着，一边含含糊糊地说："嘿，味道不错，一定是佛祖故意留给我们吃的。"

何教授会心一笑，拿起一块米粿，递给张成田，张成田不敢接，何教授硬塞到他嘴里，说："不能让你独善其身，一起下水吧，哈哈。"说完，又将一整块米粿塞进自己嘴里，胡乱嚼两下，伸长脖子，吞下去，只是吞到一半，却被噎住了，张成田连忙拍他的后背。

三人痛痛快快地吃起来，第二块，第三块……很快就将一大叠垒成元宝状的米粿吞到肚子里。唐治平这才感觉胃里的窟窿被堵住，钻心的疼痛被止住，手脚有力气了，心也安定下来。

唐治平这才问："食堂真的没米啦？"

张成田嘴里还含着米粿，含含糊糊地说："所有的存粮都吃完了，今年颗粒无收，日本鬼子又封锁物资的流通，长汀城饿死好多人。"

唐治平说："这样吧，我岳父仓库里还剩一些糯米，看能不能多撑几天。"

张成田欲言又止，停了半天，点点头说："好吧。"

三十、参军

汀州中学的教师，很多由厦门大学和侨育大学的师生兼任。林梦瑶和一群毕业生也到汀州中学实习。

初三课堂上，林梦瑶在发试卷，见同学的成绩也很优异，林梦瑶高兴地说："我们实行的是学分制，这个学期，我们班有一半同学平均成绩都在90分以上，所以可以不用期末考，成绩直接是优。"同学们高兴地鼓起掌。

李应松捧着讲义夹，在一群中学生的簇拥下，经过这个班。他特地停在窗口，望着教室内神采飞扬的林梦瑶，高兴地笑了。他朝林梦瑶做个手势，林梦瑶心领神会地点点头。

放学后，李应松和林梦瑶一前一后沿着弯弯曲曲的巷道，悄悄地来到后山的防空洞。一入洞口，两人就紧紧地抱在一起。几年来，爱情经受住风吹雨打，终于结出丰硕的果实，他们成为一对心心相印的情侣。校园里到处是老师同学，他们只能私下传递信件表达爱意。唯有防空洞，才是他们爱情的伊甸园，他们在这里品尝着爱情的果实，享受着爱情的欢愉。

终于，激情过后，两人开始互相比所带学生的成绩。李应松很快就举手认输："我输给林老师，心甘情愿，我宁愿一辈子输给林老师！"

林梦瑶含羞微笑，她问："马上就要毕业了，你打算做什么？"李应松说："我要去前线，打日本鬼子。"

林梦瑶黯然神伤。李应松搂着她说："你就待在长汀教书，等我凯旋。"

林梦瑶含泪点头，紧紧抱住李应松说："你放心，我等你回来。"两人沉浸在甜蜜又忧伤的二人世界，忘记了时间，也忽略了外边的世界。

张三分和几个同学跑到防空洞的后山偷挖农民的番薯、芋卵，准备到防空洞烧火烤着吃。一到洞边，就发现林梦瑶与李应松两人抱在一起，他醋意大发，急忙跑去报告屈子林。

听完张三分的精彩描述，屈子林笑了，他说："很好，记你一大功。你马上以最快速度将这个桃色新闻传播出去，让侨育大学每个角落的猫都要听到，唐校长最得意的学生李应松在做伤风败俗的事。"

果真，李应松与林梦瑶的传言风一般传遍全校各个角落，而且越传越露骨，越传越不堪入耳，各种版本的传言都有。唐治平自然也听到了。李应松和林梦瑶，多好的一对啊！他衷心祝福他们，坚决不能让这脏水泼到他们身上。唐治平决定立即召开校务会。

校务会上，针对这个话题，大家既兴奋又激动，吵得不可开交。保守派主张从严处分，以整肃学风，甚至开除都不为过，理由是这一对男女在校内做出了不名誉的事，严重败坏校风，如果不开除他们，将来必有更多的丑闻。

唐治平叹了口气，说："这有什么奇怪，谈恋爱很正常嘛，都是年轻男女，血气方刚，学校又不是和尚庙尼姑庵，难道要让他们削发剃度，六根清净吗？"

屈子林冷笑道："唐校长自然觉得正常啦，所以说，有其师必有其生，上梁不正下梁歪嘛。"

唐治平不理会他的冷嘲热讽，他说："第一，防空洞在山上，校舍在山下，在防空洞里他们有自由的空间；第二，防空洞一般情况下不属于公共空间，具有一定的隐蔽性，所以他们在那里谈恋爱是允许的；第三，他们都是成年人，恋爱婚姻有自主权；第四，我认为卑劣的是告发的同学，以阴暗的心态看待正常的男女行为。所以，我建议如果他们是真心相爱，并且愿意结婚，那就不必处分；如果他们中有一方不愿结婚，受损害的一方可以向法院起诉，由法院处理。"

终于，经过唐治平一番争取，委员会一致同意不对两人处分。会后，唐治平亲自找林梦瑶和李应松谈话，两人同意先公开确定婚约，待毕业后即在校内举行婚礼。

林梦瑶与李应松订婚的消息很快传遍全校，同学们都很高兴，相约一起上街聚餐以示祝贺。有人说要吃泡猪腰，有人说要吃烧大块，李应松拍拍腰包说："行，由你们点，全部我埋单，今天高兴。"

众人嘻嘻哈哈地走在街上，看到有报童在卖报纸，喊："号外号外，中国远征军、驻印军厉兵秣马反攻滇缅，急需大量懂英语的知识青年入伍。蒋委员长号召'一寸山河一寸血，十万青年十万军'。"

大家连忙买了张《中央时报》传阅。

李应松大声念起报纸上刊登的《知识青年从军歌歌词》：

君不见，汉终军，弱冠系房请长缨！

君不见，班定远，绝域轻骑催战云！

男儿应是重危行，岂让儒冠误此生？

况乃国危若累卵，羽檄争驰无少停！

弃我昔时笔，著我战时衿，

一呼同志逾十万，高唱战歌齐从军。

齐从军，净胡尘，誓扫倭奴不顾身！

这场原本开心高兴的喜酒，同学们喝得义愤填膺，激情高昂。不知谁起了个头，大家唱起《松花江上》等抗战歌曲。歌声越来越大，大家唱得泪流满面。只听到门外传来鼓掌声："好，唱得好！"众人回头一看，原来是卢英强老师。大家纷纷邀请卢老师一起喝酒。

卢英强也不客气，举起酒杯，先敬李应松和林梦瑶，说："这一杯，我先恭喜两位，有情人终成眷属，祝贺祝贺！"

李应松和林梦瑶连忙举杯站起。李应松垂下头说："卢老师，这酒，我有点不好意思喝。前方战士在浴血奋战，保家卫国，我们却躲进小楼成一统，享受个人欢愉，真是惭愧啊！"

卢英强拍拍他结实的肩膀说："也不能这样说，前方战士浴血奋战，也是为了后方百姓能过好日子嘛。"

李应松说："但是，我们也是热血男儿，为什么需要他人保护？我们也应该去保护我们的父母姐妹儿女啊！"

余嘉训红着眼睛说："是啊，我们怎么变成被人保护的对象啦？"

卢英强微微一笑，说："守土卫国，人人有责，你们说得没错，身为中华儿女，保家卫国是第一要务，有国才有家！这场战争是一场持久的保卫战，小日本会被我们拖死的，但是我们的牺牲也很大。是该到我们青年教师和学生上战场的时候了！明天，远征军就要开始征兵了，是要躲进小楼成一统，还是痛痛快快上前线杀敌卫国，大家要想清楚！"

男生们纷纷喊道："参军，打鬼子，我们要上前线。"

女生们则眼泪汪汪地说："支持你们！"

第二天，大街小巷果真出现很多征兵点，学生们纷纷走出校门，报名参军。教室第一次变得空荡荡，就连何作宾教授的课，也只剩几个女生。何作宾很生气，叫上林渊临等几位老教授，端了几把椅子，坐在校门口，阻拦学生出去报名参军。

何教授老泪纵横，极力挽留："中国有成千上万的士兵，但最缺乏的是有知识的人，你们是国家的希望，是当之无愧的国宝，倘若国之大器都化为炮灰，那么将来的形势只会更加严峻。战争总要结束的，我们这个民族在战后还要建设，要复兴，所以我们的读书不能中断，我们培育人才不能中断。为国读书，为救国而读书，要和前方的将士用一样的心情来读书。"

学生们着急了，他们四处张望，在寻找一个人的身影，他们有一种预感，只有他会支持大家的，也只有他的支持是最有效有力的。

"同学们，你们的选择是正确的，没有国哪有家，覆巢之下无完卵！如果没有国家，我们所学到的所有知识，都是在为侵略者服务。只有我们保家卫国，收复领土，才能为我们的子孙后代营造一个能安心学习的氛围！要记住，地无分南北，年无分老幼，皆有守土抗战之责任！"

全场响起热烈的掌声和欢呼声。大家循着声音的方向，在校门口的大樟树上，看到了说话的人，那就是师生们最最敬爱的唐校长。只见唐治平稳稳地立在大樟树上，一袭破旧得看不出颜色的长袍，像一块破布，罩在他瘦得只剩下一把骨头的身上，灰白的头发在风中飘扬，亭亭如盖的树冠将他整个人覆盖，有点阳光透过树的间隙洒在他身上，发出熠熠光彩。

何作宾指着树上的唐治平生气地说："唐校长，你不是不赞成学生参军，去做无谓的牺牲吗？你，你怎么变卦啦？"

唐治平朝何教授微微鞠一躬，说："我原来是与何教授、林教授一样的观点，但是经过这些年的磨砺，我领略到战争的残酷，侵略者的凶残。战争已经持续那么长时间，家家都有孩子上战场，家家都有青年人在牺牲，为什么我们的学生就不能上战场，去牺牲呢？没有国，哪有家？只有赶走日本鬼子，才能谈民族复兴，才会有安定幸福的生活！"

老教授们静静地听完唐校长的一番话，默默让出路，学生们兴冲冲地走出校门，走向参军的报名点。

侨育大学的学生合格率很高，有三分之一的学生通过一系列的体检和面试，被吸收进远征军的队伍。经过近一个月的准备和整顿，离开长汀，出发了。唐治平举行一场盛大的欢送仪式，告别这些准备上战场的青年学生，其中包括他最心爱的学生——李应松。

林梦瑶流着眼泪，跟在欢送的队伍里，送了一程又一程。她对李应松说："我就在长汀，不走了，我一定要等你回来！

三十一、飞虎队

　　三分之一的男生参军去了，学校显得空荡荡的。很快，余嘉训也毕业了，他动员几位剧团的同学，包括杨月英一起前往长汀乡下，创办乡村小学。

　　转眼，已到九月。新学期开始，又一批新生通过高分考取侨育大学。旱情还在蔓延，日本人的轰炸机来得更加频繁。

　　这天，中午时分。下课前，唐治平正在给学生们布置作业，恐怖的空袭警报再一次拉响。一群可恶的"飞鸟"轰隆隆飞来，一声声巨大的爆炸声响起。整个长汀城顿时火光冲天，街道在顷刻间炸裂，碎石四处飞溅，大片的房屋冒起火焰……侨育大学的师生们急忙往后山的防空洞跑去。

　　轰炸过后，整个长汀城成了火海一片。

　　两天后，《笔锋》发表署名"强国"的特稿：

胜利一定会属于我们

　　日本鬼子的轰炸机再一次侵犯我们美丽的山城，所到之处，房屋倒塌，树木燃烧，善良的百姓家破人亡，无家可归。这种赤裸裸的反人类的血腥暴行着实令人发指。长汀的每一块石头都记下日本侵略者的累累血债，汀江流淌的每一滴水，都是中国人民永不屈服的誓言。

　　历史严正告诉我们，那些发动战争的刽子手永远不能主宰战争的命运，只有爱好和平和坚持真理的人们，才是决定战争最后胜负的根本力量。我们要坚定举起抗日旗帜，并相信胜利一定会属于我们！

海明威在《老人与海》里说过："生活总是让我们遍体鳞伤，但到后来，那些受伤的地方一定会变成我们最强壮的地方。"在多次残暴的空袭面前，长汀人民表现出了坚毅镇定、英勇不屈的精神，光荣地证明了，决心争取自由的人民，其意志绝非暴力恐怖所能摧毁，对自由事业的忠诚将永远鼓励子孙后代（罗斯福）。那些制造战争的人与国，终将会背负罪孽走向失败，而爱好和平者，以及用生命捍卫民族与国家之尊严与荣誉的人们，终会在苦难中崛起，会在火光中一次次涅槃与新生。侵略者的炸弹炸断不了我们的血脉与根筋，更炸不垮中华民族不屈不挠的奋战精神。

《强国》一文大大鼓舞了长汀人民的士气。大家争相传阅报纸，大声诵读这篇文章。但，士气取代不了天灾人祸。大旱、轰炸，经济制裁、交通管制，让饥荒蔓延得更加厉害。学校种的菜全旱死了，粮食颗粒无收，拨款迟迟未下，唐治平一筹莫展，这回看来真的是撑不下去了！

这天，唐治平在报纸上看到飞虎队来了。

偏居东南一隅，被重重大山环抱的长汀，居然有机场，初到长汀时，唐治平曾深感疑惑。他还特意开着破吉普车，到机场看个究竟。

原来作为东南沿海的后方，长汀虽然不如厦门繁华，但一直是闽赣边陲的政治、经济、交通等要地，战略地位十分重要。1937年卢沟桥事变之后，全国燃起抗日烽火，国民政府就在长汀东门城墙仅二华里处建成一个机场，成为国民政府空军第九十九站。

唐治平在美国留学时，对飞机有着浓厚的兴趣。这只在空中自由飞翔的大鸟，非常适合唐治平洒脱的天性，所以他在学习之余曾短暂研究过飞机的构造，还在当地的一个小机场作过调研。

当他看到长汀机场简陋的设施时，不禁哑然失笑，认为根本不符合起飞降落的条件。可是，自从同盟国军队在太平洋发动强力反攻后，日本侵略军为了挽回败局，沿着粤汉铁路、湘桂铁路，发动了一次比一次更加疯狂的进攻，企图打通所谓"大陆交通线"。为了阻止日本阴谋得逞，国民政府和美国飞虎队最终还是看中了长汀这个简陋的机场。于是，国民政府出钱，飞虎队出力，双方一拍即合，来到长汀，建设这个东南沿海的空军后方基地。

报纸上说，飞虎队正在召集人扩建机场，不仅管饭，还有工钱。

唐治平灵机一动：不如学生们去修机场，半天干活半天上课，先填饱肚子再说。生存是第一要务，再说修机场也是抗日救国。

果真，学生们半天干活，半天上课，总算能填饱肚子。虽然有教授表示异议，但在饥饿面前，所有的反对和疑虑都苍白无力。甚至一些年轻教师也加入修机场的劳动，为了每天两角的工钱和两个大馒头。

这天傍晚，下课铃响后许久，唐治平才拖着虚弱疲倦的脚步走出教室。夕阳像一团熊熊燃烧的火球，灼烧着满目疮痍的大地。立秋已过，天气闷热得让人抓狂，校道上的学生们都被太阳追赶得脚步匆匆，汗流浃背。唐治平心情却很好，他摸了摸胸口，口袋藏着一封刚刚收到的电报，只有四个字："母子平安！"他恨不得插上翅膀，飞回圆通镇，飞回东阳楼，迎接新生的儿子，拥抱久别的妻子！我血肉相连的亲人啊！只是，旱情还在持续，饥荒还在蔓延，学生们的精神状态越来越不好，唐治平如何走得开？他又是心疼，又是焦急。

唐治平边走边想着千头万绪的事，突然，他清晰地听到久违的美式英语在焦急地喊着："我要见你们的唐校长。"只见校门口，和尚正在和一个人比手画脚，两个人好像都很着急。但和尚不懂英语，只是坚决地说："不能进，在上课。"

唐治平有多久没有听到这熟悉标准的美式英语了？他仿佛穿越时空隧道，一下回到那个美好的青春时光。唐治平快速走过去，也用标准的美式英语回答："您好，我就是唐治平，请问您是？"

唐治平的面前站着一位美国空军军官，估计四十来岁，身材高大笔直，金发碧眼高鼻梁白皮肤，纯粹的西方人。他一听到熟悉的英语，非常激动，高兴地伸出手说："唐校长您好！我是飞虎队队长陈纳德！"

"非常荣幸认识您，陈将军！"唐治平握住他的手，也很激动。

陈纳德，美国志愿航空队（"飞虎队"）的指挥官，有"飞虎将军"之称，为中国的抗战做出卓越贡献。唐治平早有耳闻，今天得见真人，如何不高兴？

唐治平连忙将他请进学校，向他解释："保安恪尽职守，不轻易让外人进入学校，也是为了保障师生的安全。"

陈纳德表示理解，他也不想说太多客气话，直截了当地说："中国有句古话，叫无事不登三宝殿，我今天来，是想对校长说，贵校学生的品质有问题，他们干活没有力气，还偷拿馒头。"

　　唐治平一听，脑袋都快炸了，干活没力气算正常，但不能多吃多占，尤其是在物质如此匮乏的情况下，多拿一个馒头，等于多一个人挨饿，这不符合我侨育大学的校规校矩！

　　唐治平让和尚赶紧将每个班的班长叫来。很快，各班班长就来了，他们在火红的夕阳下，像一群沉默的影子，瘦削疲倦。

　　唐治平劈头盖脑就问："干活没力气，还多拿馒头，这是你们干的吗？"

　　班长们全都羞愧地低下头，不敢说话。

　　沉默就是默认。唐治平更加生气："我几次三番强调，侨育大学的品格是诚实守信，你们怎么可以做出如此丢脸的事情？！"

　　陈纳德见唐治平这么生气，连忙用英语说："算了，一个馒头而已，不是什么大事。"

　　唐治平摇摇头："这怎么是一个馒头那么简单的事情呢？"

　　"校长，他们没有多吃多占，男生干活有饭吃，但是女生没有饭吃，他们将馒头让给女生吃了。"不知什么时候，越来越多学生围拢过来，一位女生大声用英语回答。

　　男生们干活有饭吃，但是侨育大学还有近三分之一的女生！她们也要吃饭。唐治平啊，你口口声声说要诚实守信，要守望相助，你的学生们都听进去了，也做到了，你呢？你又做了些什么？但是，也不能多拿飞虎队的馒头啊！

　　唐治平努力控制住自己的情绪，望了望低头不语的班长们，惭愧地说："对不起，同学们，是我这个校长没当好！"

　　陈纳德望着这群疲惫不堪、面黄肌瘦的学生，心情十分复杂。这些年轻人在艰苦的环境下，仍然坚持读书，在最饥饿的时候，依然坚持守望相助。他大声说："抱歉，是我错怪大家了，从今天起，每个男生多发一个馒头。"他转过头对唐治平说："这样行吗，唐校长？"

　　怎么不行？唐治平当然很高兴，但没有理由多拿飞虎队的馒头。唐治平正想开口推辞，陈纳德似乎看出他的犹豫，连忙说："就这么定了，多拿一个馒头，对于飞虎队来说，不是很大问题。"唐治平连连点头，对围观的学生们说："大家快谢谢陈将军！"

　　校园里响起热烈的掌声。

　　一场风波消解，学生们各自散开。唐治平带着陈纳德参观校园，两人在夕阳笼罩下，一路走，一路交谈。因为没有语言障碍，交流变得畅通无阻，两人一见如故，一下就成了好朋友。

很快，机场扩建基本完成，男生们陆续撤回学校，教学恢复正常。只是没有劳动，就没有馒头，学生们只能靠修机场赚来的工钱勉强度日。但坐吃山空，很快又要饿肚子了。

这一天是机场调试飞机试飞的日子。陈纳德将军知道唐治平在美国学的是机械专业，也接触过飞机，在扩建机场时，灯光、跑道都是在他的协助下完成的。所以，特地邀请他作为技术顾问参加试飞。唐治平自然十分高兴，还提出让侨育大学的全体师生也到飞机场观看，上一堂千载难逢的实践课。师生们得知消息，都期盼着这一天快点到来。

"一架，两架，三架……"学生们已经数不过来了，只见一架架战斗机骄傲地飞向长汀机场，安全降落，整齐地停放在机场的滑行跑道上。长汀的群众，有的登上北极楼，有的涌向机场边，都在翘首观看一架架飞机降落机场。

"看，那架飞机就是我们唐校长修的。"几个男生骄傲地指着空中的飞机向身边的女生说。其实唐治平只是参与过一两次维修，同学们愿意将全部的功劳都往校长身上靠。

"哇，唐校长好厉害啊！"女生们由衷的敬佩声，让男生们得意起来："这个机场也是我们修建的，否则再好的飞机也没地方停！"

"你们真是大大的英雄！听校长说，这个机场现在已经成为与西北大后方联系的战略要地，成为插在日本鬼子心脏的一把尖刀了！"女生们竖起大拇指表扬男生。

突然，一声异响从空中传来，他们看到一架飞机冲出跑道，歪歪斜斜地插进稻田，大家都惊叫起来；很快，第二架飞机也呼啸着一头栽下，霎时变成一团烈火。

唐治平看到飞机摔下，不顾一切地大喊道："快去救人！"

一群男生紧随其后，急忙往坠落的飞机跑去。只见飞机已经熊熊燃烧起来。所幸飞行员从驾驶仓逃出，无性命之忧，机场一片混乱。大家赶紧端水的端水，拿灭火器的拿灭火器，七手八脚，好不容易将火扑灭。

陈纳德队长被飞机莫名其妙的坠落惹得十分苦恼，不知道问题出在哪里。他问唐治平："唐，你有什么办法吗？"

唐治平迟疑地说："从现场看，我无法判断。除非……"

"除非什么？"陈纳德将军急切地问。

"除非我能上飞机参加试飞！"唐治平说。

"哦，那不行，你是校长，不能冒这个险！"

"没事，只要飞行员敢开，我就敢坐。"唐治平坚定地说。

"好吧，唐校长，你是好样的！我亲自驾驶飞机，我们一起上天！"陈纳德伸出双手紧紧地将唐治平抱在一起。唐治平也紧紧抱了抱陈纳德，两人一起大步走向试飞的宽舱教练机。

"校长，等一等！"陈纳德和唐治平停下脚步，回过头，只见张成田满头是汗，一瘸一拐地朝他们跑来，焦急地喊："校长，这样的破飞机你也敢坐？万一再掉下来怎么办哪？呸呸呸，我多嘴了，太不安全了！"

唐治平笑道："生死由命富贵在天，你不要担心。"说完，紧随陈纳德，朝教练机走去。

张成田瘸着腿，赶不上唐治平，急得青筋暴露，大声喊道："你就是不为侨育的师生着想，也得为自己的老婆孩子想想啊！"

唐治平突然停住脚步，回过头对张成田说："如果我真遭遇不测，拜托你照顾李沁母子。"

张成田惊喜地问："母子？李沁生啦？是儿子？"

唐治平笑道："哈哈，快满月了，母子平安，我唐治平有儿子啦！"

张成田已经追上去，扯住唐治平的衣袖说："那你更不能上那个破飞机了，你还是赶紧去把她们母子接回来吧。"

唐治平说："接回来饿肚子吗？还是暂时留在娘家吧，等忙过这一阵，我就去接他们。"他用力拍了拍张成田的肩膀，凑近他耳朵悄悄说："我连佛祖的米粿都吃了，佛祖一定会保佑我的，再说，我还没见到儿子，怎么舍得死？他妈的，还真想他们呢。哈哈……"他一边说，一边大步流星走向试飞的飞机。

张成田望着他远去的背影，既高兴又感动，还有点心酸，他只能默默祈祷校长平安归来。

唐治平和陈纳德穿上飞行服，精神抖擞地进入教练机舱。很快，教练机就飞到圆通镇上空了。唐治平望着脚下的山川河流农田房屋，甚至依稀可以看到东阳楼。他悄悄地擦了擦眼睛。这个举动被陈纳德通过后视镜发现，他顶着飞机强大的轰鸣声，指着下方大声问："孩子？妻子？"看来，他刚才是听懂唐治平与张成田的对话了。

唐治平点点头，也指着下方说："是的，孩子和妻子都在下面。"陈纳德说："我也是，有新婚的妻子，还有可爱的女儿！等打完仗，就该好好团聚了。"

突然，陈纳德急促喊道"icing！icing！"。机身急剧震荡起来，唐治平失去平衡，一下摔倒在地。原来由于高空雾水太重，加之气温较低，致使机翼产生冰柱。不但导致飞机负重，而且机身极易失去平衡。飞机急剧震荡，唐治平滚在地上，半天爬不起来。他心想："哎，连儿子都没见到就这么死了，有点不值得。"

所幸，第三次震荡后，飞机居然恢复平稳，并很快朝长汀方向飞回。只听陈纳德将军急切地喊道："唐，帮我看看，降落点在哪里？我什么都看不见。"唐治平往下看，只见飞机场黑乎乎一片，看不见跑道，看不见降落位置，飞机的下降变得缓慢而犹豫。

突然，一声尖利巨大的响声，火光在眼前噼噼啪啪响起，机舱内响起陈纳德惊慌失措的喊声。又是一阵慌乱的滑行，终于，飞机停下来，但一半的机身已经侧倒在与机场交接的泥地里，没有降落到既定的位置。

唐治平听到滋滋滋的燃烧声，努力挣扎着想爬起来，却怎么也爬不起来。飞机燃烧的声音越来越大，他知道，如果再不逃离，飞机就要爆炸了。他想拉开舱门，却没有那么大力气。火越烧越烈，整个机舱已成大火炉，两人被烟呛得咳嗽连连，快窒息了。

突然，一缕微弱的风和光线渗进机舱，两人还没醒悟过来，那扇紧闭的舱门"哗啦"一声，居然开了。只见一群学生冒着高温冲进舱内，架起昏沉沉的唐治平和陈纳德，飞快逃离飞机。燃烧的碎片在他们身后快速追赶着。随即一阵强烈的爆炸声响起，唐治平回头一看，只见那架飞机已经被炸到半空，各种碎片正如下雨般纷纷落下，火光四射。

"没见过这么不怕死的人！幸好跑得快，否则，你真见不到你儿子了！"是张成田气急败坏的声音，唐治平这才发现架着他逃离现场的正是张成田。

唐治平不敢还嘴，活该被骂！

飞机为何降落不准的重要原因——标识不醒目，往往造成了飞行员判断失误。唐治平和陈纳德将军都发现这个问题。

俗话说生死之交情谊重，死里逃生的陈纳德对唐治平说："飞虎队决定捐助侨育大学半年的口粮，以表达我们的感激之情！"

唐治平高兴地说："陈将军，我们在高空中结下的友谊感天动地。既然陈将军慷慨解囊，我们也以礼相送——侨育的师生们将继续与飞虎队一起，修复机场，共同为抗战出力！"

陈纳德有所顾虑地问："这会耽误学生们的学习吗？"

唐治平斩钉截铁地说："我们的学业很重，但是，抗战是每个学生必须及格的第一必修课！"陈纳德紧紧握住唐治平的手。

七夕，星星布满夜空，唐治平正带领一批学生在机场做灯光调试。突然，几个农民拿着锄头镰刀，正在追赶几个美国大兵。美国大兵叽里呱啦说着英语，一路狂奔，他们冲向学生群，用英语说："天啊，他们疯了，快救救我们吧。"

唐治平对学生们说："美国兵是来帮我们打日本鬼子的，快让他们过，然后拦住农民。"

学生们很默契地让出一条路，让几个美国大兵跑过去，然后又迅速合拢，拦住后面追赶的农民。晚上光线不好，农民们年纪又大，被学生们拦住，急得直跳脚。

唐治平问："为什么要打美国兵？他们惹你们？"

一个个头矮小、肤色黝黑的农民摇头晃脑地说："我的女儿都订婚了，这个美国佬居然在街上拦住我女儿，跪下来送花，还说……啧啧啧……我都不好意思说出口，丢脸啊！我女儿还是黄花闺女，坏了名声，怎么嫁的出去？校长要为我做主啊！"

长汀不过巴掌大，侨育大学已经来这里快六年了，全城老百姓都认识这个无所不能的唐校长。

另外一个农民接着说："这些美国佬把鞭炮扔进我的猪圈，把我的猪吓得半死……"

学生们听了都笑了，唐治平也忍不住笑起来，他连忙安抚农民们说："大叔，美国人见到喜欢的女孩子都会这样的，这说明你家妹子太漂亮了！"

那农民说："这，这，和我们不一样？"

唐治平说："是啊，每个国家都有不同的风俗习惯，他们不懂我们的习惯，我们也不懂他们的习惯，所以就误会。这样吧，我去找他们谈谈，也让他们知道，这是在中国，要按我们的习惯来对待我们的妹子。"

扛锄头的农民不答应了，他说："校长你倒是说得轻巧，又不是你的女儿，要是真的把我女儿怎么啦，我们一家在长汀就抬不起头了！"

另外一个农民说："就是嘛，炸的又不是你家的猪。"

唐治平笑道："不管是谁家的女儿，谁家的猪，至少我们侨育大学的学生懂英语啊，可以和他们直接对话。再说，他们是来帮咱们打日本鬼子的，如果把他们弄伤了，日本鬼子更难赶走，你们说呢？"

几个农民相互看了看，觉得校长说得有道理，嘟嘟囔囔了一会儿，终于被劝走。

唐治平回头，看到陈纳德正在不远处朝他跷起大拇指。陈纳德说："我们这些美国兵就是因为不懂当地风俗习惯，经常闹误会，和当地老百姓关系不太好。"

唐治平说："没关系，我们的女生可以当翻译，你们就不至于惹麻烦，也算是报答飞虎队给予我们半年的粮食支援。"

陈纳德高兴极了，这真是个好办法！互帮互助，共同抗日！

机场的灯光一盏一盏调试，十分费时费力，唐治平带着学生们做了三天，终于快大功告成。唐治平叮嘱学生们："一定要胆大心细，别看小小的灯，这可是关乎人命的大事。"

学生们异口同声回答："校长放心吧！"

唐治平看大家做得不错，就去找陈纳德商量别的事情。没想到，才走出不远，就听到噼噼啪啪扔工具的声音，两人连忙赶过来，只见刚才还认真干活的学生们纷纷将工具扔掉，准备回学校。

唐治平连忙拦住学生问："怎么回事？"

一个学生说："不干了，美国佬骂我们是贼，我们真是吃力不讨好！"

其他学生也气愤地说："说我们是贼，他们才是强盗呢！老子不干了，看他们的飞机怎样降落！"

原来有两个美国大兵边走边聊天，其中一句话居然说："中国人个个都是贼。"他们没想到，这群干活的都是侨育大学的学生，英语是他们的必修课。美国大兵的一句话，一下点燃大家多日的怨气。

男生们七嘴八舌地说："我们累死累活，帮美国佬干活，他们居然说我们是贼！"

"说我们是贼就算了，还要说中国人都是贼！"

"太侮辱人了，我们不干了。"

"对，我们不干了，忍饥挨饿帮美国佬干活，结果还被说成贼！"

……

唐治平没有说话，他只是静静地听着学生们愤怒的声讨，然后翻译给陈纳德听。他想听听陈纳德是怎么解释。

陈纳德也感觉问题有点严重，他紧张思考着，一直等所有学生们将怒火发泄完后，才用英语向同学们解释："是这样的，因为美国军营里经常东西被盗，所以他们才会说这话，请同学们不要误会。"

一个男生说："你这不是一只鹧鸪蹲一个山头，一棍子打死一船人吗？遭贼了，就把所有中国人都骂进去，这算什么事？"

陈纳德努力想听懂学生嘴里吐出的话，什么"鹧鸪"，"船"的，他疑惑地望着唐治平。

唐治平知道问题有点严重。他说："用英语说，让陈队长明白你们的想法。"

一位男生说："应该让他说汉语，这可是咱中国的土地，咱们就说汉语，对吧，同学们！"

男生们纷纷应答："对，对！"

唐治平只好朝陈纳德摊开双手，耸了耸肩："误会已经产生，不如带我去你们军营看看，究竟是怎么回事。"

他转身对同学们说："你们调试灯光，已经调三天了，就快大功告成，不论发生什么误会，我们都应该坚持将这件事情做完。要记住，我们现在首要的任务，是抗日，是把日本鬼子赶出中国。所以，大家先回去完成工作。我们一定会给大家一个满意的答复。"

学生听校长这么说了，也就不再言语，大家蹲下身，接着干活。有几个学生还是很生气，硬邦邦地杵在那里。

唐治平朝他们招手说："跟我一起去看看，究竟是哪些贼偷了他们的东西。"

那几个学生撸了撸袖子说："好咧，去看看，是哪几颗老鼠屎坏了一锅粥。"

机场一公里处，就是隐蔽的美国空军军营。军营外，是一大片水田，几个农民正赶着牛准备收工回家。军营其实就是几排石头垒砌起来的简易平房。不过摆在门口的一列整齐的军靴，却质地精良、防水防寒。宿舍大门敞开，几个美国兵正准备去食堂吃饭，见长官带着一群中国师生进来，立刻站起来，敬了个军礼。学生们并不理会他们，急忙想进去，被唐治平拦住："没经过同意，不可以随便进去。"

陈纳德回了个军礼，然后解释说："他们进宿舍，都要把靴子脱在门口的。"然后对士兵说："你们去吃饭吧。"

唐治平探头一看，只见宿舍内生活用品应有尽有，而且都做工精细、结实耐用。他问："平时宿舍门都是开着的？"

陈纳德答道："是啊，为了保持空气流通，宿舍门都打开。"

唐治平又发现不远处的食堂门外整齐地立着枪，陆续进入食堂的士兵，都将枪放在门外。这不是招贼吗？不被偷才怪。

跟随来的学生们也都明白，这不明摆着就是招贼惦记嘛。

唐治平对陈纳德说："陈队长，还是要让您的部下把东西放在门外的习惯改改。"

陈纳德说："中国有句古话，叫路不拾遗夜不闭户，难道这些美德都失去了？"

唐治平说："看来陈队长对中国了解很多啊。不过中国还有句古话，林子大了什么鸟都有，顺手牵羊的活，很多人喜欢干。这样吧，我们一起努力，尽量减少此类盗窃现象。你呢，让你的兵把东西都收回去，晚上睡觉关门。我呢，去想想该怎么解决问题，总不能让所有的中国人都背黑锅。"

学生们连连点头，整个情绪和氛围都缓和许多。

唐治平转过头问学生们："有人偷就有人卖，你们买过美国货吗？"

几个学生你看看我，我看看你，一个学生低下头不好意思地说："美国罐头好吃，又便宜。"

唐治平问："哪里买的？"

那学生低声说："长汀有个黑市，校长，我带您去看看。"

唐治平说："好，咱们晚上就去开开眼界。"

三十二、暗杀

与陈纳德匆匆告别后,唐治平随学生前往长汀的"黑市"。

天空,像一扇渐渐关闭的门,把夕阳、晚霞全都关在门外。星星兴奋地眨着眼睛,窗户也陆陆续续睁开眼睛,微弱的灯光中透出一丝朦胧和诗意。

五通街,连接长汀最大的码头,是个商贸聚集地。近千米的街道上,遍布着酱油铺、豆腐店、打铁铺、打金店、杂货铺、中草药铺、小吃店、剃头店、裁缝店、木雕店、香烛店等等。由于战争年代交通阻碍,物质匮乏,加之日本飞机的狂轰滥炸,五通街早已失去原来的繁华,但依旧是长汀最热闹富有的街道。唐治平不敢相信,黑市居然会在这里。

学生一眼就看出唐治平的疑惑,连忙说:"校长,黑市嘛,就是在天黑时的交易。这里交易方便,不需要进出城门。"

唐治平发现自己来长汀六七年了,居然不知道五通街还是个黑市。

此时的五通街,店铺基本都关门。屋檐下,一个个摊点次第铺开在地上,摊子前点着一盏盏幽黄的煤油灯,或是燃着松香火把,闪闪烁烁的灯光下映着长长的影子。人很多,却不嘈杂,大家好像都在压低嗓音。学生低声说:"很多人来这里淘便宜货,也有我们侨育的老师同学。"

"这些都是偷来的吗?"唐治平好奇地问。

"不一定。夜市上的货物来源很复杂,有政府不让交易的违禁商品,有从各地收购来的日用品,也有家道中落的人趁天黑来卖家当。只有飞虎队的东西，肯定是偷来的。"学生突然指着一个摊子说："校长您看，这些都是飞虎队的东西。"

唐治平蹲下身，只见摊点上一字铺开的有皮带罐头钢笔靴子袜子，甚至还有花生米。唐治平问摊主："这些东西哪里来的？"

摊主是个二十出头的小年轻，他叼着烟说："想买就拿钱来，不想买就滚蛋，哪来这么多废话。"

那学生很生气，他指着摊主说："你嘴巴放干净点！"

摊主斜眼瞪着学生，嘴里不干不净地说："我的嘴巴怎么就不干净了？我看你才是满嘴喷粪呢，我呸！你谁呀？找揍？"

唐治平拦住学生，对小年轻说："不管我们是谁，但这些是飞虎队的东西，我们不能偷，他们是来帮咱们打日本鬼子的。"

摊主说："我没有偷。你看到我偷了吗？"

左边摊贩卖的也是飞虎队的东西，那个摊贩说："这是谁呀，狗拿耗子，多管闲事。"

右边摊贩说："美国佬都是傻逼，哪里要我们偷，全在眼皮底下，手一顺，就拿走了。咦——你们买不买？不买快滚，别耽误老子的生意。"

唐治平心情十分沉重，真有恨铁不成钢的感觉。他苦口婆心地说："美国飞虎队是来保护我们，赶走日本鬼子的，我们怎么可以偷拿他们的东西呢？"

黑市上无论是买的人还是卖的人，根本不听他的话，他们提高声音，操着方言，起劲地讨价还价。唐治平的话很快被淹没在嘈杂声中。

"砰"的一声，唐治平只听到一声不大的，非常短暂的，钝钝的呼啸声从身后传来。他下意识向左边一躲，还没明白怎么回事，一个黑影已将他扑倒在地。紧接着又是几声钝钝的急促的枪声，拥挤的夜市顿时变得慌乱，谁也不知道发生什么事。有的什么都丢了，只顾疯狂奔逃，有的还在手忙脚乱收拾自己的摊子，有的像鸵鸟似的抱着脑袋撅着屁股躲在墙角落，有的则惊吓得哭叫起来……唐治平用眼角的余光一瞟，只见不远处横躺着一个人，正是那个卖美国货的小年轻，他的身下，血正在渐渐扩散，嘴角还叼着根烟，眼睛睁得老大老大。唐治平心头一阵痉挛，只听到一个熟悉的声音在耳边悄悄说："兄弟别怕，是我。"

唐治平大喜，是他——大嘴！唐治平上身使劲一掀，将大嘴掀下身，然后高兴地说："大哥，你怎么来啦？"

大嘴爬起来，提着枪前后左右警惕地看了又看。整个黑市的人已跑得差不多，只见几个身着汗衫短裤绑腿的精壮男子快速跑过来，朝大嘴和唐治平伸出大拇指，点点头。大嘴这才拉起唐治平，带他来到五十米开外一家棺材铺的二楼上。只见一具尸体直挺挺地躺在窗前，身子底下是一大摊血，手上还紧紧握着一支手枪，枪口隐约冒着青烟。

唐治平问："他是谁？刚才的枪声就是从这里传出来的吗？"

大嘴说："对，他是从厦门来的日本特务，已经跟踪你很多天了，他的任务就是杀掉你。"

唐治平一时没反应过来，问："为什么要杀我？"

大嘴说："因为放射镭，因为《笔锋》，因为剧团……因为你是一个抗日的校长！"

唐治平感到整个脊梁骨都在发凉发抖。其实，他早就意识到，这样大张旗鼓地带着侨育大学师生参加各种抗日活动，迟早会引起日本鬼子的注意，但真的危险来临时，他还是有点难以接受。想起刚才还和他斗嘴的小年轻，转眼稀里糊涂成了替死鬼、冤死鬼，他很难受。

大嘴正在吩咐几名队员："赶紧把这特务的尸体埋掉，现场处理干净。"

几名队员正要抬起尸体，被唐治平拦住，他若有所思地说："且慢，这个由我来处置吧。"

队员们都是从侨育大学培训出来的学员，他们对唐治平敬重有加，却很疑惑。他们问："校长，这种小事，就让我们来吧。"

唐治平说："不，我还要用用他。"

大嘴踢了踢那具尸体，说："人是死了，还能有什么用，你不会是想拿死人做文章？"

唐治平笑着点点头。他招手让那个一直跟着他的学生说："你去把张主任、卢教授带到这边来，还有咱们《笔锋》的记者，都叫到这里来，我要拿这个死人大做文章。"

不到半个时辰，唐治平叫的人都来齐了。唐治平让《笔锋》的记者先将日本特务的尸体用相机拍下来。他说："明天报纸的头版就是这条消息：日本人已经派杀手秘密潜入长汀城，目的是刺杀飞虎队和与飞虎队有瓜葛的人。凡是偷了，或是买了飞虎队的军用物品的人，都赶紧送回飞虎队，否则会被认为是同党。惹恼了日本人，后果很严重的。"

大嘴不以为然地说："兄弟，这样行吗？"

张成田也说："这样做会不会激怒日本人，引来更多麻烦？"

唐治平拍拍身上的尘土，说："我不管，这是日本鬼子送上门的大礼，如果不是大嘴大哥，此刻躺在这里的就是我唐某人了。我要一箭双雕，既可以震慑日本鬼子，又可以让飞虎队免于失窃。"

大嘴跷起大拇指，说："不愧是我的好兄弟，有骨气！有志气！有勇气！就这么办了，快拍照，拍完后我们再把他扔到山上喂老虎。"

卢英强带着几个记者很快将日本特务的尸体拍了照片，回去连夜编辑第二天的报纸。

《笔锋》早已成为长汀最有宣传力量、传播最广的报纸之一，它的正义、及时、详尽、真实，是老百姓了解外部世界的一个重要窗口。第二天一早，日本特务被杀的消息迅速传遍整个长汀，也很快传到厦门。

消息一传十，十传百，小偷们吓坏了，再也不敢偷飞虎队的东西。很快，飞虎队军营外摆上越来越多失窃的东西。飞虎队失窃现象得到很大的遏制。

唐治平突然想起李沁母子，他连忙写信到圆通镇，叮嘱李沁千万不要回长汀，务必带上孩子和父母躲到乡下去。日本人既然已经盯上他，东阳楼就很危险了。

这天傍晚，唐治平走进陈纳德的营房，接受他的酬谢。唐治平打定主意好好搓一顿，反正美国人有的是钱，帮他找回那么多东西，吃他一餐也不为过。他怕吃不了那么多太浪费，还带了一群调试机场灯光的学生。

大家兴高采烈地朝军营走去，想象一桌的美餐如何风卷残云般地被他们毫不客气地消灭掉。结果一群人走进营房，却不见陈纳德的踪影，难道他跟大家玩失踪吗？迎接的上士将他们引进会客室，说陈将军马上就到。

果然，陈纳德急匆匆走了进来，还没让唐治平说上话，陈纳德就说："真是不巧，刚刚获得上司的密电，说今晚日军将对我长汀机场进行轰炸，所以需要马上对机场和航空进行战术布控。抱歉，唐校长，晚餐临时取消，只好等战斗结束再补啰。"唐治平和学生们一听，连忙询问能否帮忙。

陈纳德连忙说："帮忙不需要，你们必须马上离开此地，现在机场和军营是最危险的地方。"他叫来卫兵，提了一大袋的肉饼和即食物品，让他们回学校充饥。唐治平和陈纳德告别后，一行人坐上美军的吉普车回到侨育大学。

就在这天晚上，整个长汀城的百姓，包括侨育大学的师生，都经历了一个不平凡的夜晚，见识飞虎队的真正魅力。

晚上八时刚过，一阵嚣张的机鸣声由远及近，呼啸而来。不少百姓如惊弓之鸟，纷纷逃离家门。他们发现一架日本飞机，径直飞到长汀机场，很快，爆炸声响起，机场燃起一片火光。机场周围的山头，发出一串串火红的炮火，交织成密集的火网，射向日机，那光景比节日的焰火更加壮丽。

那架日本飞机显然没料到会遭遇反抗，它惊慌失措，想要逃跑，但哪里还来得及，更加猛烈的炮火集中朝它打来。日本飞机瞬间被打得晕头转向，在空中盲目转了几个圈，呼——地直接掉下来。随即，熊熊火光烧起来，飞机被炸成碎片。

欢呼声、鼓掌声响彻整个长汀城，饱受日机轰炸之苦的长汀人民，无不被这扣人心弦、扬眉吐气的对空战斗欢呼雀跃。

第二天清晨，陈纳德将军的四十余架战斗机、轰炸机从长汀机场起飞，在高空中编成整齐的队形后，迎着朝阳向远空飞去。他们是去轰炸被日寇占领的厦门沿海军事基地。半天后，他们就大获全胜，凯旋长汀。

第二天晚上，不甘失败的日机成群结队前米挑战，结果尚未进入长汀机场上空，便遭到地面高射炮火的迎头痛击，它们吓得落荒而逃，但没逃多远，就被飞虎队的飞机团团围住，来了个关门打狗。有一架飞机被击落，地面燃烧着日本飞机的残骸。

从那以后，日机再也不敢飞临长汀上空肆虐。长汀百姓遇到美国士兵或汽车，都纷纷竖起大拇指，大声喊："顶好！"

陈纳德问唐治平："我们该如何回应？"

唐治平说："你应该像他们这样回应……"他竖起大拇指向老人回敬，大声喊："顶好！"

战争爆发以来，日军的侵略让中国人失去家园和亲人，谁能保护他们，谁就"顶好"。

美国军营外，越来越多失窃的东西回来了，默默摆放在军营之外，旁边经常会多放一些番薯、鸡蛋、青菜等。偷盗行为从此销声匿迹。

转眼又是半年，张成田和叶德香喜结良缘。唐治平根本无须做媒，两人就已经好上，而且还是奉子成婚。余嘉训的乡村教育也办得红红火火，方兴未艾。只是杨月英不幸染上风寒，不治身亡。唐治平得知消息，十分难受。

时间转眼进入1945年，日军开始新一轮的疯狂，废墟下的中国在战争的风雨中继续飘摇。地处东南一隅的长汀无法摆脱那种惶恐不安的气氛。就在此时，传来飞虎队决定撤离长汀，支援远东前线的消息。

唐治平获知消息，带着一帮学生急忙赶往机场。飞虎队的大部分飞机已在夜间悄悄撤离。机场空荡荡的，唐治平和学生们着实有些不舍，这里洒下侨育大学师生的汗水，更响起扬眉吐气的枪炮声。它像保护神，护佑了长汀百姓的安宁，让日本鬼子闻风丧胆，再不敢骚扰放肆。但是，军令大如天，唐治平现在希望能再见陈纳德将军一面，同时，他要争取这排营房给学生住。

别看这营房属于临时搭盖，条件简陋，但至少比侨育大学的篱笆土墙好多了。今年又多招了六百多名学生，远远超出学校的承受范围。但唐治平还是坚持扩招，因为正如陈嘉庚先生说的，办学的目的就是要使中国人受到更多更好的教育。先生尚能毁家兴学，何况我们？

唐治平还没跑到一半，已是汗如雨下，气喘吁吁。自从汽车拆掉发动机后，很长时间以来，他的交通工具就凭这双腿。早几年他还健步如飞，只要在长汀城内外活动，步行不成问题，如果要去外地，只能搭乘不定时的班车或轮船。这两年，他的身体大不如前，走路越来越吃力。学生们停下来等他，唐治平脸色煞白，喘着粗气，连连挥手让他们赶紧先走："快去快去，记住我布置的任务，动作一定要快准狠。"

学生们都笑了，他们一边跑一边喊："遵命，校长！快！准！狠！"

唐治平终于跑到军营司令部门口。擦擦汗，将气息调匀。他听到门内传出黄日蛟的声音，不是冤家不聚头，唐治平心头咯噔一下，难道他也想要这个军营？麻烦了！

果真，黄日蛟正在和俞县长、陈纳德叽叽歪歪解释县政府欠了他好多工程款。什么监狱、衙门、马路等等，都是他的祖父、父亲修建的，却没给他钱，所以这个机场要给他抵债。

俞县长苦着脸说："冤有头债有主，这个长汀啊，走马灯似的县长换了多少个，还好我能挺到今天，你这样不是强买强卖吗？修机场县政府出了多少钱，多少力，这应该属于县政府的。"

陈纳德掌握的汉语实在太有限，只能指望翻译。他身边的翻译是侨育大学的学生，故意将黄日蛟和俞县长的话添油加醋翻译给陈纳德。陈纳德这才知道他们正在打他营房的主意。

正在此时，陈纳德看见唐治平走进来，连忙走过去，紧紧握住他的手说："唐，你终于来了，我们就要撤离了。"

唐治平紧紧握住陈纳德的手，心里很是不舍，他说："我知道了。"

俞县长见到唐治平来了，松了口气，好了，黄日蛟，你的克星来了，有本事，你找唐校长谈去，让你们鹬蚌相争去吧，我就等着渔翁得利。

黄日蛟一看是唐治平，心头阵阵发虚：他奶奶的，怕鬼鬼敲门，唐治平，算你狠！

陈纳德迫不及待地用英语对唐治平说："他们在讨论机场和营房的归属问题。"

唐治平也用英语说："最需要机场营房的是侨育大学。学生们为修机场付出巨大贡献，机场应该归侨育大学。只有归属侨育大学，才能为抗战发挥最大的作用。"

陈纳德说："我也是这么认为的。这机场，给你！"

黄日蛟拉着翻译学生问："他奶奶的，两个人在放什么屁？"

学生厌恶地甩开黄日蛟的手说："他们说抗战马上要胜利了，日本鬼子要被赶出中国了。"

唐治平决定今天要好好啃啃黄日蛟这块难啃的骨头，不过，这次要借陈纳德用用。于是，他又用英语叽里咕噜和陈纳德说了一番话，陈纳德笑着说："这好办，瞧我的。"

陈纳德走过去对县长和黄日蛟说："两位长官，机场营房是不能作为政府办公和办企业的，因为是日本空军的重点轰炸目标。为什么做校舍就可以呢？因为你们唐校长发明了飞机报警器，日机还在很远的地方，报警器就能发现，然后提前发出警报。"

学生一边翻译，一边暗暗发笑。

县长和黄日蛟连忙跑到唐治平面前，向他要报警器。

唐治平说："这个报警器是我侨育大学的教授们花了好长时间研制出来的，绝无仅有，很贵的，怕你们买不起。"

黄日蛟说："多少钱，你痛快点。"

唐治平吐出一个数字，俞县长吓得倒退几步，黄日蛟连连吸着冷气，他说："他奶奶的，唐治平你够狠，十间店铺都不够买你的报警器？"

唐治平假装苦着脸说："没办法，这不是我个人的，是学校的专利，要征求很多教授的意见的，所以……再说了，就是给你，如果没有我们教的话，你们也不会用啊。"

俞县长突然意识到，这又是唐治平的鬼主意，但看到黄日蛟被吓得一愣一愣的，他又觉得很过瘾。

陈纳德看到神态各异的三个人，哭笑不得。他举起双手拍拍掌说："这样吧，大家达成协议，空营房归侨育大学，剩下的家具归黄老板，装备归县政府。"黄日蛟和俞县长想不出更好的办法，只得同意陈纳德将军的提议。

可是当他们一起去营房时，发现营房早已空空如也。原来唐治平早就布置学生进营房，用英语跟美国人沟通，将能搬动的东西都送给学生了。俞县长和黄日蛟气坏了，但除了痛骂唐治平外，他们也无可奈何。

由长汀机场改成的侨育大学操场上，全校师生聚拢在这里，聆听美国飞虎队队长陈纳德演讲。陈纳德身着笔挺的美式空军军装，身材挺拔，精神百倍。他报告太平洋战争的局势，说明抗战一定会胜利的道理。他全程用英语演讲，学生们聚精会神地聆听，不时响起热烈的掌声，山呼海啸般的欢呼声此起彼伏，侨育大学沉浸在抗战必胜的信心中。

终于，欢呼声停歇下来，陈纳德继续演讲，此时全场鸦雀无声。所有人饱含热泪，崇敬地仰望台上的陈将军。唐治平静静地坐在主席台旁，认真倾听陈纳德的演讲，他的心情与台下的师生们同样激动。他多么期待这一天早日来临，多么期待能早日与妻子孩子团聚。

突然，一阵激烈的枪声响起，这枪声太响亮，太刺耳，太恐怖了，师生们都慌了神，现场一片混乱。唐治平来不及多想，已被在一旁守护的和尚扑倒在地。他很着急，朝和尚大喊："不要保护我，快去保护陈将军。"

和尚说："陈将军很安全，他们是冲你来的。"

枪声早已戛然而止，刚刚惊魂未定的师生们渐渐探出脑袋和身子，陈纳德将军也被从地上扶起来。和尚这才放开唐治平。

唐治平问："又是谁要杀我？"

和尚说："从厦门来的日本特务。唐副队长嘱咐过我，让我一定要确保您的安全。"

唐治平问："日本特务呢？"

和尚指着东边墙外的大樟树，说："在那里。"

唐治平连忙朝大樟树走去。身后跟着越来越多师生。大樟树下，也已经围着不少师生，其中很多是学校护卫队的。树下，躺着一具尸体，五短身材，寻常百姓打扮，胸口有几个弹孔，鲜血正汩汩而流。和尚从尸体身上掏出个证件，递给唐治平，是一个日本特务连的证件。唐治平举起证件，愤怒地说："这就是日本人的卑鄙伎俩，在中国的领土上恣意妄为，我们不能再这样听之任之！"

大家更加注意保护唐治平的安全了，而通过刘团长手下情报人员得到的消息，日本人已坚定要除掉唐治平的决心，刘团长也派兵前来保护唐治平。

三十三、陈嘉庚

长汀的旱灾随着几场阵雨的降临，渐渐得到缓解。板结的泥土终于松软下来，大家抢着种下水稻，争取秋季能有收成。侨育大学的菜地、稻田也开始恢复生机。唐治平和农学系的专家们商量后，决定再多种一些番薯和芋仔，产量高，饱腹感强，力争能够自给自足。

这天，唐治平像往常一样上课。上到一半，发现张成田在门外朝他招手。不到万不得已，张成田是不会打断任何一个老师上课的，唐治平连忙向学生们致歉，走出来问："怎么回事？"

张成田："治平，陈嘉庚先生来了！现在县政府稍作停歇，等一会儿就到我们这里了。我已经组织人马去迎接了，您赶快一起去迎接陈先生。"

其实唐治平早在两个月前就接到通知，陈嘉庚先生要回国考察，不过他要考察的范围可大了，从延安到重庆，谁知道他能不能来长汀，即便来了长汀，会到侨育大学吗？所以，与其干等，不如做好自己的事。

侨育大学本来就是由陈嘉庚先生率领海外华侨用办厦门大学的剩余经费兴办的。唐治平到侨育大学那么多年，这可是第一次见到陈嘉庚先生。唐治平回头看了看教室内四十多名学生，迟疑片刻，还是说："你先到校门口迎接陈先生，我先把课上完，马上就来。"

张成田还想再说什么，唐治平已经扭头走进教室，继续上课。他无奈地摇摇头，连忙往校门口跑去。

一到校门，就看见几辆汽车刚刚停下，一位年逾花甲、头发花白的老人，步履矫健地跨出汽车，跟随其后的还有一大帮人，包括陈鉴主席、俞县长等。

张成田一瘸一拐地跑过去，紧紧握住陈嘉庚的手，激动得说不出话来。

陈嘉庚握住他的手，说："谢谢老师同学们。"他又问了一句："你——是——唐校长？"

张成田说："校长还在上课，马上就过来，我是教务主任，叫张成田。"

陈鉴笑着说："呵呵，这个唐校长我是领教过的，他的名言是，学校不是名利场，不用搞迎来送往。"

陈嘉庚笑道："说得好！学校本来就不是名利场，没必要搞那一套，这样的校长，很好！不要惊动他，你们带我去看看校园就好了。"

张成田连忙跑在队伍前头，带着陈嘉庚一路参观。陈嘉庚一路走，一路不断点头赞叹："不容易，不简单，和厦大不相上下啊。"

陈鉴也点头说："是啊，这个唐校长不同凡响，不仅会教书育人，还会打土匪、修机场、种田种菜……"

陈嘉庚指着墙上的标语说："这很对啊，'从做中学，从学中做'嘛。走，我们去看看唐校长上课。"于是，一行人来到唐治平上课的教室外，静静地听唐治平上课。

陈嘉庚这次遍历十五个省，行程三万余里，所见所闻，让他感慨万千。唐治平传奇的办学经历，勇敢的抗日举动，甚至有悖常理的言行举止，他早有耳闻，颇感兴趣，也十分感动。陈嘉庚到长汀的计划，原本是视察完厦门大学就要取道连城，前往永安。正是因为听说了唐治平的传奇经历后，他决定顺道来看看侨育大学，看看唐治平校长。

这个学校，是创建厦门大学之后的剩余资金的补充。战争爆发之后，连厦门大学都已爱莫能助，更何况其他学校，可正是这个名不见经传的侨育大学，却在烽火硝烟中蓬勃发展，真是一个奇迹！

终于，课上完了，唐治平跨出教室门时，差点绊到门槛，陈嘉庚连忙伸手将他牢牢扶住。

陈鉴向二人互相介绍说："唐校长，这就是陈嘉庚先生！"唐治平早就料到这位气度不凡的老人就是陈嘉庚先生，他一时激动得说不出话。陈嘉庚说："年轻人，谢谢你！在这么困难的情况下，还能把学校办得这么好！"

唐治平说："谢谢陈先生，这是我应该做的！"

唐治平带领陈嘉庚参观了藏书丰富的图书馆、用监狱改造的实验室、机场营房改建的学生宿舍，还有弹坑下的菜地、稻田。陈嘉庚饶有兴趣地一边看，一边问。唐治平趁机将这几年来侨育大学的办学经过和奋斗历程做了简要介绍。陈嘉庚先生频频点头。

下午三点整，全校师生集中在操场，翘首聆听陈嘉庚先生的教诲。

唐治平先上台说话："同学们，今天，敬爱的陈嘉庚先生来看我们了！"

台下响起经久不息的热烈的欢呼声和掌声。唐治平做了个安静的手势，沸腾的台下师生好久才终于安静下来。唐治平开始从陈嘉庚先生支援孙中山的革命，到毁家兴学，一手创办几所大学，从南洋经商创业，团结侨胞意志，到资助抗战，献身国家民族一一道来，他号召师生要以陈嘉庚先生为楷模，报答献身拳拳热爱祖国之忱，决不辜负先生的殷切期望。

当德高望重的陈嘉庚先生走上讲台时，会场再次爆发出震耳欲聋的掌声和欢呼声。

陈嘉庚说："老师们，同学们，今天能与诸君共叙一堂，深感快慰。我想我只是一个平凡的侨商，我没有其他的才能牺牲，只能以多少的资财，替国家举办若干培育人才的场所……"

全体师生报以长时间的热烈掌声。此时，突然下起雨。雨越下越大，但没有一个人退离会场。每个人脸上都露着笑脸，眼睛闪烁着亮光。陈先生过意不去，建议大家先躲雨，但是没有人肯退去，阵阵掌声不绝于耳，越来越多人起立，向先生鞠躬致敬。

有人撑开伞，要为陈嘉庚遮雨，被他推开。他和师生一道冒着雨，接着说："今天承唐校长优渥相待，老朽实深感激。侨育大学能在如此艰难状况下顽强生存，所到之处，激奋人心，与唐校长的努力分不开，与同学们的奋斗分不开，我对此十分钦佩和满意！"

受到陈嘉庚的表扬，全校师生兴奋不已，掌声更加热烈起来。唐治平百感交集，这么多年来的付出和努力，在这一刻获得最大的回报，他觉得，一切都是值的！

天色渐渐暗下来，雨渐渐停歇下来。学生们点起竹片火，整个操场闪烁着星星点点的灯火，所有的灯光星光聚集围拢在陈嘉庚先生身上，将他围拢成一束耀眼的光芒。陈嘉庚站立在讲台上，足足讲了两个多小时，他的发言和精神，照亮整个侨育大学，照亮全体师生。

"此来本应多留些时，与诸君多作会谈，但因另有所约，故不能久停，今日欢聚虽觉匆匆，但今后我们的精神是永远联系在一起的。"

第二天一早，陈嘉庚一行在侨育大学师生的依依惜别下，离开长汀。唐治平送了一程又一程，一直将先生送过清风山。先生建议再扩充学生，增办学科，决定将有限的资金拨一部分给侨育大学，设立奖学金、助学金，以解侨育大学的燃眉之急。

有了陈嘉庚先生的雪中送炭，侨育大学再一次渡过难关。

三十四、牺牲

1945年8月6日，美军在日本广岛投掷原子弹。8日，苏联正式对日宣战，苏军攻入东北。9日，美军又在长崎投掷一颗原子弹。至此，日本鬼子败局已定。

日军节节败退的消息，传进大山深处的长汀。唐治平和所有中国人一样，喜出望外，开始琢磨着战后如何开展新的教学计划。

这段日子，全国上下，一片火热，每日的气温也保持在高位之上。蝉声像一把剪刀，似乎要剪下所有的树叶，又像一场大火，简直要将树叶烧光。只有到了夜深人静，才会有一丝两丝风吹过，扫除一些暑气。

这一夜，月亮金黄如铜，月亮下的廓愿寺，像一艘浮在海面上的小船。

> 月光懂懂，跌落水桶
>
> 水桶一行葱，食到广东
>
> 广东一只船，撑到庙前
>
> 庙前一只鸭，食到色竹夹
>
> 色竹夹只鸡，食到上营溪
>
> 上营溪一面鼓，打到汀州府
>
> 汀州府里，一只大老虎
>
> 老虎目睌睌，乖乖快去关门睡
>
> 呀呀呀，呀呀呀
>
> 小宝宝，小乖乖

安眠善睡到天大光

隔壁传来张成田妻子叶德香的客家童谣。自从生下孩子后，她完全变了个人，温柔体贴，贤淑能干，相貌也变得柔美起来。唐治平竖起耳朵，听着摇篮曲，越发想念李沁和儿子。

这段时间，或许为了宽慰他的思念，张成田经常抱着女儿来串门，笑嘻嘻地说："咱们定娃娃亲吧。"唐治平也总是抱过他的女儿，笑着说："好咧，这就是我的儿媳妇了。"只是，没人的时候，他经常眼眶湿润，思念是如此熬人。儿子都三岁了，他还没有见过。只有一张照片，聊解相思之苦。

第一次遭日本特务暗杀后，唐治平就写信回圆通镇，请李沁务必带着父母和孩子撤离圆通镇，躲回乡下老家去。这张照片，还是儿子周岁时，李沁寄来的，如今，儿子已经三岁，一定能跑会跳学说话了，会叫爸爸了吗？

唐治平发现自己从来没有如此迫切，如此强烈想要团圆。他一夜未眠，奋笔疾书，写了一封信给李沁。他在信中写道：我的爱人，我的孩子，我血肉相连的亲人，战争就要结束了，我们一家团聚的日子就要到来了，我做梦都想你们，我马上就去接你们。他不知道这封信什么时候才能寄到李沁手中，只盼着信能插上翅膀，一夜之间就飞到李沁手中，更盼着天亮时，推开房门，就能见到李沁抱着孩子出现在他面前。

天还没亮，唐治平就迫不及待地跑到邮局寄信。寄完信，他才发现忘记带上课的书了，他只得先跑回住所去拿课本。

清晨的长汀，万物刚刚苏醒，江边、树下、山脚下，东一群，西一堆，已被早读的学生占满。看到唐治平过来，招呼声此起彼伏："唐校长，早上好！"

"唐校长，好！"

学生要早读，是唐治平倡导推行的。一开始是为了节省灯油，后来是为了避开空袭时间，再后来，中小学的孩子们都被带动起来。学生早读，成了长汀的一道景观。

在晨读声的陪伴下，唐治平匆匆赶回廓愿寺。推开庙门的一刹那，他心中猛然一惊，只见前院早被挖得乱七八糟，一片狼藉，遍地都是泥土石块。几个人正撅着屁股在悄悄掏挖着什么，看衣服和背影，分明就是屈子林、黄日蛟和张三分他们，此外，走廊上还站着几个拿枪的士兵，为首的是一个陌生年轻人，理着板寸头，矮矮壮壮的，蹲在一边，一动不动地盯着地上一个个越挖越深的坑。

放射镭！他们一定是在找放射镭。

唐治平心中大惊，急忙冲了进去，喊道："你们在干什么，快住手！"

唐治平直直朝黄日蛟奔过去，却被一个兵喽挡住了去路。他愤怒地一推，没有推开兵喽，反而被对方死死地抱住了身子，两人当即纠缠在一起。

"咔砰！"就在此时，一声短促低沉的枪声传来，抱住唐治平的兵喽脑袋骤然一歪，软倒在他身上，脑袋被炸开了洞。而蹲在地上那个矮壮男人已经起身，他手里拿着把驳壳枪，枪口正冒着青烟。显然，那人原本想射杀唐治平的，没想到却伤了手下。

瞬间奔涌的鲜血，让唐治平倒吸一口冷气。但他一想到放射镭危在旦夕，就不知哪来的勇气，一把推开那兵喽，飞步过去，冲到屈子林跟前，一拳挥击过去，正中屈子林脸上，屈子林猝不及防，"哎呦"一声，嘴角和鼻子同时冒出血。唐治平还想再推开其他人，身后"砰"地又一声闷响传来，紧接着，他感到一阵凉意穿过心脏，无数血红尖锐地刺向他的眼睛，灵魂似乎一下子被抽离，浑身力气全失，他两腿一软，直直往前一冲，重重砸向地板。

就在倒地的一瞬间，唐治平拼尽全力想呼叫，呼叫张成田，呼叫更多的人来保护放射镭。但声音没有发出去，又传来一声沉闷枪声，他的眼前一黑，重重地倒在尘埃中！

天渐渐亮了，雾霭缓缓散去，树上的鸟叽叽喳喳叫个不停，宁静的清晨突然响起的枪声，惊动了许多人。住在后院的何作宾、张成田被惊醒，他们赶了过来。

屈子林急忙使劲去摇唐治平，只见唐治平脸色越来越青，身下的鲜血正迅速蔓延。

屈子林打个哆嗦，转身想跑，但腿软得很，黄日蛟和那个矮壮的男人，带着人迅速从后门一溜烟跑了。

身后脚步声杂沓，还没等屈子林站起来，张成田已经从后面把将他扑倒，厉吼道："你们对唐校长做了什么？！"

"唐校长，你醒醒啊！唐校长，唐治平！"身后传来何作宾的哀号，张成田急忙回头，不由魂飞魄散。他松开屈子林，转身冲向唐治平。

只见唐治平被何作宾翻过身来，仰躺在院子中间，面如白纸，双目紧闭，鲜血从他额头、嘴角流出，他身下，犹如一朵鲜艳的杜鹃花在绽放，越来越大，越来越刺眼。张成田发疯似地在唐治平身上摸索着，想要堵住出血口，但怎么也没找到，反倒弄得自己满手是血。他急得大声叫道："校长！治平！你不能死啊，你别吓我，别吓我们啊！"他越叫越急，眼泪哗啦啦往下落。

唐治平总算睁开眼睛，无力地说："成田……保护好……放射镭……镭……带侨育回……回厦门……"唐治平的声音越来越弱，一颗泪珠缓缓从他的眼角滑落。

张成田强忍巨大悲痛，伏在唐治平身上，认真听他的每句话，不断点头，泪珠一串一串，重重砸下。

"校长，校长……就是这个日本特务狗杂种开的枪！"外头传来一阵喧哗声，只见和尚捆绑着那矮壮男人进来，在他身后跟着大群闻讯赶来的师生和群众，眼前情景让众人肝胆俱裂。

"他奶奶的小日本！"何作宾猛地怒吼一声，冲过去一拳，打得那矮胖子原地打了几个转，满脸是血。

另一边，张成田已经组织学生，卸下门板，将唐治平放上去，抬着朝医院飞奔而去。

血，浸透门板，一滴一滴，砸落到地上。一路上，惊呼声四起，晨读的学生们纷纷扔下书本，飞奔过来，或是跟在担架之后，或是托起担架，以减轻抬担架人的负担。大家痛哭失声，悲愤万分。沿途很多老百姓都纷纷涌上来，有的端水，有的要换着抬担架，有人拉来板车。

担架放在板车上后，队伍奔跑的速度明显快多了。

众人都看清楚了，唐治平胸口被两颗子弹穿过，鲜血正不可抑制地往外流，越流越少，就像唐治平在这个世界的时间，正急速减少。

唐治平的意识在迅速消逝，他模糊地意识到，这次他怕是真的要玩完了。他听到许多人的哭声、叫声、怒吼声，这些声音不是很分明，他甚至无力分辨声音的内容，但他知道，他们在为自己哭泣、大骂。

"这样死……倒也不是太亏……"唐治平心中唯一遗憾的是，他日思夜想的生命中最亲、最爱、最重要的两个人，还没有来，他已经整整三年没有见到他们、拥抱他们、亲吻他们了。他隐约听到有呼喊声，越过山川河流，由远及近，朝他奔来："爸爸——爸爸——"

张成田注意到唐治平似乎清醒点，急忙俯下身，凑近唐治平嘴边，急切地问："校长，校长，你想说什么？"

周围很嘈杂，唐治平的声音显得太微弱，他张了张嘴，吐露出几个字，非常细微，还很含糊，张成田没听清楚，当他想再问时，唐治平已经无力地闭上眼睛，无法出声了。张成田眼泪都流干了，他真恨不得能替唐治平挨这一枪。

等众人把唐治平送到了医院时，一切都已经太迟了。唐治平被两颗子弹射中心脏，还没到医院，就停止呼吸了。

1945年8月12日，《笔锋》用整个版面，沉痛地报道了唐治平被潜入长汀的日本特务袭击，中弹身亡的消息！

勾结日本特务前来挖寻放射镭的黄日蛟和屈子林，刚逃出城外，就被刘团长的手下抓起来，等待裁决。

三天后，唐治平的追悼会在侨育大学的操场举行。这是他第一次，也是最后一次在这个台上，但不是站着发表精彩演讲，而是静静地躺在台上，一动也不动。劳累了数载，他已青春不再，两颗子弹，让他提前休息，自此长眠。

巨大的悲痛笼罩着整个侨育大学，弥漫在长汀城大街小巷，越来越多的鲜花和挽幛，从四面八方涌来，将唐治平一层一层，密密覆盖。白底黑字的挽联顶天立地挂在灵堂，上面写道：

一心为教育两袖清风蜚声东南成名校
四海存大爱八年磨砺血洒疆场铸笔锋

全校师生，不，全长汀百姓都来了。挽幛翻飞、哀乐低沉、哭声四起、泪水纷飞，汇集成巨大的悲伤河流。

刘团长派的士兵列队护灵。大嘴、李应松和余嘉训昨天获悉消息，连夜从各地赶回来，一刻不停地守在唐治平灵前。这其中，尤以李应松和余嘉训更为悲痛。对他们而言，没有谁比唐校长更加关爱他们，没有谁比唐治平更能引导他们奔向光明。

大嘴更是懊恼万分，校长是他最好的兄弟，万万没想到，竟会如此稀里糊涂地死在日本特务手里，他这做大哥的，简直是天大的失责！大嘴越想越痛苦，一到灵前，就使劲磕头，磕得嘭嘭作响，磕得脑门血肉模糊。

追悼会由何作宾主持。

有人曾建议，请俞县长或省政府主席来主持追悼会。但张成田坚决反对："唐校长说过，学校不是名利场，不需要这些虚名，让何教授主持葬礼吧，因为何教授是他最尊敬的教授！"

何作宾忍着悲痛主持完整个追悼会时，整个人快要虚脱，当他咬着牙，喊出："盖——棺——"的时候，外头突然传来一个凄切的声音："治平——治平——等等我！等等我！"

全场瞬间安静下来，何作宾忙做了个手势，阻止盖棺。

一个年轻女子出现在众人视野中，只见她一袭粗布蓝衫，抱着一个孩子，疯一般冲向主席台，扑向棺木里的唐治平，撕心裂肺地喊道："治平，你睁开眼看看啊，我们回来了，我们回来团圆了，你快看看你的儿子啊！快叫爸爸！"

"爸爸——爸爸——"那孩子大约三岁多，眉目酷似唐治平。他指着墙上挂着的唐治平的遗像，大声喊道。

稚子天真无邪的叫声，是如此催人泪下。

李沁和孩子是在几位老师的护送下日夜兼程赶回长汀的。虽然老师们都说是唐治平派来接她们母子的，但她还是从他们僵硬的表情预感到唐治平可能发生了什么事。但她不敢问，生怕得到心悸的答案后，再无力赶回来。

来到侨育大学门口，看到花圈与挽幛，以及那幅接天连地的挽联，她终于明白，害怕的事到底还是发生了，她原来还想，不管他受伤了生病了躺在床上起不来了，都没关系，只要人活着就好。她从来不敢想象失去他，自己和孩子该怎么活下去，这个结果，太残酷，太残忍了！

唐治平的身边，整齐地摆着一沓信件和那根已经磨旧的钢笔，那都是与李沁的两地情书！还有那件李沁亲手编织的毛衣，另外一边，则是李沁和儿子的照片，边角都被磨出毛了，那该是唐治平多么珍爱的宝贝啊。

李沁轻轻地抚摸着书信，再一点一点抚摸着唐治平的眼睛、嘴巴、脸颊，泪水如泄闸的洪水，奔涌而下："治平，我们回来了，你醒醒啊，孩子天天都在叫爸爸啊，你快听听啊！"

多少个日日夜夜，她梦寐以求那双有力的双臂拥抱着她和孩子，多少个日日夜夜，她也是这样一遍又一遍读着来信才能入睡。她从来没有想到，也不敢去想，日思夜想的团圆居然是以如此残酷的方式实现。她不能接受、无法接受，她眼前一黑，晕了过去。

孩子已经被林梦瑶抱在怀里，他从没见过母亲这个样子，也没见过这样的场面，忍不住哇哇哇大哭起来。所有人都寂然无声，泪如雨下，默默看着晕倒的李沁和痛哭的孩子。何作宾更是忍不住，蹲下身呜呜痛哭起来。

"砰砰——砰砰——"

就在这时，一阵枪声突然传来，紧接着又是一阵阵震耳欲聋的鞭炮声，此起彼伏，连绵不断。

追悼会上的众人都是怔住了，旋即不安地望着四周。有的甚至抬头望向天空，生怕日机神出鬼没又冒出来。不知过了多久，只听得校园外不远处的军营传来叭叭的枪声和噼噼啪啪的鞭炮声。

"日本投降了，日本鬼子投降了！"

远远有人跑进操场来，又叫又跳，兴奋无比。

"日本鬼子真的投降了？"

"真的！真的！刚才广播说了，日本宣告无条件投降了！"

人群一阵踊动，许多人又回头望一眼主席台上静静躺着的唐治平，大悲与大喜瞬间汇聚成一条汹涌澎湃的河流，把所有人的心都淹没了，许多人忍不住跌坐在地上，放声大哭。这是悲伤的眼泪，也是狂喜的眼泪。

一个小时后，唐治平的棺木在全校师生的护送下，穿过长汀的大街小巷往外走，一如当初他带着学生进入长汀那样。张成田护着棺木，不住拍着棺板，流着眼泪说："治平，你听到没有，日本人投降了，我们胜利了！我们胜利了，你坚信的那一天终于来了……"

李应松跟在棺材后头，又哭又笑："校长啊，日本人投降了，你怎么就等不到胜利的这一天呢？！"

林渊临热泪高声吟诵："南师北望中原日，一杯浊酒祭英雄。"

队伍最前头，是唐治平的三岁幼子唐明，他被余嘉训抱着，手里抱着唐治平的遗像，茫然望着四周。而他的母亲李沁，则被林梦瑶和叶德香搀扶着，紧随其后。整个长汀，这一天都沉浸在悲喜交加的癫狂中。

一周后，长汀各界在公共体育场召开公审大会，以汉奸罪将屈子林和黄日蛟以及被俘的日本特务处以极刑。

1946年春，侨育大学在张成田、卢英强、蒋稼乾、林渊临、李沁等人的带领下，迁回厦门。林梦瑶选择留在长汀当一名普通的中学教师，她在等待李应松归来。李应松参加完唐校长的追悼会后，跟随游击队北上参加解放战争了。这一等就是一辈子，李应松再也没有回来与她团聚。

五十年后，一尊唐治平的铜像，坐落在厦门的侨育大学图书馆前。每年八月，铜像下都会堆满鲜花，那是侨育人在纪念他们的唐治平校长。

2015 年 7 月 7 日一稿

2015 年 11 月 30 日二稿

2016 年 6 月 23 日三稿

2016 年 11 月 19 日四稿

2017 年 10 月 9 日五稿

后记

郭鹰

　　《笔锋》是我的长篇小说处女作。人生每个第一次，对自己来说，总无比宝贵，恨不得把满肚子的话都掏出来，生怕别人不知道、不理解、不懂得。因此这篇后记会显得啰唆俗气唠叨些，还望大家见谅。

一、与《笔锋》的缘分

　　我认为与《笔锋》的缘分有如下三点：

　　1.胆大皮厚，有较强的功利心。我这人除了能写点小散文、短篇小说外，其实在闽西文坛就是个端茶送水的副秘书长而已，真的需要一部压得住阵脚的力作，让人高看几眼。所以，三年前那个月黑风高的夏夜，在龙岩莲花山脚下一个昏暗画室，面对一群陌生的朋友和朋友的朋友们，我头脑一热，当场拍板决定接下这部号称"文人版《亮剑》"的小说（当时还没想好书名），全然不顾自己连中篇小说都还写不清楚。也相当佩服我的闽西老乡、青春造梦师的掌门人吴尔芬老师，人称——吴大师，就这样放心大胆地将千钧重担压在我柔弱的肩膀，不怕辜负他的多年期望和梦想？

　　2.自认为在学校待久了，熟悉教育领域。从学校到学校，从学生到老师，这辈子就没离开过学校。在外人看来，学校就是一座象牙塔，清水衙门，世外桃源。但，有人的地方就有江湖。学校并没有想象中的单纯美好，知识分子成堆的地方，有太多难以言说的故事和矛盾。

我曾不自量力地计划将校园内的众生百态写成一个系列。蹉跎几年，也只憋出两篇短篇小说：《鱼上岸》（发表于《厦门文学》），《弱水三千》（发表于《福建文学》）。

因此，这部以抗战时期迁往内地的大学为主线，反映文人抗日的长篇小说，是不是可以完成我的夙愿呢？我不仅要塑造一群民国时期的教师群像，不仅要写出他们之间缜密复杂的钩心斗角，更要写出国难当头教师的担当，精神的脊梁。这么一想，都快被自己感动了，好吧，说干就干。

3. 与厦门大学（简称厦大）冥冥之中的不期而遇。这部小说一开始就决定以厦大内迁长汀八年的历史为基础，以首任国立厦大校长萨本栋为原型来创作。但是厦大对于我这样的差生来说，是永远无法企及的夜空中的星星。既然无法企及，那就敬而远之吧。因此对厦大的一切信息我并不关注。但奇怪的是，就在接手《笔锋》创作的半年前，我居然与厦大先有几次不期而遇。

之前，我一直想写一部反映家乡龙岩市新罗区历史人文的散文集。其中有一个环节还是让我感到命运的神奇。

那是一个春日下午，我在前往新罗区东肖镇时，遭遇一场倾盆大雨，那雨下得天昏地暗，能见度不到五米。没想到刚到东肖，那场大雨戛然而止，东肖像洗了个热水澡，清清爽爽迎接我的到来。原本是来探寻东肖革命历史的，村支书却第一站就将带我进马路对面的溪连村和龙泉村，告诉我一段几近被遗忘的历史——20世纪50年代厦大内迁龙岩的办学历程。

当我踏进一幢幢饱经沧桑的民居，白发苍苍的房东告诉我王亚南、陈景润的故事，告诉我卢嘉锡将自己新生的儿子取名龙泉时……我仿佛推开了厦大的历史之门，近距离接触一段远去的故事，半个多世纪前的历史顿时鲜活，一切历历在目。

在接下来的一次笔会上，我收到了当时只有点头之交的吴大师的两部大作——《乱世风华》和《大汀州》。在闽西的另一座城市——客家首府长汀，抗战时期的厦大像一部传奇，那些幽深的小巷，吱吱作响的木门，时光留下的风味，犹如一坛醇厚的客家老酒，深深吸引我。

这是不是冥冥中上天的安排呢？半年后接受《笔锋》创作任务时，我不禁想起刘若英的那首歌：在千山万水人海相遇，喔，原来你也在这里。

二、烽火弦歌的难忘历程

是的，你在这里，我却很陌生。为了更好地在千山万水中相遇，我只能狠下心来好好做功课，让这段历史迅速熟悉起来。

我在第一时间网购了大批关于民国时期大学的书籍：《战争与革命中的西南联大》《永安抗战文化史话》《西南联大的爱情故事》《这些教授也很逗》《南渡北归》《亮剑》；查询大量网络资料《抗战时期中国高校内迁史略》《传承抗战时期大学内迁精神》《集美大学抗日战争内迁史》；还有龙岩著名文史专家郭启熹教授出借的整套《长汀文史资料》《长汀县志》……

学习，再学习，我离那段烽火弦歌的历程越近，越感觉有太多值得大书特书的东西，有太多值得我们顿悟反思学习的地方——

七七事变之后，抗战全面爆发。北京、上海、南京、武汉等许多大城市相继沦陷，国民政府被迫从南京迁到武汉，又迁到重庆。伴随着工厂、学校和大批难民的西移，形成了中国历史上一次空前的大规模西迁运动。

中央大学、中山大学、交通大学、复旦大学等高校迁到重庆；武汉大学内迁四川；浙江大学迁到贵州；北京大学、清华大学、南开大学内迁到云南组成西南联合大学；北平大学、北平师范大学和北洋工学院组成西北联合大学；焦作工学院迁往陕西天水；东北大学和民国大学迁入山西……

还有部分大学由城市迁往省内比较偏远的县镇。如山西大学迁往晋南，广西大学迁往柳州，安徽大学迁往沙市，湖南大学迁往辰溪，河南大学迁往鸡公山……

全国如此，福建亦是如此。抗日战争爆发后，福建沿海形势紧张，学校纷纷内迁。1938—1945年，除厦门大学迁往长汀外，先后有福州青年会高级商业职业学校、福州格致中学、福州文山女子中学、福州光复中学初中部、长乐培青中学、福州黄花岗中学和福州三山中学等校内迁到永泰。集美学校将师范、商业、林业、航海等专业，迁往福建内陆的安溪、大田、南安等地。

抗战初期的高校内迁，是当时社会重心西移的重要组成部分，也是国民政府为保护教育和人才所实施的一个重要措施。这是一次文化长征，教育长征。内迁高校的师生们克服校舍、经费、师资等重重困难，坚持办学、为国育才的光荣历史。

陈嘉庚纪念馆馆长陈呈说："在抗战艰苦的条件下，集美学校不但没有停办，而且越办越好，为抗战输送了大量人才，也为抗战胜利、恢复民族教育奠定了基础。"

是啊，抗战时期条件虽然十分艰苦，也是许多大学发展最好的阶段。最辉煌的当属西南联大。纷飞战火中，联大师生历尽艰辛而办学不辍，创造战时高等教育的奇迹，也开创古今中外教育史上出色的联合办学之先河。不到九年时间，先后有约8000人在西南联大就读，他们中的很多人后来成为中国政治、经济、教育、文化、科学、技术、国防等各条战线的骨干力量：6位"两弹一星功勋奖章"获得者；3位国家最高科技奖科学家；164位两院院士；杨振宁、李政道两位获得"诺贝尔奖"的华人。

浙江大学在校长竺可桢带领下，在战火中成长壮大，一举成为最好的大学之一。李约瑟到贵州发现这么贫苦的地方居然有这么好的大学，惊讶之余，称赞其为东方剑桥。

厦门大学在萨本栋的带领下，内迁长汀8年。当时的学生后来成为两院院士的有15人，美国国家工程院院士1人，大学校长6人，海内外著名专家、学者、教授、企业家数百人。在教育史上谱写光辉的篇章。厦门大学成为当时国内最完备大学之一，被赞誉为"印度加尔各答以东最完美的大学"。

抗战进入最艰难时期，大后方生存进入临界状态，教授们不得不摆摊变卖财产以维持生计，学生们不得不到中学兼职。闻一多、华罗庚两家一度十几口人共居一室，中间用布帘隔开，形成"布东考古布西算"的奇特格局。整个教育界的生存令人堪忧，但是整个教育界的学者仍然默默地坚持自己的岗位，没有忘记自己的使命和职责。

在民族存亡的紧要关头，振兴国家的强烈历史责任感和使命感，使师生们在被日军摧毁的残垣断壁前仍然精神不倒。他们置任何艰难困苦于不顾，教师为国之振兴而教，学生为抗战建国而学，体现了"贫贱不能移""威武不能屈"、誓死不当亡国奴的崇高民族气节。

"天下兴亡，匹夫有责"的爱国传统和"刚毅坚卓"的顽强精神支撑着全国内迁师生们在强敌深入、风雨如晦的日子里激情不减，弦歌不辍。"知识报国""救亡图存"的铮铮誓言，时隔七十年，依然响彻云霄。

这就是抗战期间荡气回肠的高校内迁史，这就是中华民族顽强不屈的民族气节。小说《笔锋》只是撷取其中一两朵浪花，只想通过文学的形式，反映那段伟大历史。我对着手开始写作有点底气，也增强了使命感和责任感。

三、无比痛苦的创作过程

即使做了再充足的准备，一旦要真枪实弹，仍感觉有点心慌意乱，不知从何下手，不知这漫长征程何时能抵达终点。

1.两座难以逾越的"高山"。我首先遇到的痛苦是，如何翻越横亘在眼前的两座"高山"。

一座是钱锺书先生的《围城》。写抗战时期的大学，写活了一批大学里的芸芸众生，写透儒雅外表下的个性各异，栩栩如生的知识分子；另一座是电视剧《亮剑》，面对残酷的战场，塑造出有个性有血性、令人耳目一新的抗日英雄李云龙。我能将大学里的教授们写得如钱锺书笔下的人物那样活灵活现吗？我能将抗战写得像《亮剑》一样荡气回肠吗？当然不行，这点自知之明还是有的，但是我又心有不甘，我怎么就不能写一部有别于《围城》和《亮剑》的，与众不同的作品呢？为什么不大胆梦想呢？或许会实现呢？

于是，我背起行囊，带上干粮，在2014年最炎热的几天，背着书包挤BRT，听讲座认真记笔记，然后连夜将零星想法记录下来，像一只不知疲倦的小鸟，在厦门的上空来回奔波。那段时间，身体出了点毛病，我是带着中药罐子来厦门的，白天学习，晚上回到酒店还要悄悄煎药。

这次学习收获挺大。杨天松、王予霞、王永盛、池泽清等著名作家和评论家的现身说法，一堂又一堂精彩的讲座、先进的理念让人耳目一新，我意识到，自己确实要从闽西重重高山突围出来，要尽早，尽快。

但是，名师的指教无法立竿见影，那两座横亘眼前的"高山"依然屹立。一个焦虑的傍晚，我独自驱车前往刚刚完工的大锦山公园，俯瞰晚霞中耸立的龙岩城，想起之前为创作所做的功课，其中有一段话：战前全国共有108所高校，抗战期间迁往后方的有77所，17所停办，共迁移77万余人，90%的高级知识分子和50%的中级知识分子都迁移到内地，为战后民族复兴保留火种。所以不仅仅是西南联大，不仅仅是厦大，也不仅仅只有一个萨本栋。

是啊，为什么一定要将《围城》和《亮剑》作为自己的参照面呢，为什么不可以写成属于自己的文人抗战呢？正如眼前的龙岩城，不管如何发展，它总是独特的它，永远是自己亲爱的家乡。

以笔为锋，文人抗战，正是这部长篇小说的主题，我要塑造的是上百位校长的集合体，他就是一个文人版的李云龙。我要让"军人抗战看《亮剑》，文人抗战读《笔锋》"成为奋斗目标。

我想通了，我翻越这两座"高山"了。

2.书到用时方恨少。很惭愧，我虽然貌似写了不少文章，读的书勉强够用，但写长篇大部头，就远远不够了，不要说忽悠读者，自己都忽悠不了。无米之炊，那是多么痛的领悟！大量的阅读成了我每天必做的功课。

比如写侨育大学在厦门时，我必须了解海边城市的气候特点，建筑特征，甚至语言对话；写到翻山越岭进入闽西山区时，山区的风光气候人文，又都是我需要收集掌握的；写到遇上土匪时，我又大量阅读了解土匪的种类、特征，甚至土匪间的黑话。不仅是找资料，我还必须将提纲内的内容像泡干香菇一样一点一点泡开，将细节一点一点展开。这些准备工作可以利用任何零碎的时间，比如在忙完办公室工作的间隙，比如中午赶回家为读初三的儿子做完饭菜后等待他回家的时候，或者是在坐公交车的路上不断让唐治平出现在我的脑海……

3.让唐治平立起来。我的笔下陆续出现了一个个性格迥异的人物，唐治平、张成田、李沁、卢英强、屈子林……这些人物不断在我脑海中回旋，每一句话，每一个动作，都像电影一般闪过。但是对于唐治平，我始终没有太大的把握，在实与虚之间，总觉得不容易掌握分寸。

毋庸置疑，作为主人公的唐治平原型是国立厦门大学的第一任校长萨本栋。但如何避开历史上真实的萨本栋，创造一个崭新的校长形象呢？

我决定采取杂取种种人合成一个的方法：他有知识也有缺点，有正义感也有匪气，有民族大义也有个人情感，是个亦正亦邪，充满正能量的"新"文人。他的身上寄托的是抗战中千千万万有骨气勇往直前的知识分子，饱含着我对抗战中所有爱国知识分子的致敬。我希望，能够用"这一个"，指向所有的"那一个"。

于是，随着情节的推进，唐治平面对日军的炮火，开始脱胎换骨的蜕变。经历日军飞机的轰炸，全校师生的大迁移，新校区从无到有的建设，唐治平遇到很多困难，每个困难都是一座难以逾越的高峰。他没有背景，没有后台，没有贵人相助，每一个困难都必须自己努力去克服去突破。于是，唐治平成长起来，树立起来。随着情节的推进，那个原本潇洒自由的公子哥变成了一个历尽沧桑、充满正义和骨气的好校长。

我仿佛看到唐治平在战火中站立起来，带领一支不断壮大的队伍，走向前方，走向新的希望。这支队伍中不仅有唐治平，还有那些教授和学生们——张成田、卢英强、何作宾、余嘉训、李应松……这些生活在动荡岁月里的文人们，平时也许是软弱书生，但是在国家危难之时，却都挺直腰杆，坚强不屈，以自己的方式抵御外侵。他们，正是中国的脊梁，中国的希望。而屈子林他们，最终在时代洪流中失去大节，成为国人不耻的民族败类，这是悲哀，更是警醒。

4.时间是挤出来的。2015年春节前，我只完成开篇两章，立即被自己全盘推翻。很快，新的一年开始了。

还是每天的二十四小时，之前我是怎么虚度的？现在又是如何运用到极致的？我自己也说不明白。

每一章的准备工作完成后，我就会以不同的借口请假两个半天写作，对这一章一气呵成。这时，往往一个个如电光般的灵感会奔涌如泉，根本无法停下来。比如我在写东阳楼上，唐治平与李沁暗生情愫，想爱不敢爱时，他们的一举一动、所思所想，在我的键盘下一泻千里。我噼噼啪啪飞快地敲击键盘，生怕打字速度太慢，让灵感和情感稍纵即逝。

我曾经一个下午时间敲下一万多字，那些故事和人物会不断涌出，甚至不以我的意志为转移，以至于打字打得手指都抽筋。我终于享受到创作的快乐了。

痛并快乐的感觉时刻伴随着整个创作过程，或许是一个细节的完善，或许是找到一段合适的文字，或许是一个章节的完成，总之，只要没有停止脚步，成功就会越来越近。一直到写到最后一章，唐治平被害身亡时，我流泪不止，心痛不已，彻底沉沦在《笔锋》的汪洋大海，无法自拔了。

我第一次体会到时间的宝贵，一分一秒都不敢浪费。以前每到周末，都会呼朋唤友，邀上几家人郊游爬山，而现在的周末，或许就是我一个篇章完成的关键时刻，或许是需要做下一章功课时，我哪敢挥霍？

我以前虽然懒惰，至少洗衣、做饭、拖地板等必做的家务不会耽搁，现在却经常脏衣服堆积如山，家里乱得无处下脚。先生没有怨言是不现实的，但看到我如此埋头苦干的份上，只得强忍不满，分担更多的家务。倒是孩子在我的言传身教下，嗜书如命，成绩不错。

5.初稿完成，不敢放松。2015年6月14日，16点14分，普通的周日下午，对我却是个神圣的时刻。初夏的天气，一会儿晴一会儿雨，狂风大作之后，又是阳光灿烂。我敲下最后一个字，抬起头，看了看旁边的手机——16:14，我终于将25万字的初稿写完了。

其实，这天的环境并不理想，一大清早邻居就开始稀里哗啦卸石头砖块准备盖楼。刺耳的噪音并没有干扰我的思绪，从清晨8点开始直到下午4点，我一直沉浸在唐治平的大喜大悲中不能自拔。

当我合上笔记本电脑，揉揉发酸的眼睛，走出书房。晾台外，院子里，已有三层楼高的月桂散发着清淡的香味，平安树枝繁叶茂，枣树已结青果，三角梅兀自绽放。我仿佛看到亲爱的父亲蹲在小花园除草施肥，妈妈和她的几个闺蜜谈笑聊天，这已经是十几年前的场景了。父母已离去十来年，留下的花木依然年复一年开花结果。母亲离去时，我还没开始写作，有次参加一个商家举办的征文比赛，居然获得一等奖，母亲高兴得站也不是坐也不是。父亲离去前，我已在报纸杂志陆陆续续发表文章，他总是第一时间剪裁下来贴在笔记本上，视若珍宝。

因此，我从不用笔名，用父母取的名字，是想让他们为我取得的一点点小成绩而骄傲吧。

接下来的修改，注定又是一次孤独的行程。其实在完成初稿时，我并没有如释重负的感觉，这和之前的写作大不相同。我知道，初稿还太粗糙，修改的道路任重而道远。

这期间，我特别感谢创作团队里的年轻帅哥黄炳欣，他对我的稿件进行认真修改，发现很多的硬伤，进一步完善文章。

当我又一次完成修改，面对唐治平、面对侨育大学、面对炮火纷飞中复杂的人性时，我感觉不仅是一部小说的完成，更是走过一段难忘的心路历程，一段非常艰难的磨砺。我与唐治平一起成长，与侨育大学一起强大。

今天，我再次修改这篇后记时，泰奥多·阿多诺的名言在心头想起："奥斯维辛之后，写诗是野蛮的。"

在写作《笔锋》的过程中，我不断地问自己：面对二十世纪人类最大的浩劫，我们应该写什么：是记忆？还是忘却？我知道记忆不能改变过去，但记忆使我们知道人类曾经发生过非人的行径，有助于我们在庸常生活中重拾理想与信仰。那些看似远离我们的东西，往往就在一瞬间来到身边。由此，我知道自己的创作是有意义的，但愿您读到《笔锋》的时候也和我有同样的看法。

四、骂人的吴大师

当我将这篇后记发给吴尔芬老师时，已是一年之后的 2016 年 11 月了。我猜这一次他才真正看我的后记，正如之前他终于百忙之中抽空花费近两个月看完《笔锋》全文。这距离我完成这部小说已经过去近一年了。

我知道他很忙，公司更忙，他们不仅要做一部《笔锋》，还要做很多门类很多种类的书。每当我等得有点烦躁时，他就会列举一大摞书名和活动，令我目不暇接，瞬间失语，并为自己的焦灼和自私感到无比羞愧。

因此当吴大师终于心急火燎地让我将后记发给他看时，我自然十分喜悦。其实他每次发出对《笔锋》的指令，我都无比欢欣鼓舞，第一时间完成任务，因为每次我都以为离出版指日可待了。

这次，当他在寥寥几句表扬和修改建议后，突然说一句："你的思想有问题！"时，我一时无法控制自己的情绪，不是因为后记被打回来需要重改，而是因为这三年创作的所有期待焦灼痛苦艰辛委屈早已汇聚成一座随时可能引爆的炸药，会被任何一点火星轻易点燃。

后来我翻看聊天记录，感觉自己还算极力冷静并努力礼貌的，不知敏感的吴大师怎么就感觉到我的不高兴，不礼貌了。

他曾说过一句话，吴老师骂人的时候，不许还嘴，因为一还嘴，就会把很多事情谈崩的。是啊，他经常骂人，尤其近一年，尤其在群里，每个人都骂得无所适从，颜面扫地。特别是我，年龄最大，脸皮最薄，原本想当个好大姐，结果自尊碎一地。奇怪的是，但凡有表扬时，他都习惯私聊，而批评的话总习惯在群里说，他认为这些是大家都可能犯的错误，大家都得知道。或许只有我胆敢在他气头上顶几句话，其实不是敢，是性子太直太急，一时想不通时就脱口而出了。所以他最后发狠话："郭鹰同学，我很怕和你说话。我敢说你老公经常会被你噎得说不出话来。"他都怕我了，急得把我老公都抬出来了，我更是无地自容！说真的，和老公每天谈的都是吃什么菜，谁接送孩子等烟火人间的事，哪需要这么费时费劲呀？

其实过后我能理解他的心情和处境。作为作者，我只需写好小说，相对单纯，但前前后后太多工作需要他去策划协调统筹，他当然更辛苦更劳累更焦虑，当然会经常骂人。

结尾写这么多，不是废话，我只想表达几个意思：

第一，如果没有吴大师的指点督促批评指正，没有他的骂人，或许就没有我这部长篇处女作小说《笔锋》。并且再过十年，估计也不敢染指长篇小说，或许到死都没有一部长篇压棺材。因此，即使我私下恨死吴大师，但冷静之后，还是感谢他的成全我。虽然他一再告诫我后记不是感谢信。

我认为他首先是个作家，然后才是商人。他无论被人说成如何钻进钱眼或是唯利是图，还是能保持一颗文学的初心，他投入很多时间精力和金钱，用别的产业去支撑他的文学梦想，这一点值得尊敬。

第二，长篇小说的创作实在太难太难，跨度太大。从构思提纲创作修改，整整三年，这样马拉松式的长跑，拖得我们都快崩溃。他有时急得骂人，说我们太慢，某某名家三个月就一部长篇，网络作家一天几万字……我们也着急，但新手上路，哪有这么快。但当我们真的写好，又得盼星星盼月亮盼着他抽空审阅，这样一来一去，时间自然拖延很多。他越着急越会骂人，我们越挨骂越焦躁。这样的心路历程，打死也不想再来一次了。

第三，我提到吴大师经常骂人的这个群，其实是我们的一个创作团队，已经出品的同类小说有《慢慢》，当然其他出品的各种书籍很多很多，我就不一一列举了。

　　同时，这个群里还有负责摄影线上线下宣发的各类年轻人在为《笔锋》服务，比如专程赶到长汀帮我拍照的小葵，帮忙修改稿件的自在天，为宣发出谋划策的帽帽等。他们都很年轻，充满激情和想象力，努力做好每一件事情。

　　走上写作这条道也快十年了，有这么强烈团队意识的，还是第一次。因此感觉这漫长征程上，并不孤单。即使被吴大师骂，也有这么多弟弟妹妹们陪着挨骂，即使想偷偷骂吴大师，也有这么多人一起骂，真好！

2016 年 11 月 30 日于若谷书院再修改